小学館文庫

鳩の撃退法 上

佐藤正午

小学館

この物語は、実在の事件をベースにしているが、登場人物はすべて仮名である。僕自身を例外として。

津田 伸一

鳩の撃退法

I

幸地《こうち》家の幼い娘は父親のことをヒデヨシと呼んでいた。パパとかお父さんとかのかわりにヒデヨシ、漢字に書けば秀吉という父親の名前を呼び捨てにしたのである。娘は幼稚園の年少組で、若干、話しことばに改善の余地をのこしていた。本人はヒデヨシのつもりで発声しても、滑舌がままならないので正しく伝わらない場合が多かった。ひどいときには先頭の音が飛んだうえ濁音まで消えて、寝押しや雌牛に聞き取れることもあり、はたの人間を当惑させた。父親を見つけた娘が「雌牛!」と叫びながら駆け寄ったりすれば、それはいくらか当惑するだろう。

むろん躾《しつけ》の問題はある。そもそも父親が娘に、自分の名前を呼び捨てにすることを許していた、パパともお父さんともしいて呼ばせはしなかった、そこに問題が、たいした問題とも思えないが、あるとすればあるし、ではなぜ簡単な躾を怠っていたのかという話になるだろう。理由は想像するしかない。たとえば結婚してのちも夫をヒデヨシさんと呼びつづけた母親の口癖が事実としてある。そこで考えてみる。その口癖はすでに、ことばをいつ喋《しゃべ》り出すかという秒読みの段階で、娘の耳の奥まで染み入っていた。そんなある日、父親の腕に抱かれているとき、カウントが0になる。機嫌良く喃語《なんご》を連発していた娘が、視線をさまよわせたあげく、つぶらな瞳に父親の像を映した瞬間、生まれて初めて意味を持つことばを口から放つ。「ヒデヨシ」と確かに聞き取った父親の顔におおいなる驚きと、やや遅れてくしゃくしゃの笑みがひろがる、おい、と彼は台所にいる妻に声をあげる、おい、この子はいまおれの名前を呼んだぞ。人間の赤ん坊を鸚鵡《おうむ》や九官鳥ふうにとらえている嫌いはあるが、これがまちがいだとは、誰にも言えない。

父親は娘が最初に発したことばを大切にするあまり、性急な躾を保留したのかもしれない。いつか物心がついて、自然に、ヒデヨシがパパやお父さんにあらたまる日を気長に待とうと決めていたのかもしれない。その日を期待する気持ちと、その日に味わう一抹の寂しさを予感する気持ちとを両方、心にしまっていたのかもしれない。あくまで想像である。とにかく理由はなんにしろ、幸地家の娘は父親をヒデヨシと呼んでいた。その事実は動かない。

したがってその日、ここが物語の入口なのだが、昨年二月二十八日の朝、娘のちいさな手で肩を揺すられて目覚めたとき、

「ヒデヨシ、ヒデヨシ、起きて、ママがね」

といったふうの呼びかけの声を、幸地秀吉は夢うつつに聞いたはずである。ちなみに彼の妻の名前は奈々美《ななみ》で、そっちは娘がことばを喋り出したときからママと呼ばれていた。

うん、ママが？　ママがなんて？　父親はからだを起こし、布団のそばの携帯電話をつかんで時刻を見ながら、娘の返事を聞いた。八時を三十分ほど過ぎたところだった。

「ママが、朝ごはん、お願いしてる」

「ママはなにしてるの」

「ベッドにいる」

「風邪かな？」

「おつかれのこころ、ありだけどね」

「ありなのか？」

「ありだよ！」

なんのことかわからない。

明け方五時に仕事から帰宅して、そのあと歯をみがいて布団に入ったわけだから、まだ三時間くらいしか眠れていない、と計算して彼は娘をともない部屋を出た。隣の寝室の戸をそっとあけると、カーテンが閉じていてほの暗く、妻は羽根布団にくるまっていた。前日からからだがだるいようなことを言っていたので、あれはやっぱり風邪のひきはじめだったのだとすぐに状況をのみこんで、いたわりのことばをかけた。

「茜《あかね》にカーディガンを着せてあげて」と妻のくぐもった声が答えた。

「茜、カーディガンはどこだ？」彼はそばの娘に訊《き》いた。

「ママ、おつかれのこころ、ありだね」と娘が言い捨てて、さっきまで彼が寝ていた部屋のほうへ小走りに駆け戻った。

「お疲れのところ悪いけど、茜の朝ご飯お願い」と妻は娘のことばを翻訳し、力のこもらない笑い声をたてた。

幸地秀吉は寝室の戸を閉じるとまずはリビングの暖房を効かせ、娘に靴下とスリッパを履かせた。エアコンの設定温度を二度ほど上げ、それから娘の手をひいて冷えきった床の台所に立った。ボウルに卵を溶くところからはじめる。せがまれて一個、二個とおぼつかない手で割らせてみる。殻のかけらを取り除いたり、娘を背後から抱きあげ水道で手を洗わせたり、そこまで一仕事になった。牛乳と砂糖を加えて泡立て器でかきまぜ、ナツメグの瓶が目にとまったのでそれもひと振り足した。厚切りの食パンを一枚、三角形に四等分したものをなかに浸し、浸しているあいだに娘に林檎《りんご》ジュースを与え、自分が飲むため濃いめのコーヒーをいれた。

フライパンで焼きあげた朝食には味のむらがあった。ママのと違う、と娘が嫌がるので、自分でも一口食べてみて、急ぎすぎの失敗であることが判明した。浸す時間が足りなかったせいで、食パンそのものの味と食感が芯《しん》になって残っている。リビングの置き時計を見ると九時をまわっていた。食後の歯磨きをさせ、制服に着替えさせ、九時半までに幼稚園に送り届けなければならない。作り直しているひまはない。我慢して外側の味のついたところだけでも食べるよう言い聞かせるうち、泣き虫の娘の目に涙がたまりはじめた。

「泣くんじゃない」と彼は穏やかな声で叱《しか》った。

これは父親として、また夫として、だいぶ以前から幸地秀吉の決め台詞《ぜりふ》になっていて、すくなくとも娘にはてきめんの効果があった。泣いちゃだめだということばが最後通告で、従わないと、めったにないことだが父親が怖い声に変わるのを学んでいたので、娘はヒュッと音をたてて息を吸い込んで、椅子のうえで背筋をのばす仕草をした。その様子が芝居がかって見えるのは、もう習慣として定着しているからで、泣くのをやめるために娘が必ずやる息の吸い込みは、最近ではファスナーを一気に引き上げる音を連想させた。本人もその音をたてるのが気に入っているようだった。涙はあふれでるまえにひいた。

「おひるはオムレツが食べられる」と父親は娘をなぐさめた。

「オムレツ?」と娘が興味をしめした。

冷蔵庫の扉に幼稚園からのお知らせやら行事予定表やらがマグネットでとめてあり、その日火曜日の給食のメニューは、オムレツ、竹輪の磯辺揚げと記されていた。

「チクワのイソベアゲも出る」と父親は言ったが、これは発語能力の上限をこえていたので娘は黙っていた。

献立表を指でたどりながら父親は続きを読んだ。幼稚園の給食にしては続きは長かった。付け合わせにカリフラワーのソテー、ひじきサラダ、デザートが白桃、それに牛乳。ついでにその下をたどると、水曜日の欄には短く、お弁当の日、とあった。二月二十八日が水曜日でなくて幸いだった。

幸地夫妻が暮らしていたマンションから幼稚園まで、子供の歩調に合わせてという意味だが、歩いて数分の距離である。九時半ぴたりに着いてみると、ちょうど鉢合わせしたバス通園の園児たちもふくめ、防寒の服装に身をかためた関係者で園内はにぎわっていた。そのなかから娘はお気に入りの男の子を見わけて「シンカイくん!」と声をはりあげた。このシンカイくんは駐車場をはさんですぐ隣のマンションに住む慎改家の一人息子で、名前が敏之輔《としのすけ》といい、娘は楽をしていつも名字のほうを呼んでいた。

はにかみ屋の慎改君はしかとしてさっさと建物のなかに入ってしまったが、トレンチコート姿の母親が気さくにそばに寄ってきて挨拶《あいさつ》をした。

「おお寒い、茜ちゃん、おはよう」と彼女は白い息を吐いて、父親にむかい「冷えますね、午後から雨のマークが出てたけど、雪が降りそう」と空模様を気にしてみせた。つられて仰いだ空は薄雲で一面靄《もや》っていた。つないだ手をふりほどこうと娘が焦っているのに気づいたので、彼は力を抜いた。おはようございますと遅れて挨拶に応えるころにはもう娘は慎改君を追って飛び出していた。

仲の良い園児の親どうしで、しかも番地も一番違いのご近所さんなので、ではこれでと背を向けるわけにもいかない。いまから出勤だという慎改君の母親と、門のそとに停《と》めてあったボルボのそばで立ち話になった。幸地秀吉は問いかけに答えるかたちで、自分が娘を幼稚園に送ることになった今朝の経緯について説明した。すると慎改君の母親は自然な口調でこう言った。

「じゃあ幼稚園のあと、うちで預かりますから」

「ああどうも、いつもお世話になって」

慎改家が母親の留守中ベビーシッターを雇っているくらいは聞いていたので、幸地秀吉は形式的に礼を述べた。いつも、と言ったのは誇張表現にすぎなかった。

「でも、家内も夕方までには起きてくると思うので」

「そう？」と相手は言い、くだけた調子のまま続けた。「じゃあ念のため、彼女には事情だけ伝えておきます。茜ちゃんのママが夜になっても起きられなかったら、幸地さん困るでしょう？」

「彼女というと」

「うちに来てもらってるひと」

「ベビーシッターは夜中も見てくれるんですか」

慎改君の母親は、この素朴な発言を聞いて、父親としての幸地秀吉をいささか頼りなく感じたのかもしれない。あるいはそういうものとは別の、ことばに表しにくい、夫婦間の機微のようなものを、我が身を振り返って、感じ取ってしまったのかもしれない。寒天のもと通りをうろついていた野良猫が、ボルボの車輪に好奇心を示しているのを、慎改君の母親はブーツの底をむけて軽く蹴《け》って追い払い、後部座席のドアを開けた。

彼女がつかんだのは小型のボストンバッグで、それを左腕にかけるとなかからシステム手帳を取り出し、つづいて携帯電話を探すため読みかけの単行本を取り出した。

あとはそれぞれを左手に持ち替えたり右手の指でボタンを押したりふたたびボストンバッグに戻したりのあげく、一枚の名刺にボールペンで数字を書きとめたものが幸地秀吉の手に渡った。それは彼女自身の名刺で、名前は慎改美弥子《みやこ》とあり、社名には不動産という文字が印刷されていた。

「茜ちゃんのママが起きられなかったら」と彼女は言った。「遠慮なく電話してください。あたしにでもいいし、メモした番号に直接でもかまわない。話は通しておくから」

そんなに大げさな体調ではなく風邪のひきかけなのだが、と思いつつ幸地秀吉はまた形式的に礼を述べた。もしくは風邪のひきかけに、たぶん、生理の周期が重なっただけなのだが。このとき慎改美弥子のボストンバッグは口がひらいたままで、いちばん上に傾きかげんになって見える単行本に、彼は気をとられている。実際のところ、慎改美弥子は彼の露骨な視線に気づいていたし、もし出勤の時間が迫ってさえいなければ、またはふだんからもっと頻繁にことばをかわす間柄であれば、はっきり表紙を見せて、読んだことありますか？　くらいは訊《たず》ねてみたかもしれなかった。

だが仮にそうなったとしても、彼は首を振るしかなかっただろう。それは古本の小説のようで、題名も著者名もいちども聞いたことのないものだった。彼の関心を惹《ひ》いたのは、その本じたいではなく、その本のカバーのほうである。具体的に言えば、本のカバーの折り返し部分を、栞《しおり》代わりにそうするのが癖なのだろうが、読みさしたページのあいだに挟み込んであるのに真っ先に目がいったのだ。つまり幸地秀吉は、本のカバーの折り返しに焦点をあてて、そのときボストンバッグのなかを覗《のぞ》きこんでいた。露骨というより親密な視線をむけているつもりだった。なぜなら自分も本を読むとき、カバーの折り返しを栞代わりに挟み込むおなじ癖を持っていたからである。慎改美弥子の赤いボルボが走り去ったあとも、彼はベビーシッターの件などではなく、共通の癖のことをぼんやり考えていた。考えていたはずだ。あるいは共通の癖から連想して、もうひとり、その日の明け方会ったばかりの、おなじ癖を持つ男のことを思い出していたかもしれない。

風邪をひいた妻は昼になっても起きてこなかった。

幼稚園から戻ったあと、幸地秀吉はすぐ布団に入りなおして午後一時に二度寝から目覚めたのだが、そのときも寝室の戸は閉じたままだった。

娘の迎えは二時半である。二時まで様子をみようと決めて彼は待った。そのあいだにひとりで朝昼兼用の食事をすませ、妻のぶんも準備だけはととのえていた。娘の朝食用に卵と牛乳と砂糖をまぜたものも、余りは捨てずにボウルにそのままとっておいた。氷を加えてミキサーにかければミルクセーキができる。妻が子供の頃、熱を出すとかき氷みたいなミルクセーキを食べさせてもらうのが習慣だったそうだし、娘にちょっとでも発熱の兆しがあると、ミルクセーキ作ろうか？　というのが彼女のいまの口癖でもあった。

携帯が二時のアラームを鳴らすと、彼は読書を中断して寝室に入っていった。窓のカーテンは閉めきられたままで、いまにも雪の降りだしそうな雲ゆきのせいで朝よりも室内は暗かった。

ベッドの妻は身動きもしない。壁のほうを向いて横たわっているので目をひらいているか閉じているかもわからない。しばらく黙ってベッドの裾《すそ》のあたりに立ってみたが、寝息は聞こえてこなかった。

具合はどうだ、と枕もとへ近寄って彼は声をかけた。やや間《ま》を置いて、うん、朝よりはいい、と妻が返事をした。掠《かす》れ気味の声で、返事はしたが、まだ背を向けたままだ。

「なにか食べて、クスリをのんだほうがよくないか」

「風邪薬きらしてたから」

「朝、買ってきた」

と幸地秀吉が言うと、妻は迷ったようだった。さっきよりも長い間を置いたのち、でも、とひとこと答えて、ようやく寝返りをうった。羽根布団と毛布のへりを喉《のど》もとにくるよう押さえこんで、夫の顔を見あげた。

「でも、まだ眠い。風邪薬のんで、これ以上眠くなったらどうする？　ヒデヨシさんがお店に出たあと、茜はだれが見るの」

とうぜん妻はすっぴんで、まぶたは腫《は》れぼったく、顔ぜんたいがむくんでさえいたかもしれないが、照明がないせいで、幸地秀吉の目はそこまで観察はできなかった。妻が笑みを浮かべていることだけ見てとれた。

「あのな」と彼は言った。「幼稚園で慎改さんに会って言われたんだけど、夜もベビーシッターを頼めるそうだ。どうする、もし起きられないようなら、今夜だけ頼んでみるか」

妻の笑みはまだ目もとにとどまっていた。

「あのひとにがてだ」と妻は言った。

「さばけてるひとみたいだな」と夫は言った。「不動産屋で働いてるんだって？」

「実家が不動産業らしい。お喋り好きでしょう？」

「まあな」

「どこで会っても喋りかけてくるでしょう、だれにでも、よ。一回ベビーシッター頼んだら、あのときはって、いつ会っても、その話になる。結局気つかって、何回も御礼するの、安い御礼だけど、メロンパンのラスク買ってあげたり、くたびれる」

「メロンパンのラスクってなんだ」

「メロンパンのラスクは、メロンパンのラスクよ」妻の笑みが深くなった。「親子で好みが似てるの、メロンパンのラスクにかぎらずラスク好きで、敏之輔くんもよく食べてるけど、ほんとはママのほうが大好物。ボストンバッグのなかに入れていつも持ち歩いてる、ひとには内緒で」

読みかけの古本もいっしょに、と幸地秀吉は心に思いながら、ベッドに片手をついて身をかがめ、妻のほつれた髪をなおして額にてのひらをあてた。

「熱、ないでしょ？」

「うん。ミルクセーキを作るつもりではりきってたんだけどな」

「ありがとう」妻は掠れ声で笑ってみせた。「だいじょうぶ、夕方には起きられるから」

「雑炊でもつくろうか」

「ううん、食欲ないから、あとでいい」

「メロンパンのラスクって、メロンパンの味がするラスクなのか？」

妻は唇の両端を上げてみせた。

「やっぱりなにか腹に入れて、クスリをのんでおいたほうがいい。ひきはじめの風邪薬を買ってきた、のんでも眠くなったりしないと薬局のひとが言ってた」

夫は妻の髪を撫《な》でながら喋っていた。

妻の手が布団の内側から這《は》い出て、夫の手を追いかけてつかまえようとしたが、まにあわなかった。雑炊をつくるよ、と夫は言い、ベッドから離れた。寝室を出ていくまえに、足を止めて、さも重要なことであるかのように、

「ああそうか。メロンパンを薄切りにして、焼きあげたラスクってことだな？」

と言った。何度でも妻の笑う顔を見たいがゆえに敢《あ》えてわかりきったことを言ったのだ。ヒデヨシさん、と妻が夫を呼びとめて、重要な報告をしたのはまさにその直後だった。幸地夫妻にとってとても重要なことを。

耳を疑ったので幸地秀吉はその場に立ちつくしていた。

「ほんとか？」と聞き返すまでに数秒かかった。彼女はおそらくこのような意味の報告をしたと思う。あたしのおなかにあたしたちのあかちゃんがいる。

彼はベッドのわきに立ち、妻の顔を見おろした。妻の顔は待機の表情をうかべていた。夫のただひとつの反応を期待して、笑顔を準備していた。

「まちがいないのか？」と彼は言った。

妻は声を出さずに、一度だけうなずいてみせた。

「そうか」

それだけ言うのがやっとだった。上半身が熱をおびているのがわかった。鳩尾《みぞおち》から胸、鎖骨から首筋、耳の付け根まで熱は駆けのぼっていった。興奮のあまり顔が赤らみ、知らぬまに、そうか、とおなじことばを繰り返していた。

「ねえ」と、たまりかねた妻が催促した。「ほかにいうことはないの?」

「雑炊をつくろう」と夫はうわのそらで言った。

「来て」妻がせがんだ。

ベッドの枕もとにしゃがんで夫は妻と目線の高さを合わせた。どんな表情で妻を見返せばいいのか夫にはわからなかった。自分がどんな表情をうかべているのかもわからなかった。妻が乾いた笑い声をたて、両腕を差しのべてくれた。紅潮した顔の夫はその腕のなかに入り、みずからの手で、壊れ物に触れるような手つきで、妻の顔と、髪を愛撫《あいぶ》した。それが祝福の抱擁のかたちをとった。

「妹か弟ができると知ったら、茜は喜んでくれると思う」

と妻は囁《ささや》き、ひとこと付け加えた。

「ヒデヨシさんよりも、もっと」

「そうだな」

「そろそろ迎えに行く時間でしょう」

「ああ」

「あたしはもうすこし眠りたい。夕方まで、ヒデヨシさんが仕事に出る時間まで、ここに寝ててもいい?」

「ああ、そうしたほうがいい」

おれは頭を冷やさなければ、と彼は思った。抱擁を解いて、布団のみだれを直してやると、妻が満足している気配が伝わってきた。

幸地秀吉はもともと思慮深い男だった。手を動かしているあいだに落ち着きをとりもどし、つぎにまた名前を呼ばれたときには、平静に近い声で応じることができた。

うん? と彼は振り返った。妻の顔は微笑《ほほえ》んでいた。

「ヒデヨシさんがもしそうしたいのなら、幼稚園の帰りに、茜にいまの話をしてくれてもいいのよ。茜を喜ばせる役目をつとめたいなら、譲ってあげる」

わかった、というしるしに彼がうなずくと、妻は安心して目を閉じた。

娘を迎えに幼稚園まで歩く道すがら、幸地秀吉は携帯でふたりの人物と話している。ひとりは慎改美弥子。これは名刺にある番号に自分から電話をかけた。もうひとりは店で雇っている従業員で、月初めの給料日を待ちきれず、前借りを頼んできた。

「三万円、お願いしていいですか」と二十歳になるかならないかの娘は言った。「月末の支払いがあるので、できれば今日中に」

「ちょうどよかった。いま財布にいくら持ってる」と幸地秀吉は聞き返した。「悪いが、店に出る前に、両替えを頼まれてくれないか」

「はい？」

「釣り銭の千円札、補塡《ほてん》するのを忘れてたんだ」

「ああはい、でも、いくら両替するんですか？」

「二万円でいい。千円札を二十枚」

「わかりました」と従業員はしぶしぶ答えた。「二万円抜くと、あたしのお財布からっぽですけど」

「出勤したら、手提げ金庫に千円札を入れて、かわりに二万円抜いていいから。百円玉と五百円玉はまだ余分にあったと思うんだ、あと五千円札も。レジに移す前にいちおう見ておいてくれ。手提げ金庫の置き場所は知ってるよね？」

「倉庫の棚の上」

「うん、じゃあ頼んだよ」

「ああでも倉庫の」

「なに」

「倉庫の、鍵の置き場所が」

「わからないのか？」

返事はなかった。

幸地秀吉は声にして嘆きたいのを堪《こら》え、この娘がうちで何ヶ月か働いて覚えたのは前借りの要領だけだと思った。倉庫の鍵の置き場所もわからないのなら、手提げ金庫のダイヤル式キーの開け方も知らないだろう。

「じゃあ、出勤したらまずトイレ掃除をしながら、岩永《いわなが》くんが来るのを待て。それから、倉庫の鍵の置き場所を聞いて、あとの段取りは、マスターにそう言われたからと岩永くんに頼んで、もう一回教えてもらえ。いいね？」

「あのそれで、三万円のほうは」

「ああ、わかってるよ。店に出てからなんとかする。今日はすこし遅くなるかもしれない、岩永くんにもそう伝えてくれ」

幼稚園の門の前で、コートの襟を立てて寒さに足踏みしながらそこまで喋ると、幸地秀吉は電話を切り園内に入っていった。

娘は靴脱ぎ場まで出て待ちうけていた。ただしまだ制服に上履きのまま、おなじ恰《かっ》好《こう》の慎改敏之輔と上がり口にならんで、手をつないで立っていた。通園用の鞄《かばん》と、今朝出がけに着せたフードが毛皮の縁取りになっているパーカは、ふたりの隣にいる年少組の担任の先生が持ってくれていて、

「いま敏之輔くんのお母さんから電話がありました」

幸地秀吉とお辞儀をかわすなり、彼女は言った。

「お聞きしたとおりにしてよろしいでしょうか」

「ええ、そうしてください」

と幸地秀吉は答え、いったんしゃがんで子供たちの頭を左右の手で撫でてから、

「ごめんな、ちょっと茜にお話があるんだ」

と幼いボーイフレンドに言い聞かせた。それから娘を抱きかかえると玄関の隅まで歩いた。

おはなし？　と娘が目を輝かせて言うので、ママからの伝言だ、と彼は言い直した。伝言ということばを娘は知らなかったが、意味を感じ取り、やや首をかしげて聞く姿勢をしめした。

「あのな」と彼は話した。「ママは、まだベッドから起きられないんだ。眠い、眠いって、夕方まで眠るつもりらしい。それじゃ茜がさびしがるだろうって言ったら、ママは、じゃあわたしが眠っているあいだ茜はシンカイくんと遊んであげたら？　そんな名案を思いついた。シンカイくんは、いつも四時まで居残りなんだって？」

父親の肩口から覗くようにして、娘は慎改敏之輔のほうへ視線を投げた。

「だから茜も今日だけ、シンカイくんといっしょに幼稚園に居残って遊んであげたら？　ママはそう言ってる。茜はどう？　名案だと思うか？」

父親に目を戻した娘は、名案ということばを知っていたかどうかは別として、迷いなくうなずいてみせた。

「シンカイくん、ひとりで居残りは可哀想だもんな。じゃあいっしょにいて遊んであげなさい。四時になったら、おねえさんがクルマでシンカイくんを迎えに来てくれる。そしたらいっしょに乗せてもらって、シンカイくんのおうちに行きなさい。夜になって、ママが起きられるようになったら、迎えにいくから。シンカイくんちのおねえさん、茜は知ってるよな?」

「ちゃーちゃん?」

「うん、そうだ。そのひとが絵本も読んでくれる。おなかがすいたら、ご飯も食べさせてくれる」

娘は慎改家のベビーシッターの名前を記憶してちゃーちゃんと呼んでいる。慎改美弥子から教えられたその大学生の下の名前は「千沙《ちさ》」というので、そう考えてまちがいなさそうだった。もしかすると父親が考えている以上に、慎改家のベビーシッターと娘がともに過ごした時間は長いのかもしれなかった。

娘がこの提案を聞いてぐずるようであれば、むろん幸地秀吉は「泣くんじゃない」の決め台詞をこの日二度目につかうつもりで心の準備をしていた。しかしその必要はなく、娘が最後にひとつだけ不満らしい不満をもらしたのは、ちゃーちゃんに読んでもらうごほんのことにすぎなかった。題名を正しく発音するには無理があったが、それは彼が買いあたえた絵本だったので、娘の言わんとすることはいっぺん聞けば理解できた。のねずみのぐりとぐらが、道でひろった大きな卵を、げんこつでたたいても割れないので石でたたいて割ったあと、その続きの、カステラを焼くところからはこんど会ったとき読んであげる、とベビーシッターが言ったらしいのだ。彼は娘の言い分を信用することにした。その『ぐりとぐら』という絵本をあとで慎改家に届けると娘に約束して、幼稚園をあとにした。

五時半になれば妻は起きてくるだろう。幸地秀吉はそう予測して待っていた。五時半はふだん彼が仕事に出る時刻である。

五時二十分頃、台所のガスコンロの前に立っていると、寝室の戸がひらいて、妻が洗面所のほうへ歩いていく足音が聞こえた。ガスコンロには土鍋がかかり、土鍋のなかでは雑炊が温まっていた。溶き卵をかけてきざみ葱《ねぎ》をちらすばかりになっていた。

台所に入ってきた妻は、とうぜんだが、まず娘の不在を気にかけた。

「慎改さんの家で預かってもらってる。心配いらない」と彼は答え、まな板で万能葱をきざみはじめた。うしろを振り返らなかった。

「どうして？」

「ママが起きてきたら、迎えにいくと言ってある」

「ヒデヨシさんが見ててくれると思ったのに」

「慎改さんに、どうしてもって勧められたんだよ」

「でもだからって」

「あれだけ眠ったら、すこしは腹も空いただろう。すわって食べながら話そう」

妻は椅子をひいて食卓についた。そのさいたてた音に、戸惑いというよりちょっとした不機嫌があらわれていた。テーブルにはすでに箸置《はしお》きにのせた箸が二膳セットされ、平皿に香の物が盛られていた。斜め向かいの椅子の前には、夫の読みかけの本が一冊、ページのあいだにカバーの折り返しを挟みこんだ状態で置かれ、その横に、本屋で買ったときつけられた包装用のカバーが、本からはずされた帯といっしょに仰向けになっている。仮の話だが、妻がそちらに関心をしめせば、たとえば帯を表に返してそこに印刷された宣伝コピーに目を走らせるていどの薄い関心であっても、読んでありきたりでいいからひとこと感想をつぶやけば、夫婦の会話がもっとなめらかにすすむきっかけくらいにはなったかもしれない。妻のひとことを受けて、夫はその日の明け方、仕事帰りに寄り道したドーナツショップで初めてことばをかわした男の話を持ち出したかもしれない。幸地秀吉が読みかけていた新刊小説の帯には「別の場所でふたりが出会っていれば、幸せになれたはずだった」と謳《うた》い文句があった。ドーナツショップで会った男は、自分では年甲斐《としがい》もなくピーターパンを読んでいたのだが、幸地秀吉の持っていた本に形ばかりの関心をしめし、ぱらぱらページをめくるどころか表紙をひらこうともしないで、ただその帯の文句に目をとめてこう言った。「だったら、小説家は別の場所でふたりを出会わせるべきだろうな」

しかし妻は本にも本に付随するいかなる話題にも関心をしめしたことはなかった。夫もそれは承知していた。なにもかも承知のうえで五年前、妻がまだ身重のとき籍を入れたのだ。雑炊のお碗にはレンゲが添えてあった。妻はひとすくい熱々の雑炊を口にいれ、おいしい、とありきたりの感想を言った。戸惑いも不機嫌も胸に押しとどめた様子で、その後も黙々とレンゲを口に運んだ。パジャマに薄手のカーディガンをはおっただけの妻を見て、寒くないのか、と彼はからだを気づかった。妻はその問いかけには黙って首をふり、熱いお茶がほしい、と夫に甘えた。彼はレンゲを置いて椅子を立ち、緑茶をいれる準備にかかった。そのときポケットで携帯が鳴っているのに気づいた。二月二十八日午後五時半頃のことである。

余計な用事にわずらわされたくはなかったのだが、その電話に出ないわけにはいかなかった。相手は倉田《くらた》という名字の、長いつきあいの友人だった。無駄口をたたくために電話をかけてくるような男ではなかった。

「おまえの店で預かってほしいものがある」と倉田は切り出した。「ちょっとのあいだ、そうだな、二時間か、三時間でいい。そのあいだ、ほかの人間の目に触れないところに保管してほしい」

「わかった」と彼は言った。すると倉田が黙りこんだので、こちらから質問した。

「かさばるのか？」

「いや薄い封筒だ。それを持って六時にひとが行く。受け取ったら、上着の内ポケットにでもしまっておくといい。六時には店に出てるんだろ？」

妻がタクアンを齧《かじ》る音が耳についたので、彼はそちらへ視線を向け、目を合わせた。

「秀吉」と倉田の声がした。

「ああ」と彼は答えた。

倉田は車の中から電話をかけている模様だった。ナビの音声が耳に入ったのでそれがわかった。

「九時までにはそっちに着く。それまで長くても三時間、預かってもらうだけだ。そうぴりぴりする必要はない」

「わかった」

この電話が切れたあと、彼は従業員の岩永という男に電話をかけて手短かに用事を言いつけた。封筒を持って六時にひとが来るので、受け取ったら手提げ金庫の中にしまっておくように。そのあと緑茶をいれて、湯呑《ゆの》みをふたつ、テーブルの上に置いた。

「どうだ、すこしは落ち着いたか」と彼は妻のむかいの椅子にすわり直した。

「ええ」と妻はおざなりの返事をして、もうひと切れタクアンを指でつまんだ。「ヒデヨシさん、お店に出る時間じゃないの？　あたしは茜を迎えに行かないと」

「そのまえに、だいじな話をしよう」と彼は言った。

夫のあらたまった言い方に妻は戸惑いをおぼえた。

夫が自分ひとりの考えで娘をベビーシッターに預けていたこと、毎日五時半にきっちり家を出る夫がいまここにいること、戸惑いは三つ積み重なって意識された。好物の白いタクアンを口にくわえて嚙《か》むのをためらったほどだった。

「医者には診てもらったのか」と夫が訊ねた。

妻はタクアンを口に押し込み、かりっとひと嚙み音をたてた。

「おなかの子のことだ。どうなんだ、もう病院に行って検査したのか？」

妻はこころもち眉を上げ、娘の描いたクレヨン画を観察するような目で夫を見た。いったいこれはなんなのかしら？　という意図を伝えるためそうしたのだろうが、そのとおり、夫の目には芝居がかった表情に映った。

「妊娠はきみの思い違いかもしれない、その可能性が、ないわけではないと思ったんだ」

夫は昼間考えていたことを穏やかな口調で話した。

「だからその点をはっきりさせておきたい」

妻はかりっかりっと音をたててタクアンを噛みはじめた。夫を見返す目が、怒りのせいでもううるみかけていた。なにがはじまっているのか見極めがつかず、一分後になにが起きているかすら予知できなかった。

「ほんとうにまちがいないのか」夫は執拗《しつよう》に言った。「正直に話してくれ。病院へは行ったのか」

妻はタクアンを噛むのをやめなかった。

「きみはほんとうに妊娠してるのか？」

妻は機械的にタクアンを噛みつづけた。

「まちがいないと言い切れるのか、訊いてるんだ」

妻が深くうなずいたとき、涙はもう溢《あふ》れんばかりに溜《た》まっていた。

「泣くんじゃない」と夫は言った。「ちゃんと医者に診てもらったんだな？」

妻がもういちど深くうなずき、光る目でまばたきをした。

「そうか」と夫は言い、落胆の吐息をついた。そして椅子の背にもたれて、抑揚のない声でこうつづけた。だったら、おなかの子の父親は僕じゃない。

そのことばに妻はひとことも応えなかった。夫はテーブルの湯呑みに指を触れ、それをてのひらで包みこむように握り、しかし口には運ばず喋った。わかってるんだろう、きみにも。教えてくれ、おなかの子の父親はだれなんだ。妻は夫の握った湯呑みを見て答えなかった。答えろ、と夫が命じた。

「いいか、ことばを選ぶな。言い逃れできるとは思うな」

それでも妻は口をひらこうとしなかった。ただ機械的にけだるくタクアンを噛みつづけた。

2

半日ほど時間を巻き戻して、その問題の日の明け方、つまり昨年二月二十八日午前三時頃のこと、幸地秀吉は繁華街の一角にあるドーナツショップにひとりで入った。

自分の店を閉めたあと、近所に寄り道してちょっとした夜食をとって帰るのが習慣だった。蕎麦屋《そばや》に寄ることも、屋台のおでんをつまむこともあったが、読みたい本があるときは、たいがい終夜営業のドーナツショップを選んだ。歯ごたえのあるドーナツを一個、薄いコーヒーをお代わりして、小説を一章か二章読み、仕事中にまわった酔いをさましてからタクシーで妻子の待つ家に帰る。帰り着いても、妻も娘もとっくに眠っていて出迎えてはくれないのだが。

店内にはぽつりぽつり客がいた。

四人掛けの席をひとりで占領している客が複数いるので、混雑しているというのではないが、テーブルはほぼ埋まっている。入口からいちばん奥の壁際の右隅、トイレへの入口の横にひとつだけ空きを見つけ、幸地秀吉は注文した品が運ばれてくるのを待った。彼が腰をおろしたのは、場所が場所だけに客のあまり寄りつかない、さびれた二人掛けの席だった。新刊の小説をテーブルに置き、そこにあった小さな陶器を片手でいじりながらぼんやりしていると、背中のほうから、ぼそぼそ言い争う声がした。

店員から注意された客が不平をならべているのだと聞いていてわかった。

「だいたい喫煙席と禁煙席はどこで区切ってるんだ。な？」

「ここです」と女性店員が対応する。「こないだも教えましたよね？　このロープからこっちは禁煙席で、そっちの奥が喫煙席です」

「じゃあロープをここまでずらしてくれ。きょうのところは、ここまで喫煙席ってことで、な？」

「な？　って言われても困るんです」

「たった1メートル動かすだけだろ？　こないだも思ったけど、衝立《ついた》てがあるわけじゃないんだし、この店に喫煙席がひとつ増えたってだれも困らないよ」

「困ります」と女性店員が言った。「また店長呼んできます」

「わかったわかった。移るよ。移るから、事を荒立てるな」

男はあっさり白旗を掲げた。

まもなくその男は幸地秀吉のそばに立った。指先に火のついた煙草をはさんでいた。

「どうも」と男は照れ笑いの顔で挨拶した。「煙草、吸わないんだよね？」

酔っぱらいがぐずぐずごねてるのかと思ってさっきから聞いていたのだが、その男の目つきはまともだった。ボタンダウンのシャツに丸首のセーター。上着なし、膝のぬけたズボンはコーデュロイ。この男の風貌《ふうぼう》にはどこかしら見覚えがある。そう思いつつ幸地秀吉は手もとでもてあそんでいた陶器の灰皿に目を落とした。男が言った。

「面倒だけど、席をかわってもらえないかな？　あっちの禁煙席と」

言ったあと、さっきまで自分がいたテーブルのほうを見て、舌打ちをし、それからそっちへ戻っていった。

「なに勝手に片づけてるんだよ」と男が文句をつけた。

「移るって言いましたよね？」女性店員が気丈に応えた。「そっちへ運びますから」

「いま段取りつけてるとこだろ。な？　見てただろ」

「な？　って言うのやめてください」

「ここいいの？」別の声が割って入った。

「どうぞ。こちら禁煙席になっております」

「おいおい」

「コーヒーのお代わりいかがですか？」

「何杯も飲めるか、そんな出がらし」

「ロープのこちら側で煙草を吸わないでもらえます？」

「ねえ、ここ空いてるからすわろ」

大事なテーブルが新たな客によって横取りされた模様だった。

なりゆきにまかせるつもりで待っていると、再度男は幸地秀吉のそばに立った。灰の長くなった煙草を指にはさみ、両手でトレイを支えていた。

「悪いけど、相席させてもらえないかな？　長居はしないから」

幸地秀吉はうなずいて、陶器の灰皿をテーブルに戻した。

男が向かいの椅子に腰をおろした。

男のトレイには四分の一ほど食べ残したドーナツの皿と、ほとんど飲みつくしたカフェオレのカップと、マルボロライトの箱と使い捨てライター、それに厚手の本が一冊載っていた。運ばれてきたドーナツを口に入れながら、幸地秀吉はその本を逆向きに目にとらえていた。カバーははずされているのか、もともとないのか、堅表紙の上部に横書きで『ピーター・パンとウェンディ』とタイトルが入っている。あともう一点気になったのは、その本に挟まれた千円札の先端が、大きな栞のようにはみ出していることだった。栞のつもりなのかもしれない。いずれにしても男が持っていたこの本が、幸地秀吉の興味をひいたことは確かだと思う。

「初めてじゃないですよね？」と幸地秀吉は自分から喋り出した。

敬語を使ったのは、もし相手が一度でも自分の店に来た客であれば下手な口はきけないと用心したのだろう。幸地秀吉は三十七で、男のほうはそれより年下には見えなかったが、ぼさぼさの髪も無精髭《ぶしょうひげ》も伸びていて年齢が読み取りにくかった。

「うん、初めてじゃない」男は最初からくだけて喋った。「なんべんか会ってる、ここでも、蕎麦屋でも。いつも夜中に本を読んでるよね？」

幸地秀吉はわずかに頬《ほお》をゆるめ、記憶を確認したというしるしにうなずいてみせた。

「でも煙草を吸ってるのは見たことない」と男は言った。「かまわないかな、目の前でもう一本つけても？　これ一本吸ったら引きあげる」

「どうぞ」幸地秀吉はぼそりと、冗談めいたことを言った。「ここは、ロープの向こう側のようだし」

この返事が気に入った様子で、以降、男の態度や口ぶりからいっさい遠慮が消えた。

「こっちに住みはじめて何ヶ月か経つけど、本読んでる男はほかに見たことがないんだ、煙草吸ってる男より珍しい、だからひとめで印象に残ってる」

「よそから、こっちへ？」なりゆきで幸地秀吉は訊ねた。

「うん、そのカバーのかかった本は新刊？」と男は質問を返し、答えるまを与えずに言った。「このへんで金払って新刊本を買うような男は、ほかに探しても見つからないと思うな」

笑ってほしそうな顔を男はしたのだが、幸地秀吉はにこりともしなかった。しばし沈黙が降りた。男は新しい煙草に火をつけた。

「それは？」と幸地秀吉はここで男の本へ目配せをした。

「これは古本」男は答えた。「近所につぶれかけた古本屋があってそこで買った、前にそこで買った本を売り払って。つぶれかけたっていうか、来月つぶれるんだけど」

「房州《ぼうしゆう》書店？」

「ああ、知ってる？」

「いや知ってるってほどじゃない。古本屋といえば、房州書店のことだから。あそこが、店じまいするのか」

「店主がそう言ってる。ロープの向こう側に追いやられたって、ブックオフに」

そのやりとりの最中に男から手渡しされていた本の、さっき逆向きに読み取っていたタイトルにあらためて目をやり、

「ピーターパンだね？」

と幸地秀吉は言った。子供ならみんな知ってるあのピーターパンだよね？　という

ニュアンスだった。

「うん、ピーターパンだ」男はカフェオレのカップを覗き、底に残っていたのを啜《すす》って空にした。「あなたって、まるであのピーターパンみたいなひとね。同居人がそう決めつけるから、じゃあピーターパンて具体的にどんなやつだって話になって、また揉《も》めて、あいまいにしたままだと今後も喧嘩《けんか》の火種になるから、確認のためいま読んでる。先週むこうが読んで、今週こっちに回ってきた」

　同居人の話は唐突で、どこまで鵜呑《うの》みにしてよいかもわからないが、笑い話のつもりなのだろうと判断して、幸地秀吉は作り笑いを浮かべた。

「うけるだろ」男は真顔で言った。「きみは早寝早起きで一年中マイペースを守ってる女だって、そのひとことから始まったんだ。褒め言葉のつもりで言ったんだよ、真似したくてもできないくらい、ものすごい早寝早起きだから、マグロ釣りの漁師みたいに。そしたら地雷踏んだみたいで、ちょっと待ちなさい、マイペースとはなによ、それはどういう意味、つまり自分本位って意味でしょ？　違うの？　あたしが自分本位な女だって、ほんとはそれが言いたいんでしょ？　マイペースって便利なことばよね、さすが小説家は便利なことば知ってるわ、なんて突然切れ出して、しまいに、百歩譲ってあたしがマイペースだと認めるにしても、あなたはピーターパンじゃないのかって、悔し涙にくれたんだけどね」

「小説家？」幸地秀吉は聞きとがめた。

「ああいや」男はてのひらを振った。「昔ちょっと書いてたことがあるんだ。喧嘩して意地悪になると、すぐその話を持ち出してくる」

「それで？」

「なに」

「いやだから」幸地秀吉は一瞬、自分がなにを求めているのか見失った目つきをした。

「さっきの、ピーターパンの話。ピーターパンは具体的にどんなやつなのかと思って」

「いま読んでるとこまでで言うと」男は即答した。「まずものを考えない。それから忘れっぽい。うぬぼれが強くて、なまいき。あと大事な点は、機嫌をそこねた女の子を上手におだてる。その栞をはさんだページをひらくと、いい台詞が出てくる」

本からはみ出している千円札の端に指を触れ、やはりこれは栞のつもりなのだと幸地秀吉は思った。彼がそう思っていることを男は読み取った。

「はさむ癖があるんだよ。本についてる紐《ひも》の栞は使わずに、カバーがあればカバーの折り返しをはさむ。おなじ癖だね？」

古本のピーターパンを手にしたまま、幸地秀吉はまた目的を見失った目をした。男の手が伸びて無造作にテーブルの新刊書をつかみとった。それは夕方店に出るまえに買ったもので、まだ一ページも読んでいないし、書店でかけてもらった包装用のカバーに覆われている。男は無断でその包装をはずして、本の表紙カバーの折り返し部分を適当なページのあいだに挟んでみせた。

「いつもこうやってるだろ。べつにじっくり観察してたわけじゃないよ、でもなにしろ本を読んでる男は珍しいから目をひくんだ。おなじ癖だし、一回見たら忘れない」

「ああ」とだけ幸地秀吉は答えた。

「想像だけど」男は新刊書を自分のトレイのそばに置いた。「この癖はひょっとして、奥さんのがうつった？」

「いや」

「そう、そこは違う」と男は残念がった。「僕の場合は、一緒に暮らしてるうちに癖がうつった。カバーの折り返しを読みかけのページにはさむなんて、なんだかだらしない癖だと思って見てたんだけど、いつのまにか自分も、はさまないと気がすまなくなった」

「マイペースの同居人？」

「いやそれとはべつ、こっちに来るまえの話。ピーターパンの名台詞、読んでみたら？」

　言われたとおり幸地秀吉は千円札の挟まれたところをひらいて、これだなと見当をつけた台詞を黙読した。左側のページにこう書かれていた。

「ウェンディ。」ピーターは、女なら、どんな女の人も、けっして知らん顔できない声でつづけます。「ウェンディ、女の子ひとりは、男の子二十人よりやくにたつよ。」

幸地秀吉は本から目をあげて男を見た。

「同感だな」と男は言ってのけた。「女は役に立つ。困ったとき、頼りになるのはやっぱり女だ」

幸地秀吉はただ微笑して、千円札を挟み直すと本を閉じた。閉じた本を男の前に置き、ドーナツを口に入れ、コーヒーを飲んだ。ものたりない声で男はつづけた。

「ピーターパンはこの調子でウェンディを家出に誘うんだよ。いま読んでるのはそこまでだけど、面白そうな本だろ？　このまま結末までいけば、ピーターパンはけっこうな女たらしになってると思う」

幸地秀吉はひかえめな微笑をくずさなかった。少し考えて、こう返した。

「そういう本なら、子供が読む本じゃない。子供に読ませるわけにはいかないな」

「うん、子供が読む本じゃない」と男は言った。「いくつ？」

「四歳の娘がいる」

「そう、下は男だね」

「下？」

「奥さんと、幼い子供がふたり、家ではひとつの布団で眠っている。夜中に腹をすかして帰って、キッチンで物音を立てたりしないように、仕事終わりにここでドーナツを食べていく。帰宅後、静かに歯をみがいて、奥さんと子供たちの横に敷いてある布団に入る。この時間まで仕事といえば、水商売？」

「まあそんなとこだけど」と幸地秀吉は言った。立ち入った質問をうるさがるふうでもなかった。「でも布団は自分で敷く、隣の部屋に」

「そうか、布団は帰ってから自分で敷くのか」男は細かいことに大げさに感心した。

「隣の部屋に。子供たちを起こさないように。それが自然か」

「自然というと？」

「いやもし、小説なら。下は男の子？」

「下はいない」

「コーヒーのお代わりいかがですか？」と店員がまわってきた。

幸地秀吉がカップをテーブルの端に置くと、女性店員がサーバーから気前よく注《つ》いだ。男がカフェオレのカップをおなじように置くと、彼女はしばし動作を止めた。

「出がらしですけど？」

「いいから注いでくれ」

彼女が顎《あご》をそらして、不承不承従うのを見て男は言った。

「ちいさなことをいちいち根に持つと、年より早く老けるぞ、ぬまもと君」

「ぬもとです」と女性店員は言って去った。

男はまたマルボロライトに火をつけて幸地秀吉に笑いかけた。

「沼本と書いて、ぬもとと読むらしいんだ。名札にかなをふれってこないだから言ってるんだけどね。禁煙は五年前から？」

「うん？」

「奥さんが妊娠したとき煙草をやめたんじゃないの？」

「ああ」と幸地秀吉は質問の意味を理解し、コーヒーを啜っている男の顔を見た。それから目を細めて、なぜそのような内情を告白する気になったのか、説明のしようもないのだが、軽い口調で、こう言った。

「煙草はもともと吸わないんだ、体質に合わなくて」

「そう」

「それに家内は、僕と出会ったときもう妊娠していた」

男はカフェオレのカップを口にあてたまま、視線をそらして、遠い目つきをした。

「なんと言うか」幸地秀吉は少し迷って、ことばを探しあてた。「うちはあまり、自然じゃない」

「いや」と男は言いかけて、黙った。いやそんなことはない、ときっぱり言いたかったのだが、きっぱり言うのがこの場合適切かどうか自信がなかった。妊娠している女と出会って恋に落ちて結婚したのだとすれば、それはあまり自然とは言えないかもしれない。

男が口ごもったのを見て、幸地秀吉は皮肉まじりの声でこう言った。

「もし下の子が産まれれば、あなたの言う自然に近づくのかもしれないけど」

「いやそんなことはない」男はこんどは否定した。「自然て、そんなつもりで言ったんじゃないんだ」

「わかってる、小説の話だろ?」幸地秀吉はまた微笑した。「でもどっちにしてもあり得ないんだよ、下の子が産まれるとか」

「あり得ない」と男は幸地秀吉のことばをなぞった。

「うん現実にも」幸地秀吉は繰り返した。「あり得ない」

男は視線を幸地秀吉の顔から、彼の喉仏へ、革のジャケットの袖口へ、コーヒーカップに添えられた長い指へと走らせた。それからちょうどトイレに向かって歩いてきた客の顔とネルシャツの柄へ、客が通り過ぎると禁煙席のほうへ、そして最後に店の天井の照明へ、つまり頭を動かさず視線だけをあちこちさまよわせた。考え事をするときの癖だ。

長めの沈黙が流れ、われに返ると、男はポケットから携帯を取り出して時刻を見た。三時半をまわっている。男はこう思った。いま聞いた話は興味深い。しかし相手とはきょうが初対面も同然なのだし、この場で、立ち入った話を根掘り葉掘り聞き出すわけにはいかない。どんな質問をぶつけたところで、すらすら喋ってくれるはずもない。ひとつため息をついて、男は踏み込みたい気持ちを押さえこんだ。踏み込むことを諦めたのではなく、先へ延ばしたのだ。機会はそのうち訪れる。この相手とはいずれこのドーナツショップで再会することになる。一度や二度でなく会いつづけ、そして遅かれ早かれ俺は詳しい話を聞き出すことになるだろう、そんな直感を男はこのとき信じていた。

「同居人が気になる?」幸地秀吉が男のため息を耳にとめた。

「いや」と男は首を振ったあと、裏腹なことを言った。「もうじき起き出すころだ。そのまえに帰って寝たふりしないと。居候の身だから、肩身が狭くてね」

幸地秀吉は自分の携帯をひらいて時刻を確認した。

「なるほど、真似できないくらい早起きだ」

「早起きしてパンを焼くんだよ。朝から小麦粉をこねると気分が落ち着くらしい。peaceful ということばを本人は好んで使う」

「なるほど」

「読書の邪魔してわるかったね、くだらない話で」

「とんでもない、こっちも余計なことを喋った」

その余計なことについて考えをめぐらせながら、男は灰皿に置いたままでくすぶっていた吸殻の火を消した。

「さっき喋ったことは」と幸地秀吉が釘をさした。「ここだけの話に」

「そうしよう」男は用意していた答えを口にした。「仕事で疲れて帰っても、布団は自分で敷くというのは、ここだけの話に」

「ああ、頼む」

「よかったら、車があるから送るけど？」

「いや」幸地秀吉は断った。「せっかくだからその本をすこし読んでから帰るよ」

男は手もとにあった新刊書をつかんで幸地秀吉に返した。

だが手渡すまえに、ページのあいだに挟んであったカバーの折り返しを抜いて、書店の包装用カバーと揃《そろ》えてかけなおす手順のなかで、その本に形ばかりの関心を示した。男が目をとめたのは本の帯に謳われた「別の場所でふたりが出会っていれば、幸せになれたはずだった」というキャッチコピーである。そうか、と男はそれを見て言った。

「この帯の文句を読んで、なるほどそういうこともあるかもしれないと、思ってるうちにレジの前に立っているわけだ」

幸地秀吉は本を受け取って微笑しただけだった。たぶん自分の店で客に愛想笑いをしてみせるように。

「確かに」と男は認めた。「そういうことはあるかもしれない、現実に」

「うん」

「でもそれだったら」と男はつづけた。「小説家は別の場所でふたりを出会わせるべきだろうな」

しばしのまを置いて、幸地秀吉は笑い声をあげた。

はじめて愉快そうな声が聞けたので、こういうことを言えば笑ってもらえるのかと男は心にとどめた。千円札を挟んだ古本のピーターパンを忘れず手に取って、気分良く、

「じゃあまた、そのうち」

と男は言い、幸地秀吉が最後に社交辞令で応えた。

「ああそのうち。その本のつづきを読んだら、またピーターパンの話も聞いてみたい」

「いいよ。こんど会ったときに」

と軽く請けあい、男は席を立った。

ところがそれで終わりではなかった。

男が席を立って何秒もしないうちに、幸地秀吉は後ろを振り向いて、おい！　と呼びとめることになる。男がテーブルに残したトレイに忘れ物があったからだ。煙草にライターに、おまけに車のキーまで。

「おい！」と大声で呼ばれた瞬間、男は考え事をしていた。

その声の主がさきほど口にした「それに家内は、僕と出会ったときもう妊娠していた」という台詞について。下の子が産まれることは「あり得ない」という断定のひとことについて。つまり前の台詞は、いまいる四歳の娘の実の父親は別にいると教えているし、あとの断定のほうは、自分が実の父親となってふたりめの子供が産まれる可能性はゼロだと語っている。素直に解釈すればそういうことになる。血のつながりのない娘をわが娘として育てることはとくに不思議ではなく、そういった例は世の中にいくらでもあるだろう。だが自分がふたりめの子の父親になることはあり得ないと断言するのはひっかかる。なぜそう言い切れるのか。そう言い切る確信はどこからきているのか。気になる疑問にとらわれて視線はさまよい、前から来る、沼本と書いてぬもとと読む女性店員とすれ違いかけたときはあさっての方向を見ていた。そこへ「おい！」と背後から声がかかり、肩がびくっと反応したのは憶《おぼ》えているが、そのあとがあやふやで、「忘れ物だ」と追いかける声にこんどは左手に持っていたピーターパンがあらぬ方向へ動いて、沼本店員のコーヒーサーバーの握りを持ったほうの手首を弾《はじ》いたのかもしれない。「きゃっ」と彼女は悲鳴をあげ、「あちっ」と男はひと声洩《も》らし、コーヒーサーバーとピーターパンがそれぞれの手から落下した。

禁煙席と喫煙席とを分けて垂れ下がるロープの、端が繋《つな》いである高さ50センチほどの二つのポールのうち一つが倒れて音をたてた。透明のコーヒーサーバーはどんな素材でできているのか床に落ちても割れなかった。

「ごめんなさい」と沼本店員が言った。

「あちっ」と男は片足を軸に飛び跳ねながら言った。

モップを持ってほかの店員が駆けつけた。店長が倒れたポールを起こした。

「だいじょうぶか」とロープの向こう側から現れた幸地秀吉が訊ね、床に落ちていた古本を拾いあげてくれた。

「ほんとごめん」と沼本店員が謝った。

「いいんだいいんだ」と男は言った。「でもあちっ」

たとえ熱いにしても、火傷《やけど》を負うほどではなかったのだし、四十過ぎた男としてはもっとましな熱がり方が、というか取るべき態度があったかとも思う。醜態、と古いことばで沼本店員がのちにこのときのことを評したけれども、まあ認めるしかない。

実はこのとき、コーデュロイのズボンの太腿《ふともも》あたりを指でつまみながら、片足で飛び跳ねていたのは僕である。つまり昨年二月二十八日午前三時過ぎ、ドーナツショップで幸地秀吉と相席していた男、それが僕で、ここからこの物語で活躍することになる。

もちろんその時点で、僕が幸地秀吉の名前すら知らなかったのと同様に、幸地秀吉も僕がどこから来ただれであるかは知る由《よし》もなかった。だから、もし彼が生きているなら、そしてこの明け方の出会いを忘れていないなら、僕という人間は、まさにここまで語ってきた男として、いまも名前のないままおぼろげに記憶されているはずだ。

3

昨年二月二十八日午後六時。

幸地家のダイニングキッチンにおいて、おそらく夫がある確信のもと妻の不貞を、不貞も古いことばだが、とにかく妻のあってはならないおこないを追及していた頃、僕は日産 I'm peaceful. キューブの運転席にいた。助手席には浅丘ルリ子という名の若い女を乗せていた。

説明が必要なところから順に片づけておくと、I'm peaceful. とは、車の持主から教えられたのだが、日産のディーラーが契約時に連呼していた謳い文句だそうである。単行本でいえば帯のキャッチコピーのようなものだろう。その車はキューブの名を体現した箱型のフォルムで、謳い文句にふさわしく、車体は心和むパステルカラーの空色だった。対して助手席の浅丘ルリ子とは、「女優倶楽部」という無店舗型性風俗特殊営業、いわゆるデリヘルの事務所に所属するコンパニオンの源氏名で、本名ではない。本名は知らないけれど、当人を見れば、だいそれた源氏名だと誰もが思う。

日暮れ前から雪がちらついていた。ポップコーンの屑《くず》のような雪が宙を撥《は》ねていた。居候さきで午後からホットカーペットに寝そべってコーヒーの染みのついたピーターパンのつづきを読み、読み飽きると外の天候を眺め、暗くなってもすることがないので、頰杖《ほおづえ》をついた自分の顔が窓硝子《まどガラス》にうつるのをなおも眺めていると、携帯が鳴って「たびたびで悪いけどさ、クルマを出してもらえないかな?」と持ちかけられた。日当は前回に二千円上乗せするという。これはゆうべは八千円だったのを今夜は奮発して一万円払うという意味だ。

それで五時半に居候さきのマンションの駐車場に降りて、あるじの帰宅を待った。あるじは地元の銀行に勤めていて、月曜から金曜までは早朝僕がまだ眠っている時間に部屋を出て、五時半に、日産キューブで飛んで帰ってくる。帰巣する伝書鳩のごとく。そして朝から下ごしらえしていた夕食をつくって食べ、ぬるめの風呂に二時間つかり、夜十時には就寝する。翌朝は四時に起きて小麦粉をこねる。穏やかな日々の繰り返しを大事にしている女だ。白線に区切られた駐車スペースのそばでピーターパンを手に待ちかまえて、「悪いけどまたキューブを貸してくれないかな？」と持ちかけると彼女は嫌な顔をした。ゆうべとまったくおなじ、と思ったかもしれない。栞の千円札をはさんだ位置が、結末近くのページに移動しているだけ。確実に嫌な顔はしたが、断固としてはねつけはしなかったし、どこに行くの？　とも、何時に帰るの？　とも彼女は訊かなかった。訊かなくなってからもうだいぶ時がたっている。いちいちそういう質問をすること、そういう質問をしなければならない立場に甘んじていることと、要は僕との関係に倦《う》んでいることが察せられた。質問の答えを聞いたところで、どうせ十時には寝てしまうのだし。

雪はやまなかった。ポップコーンの屑のような粉雪がヘッドライトのとどく範囲で舞っていた。積雪の心配はない。六時五分前に事務所に着いて、事務所といっても坂の途中にある平屋建てのうらぶれた一軒家なのだが、クラクションを鳴らしてやると、玄関の幅の狭い一枚扉がひらいてトートバッグをさげた浅丘ルリ子が出てきた。のそっとした感じを身にまといキューブまで歩いてくる。ブーツにミニスカート、フード付きのコートの前はひらいたまま。

彼女は助手席に乗り込もうとして、シートにあった古本をつかんで一瞥《いちべつ》をくれた。だがなにも言わずシートに腰を沈めながら、本は後ろの座席に放った。それから次に、もし素朴にリアルということを追求して書き取るならばという意味だが、小声で、はざっす、と挨拶した。「おはようございます」と洗練された僕の耳は聞き取ったので、はい、おはよう、と返してから、どこまで？ と訊いた。ぎんなん、と彼女が言った。

銀杏？ と僕は聞き返した。

「なんだそれ」

「よく知らないけど、ホテルの名前？ 銀杏」

「場所は」

「アカプルコの真裏だって、社長は言ってたけど、赤坂の横から裏道入ればすぐだって」

「じゃあアカプルコか赤坂に部屋をとればいいんじゃないのか。面倒くさい」

「そんなことあたしに言われたって」

「きょうも郵便配達のお兄さんか」

「きょうも郵便配達のお兄さんてなに」

「銀杏の客。浅丘君のご贔屓《ひいき》さんだろ」

「浅丘君？」

と聞き返して、しばし間をとってから、彼女は「たは」と感嘆詞を口もとで破裂させた。

「それあたしじゃん」

「ほかにだれがいるんだよ」

「浅丘君とか呼ぶからよ、くんとか、もう、浅丘君？　たは、鳥肌立つ。てか、ご贔屓さんてなに？」

身をくねらせてけらけら笑うので、僕はとりあえずホテル赤坂をめざしてキューブを走らせることにした。

「それってあれ？」信号待ちでルリ子が言った。事務所から二三分走ったあとだった。

「秀子さんのほうと勘違い？」

「なにが」

「郵便配達のお兄さん」

「そうか？」

「うん。ルリ子のリピーターはＪＲのお兄さん」

秀子さんとはやはりコンパニオンの高峰秀子のことで、リピーターとは、好き者の客のことを社長が従業員にそう呼ばせるよう教育しているのである。

「失礼。じゃあ銀杏で待ってるのはＪＲのお兄さんか」

「JRのお兄さんはいつも赤坂。銀杏は知らないおじいちゃん。そういえば秀子さんが、津田《つだ》さんに借りたお金のこと、なんか言ってた、返すとか、返さなきゃとか。あとそういえば、そのおじいちゃんがね」

「おじいちゃん、おじいちゃんて、きみたちは、いったい男をいくつからおじいちゃんと呼びはじめるんだ」

「津田さん何歳」

「四十」僕はけっこうさばを読んだ。

「おじいちゃんはもうちょい上じゃない？」

「それで？」

「四十でも、津田さんリッチだよね、パートのくせ普通車だし。正社員の梶《かじ》さん、四十だけど、軽だよ、軽のガソリン代も持ってない、給料前は小銭しか持ってない」

「おじいちゃんの話はどこ行ったんだよ」

「だって秀子さんに三万も貸したんでしょ？」

「三万円ないと携帯が止まっちゃうって、高峰君が夜中にしくしく泣いてたんだよ。その様子を見るに見かねて貸したんだ」

「高峰君て、秀子さんのこと？」

「ほかにだれがいるんだよ」

「高峰秀子？　たは、高峰秀子ってどんな顔の女優よ。てか、見るに見かねてってなに、二度見？」

　ふたたび身をくねらせはじめたので、僕は口をつぐんでキューブを走らせた。

「でも三万てすごいじゃん」

　次の次の信号につかまったあたりでルリ子が言った。ずっとその金額のことを考えていた模様だった。

「家族でも、友達でもないのに、だまって三万貸せるってすごい。やっぱ津田さん、リッチなんだ」

「たまたまリッチだったんだ、金を貸した晩」

「ねえあの本なに？」

「さっききみが投げた本のことか？」

「いつもなんか読んでるよね」

「いつもきみは後ろに投げてからそこにすわるな」

「津田さんは有名な小説家だったって噂ほんと？　なんとか賞もらって、ベストセラー出して、奥さん新しいのに取り替えるくらい儲《もう》かって、そのときの貯金まだあるから、こんなとこまで流れてきてても呑気な顔でやってける。社長が喋ってるの聞いたけどほんと？」

「浅丘君は地元のひとか」

「ううん、流れ者」

「働き出してどのくらいになるの」

「いまのとこは、去年の勤労感謝の日から」

「社長の喋ることはどのくらい信用できると思う」

「そうか」ルリ子は小考した。「いささか？」

「じゃあいささかほんとなんじゃないか？」

「津田さんの部屋になんとか賞のトロフィー飾ってあるの見たことあるって、社長は言ってた」

「ほえ」

「なにその、ほえって、うける。てか、いささか、ってどういう意味よ？」

「たは」

ホテル赤坂から横道に入り、一度右折すると、電信柱に取りつけられた蛍光灯に降りかかる雪が勢いを増して見えた。街灯はその一つだけで、そこを通り過ぎると路地は暗闇《くらやみ》同然である。おかげで目印の灯《あか》りを見逃さずにすんだ。喫茶店かと見まがう立て看板が表に出してある。脚付きの、コードにつながれた看板の背景は白、「銀杏」が渋い緑。ホテル銀杏の建物は、三階建てのようだが、どこかの会社の社員寮のような無愛想な雰囲気をかもしている。玄関は観音開きの磨り硝《す》子のドアで、その真ん前にキューブをつけることができた。HOTELと銀杏の明朝体金文字が左右の磨り硝子に分けて描かれていた。

ルリ子がキューブを降りる直前、僕の携帯が鳴りだした。ズボンのポケットからひっぱりだして見てみると、着信の番号のみ表示されていて、相手が誰だかはわからない。めったにあることではないし、嫌な予感がしたのでその電話には出なかった。鳴りやむまで待ってからポケットに戻すと、ルリ子はいまにも外に出る体勢で右手にトートバッグを持ち、ドアに左手をかけたままこちらに顔をむけていた。時間までそのへんで待ってる、と僕は言い、顎をしゃくってさっさと降りるよううながした。

「おじいちゃん昇天させたら、携帯鳴らしてくれ」

「そのへんて?」

「ハンバーガーでも食いながら待ってる」

「事務所から呼び出しかかると思うよ、きっと」

「今夜はヒマだよ、雪だって降ってるし」

「あまい」とルリ子は言い捨ててドアを開けた。「社長、天気予報チェックして、割引メルマガ配信したし、正社員、きのうでひとりやめちゃったし」

ドアが閉まった。それをはやく言え、と思いながら車を切り返したところで、ルリ子が近寄ってきて運転席側の窓を叩いた。

「ひとりやめてもうひとりは出勤してるんだよな？」と僕は窓をおろして確認をとった。

「うん、梶さんはいる、貧乏だから、働かないと。それより思い出したんだけど、いまから会うおじいちゃん、ボウシュウって名前なんだって、津田さん知ってる？　そのおじいちゃん、電話で津田さん指名してきたらしいよ。コンパニオンじゃなくて、ドライバーの指名なんて初めてだって、社長があきれてた」

あきれたのはこっちの話で、返すことばがすぐには見つからず、煙草とライターをつかんで一本くわえて火をつけた。ボウシュウって名前のおじいちゃんなら、ピーターパンを買った古本屋、房州書店の店主にきまっている。

「さぶっ」とルリ子がコートの前を掻《か》き合わせた。

「それをはやく言え」

「知り合いなんだ？」

「おじいちゃんて、本物のじじいじゃないか」

「何歳？」

またポケットで携帯が鳴りだした。取り出して、ひらいて見ると着信番号のみなので、また嫌な予感をおぼえ、さっきとおなじ手順を踏んだ。

「遅れるからもう行けよ」と僕はルリ子に言った。

「知り合いなら、メッセージつたえる？」とルリ子が僕に言う。

「そうだな、年寄りの冷や水、とでもつたえてくれ」

「なんのなに？」

「メッセージなんかあるわけないだろ。な？　この状況で、知り合いのじいさんに僕からどんなメッセージを送るんだよ、文案があるなら言ってみろ」

するとルリ子は大げさに唇をとがらせ、のそっとした感じを身にまといつつホテル銀杏の玄関へ歩いていった。磨り硝子にＨＯＴＥＬと描かれたほうのドアの取っ手をつかみ、押し開けてなかに姿を消した。そこまで見届けてから、「房州老人ご乱心」という文句を心に下書きして僕は車を出した。


リピーターに配信された割引メルマガが功を奏したのか、夜降る雪がひと恋しさをつのらせるということなのか、「女優倶楽部」の受付電話は宵の口から鳴りっぱなしのようで、八人出勤しているというコンパニオンをピストン輸送するうち、ルリ子とはかけちがって、正社員のドライバーに銀杏への迎えを代わってもらう始末だった。

夕食のハンバーガーにありついたのは九時過ぎてからである。車で二十分かかる海浜ホテルまで八千草薫という名のコンパニオンを送り届けて、事務所にＵターンすると、残りは全員出払っている。ルリ子はこんどは赤坂だそうである。次の迎えまで時間があるというので、不足のガソリンを入れるついでにまた夜の街に出て、給油所のむかいの公園脇にキューブを停めた。

ふたつのアーケード商店街の連結部にその公園、立看板によると「憩いの広場」は位置している。一方の商店街を歩いてくると屋根がとぎれて、横断歩道のさき右手方向にガソリンスタンド、直進すればもうひとつの商店街、左手に、昼間は散歩する老人や犬を散歩させる老人に社交の場を提供し、夜間は人影がぱたっとたえて路上駐車に適した憩いの広場というロケーションである。屋根がとぎれる寸前の角地に、壁が硝子張りの全国展開のハンバーガーショップが営業していて、いつ覗いてもヒマで待ち時間が要らないので、路上駐車と対《つい》で調法している。

硝子張りの広々とした店に閑古鳥が鳴いているのは、近年の、地産地消を旗印にした地元小売店連合によるゲリラ戦「日本一ハンバーガー・キャンペーン」にロープぎわまで追いつめられているからという話で、まあ言った者勝ちであるにしても「日本一」を名乗るだけあって、地元店のハンバーガーのほうが断然うまいと評判が立ち、立てたのは地元の人間だろうが、客はごっそりそっちへ持っていかれるわけである。おかげでこっちはいつ入店しても、ガールスカウトふうのベレー帽の店員が笑顔で速やかに応対してくれる。

その夜、店内の客は房州老人ひとりだった。

注文カウンターから遠い窓際のテーブルに旅支度をして陣取り、僕を待ち構えていた。

本人の隣の椅子に長旅用のキャリーバッグが縦置きにされ、その上にチロルハットが載っていたので旅支度に思えたのだが、服装は特によそいきっぽくもなかった。柄物のシャツに、僕と似たりよったりの丸首セーター。脱いだら場所を取り、折りたためばクッションにもなりそうな分厚いハーフコートは椅子の背にどうにか引っかけてある。ふだん着だ。ふだん見たことのない帽子は中折れというのかもしれないが、一周巻いてあるリボンに羽根飾りが一枚付いているのでチロルハットと呼びたかった。

おまけに老人は酔っていた。人好きのする酔い方ではなく、孤独に憂いに沈んでいるような、わしにかまわないでくれ、みたいな酔い方に見えた。ほとんど坊主にちかく刈り込んだ頭髪も、口のまわりの無精髭もごま塩で、まだらに赤らんだ顔は最初いまにもため息をつきたそうに窓の外を向いていた。これから旅に出るというより、夜逃げの算段をつけているというほうが似合っていたかもしれない。来月房州書店を閉めて引退することが頭から離れないのか、それとも、若いコンパニオンに生気を吸い取られたあとだからとくべつ陰気になるのも無理はないのか、どっちにしても、酔ってからまれると面倒だな、とそばへ寄りながら僕は思った。

老人の正面ではなく、キャリーバッグの向かいの椅子に腰をおろして待ってみたが、むこうから口をひらく気配はなかった。

「冷える晩だ」

と僕は時候の挨拶から入り、手荷物をテーブルに置いて、いまさっき老人がそうしていたように窓の外の雪にしばし見とれるふりをした。反応は皆無だった。雪は降りしきるというほど激しくはないが、一定の勢いで、ねばりづよく降り続いていた。こちらから切り出すしかないと思い、僕はこう言った。

「借金の話なら、すこしだけ待ってくれ。あてがあるんだ」

「ふん」と房州老人は軽くあしらい、口角をつりあげて、歯につまったものを吸い出すべく音をたてた。

そのあと、テーブルに置かれた古本のピーターパンと、携帯電話と煙草とライターに目をやり、次に僕の顔をちらりと見て、なにごとか喋った。

「えっ？」と僕は聞き返した。

「ここは禁煙席だ」と房州老人は言った。肩越しに、背後を顎でしめして、つけくわえた。「吸いたいなら、そっちに喫煙者用の部屋がある。窓に正面向けて椅子が置いてある、電車の運転席みたいに」

僕がうなずいて見せると、またすぐ気を逸《そ》らすようなことを喋った。

「噂にたがわず、ヒマな店だ。な？　いつ来ても、予約なしで同窓会がひらけるってあんたが言ってたのは、ほんとうだったな。とくにまずい唐揚げを食わせるわけでもないのに、もったいないことだ。この一時間半、客はひとりも来ん」

　房州老人の前には食べかけのフライドチキンがあり、手でむしって口に入れているのか、脂まみれで丸まった紙ナプキンがトレイに山になっていた。

「驚いたことに、この場所は禁煙席だというんだ。焼酎《しょうちゅう》は見逃しても、煙草は絶対ダメだというんだ。同窓会だってひらける広い店のなかに、この一時間半、客はわたしひとりきりなんだが」

　いまこれを書いていて思い出したのだが、房州老人は酔っているいないにかかわらず独特の声をしていた。

　ことばのつながりのところどころに、微《かす》かなひび割れ、もしくは小さな段差の感じ取れるような、揺らぎのある、不安定な音質で彼はものを喋った。おまけに正対した相手にだけ伝わるような、節約した声量で話す術《すべ》を身につけているので、慣れない者はたいてい、え？　と聞き返さなければならなかった。

　僕が黙っていると、房州老人はひとりでさきへ進んだ。

「そうか、あてがあるのか」

　これは話題が借金の話に戻ってきたのだ。

そのあたりでチーズバーガーとコーヒーが運ばれてきたので、からまれて食欲をなくさないうちにと思い、包み紙を開けてさっそくかぶりついた。

「それにしても、津田さん」

と房州老人は言った。無視して食べつづけていると、なあ、津田さん、あんた、と彼はじわりからんできた。

「あんたいま、財布にいくら入ってる」

「財布は持ってない」

「屁理屈を言うな」老人は怒った。「財布を持たないことくらい知ってる。金をいくら持ってるか、訊いてるんだ」

「じゃあ最初から、ポケットにいくら入ってるか訊けよ」

老人は聞く耳を持たなかった。

「な？ そもそも財布も持たないとは、天下の津田伸一《しんいち》もおちぶれたもんだ」

「結論を急ぎすぎだ、じいさん、その台詞は、ポケットにいくら入ってるか数えてみてからだ」

「うるさい、黙って聞け」

と房州老人はめずらしく大声を出した。飲み物で喉を潤して、なんとか癇癪《かんしゃく》を鎮め、頭からやり直した。

「天下の津田伸一もおちぶれたもんだ。な？　たかが三万二千円の借りで、借金の話ならすこしだけ待ってくれ、か。返すあてがあるって台詞は、もっと桁《けた》の大きい借金に使うべきじゃないのか？　あんたも昔はひとに読ませる小説書いてたんだし、もうちょっと、ことばづかいに頭使ってみたらどうだ。それともなにか、朱にまじわればなんとかのたとえか？　小遣い稼ぎでポンビキやってるうちに、あんたのことばも、金銭感覚も、若い娘たちの流儀になじんでしまったのか」

テーブルには房州老人持込みの水筒と、大ぶりの紙コップが一個出してあった。水筒には水道の水が、紙コップには水で割った芋か麦の焼酎が入っていると見てまちがいなかった。焼酎の水割りは食中酒として万能で、唯一の例外を除いて、あらゆる食べ物がつまみになるというのが彼の持論なのだった。むろんフライドチキンもつまみになる。あるとき、その唯一の例外がなにか訊ねてみると羊羹《ようかん》だった。え？　と聞き返して確認したが、羊羹でまちがいなかった。

「どうなんだ」酔って気の急《せ》く老人が言う。「聞いてるのか」

「ああ」

「なぜ黙ってる」

「言い返していいのか？」

「生意気を言うな。減らず口もたたくな。な？　あんたも昔はひとに読ませる小説書いてたんだ、たまに気のきいたことでも言って、年寄りを感心させてみろ」

「三万だろ？」と僕は紙ナプキンを使いながら言った。

房州老人が無言で眉を片方つりあげた。

「借金は三万に負けてくれ」

「三万二千円だ」房州老人は端数にこだわった。「盗品の『幸田文全集』と、ブックオフから持ちこんだ『横溝正史全集』に払い過ぎたぶんと、あわせて三万二千円」

「横溝正史の文庫本は、自分で金払って買ったんだよ」

「一冊いくらだ」

「まあ、百五円だけど」

「それから、このなんとかってナイロンの旅行かばん、これもあんたに売りつけられた」房州老人は勝ち誇り、隣の椅子のキャリーバッグを手の甲で叩いた。「先月、しめて六万円渡したはずだ。そのうち三万二千円、きっちり払って貰う。さあ、なにか言い返すことがあったら言ってみろ」

言い返すことは、相手が素面《しらふ》でいつもの調子ならという意味だが、最初からいくつかあった。この街に住み着いて半年あまり、たまたま居候さきから遠くない場所に房州書店があって、暇にあかして出入りしていたので老人とはもう遠慮のない仲で、なにも少額の借金をいま話題にしなくても、その気になればふたりで話すことはいくらでも見つかるはずだった。たとえば、「予約なしで同窓会がひらけるって冗談はさ、もっと若い人間が口にしてこそじゃないのか？　じいさんの場合、同窓会ひらきたくても同級生はみんな死に絶えてるだろ」とでも言い返せば、彼は苦笑していつもの調子に戻ったかもしれなかった。もしかしたら、彼は僕のそういう辛辣《しんらつ》なことばづかいを期待していたのかもしれなかった。たとえば、房州書店の勘定場でたまに碁盤にむかう姿を見かけていたので、いつか対局を求められる日が来るかもと予測して、そのときは無下に断らず「ヘボだけど、じゃあ一局だけ、とか言いながら、実際ヘボなのでころりと負けて、そのあと五目並べの対戦に移る、くらいならありかと漠然と思ってはいたけどさ、それがなくて、まさかデリヘルの女の子をじいさんのもとへ送り届ける日が来るとは思いもかけなかったよ、で、浅丘ルリ子との六十分はどんなぐあいだった？」とあえてまわりくどく訊ねることも可能だった。実のところ彼はその質問を待っていたのかもしれなかった。たとえば、そんなことより僕は真っ先に、ピーターパンなら石井桃子訳のこれがいいと房州老人が売ってくれた古本、いま読みかけの『ピーター・パンとウェンディ』について、椅子にすわって窓の外の雪に見とれるまえ、チーズバーガーにかぶりつくまえに、一言なりと感想を伝えておくべきなのかもしれなかった。「子供の本だと舐《な》めてかかったら冒頭から目を瞠《みは》らされる」と目次と扉をめくって2ページ目「お母さんは、夢見る心をもち、とてもきれいな、人をからかうような唇をした、美しいひとでした。お母さんの夢見る心というのは、あのふしぎな東の国から渡ってくる、つぎつぎに重ねた、小さな入子の箱のようでした。いくらたくさんあけてみても、箱がまだもう一つ、中にあるのです。それから、お母さんのかわいい、人をからかうような唇には、いつもキスが一つ、うかんでいましたが」のあたりを面倒でも読んで聞かせ、老眼鏡を取り出した房州老人に、指をあてたまま本を渡して、

お父さんは、お母さんをすっかりじぶんのものにしましたが、ただあの一ばん内がわの箱と、あのキスだけは、だめでした。箱のことは、それがあることさえ知りませんでしたし……

と数行あとにつづく皮肉な文章を自分の目で読ませて、それから、この本は「あなた」と読者に呼びかけて語って聞かせる文体で書かれ、漢字もなるべく仮名にひらいて子供向きに訳されているように見えるけれど、実のところはどうなのか、「あなた」として想定されている読者は一般の子供たちなのか、それとも特定のだれかなのか、お母さんの夢見る心の一ばん内がわの箱、という表現はいったいだれに届けられようとしているのか、これを読んだだれかが、もし子供ならば、いつか大人になって、

じぶんのものにしたと信じていた相手の心に、それともじぶんじしんの心に、一ばん内がわの箱があると気づかされる怖いときを体験するのだろうか？　そんなことを、さして深い考えもなく喋り、すると房州老人は本から目をあげて、だてに長生きはしていないという証拠に、僕の思いもよらない、生半可ではない辛辣な意見を吐いてみせたかもしれなかった。そしていきおい話はそちらへ流れ、たかが三万二千円の借金の話などこの場では話題にすらのぼらなかったかもしれない。

でもその晩はだめだった。最初に正面ではなく斜め向かいの椅子に僕が腰をおろして、時候の挨拶など余計なまねをして、外の雪を眺めるふりをしたところから、つまり、なぜこんな時間に、なんの用があって、ハンバーガーショップで焼酎を飲みながら僕を待ち伏せしているのか？　という当然あってしかるべき質問をしそびれたところから、いわばボタンのかけちがいみたいなことになり、「ボタンのかけちがい？　あんたも小説家なら、鶍《いすか》の嘴《はし》とでも書いたらどうだ」と房州老人がいまこれを読むことができたら言ったと思うのだが、とにかくぎくしゃくしていつもの調子にはほど遠かった。

あと念のため、いまこれを読んでいるあなたに説明しなければならないのは、いましがた房州老人が口にした「盗品の『幸田文全集』」うんぬんのことで、あれは不機嫌な老人がたぶんわざと挑発的な表現を用いただけで、実態はそんなに大げさなものではなく、たんに、居候さきから僕がそれを無断で持ち出して売り払ったという意味である。

早寝早起きの銀行員と一緒に暮らしてみてすぐ気づいたのだが、彼女の本棚のその全集は一巻たりとも読んだ形跡がなかった。読まないのに飾ってあるのは、インテリアとして実家からでも持ってきたのだろうと見当がついたので、頃合いをみて、空箱だけ本棚に残し、ちょうどブックオフで見つけた横溝正史の掘り出し物とともに自前のキャリーバッグに詰めてごろごろ転がして房州書店に持ち込んでみると、店主は見慣れた本なんかよりむしろ容れ物のほうに関心をしめした。全体が黒一色のキャリーバッグは素材がバリスティックナイロンと呼ばれる特殊なもので「この薄さで銃弾も通さない強靭《きょうじん》なつくりになってるんだね、買ったときは十万からした、一生もんだよ」と試しに推してみると、中身の本とあわせて六万円で買い取るというので、儲かった気分でいたところ、何日かして、本の持主が本来気づくはずのない異変にどうやら気づいたようなのだ。僕は「女優倶楽部」のパートに出ていたのでどうやらとしか言えないし詳細はわからないのだが、おそらく、二時間の長風呂をすませてバスタオルで髪を拭《ふ》いているときにでも本棚に目が行ったのだろう。読んだ形跡はなくても、ときたま箱の背文字をじっと見る習慣くらいはあったのだろう。小麦粉をこねるのと同様の効果が、岩波書店『幸田文全集』二十三巻の箱の背文字にはあったのかもしれない。

　ともかく彼女は僕の箱抜きの芸当を見破り、自分で頭を働かせて事情を察し、翌朝キューブで銀行に出勤するまえ房州書店に出向いて老人にかけあい、抜かれた中身をすべて取り戻した。こうして六万円からキャリーバッグの買い取り価格と、角川文庫の横溝正史十八冊を僕がブックオフで仕入れてきた値段一八九〇円を差し引いたぶんが、そもそもしめて六万円なので内訳は房州老人の裁量しだいなのだが、僕の借りとして残ることになった。ちなみにこの話の後半のくだりは先週、ピーターパンを探しにひさしぶりに房州書店に顔を出し、老人から聞かされるまで僕は知らなかった。彼女がなにも言わないので、幸田文が箱に戻っているのに気づかぬまま一週間も二週間も暮らしていたのである。その後も彼女は僕のやったことにひとことも触れない。僕もいまさら自白するような間抜けなまねはしたくない。そっちからさきに言い出して素直に謝れば今回の件は水に流してやる、みたいな無言の圧力に耐えながら居候をつづけるしかなかった。


　雪の夜、九時十五分頃に話を戻そう。

　チーズバーガーは五分でたいらげた。コーヒーも飲んだ。空腹がみたされたぶん気持ちもやわらいで、事務所から呼び出しがかかるまで、もうちょっと身を入れて年寄りの憂いの原因に、年寄りとして生きることそれ自体のほかに憂いの原因があるのならという意味だが、向き合ってみようか、端数のある借金の話だけして別れるのも味気ないしという気にもなった。

「なぜ黙ってる。なにも言い返さないのか。な？　ひょっとして、怒ってるのか？」

と房州老人も、このままでは張り合いがないみたいな口ぶりなので、

「いや、不思議に思ってるんだ」

と言い返しておいて、断りなしに水筒の口を開けて、水を飲むつもりで空になったコーヒーカップに注いでみると、湯気が立った。水筒のなかみは白湯《さゆ》で、房州老人が飲んでいたのはお湯割りだったわけである。水筒のほかに焼酎のボトルも持ち込んでいるはずだがそれは見あたらない。古本のピーターパンの上で携帯が鳴りはじめた。事務所からではなく、例の着信番号のみの表示だった。いちど開いて、また閉じて鳴り終わるまで待った。ただ待つのもなんなので、マルボロライトの箱から一本ぬいて口にくわえてライターで火をつけた。

「今夜のご乱心の原因はなんだよ」一服したのち僕は言った。「ひ孫みたいな若い娘と風呂に入りたがったり、こんなとこで酔って、年下の親友に絡んだりするのはなぜなんだ？」

「ふん、親友が聞いてあきれる」と老人はまず答えた。それから一二秒遅れて、

「風呂？」

と聞き返した。そのとき僕たちのテーブルに人影が近づいた。

ベレー帽をかぶった女性店員から喫煙のルールを徹底されるのか、この店でもか？と身構えたが、そうではなかった。

あらわれたのはもっと年のいった窶《やつ》れた顔の女だった。

しかし実のところ、その女の顔は窶れてなどいなかったかもしれない。なにしろ昨年二月二十八日のその晩、ほんの数分だけそこに居合わせて立ち去った人物なのだし、記憶は不確かだから、幸地秀吉との出会いを書いたときのように、房州老人の待ち伏せについていま書いているように事実をひとに読ませるため加工して、辻褄《つじつま》の合わないところは僕の判断で書き換えたり、場合によっては、可能性としてありえたことをあったことにして書き足すことだってできるのだが、やはり無責任な嘘は避けるべきだと思う。

彼女は窶れてなどいなかったかもしれない。連日、潑剌《はつらつ》とした年代のコンパニオンとばかり顔をつきあわせて、化粧と着るものに金をかけた彼女たちの流儀になじんでしまった僕の目に、第一印象として窶れて映っただけで、実際には一日の労働を終えて疲労のたまった三十代の平均的な女性の顔なのかもしれなかった。ただし彼女は幼い子供をふたり連れていた。ひとりは自分で立って歩ける女児だったが、もうひとりは赤ん坊で、これも僕の第一印象をなまで書いてしまうと、彼女はその赤ん坊をおぶってねんねこをはおり、でんでん太鼓であやしていた。一見そのように古めかしい陰気なオーラを放っていたという意味だ。実際には、彼女は対面だっこ用の袋をベルトで装着して、胸のまえで赤ん坊を抱いていた。そのカンガルーの育児嚢《いくじのう》みたいな袋のことをだっこ紐と呼ぶのだとのちにコンパニオンのひとりに教えられた。

「すいません遅くなって」

と彼女はお辞儀して房州老人に話しかけた。はなから腰をおちつけるつもりはないらしく、手に提げていた荷物をテーブルのはしにおろして、

「とりあえず、きょうはこれだけ」

とまた頭を下げる。荷物は本だった。資源ごみに出すように積み重ねて十文字に紐でしばった古本である。いちばん上の表紙には葛籠《つづら》を背負った爺《じい》さんのイラストが描かれていて『したきりすずめ』と平仮名のタイトルが読めた。

「フロントのおばさんが、古い雑誌があるから持っていけと言ってくれて、一冊かと思ったらこんなに」と彼女は事情を説明した。聞いても第三者にはよくわからない説明だった。「それから保育園で、娘の絵本とまとめて紐でしばるのに時間がかかってしまって、遅れてすいません。うちに帰ればまだ二冊か三冊、本があったと思うんです、でもとりあえず、いまはこれだけ、鑑定お願いします」

「ああ」

と房州老人は面食らった声を出しながらも、首を傾けて積み重なった本の背表紙に目を走らせ、上から下までざっと手で撫でた。女は息を殺すようにして立ったまま鑑定結果を待っていたが、古本屋の店主は雑誌のタイトルにろくに関心も示さなかった。

やがてズボンの尻のあたりを探って二つ折りの財布をつかみ出すと、中から一万円札を抜いて女に渡した。それが古雑誌と絵本の買い取り価格のようだった。すいません、こんなに、と女は感激した声で言い、家に帰ればまだ二冊か三冊、本があるんです、と繰り返した。明日それも持ってきていいですか？　すると老人は、いつでもいい、ホテルに置いておきなさい、わたしのほうで取りに行くからと答え、女は、どうも、と僕にまでお辞儀して、娘の背中を押してせかしながらその場を立ち去った。

幼な子の手をひいた母親が雪に降られて歩いていく後姿を見届けようと、窓の外にしばらく目をこらしたが、遠目に確認できたのは公園脇に停車したキューブの空色だけだった。母と娘はアーケード街をＪＲ駅の方角へ歩き去ったようだ。房州老人がなにごとか話しかけてきて、振り向くと、「ここは禁煙席だ」というので、僕は吸いさしをコーヒーカップの湯の中に落とした。

「風呂？」とそれから房州老人が言った。

これはいまここで起きたことはぜんぶなかったことにしてそれ以前の話題に戻ろう

というのだ。また携帯が鳴りはじめた。

「いや、風呂の話も親友の話ももういい」と僕は言った。「そのチロルハットをどこで手に入れたのかも訊かない。いま話し込んでる時間はないんだ。じいさんがやけ起こしてるのはじゅうぶんわかった。幸田文と横溝正史とあわせても三万二千円なのに、そんな、廃品回収に出したみたいな古雑誌に二万円？　いったいいまのはなんだよ？」

「風呂ってなんだ」房州老人は言った。「な？　だれがひ孫みたいな若い娘と風呂に入りたがった」

「風呂の話は、カマかけただけだよ。入らないなら入らないに越したことはないさ、風呂場で倒れたりしたら後始末が大変だし、そんなことはどうでもいいんだ」

「どうでもいいとはなんだ」

携帯を取ってひらくと「女優倶楽部」の事務所からだった。通話ボタンを押して出る直前、鳴り止《や》んで切れた。

「来月で店を閉めて、引退するんだろ？　ほそぼそと年金暮らしでやっていくんだろ？　いまからやけ起こしてどうするんだって、そういう話をしてるんだよ」

「ほそぼそと年金暮らしなどするつもりはない」房州老人は言い切った。「無礼なことを言うな」

「そうか、そういうことか」折り返し事務所へ電話をかけようとして思い直した。

「やっとわかった。じいさん、今夜じゅうに全財産を使い切るつもりだな?」

するとと房州老人は冗談を真に受けたのか、口をもごもごさせてなにか言い淀《よど》んだあげく、隣の椅子のキャリーバッグを、ねんごろな女の肩に腕をまわすようにして引き寄せた。こいつだけが頼りだ、こいつがおれの全財産だと言わんばかりに。ほんとにその中に全財産が詰まっているなら今夜じゅうには使い切れないだろう。チロルハットが老人の細腕の下敷きになってつぶれた。

「中《あた》らずと雖《いえど》も遠からずだ」房州老人はしゃあしゃあと言った。「まずあんたには借金を返済してもらう。それで薄情者とはすっぱり縁を切る。全財産の詰まったこのかばんだけ持って、よそへ行って住む家を探す。金はそっちで使い切る」

先月まで自分の所有物だったキャリーバッグにあらためて目を向けてみた。ふくらみ具合を観察し、中身を透かし見るようにまじまじ見た。そのときまで漠然と、古本が詰まっていると想像していたのだが違うのかもしれない。さっきみたいに本を売りに来た客がいれば買い取って中に詰め、逆に本を買いに来た客には中から取り出して渡す、予約なしで同窓会だってひらけるこのヒマな店を利用して、移動古本屋でも開業してるつもりなのかと思って見ていたのだが、そうではないのかもしれない。やはり房州老人は旅支度をして、キャリーバッグの中に全財産を、つまり着替えとか洗面道具とか血圧のクスリとかのほかに、先に逝ってしまった妻の位牌《いはい》や、思い出の写真や、あとは年金手帳に預金通帳と印鑑まで詰め終えているのかもしれなかった。さっき鳴り止んだ携帯がふたたび鳴り出した。

「よそってどこだよ」通話ボタンに指をかけて僕は言った。「住む家ならよそじゃなくてこっちで探せばいいだろ」

「こっちで見つからんから、よそで探すんだ」

「こっちでいま住んでる家はどうするんだ」

「あんた、ひとが話したことをもう忘れたのか！」電話に出た僕にむかって老人が癇癪を起こした。「店は来月で立ち退《の》きを迫られてると前々から言っとるだろ。それがどういうことか、自分の頭でものを考えられんのか。薄情者が！」

電話は事務所からで、九時半に神楽坂に行って高峰秀子を拾えという指示だった。九時半まであと七分で、神楽坂ならこの場所から車をとばしても五六分かかると思い、確かに、来月いっぱいで取り壊しが決まっている建物の一階でこの老人は古本屋を営み、店舗の奥の六畳一間で長年独り住まいをつづけていたのだから、店じまいと同時にいま住んでいる家も失うのが道理だと、いまさらながら薄情に思った。

房州老人は震える手で紙コップをつかんで口へ運んだ。それがひと飲みで満足できる残量ではなかった模様で、防寒コートのポケットに忍ばせていたプラスチックの筒型容器の焼酎を出して、そこらじゅう水浸しになるんじゃないかと心配になるほどおぼつかない手つきでお湯割りの調合にかかった。そういうことか、と僕は思った。来月中に引っ越さなければならない住居を探して、ひとりで探しあぐねて、心細くなっているのか。この老人がやけを起こしているそもそもの原因はそれなのか？

「それを早く言えよ、部屋探しならいくらでも力になれたのに」

「うるさい！」老人はいっそういきり立った。「女の部屋に転がりこんでる居候が、偉そうなことぬかすな。だいたいあんた、こっちに来て、まともに物件探しなどしたことがあるのか。部屋を借りたいなら、保証人をふたり連れてこいなどと無理を言われたことがあるか。な？　わたしみたいな天涯孤独の年寄りが、いったいどこで保証人をふたりも見つけてこられる。馬鹿にするな。もうこっちでは住む家など見つからん。部屋があっても、ないのとおなじだ。年寄りに貸す気などないんだ。な？　わたしの苦労などあんたにはわからんだろ。あんたには頼れる女がいるからな。津田伸一が最終的に選ぶのは親友より女だからな。昔はひとに読ませる小説も書いた男だと見込んで、いままでさんざんよくしてやったのに、恩知らずの薄情者が！　あんた、うちが店じまいすると知って寄りつかなくなっただろ。借金の話だって、しらばっくれるつもりで、わたしから逃げ回ってるじゃないか。な？　古本屋が一軒つぶれるくらいどうってことないと、そう思ってるんだな？」

「誤解だよ。寄りつかなくなったんじゃなくて、運転手のパート仕事で忙しくしてるだけだ。それに」そこで携帯の時刻表示を気にしながら、冗談をひとつ言った。「古本屋がつぶれるのは小説家としても痛い。もしこの世から古本屋がなくなったら、津田伸一の本を読みたい人間はどうすればいいんだ？」

老人はお義理にも笑わなかった。お湯割りで喉を湿らせてさらにまくしたてる準備に入ったので、僕はさきを急いだ。

「わかってる。房州書店が店じまいするのは惜しいよ。いつかあそこでじいさんの碁の相手をするときが来るかと思ってたけど、それが実現しないのも惜しい。でも部屋はある。安心しろ、じいさん、次に住む家なんて今夜にも見つかる。借金もじきに返す。いまは行くとこがあってこれだけしか話せないけど、三十分したらここに戻ってくる。そしたら三万円耳を揃えて返して、それから頼りになる不動産屋を呼んで相談に乗ってもらう。餅《もち》は餅屋だ、きっと住む家は見つかる、保証人なんて立てなくてもすぐに契約できる。だから落ち着け、聞き分けをよくして、ちょっとここで待ってろ。三十分だ、もう焼酎はあんまり飲むな、じいさん、聞いてるのか？」

聞いているもなにも、房州老人はもしかしたら僕のその提案を待って待ちくたびれていたのかもしれない。ようやく僕の口から引き出せたことで一息入れたのかもしれない。もうひとくちお湯割りを飲んだあと、紙コップを持つ手の震えはその時点でおさまっていたが、え？　と聞き返したくなるくらいのつぶやき声でこう言った。

「碁が打てるのか」

「うん、へボだけど」

「なぜ隠してた」

「へボだからさ。負けず嫌いなんだよ。じゃあ、言ったとおりしてくれるな？」

ふん、と老人が鼻を鳴らし、僕はとりあえずピーターパンと煙草とライターはそこに残したまま椅子を立った。

「そこでおとなしくして待ってろよ。ひと稼ぎしてすぐ戻ってくるから」

「あんたも小説家なら」と老人が気を引いた。

「なんだよ？」

「へボではなくザルと言え」

聞き流して店の外へ出たところで、あれはつまり、将棋ならへボだが囲碁の場合は「笊碁《ざるご》」ということばがあると教えているのだと気づいた。舌打ちして、キューブを停めた公園へ横断歩道を渡る途中、携帯が鳴り、高峰秀子からの催促かと思ったらそうではなくて、またしても着信表示が番号のみの相手からだった。携帯を手に、鳴りやんだらそのまま頼りになる不動産屋に連絡をつけるつもりで鳴りやむのを待った。

横断歩道を渡り切り、左へ数歩歩いたところで、道路脇のキューブのそばに人影がふたつ立っているのに気づいた。携帯の着信音はそのあたりでやんだ。

ふたつの人影はぱっと見、雪の舞うなかファイティングポーズをとっているように見えたが、実のところふたりとも両肘をたたんで寒さを堪えながら煙草を吸っているのだった。ひとりはスーツにネクタイを締め、もうひとりはスーツにネクタイを締めた上からもっこりしたダウンジャケットを着込んでいた。寒がりのほうが見た目あきらかに年下で、二十代前半といったところだった。

キューブのキーを振り回しながら僕はそっちへ歩み寄った。車の持主が現れれば、ひょっとしておとなしくその場を離れてよそで煙草を吸ってくれるかと一抹の期待をかけたのである。ボンネットに尻をのせていたダウンジャケットの男が煙草を逆手のスナップスローで路上に投げ、恨めしげな目つきで僕を見た。もう一方の手に携帯を握っていた。

「電話ぐらい出ろよ」とその若者は言った。「何回かけさせれば気がすむんだ」

僕はキーをポケットにしまい回れ右して歩き出した。

あれこれ考える時間はなかった。若者がじき追いついてセーターの襟首をつかんだ。力まかせに引きちぎられそうな怖《おそ》れを感じて足がすくんだ。夕方から感じていた嫌な予感の正体はこれだったのかと僕は思い、若者が前に回りこみ、次の瞬間、なにが起きたのかわからないまま、憩いの広場の周囲にめぐらせてある花壇と、車道とのあいだの石畳の歩道に僕は崩れ落ちた。激痛と息苦しさとで立っているどころではなかった。

「どうした、なんて言ってる？」と年かさの男の訊ねる声が聞こえた。「なんか言ってるだろ？」

「いや、なんも言ってません」腹にパンチをかました若者が報告した。「うめいてるだけです」

「もう一回立たせてやれ」

「おい、立てよ、津田」と若者が言った。

立つまでにずいぶん時間が流れたような気がする。立てた以上もう二度と地面にうずくまるのは御免だった。

「いまなんか言ったな？」と耳ざとい年配が訊いた。

「はい、自分は津田じゃないって言ってます」と若いのが答えた。「人違いらしいです」

「笑わせるな」

「はい、ＬＯＬっす。もう一回津田の携帯鳴らしてみますか、念のため」

「おう、鳴らしてみろ」

目の前の若者が携帯に視線を落とし、リダイヤルのボタンを押したとき、僕は素早く身をひるがえして花壇を跳び越え、立木のあいだを抜けて憩いの広場へ走りこんだ。めあてはとくになく、広場を突っ切ってもうひとつさきのアーケード商店街まで走ってみるくらいのつもりだった。だがもともと素早くとか敏捷《びんしょう》にとかいうがらではないので、全力で走るうち脚がもつれて枯れた芝の上に頭からダイブする恰好で倒れこんだ。倒れてもなおズボンのポケットで携帯の軽やかな着信音が鳴りつづけていた。倒れるとき顔をかばった手の痛みに耐えていると、若者がやってきて靴底でうなじのあたりを踏みつけた。鼻と唇と前歯に枯れた芝と冷たい土がなすりつけられ息ができなかった。

「どうした？」年かさの男が遅れて追いついた。

「土食ってます」若者が報告した。「俺から言って聞かせますか？」

「おう、やってみろ」

「おい津田、てめえ、よそ者のくせにのさばりすぎだ」と若者が言って聞かせはじめた。地面に踏みつぶされた蛙《かえる》みたいになってそれを聞いた。どこかに言い聞かせのための草案がありそうな気配だった。「やりたい放題やりやがって、めざわりなんだよ。よそ者ならよそ者らしく、おとなしくしてりゃいいものを、もう我慢の限界だってな、地元の住民から、おれらに苦情が来てるんだよ、あいつをなんとかしてくれってな。いいか津田、長生きしたいなら、荷物まとめてこの街から出てけ。さもないと今夜海に沈めるぞ」

「山に埋めろ」すかさず訂正が入った。「そっちがいい、腹一杯土食わせろ」

「聞いたか津田」若者が僕の頭のすぐ横にしゃがみこんだ。息をつこうとして頭をもたげると、膝小僧がこめかみを小突いた。「いてっ、じゃねえんだよ。山下さんはな、残酷なひとなんだ、いままで何人も、めざわりなよそ者を山に埋めてきたひとなんだ。考えられるか？　考えられないだろ？　よそ者が何人山に埋められてるかなんて、だれも考えないんだよ」

　年かさの男の咳払《せきばら》いが聞こえた。そいつの名前が山下さんらしかった。若者がつづけた。

「けどおとなしく言うこと聞けば、一回だけ、情けをかけてやる。あしたじゅうに荷物をまとめて、この街から消えれば、命は助けてやる。いいか津田、おまえあした旅に出ろ」

　口に入りこんだ土を唾液とともに吐き出そうとしたが完全には無理だった。寝返りをうって仰向けになり、手の甲で唇を何度もこすりあげた。

「なんだ？」山下さんが訊いた。「いまなんか言ったな？」

「はい、ふざけたことほざいてます」

「なんて言ったんだ」

「かばんをひとに譲ったから、いますぐ旅行はできないって」

「笑わせるな」

「はい、ＬＯＬっすよ」

「殴れ」

雪は依然降っていた。憩いの広場に照明はなく、街灯の明るさの届く範囲で目をこらすと、ふたたび勢いを増してきた模様だった。たまたま睫毛《まつげ》の上に雪片が落ちかかって、それで湿り気のある牡丹雪であることがわかった。殴られることに対する恐怖はあったが頭は正常に働いていた。わからないのは、若者が口にしたＬＯＬということばだった。さっきからそれがどういう意味なのか本人に訊ねてみたくてうずうずしていた。

若者が僕の胸ぐらをつかんで上体を引きずり起こして左目をいちど殴った。女みたいにわめくなと若者がすごみ、二度目に腕を振りかぶった途中で、かかってきた電話に出て、ああ、はい、一緒です、いまかわります、と畏《かしこ》まった声を出した。携帯が山下さんの手に渡り、セーターの襟ぐりを鷲摑《わしづか》みしていた若者の手の力がふっと緩み、支えを失った僕の身体が後頭部から地面に落ちた。電話のやりとりは十秒とかからずに終わった。なんすか？と若者が訊いた。

「呼び出しだ」と相手が応えた。「行くぞ」

「こいつは？」

「呼んでるのはケンジロウさんだ。急ごう」

話し声が聞こえたのはそこまでだった。

ふたりの足音があっけなく遠ざかり、近辺はしばし静まり返った。

ややあって公園の外で車が急発進する音が伝わってきた。それからこんどは別の足音が、僕が仰向けにのびている場所までやってきて止まった。いまのふたり組は何者で、ケンジロウさんていったいだれなんだよ？　みたいなことを僕はそのときまで考えていた。

「どうした、立てんのか？」とチロルハットの老人が声をかけ、顔を覗きこんだ。

「ああ、やられたな」

僕はひとつ唸《うな》り声を発して上体を起こした。起こしたはいいが左目のまわりが痺《しび》れて感覚が麻痺《まひ》してまばたきもできず視界もぼやけていた。おまけに手の甲で口もとを拭《ぬぐ》いつづけていると唾液にまじって血の味までした。

「女でしくじったか」と房州老人が言った。「それとも金か？　どっちにしても、あんた地元の男には人気がないな。な？」

「知るか」と僕は言い返した。ひとこと喋ったただけで顔の左半分がずきっと痛んだ。

「いてっ。いきなり道端で、腹を殴られたんだよ。窓から見えただろ、見えたら黙って見てないで助けろよ、あいてっ」

「この年寄りがか」

「自分で助けられないなら助けを呼べ」

「まあなんにしても、とんだ誕生日になったな？」

「誕生日？」

と聞き返して僕は立ちあがった。まがりなりにも自分の足で立つことができた。ズボンについた泥をはたきながら見えるほうの目で見ると房州老人の手もとにキャリーバッグがあった。30センチほど伸ばせる逆U字型の取っ手を伸ばし、それを握ってわざわざここまで転がして運んできたのだ。どれほど大事なものが入ってるんだよ？と言いたかった。ポケットで携帯が鳴っていたが、ホテル神楽坂の前でしびれをきらした高峰秀子からに違いないので出なかった。

「だいたい、そんなもん悠長に転がしてる時間があったらさきに助けを呼べって、あいてっ。誕生日って、だれの誕生日だよ？」

「あんたの誕生日に決まってるだろ。な？　四十五か、六か？」

「誕生日はもっと先だ」

「どこ行くんだ、そんななりで。な？　風邪ひくぞ」

降る雪のせいで頭髪はすでにしっとり濡《ぬ》れていた。老人のチロルハットの天辺《てっぺん》も濡れているはずだった。路上駐車のキューブにも牡丹雪が降りかかってへたすれば積もりはじめているかもしれなかった。左目の腫れをなだめる気持ちで、てのひらを触れるか触れないかの程度にそっとあてて、何歩か歩いてから後ろを振り返った。大口あけると痛みが走るので、喋るのも気持ち腹話術師っぽく喋った。

「な？　な？　って、うるさいじいさんだな。なんとかならないのかよ、その口癖。な？　さっきからなんべんも言ってるだろ。これから運転手のパート仕事こなして、頼りになる不動産屋と連絡つけて、じいさんの住む家を決めるんだ。そんなとこ突っ立ってると、そっちこそ風邪ひくぞ。来いよ、一緒に」

房州老人がキャリーバッグを軽快に転がしてそばへ来た。

「なにを喋ってるのか、よう聞き取れん。今日があんたの誕生日だと、ずっと思ってたんだが」

「思い違いだ、じいさん、しっかりしろ。頼りになる不動産屋と、会わせてやる。だから、旅に出るのは思い直せ、ここを出て行くとしたら、よそ者のおれのほうが、たぶん先だ。そんときはそのかばん、買い戻してから行く、だからせいぜい、大事に扱え。要約すれば、そう言ったんだ」

「買い戻さんでもな」房州老人はうつむいてキャリーバッグを見た。「わたしが死んだら、これはただでくれてやる。遺言として言っておく」

「そんなこと言うなよ、じいさん、遺言なんて、若いもんを泣かせるな。住むところさえ見つかれば、この土地で長生きできるだろ。頼むよ、せっかく世話焼く気になってるんだから、ひとの好意を無にしないでくれ」

「そうか」房州老人はうつむいたまま答えた。「そこまで言うなら、ものは試し、あんたのその、頼りになる不動産屋とやらの顔をおがんでみるか」

「ああそうしろ。不動産屋呼び出すのに、時間がかかるから、今日がだれの誕生日か、ゆっくり思い出せ」

「女か」

「うん？」

「その不動産屋はやっぱり女か？」

やっぱりのひとことがカチンときて、はっきり発音するため口をひらくと疼痛《とうつう》に見舞われた。それでも言わずにいられなかったので、

「女で悪いか」

と僕は言い、唇は強く結ぶと痛むので半開きのまま、てのひらで左目のダメージをいたわりつつキューブのほうへ歩いていった。

ところでLOLとは、これものちに「女優倶楽部」のコンパニオンのだれかに教えてもらったのだが、英語表現の laughing out loud を略した頭字語らしい。大笑いするというほどの意味である。このへんの若いもんはみんなそのようなことば遣いをするのかと思って訊ねてみると、彼女は iPod で音楽を聴くかたわら、ポッドキャストの英会話番組を毎週ダウンロードして楽しく学んでいるのだと答えた。そしてLOLのほかにも、SMHとか、FYIとか、耳慣れない頭字語を二三解説してくれた。その番組のキャッチフレーズは「知ってる単語でこんなに話せる！」だそうである。あるいは、僕の腹と顔に一発ずつパンチをかましたあのごろつきも、iPod でおなじ番組を聴いていたのかもしれない。可能性は否定できない。SMH、shaking my head、まじかよ。

4

さて。

以上で昨年二月二十八日、夜九時三十分頃までの出来事を書き終えた。

これで物語の登場人物の大半が出揃ったことになる。

このなかに現在、ドーナツショップの喫煙席でMacBookのキーボードを叩いているまさにいま現在という意味だが、僕の前からいなくなってしまった人間が複数いる。具体的にいうなら死亡の確認された人間と行方をくらませた人間が。

気を持たせるつもりはないのでさっさと書いておくと、確認された死者のひとりは房州老人である。彼はあの雪の晩から一年と二ヶ月のちにこの世を去った。病院のベッドで息をひきとり、所定の手続きにのっとって荼毘《だび》に付され、遺骨は市民霊園の一区画、亡き妻の眠るおなじ墓に納められた。つまりそれは新聞の「おくやみ欄」で毎日まとめて報告される人間の死、ひとの命には限りがあるという意味での避けられない死であって、とくに事件性だの悲劇性だのはない。あとにのこされた身内、身内がいなければ生前かかわりのあった者たちがその死を悼み、そしていずれ、その者たちも自分が悼まれる立場をむかえる。

対して、行方知れずになった人間のなかには、浅丘ルリ子、高峰秀子といった何名かのコンパニオンのほかに、幸地秀吉とその家族もふくまれている。コンパニオンがひとりまたひとりと「女優倶楽部」から消えていくのは、よんどころのない事情をかかえて、もしくは仕事に嫌気がさして、どこかよその街での心機一転に賭けたという可能性も考えられるけれど、幸地秀吉のケースはそれらとは明らかに性質が違う。なにしろ昨年二月二十八日の夜を境に、幸地秀吉と妻の奈々美、そして娘の茜、家族三人が忽然《こつぜん》と、いっぺんに人前から姿を消してしまったのだから。

　この事件は「一家三人が不明」との曖昧《あいまい》な見出しで、まず地元の新聞が昨年三月三日に第一報を出した。記事本文によると、三日ほど前から夫妻との連絡がつかなくなり、娘の通う幼稚園や夫の職場関係者らが行方を探していて、警察は「自発的な外出と事件の両面から捜査している」らしかったが、いずれにしても二月末以降、自宅マンションに戻った形跡はなく、一家三人の安否は不明ということだった。要は、なにが起きたかだれにもわからないのだ。わからないまま一日遅れて報道に踏み切った全国紙や、あとを追いかけた週刊誌の記事には「神隠し」の文字が躍ることになる。

　当時、僕が目を通したかぎりでは、幸地秀吉の妻の妊娠に触れた新聞は一紙もなかった。地方取材に金と手間を惜しまないある週刊誌のみが、その週刊誌に僕はずいぶん昔、目の玉の飛び出るような原稿料を貰いながらポルノ小説を連載した良き思い出があるのだが、まあそれはまた別の話で、とにかく週刊誌一誌のみが「事情通の話」を拾ってきて、「見過ごせない事実」に言及していた。そしてそこから記者は、この不可解な事件の「謎はいっそう深まる」と思わせぶりな書き方で、流行《はや》りのバーの経営者であり金銭トラブルにも縁のなかった夫と、ふたりめの子を身ごもっていた美しい妻と、幼稚園に通う活発な娘と、どこからどう見ても安定した暮らしぶりの家族の失踪《しっそう》について、不吉な結末を匂わせていた。

それから一年ではきかない月日が流れて、当然のことだが、人々の記憶は次から次に起こる災害や他国の政変やもっと目新しい大事件によって更新されていく。一地方で出来《しゅったい》した神隠し報道などいまや忘却の彼方《かなた》といったところかもしれない。だが幸地家の家族が暮らしていた街の、どんな経緯であれ彼らとかかわりを持った人間は、そのいまとなっては忘却の彼方の事件の、裏側にあった取るに足らない事実を記憶にとどめている。失踪当日、昨年二月二十八日の朝、幸地秀吉に風邪薬を売った事実を薬局の主人は憶えている。幼稚園の門の前で立ち話をした慎改美弥子は、ボストンバッグの中の読みかけの古本にそそがれた彼の視線を憶えている。彼の店の従業員は午後二時過ぎに給料の前借りの件でかけた電話のことを、慎改家のベビーシッターは夕方彼が娘のために届けにきた絵本のタイトルを憶えている。そしてその記憶を、自分ひとりの胸に秘めているといつかそのうち全部なかったことになってしまいそうな予感に耐えかねて、各人のことばで、だれかに物語ることになる。耳を傾けるひとがあれば、きっと何度でも語って聞かせるだろう。

彼らの失踪はいまも続いている。

幸地秀吉と、彼の美しい妻と、そして舌足らずな四歳の娘の生死は依然不明のままだ。つまりこれは、いまあなたが読んでいるこれは、基本、深刻な物語である。

5

時は一年と二ヶ月ほど移り、今年五月、若葉の頃。

房州老人の死の知らせが届いたその日、連休明けの五月七日、午前十一時過ぎのこと、僕はスズキ・しあわせシンプル・ラパンの運転席にいた。助手席に内藤洋子、後部座席にもうひとり司葉子という名の若い女優を乗せ、さらにラゲッジスペースにはぱんぱんに膨らんだゴミ袋を三つ積んでいた。ちょうど目的地のクリーンセンターに到着して、来訪者ゲートでラパンの総重量を測定し、発行されたカードを受け取り、しかるのち可燃物処理施設へむかって車を走らせているところだった。

ひととおり説明する。まず、しあわせシンプルとは、日産キューブにおいてI'm peaceful. がそうであったように、スズキラパンにおける販促用ミドルネームである。意味はぼんやりしているが、しあわせとシンプルが頭韻を踏んでいるのはわかる。内藤洋子と司葉子は「女優倶楽部」のニューフェースで、フランス語のウサギの名を冠した軽自動車ラパンには、後部座席のそのまた後方にラゲッジスペースと呼ばれる荷台が設けられ、ハッチバック式の背面ドアを上げてそこからゴミ袋を積み込んだり取り出したりできる。あとクリーンセンターとは、役所がそう名付けた広大な敷地のごみ処理施設のことで、市街地から車で高速を経由して二十分ちかく走った丘の頂上にある。行きのゲートで測った車の総重量から、帰りのゲートで測った総重量を引き算して得られた数値、すなわち施設内で投棄したゴミの重量ぶんの料金を支払う、そのような合理的システムが採用されている。

「可燃物処理施設」と看板の掲げてある横長の箱形の建物の前でハンドルを切り、そのとき鳴りはじめた携帯の着信音を聞きながら、リバースギアで徐行して、看板の真下に建物全体の相似形に刳《く》り貫《ぬ》かれた進入口から入り、施設内の決められた位置にラパンを停めた。

五月晴れの空の下から急に陰に入ったので視界が不安定になる。作業服の係員が大きく手を振って停めろと合図したのでそこが行き止まりの位置なのだと思う。ラパンの尻はゴミの投棄ポイントを向いている。助手席の内藤洋子と後ろの司葉子がおのおのドアを開けて外に降り立ち、そちらへ回るのを見届けてから、鳴りつづける電話に出る。ドアは開いたままで、施設内に漂う生ゴミの酸っぱい臭気がいっきに入り込んでくる。

投棄ポイントとは文字通り、ひとが足を踏ん張ってゴミ袋を放り投げる地点のことで、踏ん張った足もとの数十センチむこうで地面はすっぱり切り取られ、ガードレールもなく眼下はいわば切り立った崖《がけ》になっていて、ゴミ袋が落下していく先には地下の巨大なピット、建物とほぼ等しい幅と奥行きを持つ深い穴ぐらが口をあけている。その穴ぐらにトン単位の可燃ゴミが投げ捨てられて溜まっている。それらのゴミはクレーンでひと摑みずつ吊り上げられて焼却炉へ移され、完全焼却で灰となり、やがては埋め立て地ゆきとなる。電話の声は、もしもし津田さん？　あんた、房州さんの連帯保証人の津田さんだよね？　と喋り出していた。房州老人が入居していたマンションの家主である。病院から今朝、うちのほうに連絡がきたんだけど、と彼は声を低めて喋りつづけた。それがどんな連絡かは、だいぶ前からこの日が来るのは予測できたので見当がついた。

なんとも答えようがなく黙っていると、それでさ、と家主は言いにくそうに切り出した。ちょっと思ったのは遺骨のことなんだけど、どこに持ってくつもりなんだろう？　いや房州さんはほら、身寄りのないひとだってこっちも知ってるから、事後処理というかさ、いやまず、葬式とか納骨とかの手はずからして、どうなってるのか気になってね。まさか骨壺《こつつぼ》こっちに持ってくるつもりじゃないよね？

これも僕にはわからないので答えようがない。すると相手は焦《じ》れったげな口調で、部屋に残ってる荷物の整理なんかは？　と質問をくりだした。あんたが自分でやるの？　それとも不動産屋のほうで引き受けてくれるのかな？　まあ遺品整理といったって、たいしたもんのこして死んでくれたわけじゃないし、あんたも知ってのとおり、ほとんどが古本だけどね、部屋じゅう古本だらけ、あれいったいどうするつもりなのかな？ そこまで我慢して聞いてから、僕は口をひらいた。このまま生返事ばかりしていても、家主の愚痴にえんえんつきあわされるだけだと思ったので、わかりました、と答えた。不動産屋とも相談してこちらから追って連絡するという意味のことを、できるかぎりはきはき伝わるように喋り、電話を切った。

携帯をいじって着信と発信の履歴を見ているところへ、車の外からなにごとか話しかける声がする。頼りになる不動産屋の名前は着信履歴にはなく、発信履歴のうしろのほうで見つかった。日付は一月八日。今年一月八日、最後にこちらから電話して彼女とどんな話をしたのかは思い出せない。

顔をあげると、助手席側のひらいたドアに内藤洋子が手をかけて、こちらを覗きこんでいる。

「どうしたの？」と彼女が訊ねる。

「べつに、どうもしないけど」

「じゃあどうなの」

「なにが」

「鳩の目はあんなに赤いのって訊いたのよ」

「鳩？」

「ほらあそこ」内藤洋子は崖の上空、吹き抜けの天井のあたりへ指を差す。「鳩がいっぴき飛んでる。あの鳩の目が真っ赤に充血してる、さっきこの車の屋根にとまって休んでた。気色悪い」

運転席で首をねじって後方を見たが、ハッチバックのドアがすでに閉じられているのが確認できただけだ。内藤洋子が車を離れて鳩の観察にむかい、かわりに後部座席に司葉子が乗りこんできてそこのドアも閉める。

「ここが気に入ってるんだね」と彼女が言う。

「だれが」

「鳩がよ。さっきこの車の屋根にとまってたんだよ、気づかなかった？　生ゴミに味しめてここから離れないって、住みつくつもりかもって、竹箒《たけぼうき》のおじさんが教えてくれた」

司葉子の視線をたどると、竹箒でコンクリートの地面を掃いている作業服が見える。

「生ゴミあさるのは鳩じゃなくて鴉《からす》だろ」

「鳩よ。いっぴきだけ迷いこんだんだよ」

「いちわとは言わないのか」

「なにが？　ああ津田さんまた、だめだめ」

「なにが」

「タバコ。絶対禁煙だって、また叱られる」

「気色悪っ」内藤洋子が助手席に戻ってそっちのドアも閉める。「あの赤目の鳩、さっき車の屋根からあたしの顔じっと見てたんだよね、首かしげて」

「目が赤いのは血統書つきの鳩だって知ってる？」

「嘘」

「ほんとよ」

「なんであんたがそんなこと知ってるのよ」

「竹箒のおじさんに聞いたんだろ？」

「うん」

「でも気色悪っ。血統書つきの鳩？　なに血統書つきの鳩って、血統書つきの鳩ってどんな鳩よ、どこで売ってるわけ？」

「津田さん、知ってる？」

「いや」

「だいたいさ、いい噂してないから、地元の住民らも。知ってる？　猫の死体も持込み可、なんだよ、ここ。生ゴミといっしょに猫まで燃やしちゃうんだよ。人間の死体だって、黙って捨ててくれれば燃やしてくれるって、社長が言ってた。あとは灰になってぜんぶ埋め立て地に埋められるんだって」

「あたしも聞いた。それ、あの事件のことだ」

「どの事件よ」

「津田さん知ってるよね？」

「どの事件だよ」

「事務所でまえ梶さんが話してた。旦那さんと奥さんと子供と、ある日いっぺんにいなくなった事件。食べかけの朝ご飯か晩ご飯か、テーブルに置きっぱなしになってて、ご飯茶碗とか、お漬け物の皿とか？　どこかに出かけたのかと思って待ってみたけど、結局、一ヶ月経っても二ヶ月経っても、三人とも帰ってこなくて」

「あ、またこっちに飛んできた」

「また屋根にとまるつもりなんじゃない？」

「そうかも」と内藤洋子が言い、助手席側の窓をさげて頭を外へ出し、またひっこめる。「そうじゃないみたい。なにその事件、気色悪い」

「梶さんが言うには、このへんの山の沼に住んでるワニが、三人の死体を骨まで食べつくしたか、それかここで燃やされて灰になってるか、地元のひとらの説はふたつあるって。どっちにしても、三人とももう死んでるのはまちがいないらしいよ」

「このへんワニが出るの？」

「出るって、地元のひとらの説」

「出るの？　津田さん」

「地元のひとらの説だけど、行方不明の家族の事件は、ほんとの事件だって。ね、津田さん、知ってるよね？」

ラパンの右手にライトバンが入ってきて平行に停まり、ドアが開いて夫婦連れらしいふたりの男女が現れて荷台のゴミを降ろしにかかる。そのむこうにも一台、小型トラックが停車している。

「津田さん津田さんて、いささかうるさくない？」と内藤洋子が言う。「津田さんに訊いても知らないことだってあるよ、津田さん地元民じゃないんだから」

「あんただっていささかうるさくない？」司葉子が言い返す。「わかんないことなんでも津田さんに訊きたがるでしょ、津田さんたいして物知りでもないのに」

「ああそれ津田さんに失礼だよ。津田さんこう見えても元作家なんだし、直木賞だって二年連続受賞してるんだから」

「嘘。まじ？」

「その話、社長から聞いたのか」

「うん、ごめんね、ばらして」

「あんたら」作業服の男が車内にむかって呼びかける。「いつまでもなにぺちゃくちや喋ってるんだ。あとから来る車がつかえてるだろ」

「ね、おじさん」司葉子が後部座席から身を乗り出してくる。「あの鳩、血統書つきの立派な鳩なんだよね？」

作業員は助手席の窓にさらに一歩近寄る。「なんだって？」

「あごめん、別のおじさんだ」

「ね、おじさん」内藤洋子が窓越しに質問を投げる。「ここは死んだ猫もゴミに出せるんだよね？」

「ああそうだ」作業員は煩わしげに認める。「死んだ猫だろうが犬だろうが、料金さえ払えばゴミに出せる。イノシシの死骸持ち込むやつだっている。死んだ猫が家に余ってるなら、こんど持ってこい。ほら、話がすんだらさっさと行け」

ほらね？　と言いたげな顔で内藤洋子が僕を振り返る。

ワニが出るか訊いてみたら？　と後ろから司葉子が提案し、僕は聞こえないふりをしてアクセルペダルを踏む。日常、若い女たちにまじっていると聞こえないふりをする機会が増える。

これから丘を下り、高速に乗って来た道を引き返して、彼女たちを出勤時刻の正午までに事務所に送り届けなければならない。そのまえに帰りのゲートでラパンの総重量を測り直し、行きより軽くなったゴミ袋三つぶんにあたる料金を、彼女たちふたりが暮らしている部屋から出たゴミなので彼女たちに支払わせなければならない。不動産屋に連絡をとるのはそれからにしよう、いまは一刻を争う状況ではなく、房州老人はもう死んでしまったのだから。今年の一月八日以来、声すら聞いたことのない慎改美弥子に気の重い電話をかけるのは女優たちを事務所に送り届けてから、僕はそう決めて、可燃物処理施設の屋根からまた日盛りのアスファルト道に出たせいで不安定になった視力の調節のため、目もとに力をこめてまばたきしながらラパンを走らせる。

しかしこのまま先を急ぐより、今後のこともあるし、ここでひとつ説明しておくべきだと思うのは、僕たちがなぜわざわざ街はずれの丘のいただきまで可燃ゴミを捨てに来るのか、その理由である。

理由はこの街のゴミ行政にある。そもそもクリーンセンターは個人ではなく事業所の大量ゴミを直接受け入れるための窓口を設けている。トラックの積載重量を行きと帰りに測定するゲートはそのためにある。個人向けの窓口は例外的な措置である。というのも役所は住民台帳をもとに、一年分の「ごみ出しクーポン」なるものを各世帯人数に割り当てて配布し、地元のひとらはそのクーポン券を示してコンビニなりスーパーなりで指定のゴミ袋を一枚何十円かで買い求め、ゴミを詰めて週に二回の収集日に近所のゴミステーションに出す、それを収集車が、指定のゴミ袋で出されたゴミだけをという意味だが、集めてクリーンセンターへまとめて運び入れる、そうしたシステムが確立している。

ところがシステムには漏れがある。その土地に暮らしてゴミを出すのは地元のひとらのみではない。どんな土地にもよそ者の存在はあるわけで、内藤洋子や司葉子や、僕もそのひとりだが、住民票をどこかよそに置いたままの人間は、当然、役所からクーポン券は貰えない。クーポン券なしで指定のゴミ袋を買うことも可能だが、その場合、値段は二十倍ほどに跳ねあがる。クーポン券があれば一枚五〇円として、なければ千円である。つまりひと袋のゴミを出すのに千円かかる勘定になる。それはちょっとした贅沢《ぜいたく》になる。ゴミ出しで贅沢気分を味わってもだれも嬉しくないし、どれだけ遠くて面倒でも、規格外のビニール袋に詰めた生ゴミだろうが猫の死体だろうが厭《いと》わないクリーンセンターに直接運んで捨てるほうが、たとえ事業所むけの料金設定、重量50キロまでのゴミ持込みは一律三五〇円が個人にそのまま適用されるにしても、ずっと安あがりという理屈になる。で、なるべくゴミを増やさない生活を心がけ、それでも二ヶ月に三回くらいの頻度で、彼女たちはここにゴミ捨てに来る。その際、事務所の梶という男と僕といずれか都合のつくほうが足に指名される。最後に、では僕じしんの出すゴミはどうなっているのかといえば、僕はスズキ・しあわせシンプル・ラパンのオーナーの部屋に居候の身で、彼女はいま大学の四年生だがこっちに住民登録しているので、クーポン券有りで指定のゴミ袋が安く手に入るからその中に割りこませてもらえる。女は頼りになる。説明は以上。FYI、for your information、参考までに。

6

正午に事務所に着いて、ふたりを降ろしたあとラパンの運転席から慎改美弥子の携帯にかけてみたが、呼び出し音が七回か八回聞こえて留守電に切り替わった。メッセージは残さず一時間待ってみたが折り返しはなく、こちらから二回目にかけた電話にも出てもらえなかった。出られない理由か、出たくない理由か、どっちかあるのだろう。もう一時間待って三回目にかけてみたあとそう思った。
事後処理の心配をしていた家主からは、午後もう一回ぶつぶつ言ってくるだろうと待ち構えていたが、夕方になっても電話はかからなかった。連休明けのせいか「女優倶楽部」のほうもあたりはなく、日が暮れるまで事務所の電話は一回も鳴らなかった。夜八時半になってやっとリピーターからの指名が来て、司葉子を神楽坂まで送ったついでに、給油と、なじみの店で晩飯をすませることにした。

スライド式のドアで仕切られた喫煙可の小部屋で、生前の房州老人に言わせれば「電車の運転席みたいに」窓と正対してテリヤキバーガーを食べ終わり、マルボライトを一本吸い、あとはぼんやりしていると携帯が鳴った。携帯は充電中だった。窓の底辺の高さに天板が一枚渡してあり、それがテーブル代わりなのだが端にコンセントが来ているのでプラグを差し込んで充電中だった。全国展開のハンバーガーショップは負け戦の営業をしぶとく続けていて、夏いっぱいで撤退との噂もあるにはあるのだが、喫煙可の小部屋はつねに貸し切り状態で、順番待ちもなく携帯の充電だろうが電気シェーバーの充電だろうが自由自在である。

電話をかけてきた相手を可能性の高い順に、事務所の電話番、家主、ラパンの所有者と予測して、充電器につないだままひらいてみると、着信表示には慎改美弥子の名前があった。

「ちょっとだけ話があるの。あたしのことじゃなくて房州さんがらみで」

彼女は相変わらず早口でしゃきしゃき喋った。

「できればあんたの顔なんか見たくないんだけど、そうもいかないからこっちに出てきて、五分ですむ」

電話に出て、どうも、と最初に僕が言い、返事がないので、しばらく、と続けると、たっぷり無言の間をとったのち、いきなりしゃきしゃき喋り出したのである。ちょっとだけ話があるの、と最初のひとことを絞り出すまでに心の葛藤《かっとう》があったのだろう。

一方こちらは、ないと諦めていた連絡があったので、通夜は普段着でまにあわせるにしても、葬式には喪服が必要だろうし、出るなら出るであした早起きして貸衣装屋でスーツを借りて、参列者はどうせ数少ないはずだから火葬場まで霊柩車《れいきゅうしゃ》に同乗し、あっちで長時間待たされることになり、待合所の日当りのいいベンチでうとうと居眠りして、起きなさい、終わったわよ、と慎改美弥子に肩を揺すぶられて起こされる、みたいな先回りしたシナリオまで頭に描きはじめていた。

で、房州老人の通夜はどこでやってるのかと僕は訊ねた。するとこんどは大げさなため息が返ってきた。

「いまさら」と彼女は言った。そのあとウィンカーを作動させ、車を停車させる気配が伝わってきた。

「きみが段取りして、どこかで通夜をやってるんだろ？　場所がわかったら、これから車とばして焼香させてもらう。な？　メモリードか、平安閣か。じいさん、互助会に加入してたのか」

「いまさら」とパーキングブレーキをかけて彼女は繰り返した。

いまさらいまさらと彼女が強調したい気持ちはわからないでもなかった。余命みじかい老人の世話を、ひとの好《よ》さにつけこんで彼女に押しつけて、昨年来ろくに見舞いすらしなかった事実を僕に思い出させたがっているのはわかった。確かに彼女はひとが好かった。おひと好しと皮肉で言うのではなく、面倒見の良い女性はこれまで何人か見てきたけれど、まずは不動産業者対客として出会い、出会いの場を取り持ったのは僕だが、住む部屋を斡旋《あっせん》したところから顔見知りになって、たんに顔見知りにとどまらず赤の他人の世話をここまで、相手が成仏するまで親身に見とどけた女性は、慎改美弥子以外に知らなかった。あるいは一月八日の電話で僕は、そろそろだと思って房州老人の容体を彼女に訊いたのだったかもしれない。じいさん、まだ息してるのか？　みたいな切り出し方をしたかもしれない。昨年二月二十八日の時点で、持って一年という宣告を受けていたらしいことを、そのときは僕もすでに知っていたわけだから。

「いまさらって言うけど、家主から知らせを聞いて、すぐそっちに電話したんだ。着信履歴を見てみろよ」

二回目のいまさらに対してそう応じてみたのだが、言い訳にもなっていないのは明白、と見なされたのか、返事は貰えなかった。

「とにかく」と僕は言い直した。「通夜には顔を出すから、互助会の会場を教えてくれ。どこに行けばいい？」

「さっきからだまって聞いてれば互助会互助会って」しゃきしゃきした声が戻ってき

た。「互助会がどういう仕組みかわかってて喋ってるの？」
「いや詳しくはないけど、年寄りが死んだら頼りになるのは互助会だろ？」
「もうあんたの喋るひとことひとことがカチンとくる。すぐ電話したって言った？
あんたのすぐはどんだけ融通がきくのよ、まるいちんち？」
「まるいちんち？」
「まる一日よ。バカのふりしてるのかバカなのか、どっちでもいいけど丸一日たって
るのよ。ほんとあんたと喋ってるといらいらする。いろいろ思い出して血圧も血糖値
もあがる。あのね、房州さんのお通夜はゆうべで、きょう告別式も火葬も納骨も終わ
ったの」
「嘘だろ」
「ええ嘘かもね。嘘ならよかったのにね。嘘ならあんたも少しは救われたかもしれな
いわね」
「まじか？」
「まじよ」と彼女が低音を響かせて答えた。
低音を響かせてといま書いてみて思い出したのは、もともと慎改美弥子は声帯に厚
みの感じられる太い地声の持主で、平常しゃきしゃき喋るときはそうでもないのだが、
なにかの拍子に、油断するのか気を許すのか、それとも意図的なのか、たとえば鍵の

かかった部屋にふたりでいるときとかは別の話として、いまみたいに「まじよ」と短いことばを吐き捨てるときとか、あとは語尾が「ね？」で終わる疑問形のとき、とくに「約束してよね？」みたいに言質《げんち》を取るとき、または「約束したよね？」みたいに言質をたてに相手を責めるとき、隠しきれない地声が言葉尻に顔を出してドスをきかせることがあった。うちのベビーシッターにちょっかい出す気じゃないでしょうね？もしそんなことになったらあたしなにもかも真珠美《ますみ》ちゃんに話すからね？　旦那にもぶちまけてこの街にいられなくしてやるからね？　その覚悟でいてよね？

あたしそう言わなかった？　言ったよね？　あんた約束したよね？　うろおぼえだがまあ約束はした。約束したにもかかわらず僕が守らなかったというので、真珠美ちゃんにも旦那にも、自分の立場があるからまさかぶちまけはしなかったものの、ベビーシッターには即日解雇を言い渡し、鍵のかかる部屋に僕を呼び出して素手でつかみかかり、それなりの愁嘆場を演じたのち、疎遠になったいまもその件を根《ね》に持っている。真珠美ちゃんというのは僕がまえに居候していた、例のマイペースでものすごい早寝早起きの銀行員のことで、慎改美弥子にとっての義妹にあたる。つまりマイペースでものすごい早寝早起きの銀行員の兄と慎改美弥子は結婚して一人息子の敏之輔を産んでいるわけだが、大学生のベビーシッターを雇っていた当時は、夫の浮気癖が原因ですでに別居中だった。説明しだすとけっこう複雑である。

横道に逸れた話をもとに戻すと、このあと、ドスのきいた「まじよ」を受けて、

「でもおかしいだろ、家主は今朝、病院から連絡が来たと話してたし、だからてっきり亡くなったのは今朝のことだと思って」

と僕がふたたび言い訳に走るのを、

「それは告別式の連絡よ。いい年した男が、上着も持たずに出歩いて」

と電話の声は、途中からまったく嚙み合わない台詞でさえぎった。

「ゆうべお通夜に来てくれた看護師さんが、あまりに出席者の少ないのに驚いて、連絡の取れる相手に今朝電話してくれたのよ。たとえお通夜が今夜だったとしてもね、あんたのそのチェックのシャツはなに、これからご焼香させていただきますって恰好？　連休ぼけの学生じゃあるまいし、シャツ一枚はおって、そんな覗き部屋みたいなとこにすわって。房州さんが亡くなったと今朝聞いたのなら聞いたで、せめて今日いちんち、本気出して死を悼んだらどうなの。房州さんはね、あの男とは一回碁を打ってみたかったって、気まずくなったあともずっと言ってたのよ」

「なんだよ」僕はため息まじりに言った。

「なによ」

そこで椅子から腰を浮かして窓に顔を寄せ、片手で庇《ひさし》をつくって覗いてみると、公園わきのラパンの後方に赤いボルボが停車中だった。

「近くにいるならいるとさきに言えよ」

「話があるから出てきて、五分ですむ」

「じゃあ電話で五分話せ」

「電話じゃすまない用があるの」

「葬式に出てきた家主がぐずぐず言ってるのか？　部屋のあとかたづけのことで」

「そうじゃない。それはうちの社員がやってくれてる」

「葬式代は、じいさんが互助会に積み立てしてたんだろ？」

　通夜も告別式も火葬も納骨も、遺品整理も片がついたのならほかに僕になんの用があるのか？　腰を浮かした姿勢のまま用心深く質問をつづけていると、槙改美弥子は声を張り上げた。

「もう互助会互助会ってうるさい！　なんでもいいから、あんたに渡すものがあるから外に出てきなさい」

　渡されるものがなんなのかは、三つ前の章の雪の晩のくだりで伏線を張っておいたから、あれだな、といまこれを読んでいるあなたには見当がつくはずだし、同様に、このときの僕にもひょっとしてと見当はついていた。

　槙改美弥子がボルボの後部座席から引きずり出してみせたのは、案の定、房州老人愛用のキャリーバッグだった。もとはといえば僕の持ち物だ。それを安値で買いたたいたので気が咎《とが》めて、自分が死んだらただでくれてやると生前語っていたのが、約束を違《たが》えず、形見分けとして慎改美弥子に託されて戻ってきたのだ。しかも中身は空ではなく重みがあった。形見分けのおまけとして古本がくっついてきたのが想像できる重さだった。その場でファスナーを開けて確認したわけではなかったが、ただでくれた相手が相手なので古本が入っているのは予測がついた。

僕はそれを黙って受け取り、ラパンの助手席に縦置きにして積んだ。それからドアを閉め、慎改美弥子と向き合った。彼女は言うまでもなく、あえて言うなら僕に見せつけるかのごとく、きっちり喪服に身をつつんでいた。上下黒のパンツスーツだ。キャリーバッグを引きずり出すとき汚れでもついたのか、上着の裾を手の甲で一回二回と払ってみせた。そこまで確かに五分とかからなかった。

「これできみと、きみの義理の妹の望みがかなう」と僕は冗談を言った。「このかばんがあれば、いつでもこの街から出ていける」

「ええ」と慎改美弥子が応じた。

それだけか？　と物足りなく思ったが、それだけで、彼女は白けた表情を変えなかった。ところが、じゃあこれまでだと思いラパンの運転席へ向かおうと一歩踏み出したとき、彼女はこう声をかけてきた。

「小説は進んでるの？」

聞こえなかったことにして、車道に降りて、運転席側にまわった。ラパンの屋根越しに彼女は喋った。

「小説をまた書きたいからって、パソコン買うお金、房州さんに借りようとしたでしょ。去年、病院のベッドで房州さんが生きるか死ぬかの深刻な話をしてるとき、お金の無心して、怒鳴りつけられたでしょ。バカじゃないの？　怒鳴られてとうぜんよ。真珠美ちゃんに愛想つかされて、あたしにもさんざんなじられて、房州さんとまで気まずくなって、あと残ってるのはだれ、うちの元ベビーシッター？」

彼女はそこで息継ぎをして、その元ベビーシッターの愛車ラパンへ憎々しげな視線を放った。放ったように見えた。

「ふん、どうせまた長続きしないに決まってる。この街にいられなくなるようなバカなまね、自分から好きでやらかしてるんじゃないの。あたしはべつに、あんたがそのかばん持ってどこに消えようと知ったこっちゃない」

「そうか」

「そうよ。でも、また小説書いてるって話は聞き捨てならない」

面倒くさい話になりそうなので、別れの合図に片手を持ちあげてみせ、ラパンの運転席側のドアを開けた。

しばらく待った。

「なにを書いてるか知ってるのよ」と彼女の声が追いかけたので、ドアを開けたまま
「幸地さんの家族の話を書いてるんでしょう」

「幸地さんの家族の話。あの神隠し事件のことか」

「去年、房州さんにその話をしたでしょ?」

それでぼんやり思い出したのは、一月八日の電話で、「じいさん、まだ息してるのか?」に類した質問をしたとき、房州さんにかこつけて電話してくるのは迷惑だからやめてほしいと彼女は決めつけたうえで、自分から話をそっちへ振って「房州さんは、あの男とは一回碁を打ってみたかったってずっと言ってる」と泣かせる台詞を聞かせ、耳にタコの台詞なので泣かされはしないが、そのあと「それに、また小説の話もしたがってる」と付け加えたのが妙で、腑に落ちなかったことである。碁の話は、その表現からしてすでに仮定法過去で、それを言い出したときには衰弱が進んでいて、打ちたくても打つ体力も気力もないことは本人承知のうえだったと思う。小説の話は、房州書店がまだ営業していたころ、棚に揃えてあった僕の十冊ほどの著書について房州老人が耳の痛い意見を述べたことや、その隣に並べてあった小説家の小説家とは名ばかりの平板な日本語で書かれた小説を僕が嘲笑《あざわら》ったりしたことや、それは確かにあったけれど、でもそんなのが「また小説の話もしたがっている」と懐かしがるほどの話

か？　という気はするし、それとは別にもうひとつ、去年房州老人の入院後に病室でした小説の話が記憶に残っていて、つきつめて言えば、
ひとに読んでもらえない小説を書く意味はあるのか？

みたいな重たい話題なのだが、実はそれが、借金の件よりもむしろ房州老人のもとから僕の足が遠のく原因になったわけだから、先方もうすうす感じてはいるだろうし、いまさら蒸し返したいなどと言づてを頼んでくるはずはない。まあ、くたばりかけのじじいが嫌みで言ってるのならべつだが、と僕はそこまで考えて腑に落ちなかった。

ところが慎改美弥子のいまの言い草から推測するに、「小説の話」とはそのどっちでもなくて、房州老人は昨年、僕が最後に見舞ったとき病室でした話のうち、いまだ借りっぱなしの三万二千円とは一桁違う借金をだめもとで申し出るまえに、僕が見てきたように語って聞かせた事件の裏話、失踪した家族にまつわる逸話を、借金を申し出た直後には激昂して泡を吹いたくせに、「小説のあらすじ」ととらえて死ぬまで憶えていたというわけである。そしてその内容が、仮にこの物語にあてはめればざっくり冒頭一章ぶんにあたる内容が、一月八日からきのう息絶えるまでのあいだのどこかで、房州老人の口からおそらく最後のうわごとみたいにして「あの男がまた書いている小説」のごとく慎改美弥子の耳に伝わっていたわけである。そうに違いなかった。

「書いてるんでしょう？」彼女がラパンの屋根越しに言う。「房州さんは続きがどう

なるか知りたがってた。続きがあるなら、あたしも気になる。書いていいことと悪いことの区別がついてるのかどうか」

短いクラクションを鳴らしてタクシーが僕の背中すれすれを通り過ぎた。すぐにも乗り込むつもりで開いていた運転席側のドアを閉め直す必要があった。

「話があるって、そのことか」

「そうよ」

「書いていいことと悪いことの区別ってなんだ。それが小説家にむかって言う台詞か？　不動産屋の分際で」

「やっぱり書いてるのね」彼女は両手を腰の脇にあてて、いったん顔をそむけて路上に唾《つば》を吐きすてるようにも見える仕草をした。夜間だし腰から下はラパンの陰に隠れているし、もし彼女が初対面の相手なら実際に唾を吐いたと見なしたかもしれない。

「なぜあの事件なの。小説書くのは止めないけど、なぜよりによってあの家族の話を書かなきゃいけないの。小説家だからって、なんでも無責任に書いていいってことにはならないのよ。あんたの場合は元小説家だけどね」

タクシーがもう二台続けて背中を通り、青信号を抜けて国道へ出ていった。そのかん僕は彼女が「無責任」ということばでなにを僕に伝えたがっているのか考えてみた。彼女はラパンの向こう側で腕組みをして、僕が答えを感じ取るのを待っていた。

「じいさんからなにを聞いたんだよ？」たいして感じ取れないまま僕は言った。「無責任もなにも、大半は、きみから仕入れた実話だ、聞いててそれはわかっただろ？」

「ううん違う」

「違う？　どう違う。あの家族が失踪する前日、幼稚園の門の前で、きみはその幸地という男と立ち話をした。たまたまボストンバッグに僕の小説を入れていて、彼がそれに興味を示したのを憶えている、もしかしたら津田伸一の小説をこのひとは読んだことがあるのかもしれない、きみはそう思った。でも時間がなくて小説の話はしそびれた。次の機会にと思ったけど、次の機会はなかった。いまとなっては確かめようもない。ぜんぶ実話だ。違うか？」

「違う。あたしが言いたいのはそんなことじゃない。房州さんに聞いた話がほんとうなら、あんたは実話をだしにして、興味本位で、猟奇的な物語を作るつもりでいる。書いちゃいけないことをもう書いてる。嘘つき」

　慎改美弥子は腕組みしたまま片側の頬を持ちあげ顔をしかめた。その顔で僕を睨《にら》みつけた。彼女の言う「書いちゃいけないこと」がなんであるか、僕はまた考えてみた。

「あんたは最初から、あの家族をトラブルに巻き込む計画を立ててるのよ。そして結末で三人とも殺す気でいる。違う？　違わないよね？　それが無責任だと言うの。だって現実には、まだ終わってないのよ。続いてるの。幸地さんの家族を知ってるひとたちは全員心を痛めてるのよ。心ないひとは、もうとっくに死んでるなんて噂流してるけど、いまでも帰りを待ってるひとたちは大勢いる。あたしだって、敏之輔だって、茜ちゃんはいつか戻ってくると信じてる。茜ちゃんのことも話したよね？　四歳になったばかりで、ことばだってまだ舌足らずなところが残ってた、それは活発で可愛い女の子だった。あんな子供まで、よく平気で殺せるわね？　むごすぎる。ひとの不幸を小説でもてあそぶなんて、あたしは黙って見ていられない。なぜそっとしておけないの。なんのつながりもないよそ者のくせに」

「そうか」僕は感じ取った。「そういうことか」

「そういうことよ」

感じ取ったことはふたつあった。ひとつ、幸地秀吉と僕との一夜かぎりのつながりについては、全国紙の報道によって騒ぎが大きくなったのち、ふたたび立ち寄った深夜のドーナツショップで「ほら！　このひと、津田さんがこないだ相席した男のひと」と沼本店員に記事を見せられて教えられるまで自分でも気づかなかったくらいだし、房州老人に語った時点ではそのつながりは伏せてあるので、慎改美弥子も知りようがない。ふたつ、彼女が「書いちゃいけないこと」としてさっきからこだわっているのは、幸地秀吉の妻の不倫の事実だ。

「言いたいことはわかった。今後、きみの意見は参考にする」

「参考にする？　どう？」

「本になってから読め」

「本になんかなるわけない」苦り切った声が返ってきた。「僕はふだつきの小説家なんだ、津田伸一の本を出してくれる出版社なんかもうどこにもない。自分でそう言ってたのよ、忘れた？」

「そうだな」僕は頭を掻いた。

「そうだなじゃないでしょ、ね？　じゃあ、いったいだれに読ませるつもりなのよ。本にならないのなら、なんのためにまた書いてるの、小説なんか」

「書いてない」

「え？」

「いまのは冗談だ。安心しろ、小説なんか書いてない。パソコンもないのに書けるわけがない」

「そうなの？」慎改美弥子は半信半疑の声を出した。

「うん」と僕はうなずいてみせた。

「うんて」慎改美弥子は半笑いの声で言った。「あんたのうんはあてにならないから」

「僕のこの恰好が、猟奇的な小説書いてる元小説家に見えるか？　見えないよな？　どっちかっていうと連休ぼけの学生ふうに見えるだろ、違うか？　そのせんを狙《ねら》ってるんだ」

「でも房州さんの話では、あんたはまた小説を」

「また小説を書くなんて言ったおぼえはない。じいさんには去年、暇つぶしに話して聞かせただけだ。こんな裏話があるけど、どう思う？　そのくらいの気持ちだ。そしたら、僕が小説の種でも見せびらかしてるみたいに勘違いして、もう一回心をいれかえて長編書いてみろなんて言い出したから、じゃあパソコン買うから三十万ほど貸してくれ、その台詞聞いてじいさん青筋立てて怒り出した。な？　それっきりだ、そのとき話したことなんか自分でも忘れてた。だから小説なんて書いてないし、あの家族をトラブルに巻き込もうとか、幼い娘を残酷に殺そうとか、そんな計画は立てていない。いまのいままで、考えつきもしなかった」

「ほんとね？」

「ああほんとだ」それは本当だった。「僕がたまにほんとのこと喋るときの顔は知ってるだろ？　な？　だから安心して、敏之輔くんの待ってる家に帰れ、帰ったら新しいベビーシッターに清めの塩振ってもらえ。僕はこれからまわるところがある。デリヘルの正社員に昇格したから、近頃は昼も夜も忙しいんだ」

慎改美弥子はまだ腕組みを解かずこっちを睨んでいた。どう判断を下すべきか迷っているふうだった。

僕はかまわずドアを開けて運転席に乗り込んだ。嘘じゃないよね？　とか、あの家族を殺さないと約束してよね？　とか念のため言質を取りに車道へ降りてくるかと覚悟して待ったが、それはなかった。しばらく運転席でじっと前を向いていると、後方で彼女のボルボが点灯し、いちどバックしてから、未練を断ち切った速度でラパンの右側を走り抜けていった。

国道へ遠ざかるボルボの尾灯を見送りながら、その晩、僕はこう考えていた。要するに、彼女は失踪事件の起きるまえから、重要な事実に気づいていたのだ。幸地家の妻の不倫の事実に、おそらくだれよりもさきに。

幸地奈々美が、外出の言い訳とともに、娘の茜をベビーシッターに預けにやってくる、そのことが重なるうちに事実を嗅《か》ぎ取り、見抜いていたのだ。言い訳の嘘、夫でさえ知らなかった妻の秘密、心の一ばん内がわの箱の存在を、とっくに知っていたのだ。その事実を胸にしまっておけ、賢《さか》しらに語るな、と元小説家を戒めているのだ。

だが結局のところ、彼女の戒めにそむいて、僕はMacBookに向かいいまこれを書いている。

7

さてそこで、房州老人の形見として僕のもとへ戻ってきたキャリーバッグ、というより中に詰められていたおまけについて、具体的に書いておかなければならない。気は進まないのだが、どう考えても、これを伏せたままにはできない。

慎改美弥子から黙って受け取ったキャリーバッグはその晩のうちに居候している1DKのマンションに運び入れた。それから三日後にようやく中身は確認できた。

なぜ確認まで三日も手間取ったかというと、しっかり鍵がかかっていたからである。

鍵というのは四つの数字の組み合わせで解錠できるコンビネーション・キー、日本語で言えばダイヤル式南京錠の小型のもので、その南京錠のU字型の掛けがねがキャリーバッグのファスナーのつまみに空いている穴に通して閉じられている。ファスナーのつまみは左右両開きのため二つあるのだが、二つの金属板のつまみをぴったり重ねて一つの穴にして掛けがねを通してある。したがって両開きのファスナーはどっちの方向へも1ミリも動かない。

つまり南京錠の4桁の暗証番号がわからなければ鍵はあかない。鍵があかなければキャリーバッグのファスナーはひらけない。ファスナーがひらけないといってもバッグの材質はナイロンだから、いざとなったらいくらでも手はありそうなものだが、これはただのナイロンではなくバリスティックナイロン、たしか銃弾も通さない、ゆえに防弾チョッキにも使用可能、だったかの頑丈さが売りのナイロンを用いたナイロンバッグである。そこらへんの刃物を持ってきたって切り裂くのは至難の業だろうし、それに、たとえ至難の業で切り裂けたにしても、そこまでして、中から古本を取り出す理由があるだろうか？

自問自答してみて「ない」と明確に答えられたので、思案の末、僕はこうすることにした。南京錠の円筒形の胴体部に四列並んでいるダイヤルをまず0000にリセットする。そしていちばん下の列からひとつずつ数字を増やしていき、0001から9999まで並べ換える。そうするといずれ、遅かれ早かれ、解錠できることになる。運が良ければ0000でもう鍵はあいているかもしれない。最悪でも9999まで行けばあく。どっちにしても数字の組み合わせは限られている。一万通りだ。時間の問題だ。

そう思って最初に気合いを入れて縦目の0000に合わせ、掛けがねを引っぱってみたがびくともしなかった。0001でも、0002でも、0003でも、0004でも、0005でも、それはおなじだった。0006から0010まで無駄な試みをつづけたあと、煙草を一服した。なにしろ小型の南京錠でダイヤル一列の幅が3ミリ程度だから、うつむいて目を凝らして指先をつかう細かい作業になる。0050のあたりで、そろそろ老眼が来ているのかもしれないと心細くなり、鼻のつけねを指で揉んで、そのあと寝かせていたキャリーバッグをまっすぐ立てて、南京錠の位置よりや上に目の高さを維持するため正座して、連続で0100まで行ったところで、それでも依然南京錠はひらかず、自分の呼吸すら聞こえるほど部屋は静まり返っていて、こんな夜中に他人の部屋でひとりなにをやってるんだろう？　と疑問が浮かんで心が折れた。ドライバーの仕事から帰宅したのちの作業だったので午前四時を過ぎていた。初日はそこまでだった。一日に100ずつ数字を増やしていくとして、最長でも百日後には目標を達成できる、必ず達成できるから、とにかく八月のお盆頃までには房州老人の遺《のこ》してくれた古本をおがめるのだと、自分に言い聞かせて寝ることにした。

二日目は正午に出勤し、そつなく仕事をこなして、午前二時あがりで寄り道せずに居候先へ帰宅してみると、いないと思っていた部屋のあるじが戻っていた。

市内にある大学の人文学部だか社会学部だかの四年生である。人文社会学部だったかもしれない。なんにしても四年生だから就職活動で忙しくしている。おまけに教員採用試験と二股《ふたまた》かけていて、そっちの勉強も怠らないし、実習単位とかいうものを取得するため四週間の教員実習にも出向かなければならない。さらに欲張りなことに、小学校と中学校の教員免許を両方とるつもりでいるらしいので、ひとの倍忙しくなる。五月から七月にかけて出身地の小学校と中学校に四週間ずつ教員実習の予定がびっしり組んである。そのため当座は実家に寝泊まりして就職活動と試験勉強を続ける。就職の面接には電車での移動がおもになるし、小学校にも中学校にも実家からは徒歩で通うので、ラパンを運転する暇もない。だからこっちに置いてゆく。実家はここから電車で二時間のところにある漁師町である。アジとモンゴウイカが獲《と》れる。といった話を彼女の口から聞かされてはいたのだが、ラパンの件以外はざっと聞き流した嫌いがなきにしもあらずで、二三聞き間違いはあるかもしれない。にしても、とにかくとうぶん部屋をあけるのだろうと高をくくっていたあるじが戻って寝ずに待っていたので、笑顔で驚いてみせて、彼女の機嫌をそこねないよう居候らしく受け身のふるまいに徹して、つまり求められることはなんでもやり、明日は面接で福岡まで行かなければならないからこれ以上夜更かしはできないと言われればおとなしく灯りを消して、結局、南京錠のダイヤル合わせは0100からさきへは進められなかった。

　DKを別にすれば部屋は六畳よりちょっと広めの一間きりだし、シングルベッドの裾のほうの壁のすきまにキャリーバッグは縦置きにしてあったので、とうぜん彼女は目にとめて、「これなに？」そして「どこか行くの？」とふたつの質問を投げてきた。

「どこにも行かない」とふたつ目の質問に答えてやると、質問者の顔は期待はずれに曇ったようにも、たんに疲れて眠たげにも見えて、もうすこしだけ説明を欲しがるふうに黙りこんだので、これは僕がこっちに来るとき持ってきた旅行鞄で、ずっとひとに貸していたのがゆうべ戻ってきたのだと簡潔に説明した。すると彼女は、「よかったね、返して貰えて」と感情のこもらぬ声で言い、Tシャツの下にブラジャーをつけ直してベッドに戻った。そうやって寝ると乳房が形状を記憶し美乳がたもたれるのだそうである。僕はベッドの横に自分が寝るための布団を敷き、部屋の照明を落としたあと布団の中で、さっき彼女の顔が期待はずれに曇ったように見えたのはたぶん気のせいで、「どこか行くの?」とふたつ目の質問をしたとき、彼女の目に期待の光がともり「どこか消えてくれるの?」とでも言いたげに聞き取れたように、いまになって思えるのも、慎改美弥子にさんざん嫌みを言われた昨日の今日なので、聞き取った僕の耳が異常にひがんでいるせいだと、自分に言い聞かせながら眠りについた。

三日目。

前日とおなじく正午に事務所に顔を出して、夜中の二時まで働いた帰り、ドーナツショップに寄り道した。歯ごたえのあるドーナツを一個食べ、カフェオレを飲んで、南京錠のダイヤル合わせはおとといの0000から始めて0100まで進んだわけだから、最悪あと九八九九通り試す必要があるとあらためて確かめ算をして、煙草をふかしながら、そこをなんとかぜんぶ試さずに楽にすませる方法はないものかと頭をしぼってみたが、名案は浮かばなかった。暗証番号を設定したのは房州老人本人に違いないから、せめて生年月日でもわかれば近道の探りようもあるけれど、そもそも享年が何歳であったのか、その正確な数字すら僕は知らなかった。この世に誕生したのが昭和初年と見当がつく程度で、何月生まれかなど知るはずもない。だから暗証番号を推理する手がかりがない。やっぱり地道に一〇〇〇〇回、ダイヤル合わせをやり遂げるしかないのだと、マルボロライトを一本吸い終わる頃にはもとの考えに戻った。そのあと退屈しのぎに、沼本店員が現れたら「ぬまもと」と呼びかけるつもりで待ち構えていたところへ、見慣れない店員がコーヒーのお代わりを勧めに来て、そういえば前回も沼本店員の顔は見えなかったと思い出して、やめたのか？　と訊いてみると、やめてはいない、ただ沼本さんは四月から十時あがりのシフトに替わったとの返答だった。

帰宅後さっそく頑丈なナイロンバッグを持ち出して、カーペットの上に寝かせて置き、その前にあぐらをかいて解錠作業に入った。０１０１から０２００まで百通り、根をつめてやった。０２００で掛けがねを引っぱっても動かないのを確かめて、ため息をついて携帯で時刻を見るとまだ三時半である。ため息が聞き取れるほど部屋は静かだった。歯をみがいて寝るまえにあと三十分だけ延長することにして作業を続けた。一日百通りと決めたノルマの、昨日さぼったぶん今日取り返しておこうと思ったからだ。いちばん下の列の数字をもうひとつ進めて0201で試してみる。あかない。0202で掛けがねを引っぱってみる。動かない。この作業が八月のお盆までに終わるのは計算上確実なのだが、そうはいっても、いつまでも南京錠付きの旅行鞄を他人の部屋に飾っておくわけにいかないだろう。そのうち部屋のあるじが怪しんで、中にどれほど大切なものをしまっているのか？　という話になる。なりかねない。いままで黙って見てたけど、なんなのその南京錠は、あたしに見せられない宝物でも隠してるの？　そうではなくて、中に入っているのは手垢《てあか》のついた古本に違いないのだが、だったらなぜ、古本を旅行鞄に詰めたうえ鍵までかける必要があるのか？　という話にもなる。なるだろう。彼女は訊きたがるだろう。なぜなのよ？　説明して。

それはわからない。房州老人に訊いてみないとわからない。慎改美弥子をふくめ他の人間には見せられない、僕ひとりに届けたいなにかいわくつきの、それこそ宝物みたいな一冊が忍ばせてあるのかもしれない。そんなものが仮にあったとしての話だが。しかし、あったにしろなかったにしろ僕の目的はそっちではない。要は、この解錠作業の目的は、宝物にあるのではなく鍵のかかった宝の箱じたいにあるのだ。なぜなら、形見分けとして房州老人が慎改美弥子に託してよこしたのはこのバッグであり、中身の古本はあくまでおまけに過ぎないのだから。解錠しないことには肝心の、せっかく戻ってきたこのバッグがバッグとして使い物にならないのだから。そう思い直して僕は指先を動かしつづけた。今夜中に0300までノルマを果たすつもりで、右手でU字型の掛けがねをつまみ、左手親指の腹でダイヤルをひとつずつ、ほぼ機械的な単調さでずらしつづけていた。するとそのうち掛けがねをつまんでいた右手がいままでにない抵抗を感じ取った。正確には抵抗のなさを感じ取った。親指と人差し指とでつまんでいたU字型の掛けがねの一方が、ふいに、差し込み口から持ち上がったのである。

そのとき南京錠のダイヤル合わせは0228まで来ていた。

あいた、とつぶやく声が聞こえた。自分の口から出た独り言だった。あくときはあっけなくあくものだ。僕はその4桁の数字をじっと見て、目に焼き付けた。そのあと南京錠をファスナーのつまみの穴から抜き取り、抜き取った南京錠をカーペットの上に落とし、しかるのち、キャリーバッグのファスナーを左右にひらいた。

ファスナーをひらききったバッグの、もしそれが宝箱なら上蓋《うわぶた》にあたる部分を、息をとめて、両手でそっと持ち上げてみて、最初に僕の目がとらえたのは古本のピーターパンだった。

本の表紙には見覚えがあった。

ひと目で記憶がよみがえった。見忘れるわけがない。あのピーターパンだ。言うまでもなく、昨年二月、房州書店で買っていちどは自分のものにした石井桃子訳『ピーター・パンとウェンディ』である。ただしそれが、当時僕が持ち歩いて読んでいたのと同一の本であるかどうかはわからない。同一の本だとして、なぜいまこのバッグに入って戻ってきたのかもわからない。

わからないというより、正しくは、その場でとっさに昔のことを思い出している余裕はなかった、と言い直すべきだろう。じつはここまで、古本のピーターパンを目にとらえてからここまで一秒も経っていない。僕はまだ息をとめている。

そしてここからさき、この章の冒頭で予告したとおり、気の進まない話を書くことになる。核心に触れることになる。さらっとすませる。

宝箱の正面にあぐらをかいた姿勢で、僕は上蓋のふちを両手で持って中を覗きこんでいた。最初にピーターパンの古本に気づいて、記憶をよみがえらせ、あとほかにも何冊か本が入っているのは頭では認識できていたと思う。ほぼ一瞬のうちに、子供むけの薄い絵本のようだと判断するところまでは行ったかもしれない。しかしつぎの瞬間、それらはぜんぶ消し飛んで見えなくなっていた。もっとほかのものに注意を奪われて、目が釘づけになり、いっぺんに冷静さを欠いてしまったからである。一秒のほんの何分の一か遅れて絵本のつぎに目に飛びこんできたもの、それは札束だった。見間違いではないかと目を疑ったが見間違いではなかった。どう見てもそれは乱雑に詰め込まれてあふれかえった一万円札の束だった。ふくれあがる札束を押さえつける重しのようにして、ピーターパンとほかに何冊かの絵本が上に載っているのだった。キャリーバッグの中にはざっと見積もって億単位の現金がうなっていた。そういうわけで、上蓋を持ち上げた直後までとめていた息を、いつ吐いたかも憶えていない。

8

それから一睡もしないで朝になった。

朝といっても時刻を気にしたときにはすでに十一時を過ぎていた。

その日はキャリーバッグをラパンに積み込み、前日とおなじく正午に出勤して、気もそぞろにドライバー仕事に従事し、無事故でやりとげると午前二時半にはまっすぐ居候先のマンションに帰宅した。

あたりに人影がないのを確認して駐車場でラパンの荷台からキャリーバッグを降ろし、取っ手を伸ばして転がしながら部屋まで運んだ。もちろんもっと早い時刻に、いつもはしないことだが、部屋のあるじの不在はメールで確認済みだった。

9

あくる日も、そのまたあくる日も、キャリーバッグは片時も離さず、運転中は南京錠をかけてラパンの荷台に積んだまま、おなじような一日を繰り返した。

きのうと似た一日を送るうち、徐々にだが、平時の脈拍を取り戻すことができた。大金にたまげて狼狽《ろうばい》して徹夜になった日の朝には、鏡を見ると目が血走り、別人のように思えた顔も、まもなく見慣れたものに戻った。通常の思考でものを考え出すと、つまり女優たちの送り迎えの合間に運転席で、夕食休憩時にハンバーガー屋の喫煙席で、深夜あるじ不在の部屋に戻ってからもひとり気をおちつけて頭を働かせてみると、わかったことがいくつかあった。

第一に、房州老人が南京錠に設定していた0228の暗証番号についてわかったこと。

この数字の組み合わせにどんな意味があるのかないのか、解錠に成功した晩には気にも止めなかったのだが、その後つらつら考えるに、おそらく、十中八九、0228

の暗証番号は、僕がキャリーバッグを転がしてこの街にたどり着く以前の、おととし春頃まで居候していた家のあるじである女性の誕生日、二月二十八日に由来しているものと推察された。

いったいそれはだれなんだ？　と疑問をもたれるはずだから以下ざっと説明する。彼女は岩手県と青森県の県境にあるひなびた温泉地の旅館のおかみで、僕はそこに名目「番頭さん」として三年半ほどやっかいになっていた。働き手はおかみと番頭と六十過ぎの料理担当のおばさんと三人だけの小さな温泉宿である。三年半も田舎にひっこんで暮らせば、さまざま息苦しい出来事もあり、あったからこそ僕はその土地を出ることになったのだが、反対に、田舎暮らしには田舎暮らしなりのひと息つける思い出もある。地元の子供らにまじってのワカサギ釣りとか、手伝いはしないがかまくら作りとか、見るだけだが雪上運動会とか、見もしなかったが雪上相撲大会とか。あと商売あがったりの夏場には毎年、旅館を閉めて、おかみと短い旅行に出た。彼女の希望をいれて大阪ＵＳＪに行き、桜島の噴火を見物がてら黒豚を食べに行き、三年目には沖縄まで足をのばした。じつはそのとき泊まった沖縄のリゾートホテルで、おなじく旅行に来ていた例のマイペースでものすごい早寝早起きの銀行員と偶然知り合うことになり、偶然というのは銀行員が僕の昔書いた小説をたまたまプールサイドで読んでいたことを指すのだが、まあそれはまた別の長い話になる。

おかみとの旅行では僕のキャリーバッグにふたりの荷物を詰めた。荷物といってもむろん彼女の着替えが大半を占める。したがって旅支度にあたり、ここがこの話のポイントだが、彼女は、防犯用のダイヤル式南京錠の暗証番号を自分で使い勝手がいいように設定した。自分の誕生日をあらわす4桁の数字に。そんな記憶がおぼろげにある。たぶんこの南京錠はキャリーバッグを房州老人に売り渡したさい、僕が忘れたまま、四つの数字の組み合わせが最後に解錠したときで固定されたまま、バッグの内側にあるポケットにでもしまわれていたのだろう。沖縄で知り合った銀行員を頼って僕がこっちにやってきたとき、旅の途中でも南京錠など使った憶えはないから、そうとしか考えられない。

バッグを買い取ったのち房州老人は内ポケットから南京錠を見つけた。そして暗証番号の再設定をおこなわずそのまま使用した。昨年二月二十八日の晩、すでに房州老人のものとなっていたこのバッグに南京錠がつけてあったかどうか、その点は不明だが、でもあの雪の降りしきる晩、僕が二人組に暴行をうけた憩いの広場にあとから現れて、房州老人が口にしたわけのわからない台詞のほうは、そう考えればいまになって意味が通じる。

今日があんたの誕生日だと、ずっと思ってたんだが。

買い取ったバッグにしまわれていた南京錠の暗証番号が０２２８で、いじらずに使い続けるうち、それが房州老人にとっても親しい数字の配列になる。同時に、暗証番号0228を日付に翻訳した二月二十八日が、バッグのもとの持主すなわち僕の誕生日だとの当て推量、ないし思い込みが頭に刷り込まれる。今日があんたの誕生日だと、ずっと思ってたんだが。ずっととは、南京錠を見つけたとき以来ずっとという意味だったのかもしれない。あれはそのようなニュアンスを裏に滲《にじ》ませて口にされた台詞だったのかもしれない。ところがあの晩、僕はどんなニュアンスも汲《く》み取ろうとしなかった。思い違いだ、とすげなく答えた。

今日がだれの誕生日か、ゆっくり思い出せ。

思い出せもなにも、思い出すべきなのは房州老人ではなくどちらかといえば僕のほうだったわけである。いま思い出してみれば、確かにあの温泉宿のおかみの誕生日は二月二十八日だったような気がする。断言する自信はないが、毎年、雛祭《ひなまつ》りの時期にあわせて誕生祝いをしたような、し忘れてヘソを曲げられた年があったような記憶が微かに残っている。で、これが正しいかどうか、よっぽどおかみ本人に電話をかけて訊ねてみようかと思ったけれど、いまさら電話しても出て貰えない確率が高いし、それにそこまでして暗証番号の謎にこだわる理由はないだろう。重要なのは南京錠がひらいたことであって、暗証番号の由来の謎などではない、この件はそういう結論に達した。よって完璧ではないが、十中八九の謎解きということになる。

第二に古本のピーターパンについてわかったこと。

これはまぎれもなく、僕が以前所持していた本と同一であることが判明した。手にとってじっくり検分してみると、本の小口の一部と、表紙の白抜きのタイトルの「ピ」と「タ」の文字が茶色の染みで汚れていて、その染みは第2章ですでに書いたところの、昨年二月二十八日の明け方ドーナツショップで幸地秀吉と相席して、別れ際に沼本店員とすれちがいざまぶつかって大騒ぎを演じたときこぼれたコーヒーが乾いた痕跡に違いなく、事実その染みには見覚えがあったし、もとは房州書店で買って当時僕が持ち歩いていた古本のピーターパンであると自信をもって鑑定できた。

ただしこれがなぜほかの絵本とともにバッグに入っていたのかは考えてもわからない。房州老人そのひとから僕が買って読んでいた本が、いったいどのような経緯および経路でふたたび房州老人の手に戻ってバッグに詰められたのか、その点はわからない。あの雪の晩、ハンバーガーショップで房州老人と相対したときテーブルの上に携帯や煙草といっしょに置いていたところまでは確実で、第3章を読み返せば自分でそう書いてもいるし間違いないのだが、そのあと、憩いの広場で奇妙な二人組に襲われたあと、つまり昨年二月二十八日夜九時半以降において、この本がどうなったのか詳細はいまのところ不明である。

降りしきる雪に閉ざされて見えにくい当夜の記憶のなかで、唯一確かなのは、このピーターパンを自分でハンバーガーショップに取りに戻ったにしろ、房州老人がさきに持ち出してくれていたにしろ、あの晩九時半以降のある時点までは手もとにあったという動かしがたい事実で、キューブの運転席側のドアを閉めて隣のシートに本を放ったときの音や、とくにドアを閉めた音がひびいて顔の傷にこたえたことや、助手席にすわっただれかがその本をつかんでこちらに突きつけてくる映像や、ひらいたページのかどが乾いたコーヒーのせいで波うっているクローズアップや、断片的な記憶ならいますぐにも映画のインサートみたいにここに書くことができる。でもそれは今後、書くべき順番が来たらあらためて思い出して物語に組み入れることにする。おそらく二月二十八日深夜までピーターパンは僕の手もとにあったのだが、いま言えるのはそこまで、その後これがなぜ房州老人の手に渡ったのか、生前、彼の手に渡って、死後、こちらへ戻ってきたことに、どのような事情が隠されているのか、それはこの時点ではわからない。順番が来て書いてみないことにはわからない。

第三にキャリーバッグに詰め込まれていた札束についてわかったこと。

これを札束と呼んですませるのはじつは正確ではなく、ものを書く人間として無精すぎる。億単位の現金というのも誤りである。書いたのはおまえだと思われるかもしれないが、札束といい億単位といい、あれは宝箱の蓋をあけたさいの臨場感あふれる事実、瞬間的にありえた事実であって、辞書的な意味の事実とはわけがちがう。簡単にいえば見たこともない大金を見て興奮したのである。

詰め込まれていた現金のうち、いわゆる帯封つきの百万円の束は数えてみると十三あった。うち何束かは帯封が千切れかけてゆるゆるになっていた。帯封にはいずれも銀行名が朱色で押印され、それとは別に輪っかに人名入りの割印らしきものも見られた。また完全に千切れてはずれてしまった帯封も十枚以上、ばらの一万円札のあいだから見つかった。ばらの一万円札というのは、重ねた九枚に一枚を腹巻きのようにかけて十枚一セットにしたものを、十セットまとめて輪ゴムで止めたもの、および輪ゴムですら止められていない十万円のセットにあとは端数の一万円札のことである。前者は十八見つかり、後者は三百と三枚まで数えて、自分の手で三つの山と端数に分けた。ちなみに一万円札以外の紙幣は、五千円札も千円札も一枚もまじっていなかった。

これらの事実から推測するに、札束は、詰めた当初はきちんと整列していたのが、バッグごとごろごろ持ち運ばれるうち中でかき乱されて、帯封も古くなって千切れ、応急処置として輪ゴムが用いられ、やがて輪ゴムも面倒になって放置されてこの状態に至ったのではないか。房州老人はキャリーバッグを僕から買い取って以降、全財産の現金を詰めて、たぶん片時も離さず持ち歩いていたものと思われる。そしてそこからその都度必要な金額を財布に移して使っていたと考えられる。ばらの三百と三枚の札のうち、端数は端数のみ三枚無造作に二つ折りにして別扱いになっていたところをみると、死ぬまえ最後に財布に移された金額は七万円だったのかもしれない。理にかなった推理を進めるとそうなる。十中八九、なると思う。房州老人がそばにいたら「中らずと雖も遠からず」くらいは言ったかもしれない。まあどっちにしても、帯封つきの札束であろうとなかろうと一万円札は一万円札、現金は現金、目が血走るほどの大金は大金にかわりなく、徹夜して勘定したところその総額は、３４０３０００円あった。

以上が、正気に戻って頭を働かせてみて導き出せた事実だ。

しかし手つかずの問題はまだある。

目をそむけず見ようとすればぞくぞく出てくる。房州老人はなぜ全財産の現金をキャリーバッグに詰めて持ち歩いていたのか。そもそもこんな大金をどこからどうやって手に入れたのか。そして最大の、解きがたい難問は、

房州老人はなぜこれを僕にくれたのか？

肝心のこの点についてもとうぜん頭を働かさないわけではなかったのだが、キャリーバッグを形見に遺すつもりで中に詰めた大金のことは死の間際にぼけて忘れてしま

っていたのだ、とか、生きてるとき借金のことで僕を怒鳴りつけたのを悔いて、罪滅ぼしにこの金で最新のパソコンを買ってどうか立派な小説を書いてくれと言いたかったのだ、とか、自分は天涯孤独の身の上だしこの大金を人生最後の親友であるあんたに遺してあの世に旅立つことにする、いいか人生は短い、死ぬときになって後悔しても遅い、この金を使って残りの人生をせいいっぱい楽しく生きろ！　と伝えたかったのだとか、現実的にも物語内現実的にも無理のある、書き手の自分に都合の良い、締め切りに追われて急いで小説を書いてしまう小説家がよくやる、ろくでもない解釈しか思い浮かばなかった。すでに大金に目がくらんでいたのかもしれない。

ピーターパンのほかに札束の重しになっていた本は数冊ではなく三冊あり、どれも子供向けの絵本でそのうちの一冊が『つるのおんがえし』だったから、これは読まなくても内容は知っているし、最大の疑問を解く鍵として、この本を札束と組み合わせて僕への恩返しのメッセージがこめられてはいないかとも疑ってみたが、仮に房州老人に恩を売ったとすれば不動産屋の慎改美弥子を紹介して住む家を見つける手助けをしたくらいで、そのことが三四〇〇万もの恩に値するとはとうてい思えない。また他の二冊は初めて目にする絵本だったので念のため、徹夜明けに一回、日を置いてもう一回ずつ通読してみると、ひとつはもぐらが大きなポケット付きのズボンを仕立てるためさまざまな生き物たちの手を借りるという筋、もうひとつはデパートで売れ残っていた縫いぐるみのくまが、ある日貯金をはたいた女の子に買われてゆき、吊りズボンのボタンが一個とれていたのを繕ってもらい仲良しになるという筋で、どちらもズボンが出てくるという共通点はあるものの、どちらの絵本からも深みのあるメッセージ性のようなものは、子供たちにではなく僕個人に対するメッセージ性という意味だが、読み取れなかった。

考えてわかることもあれば、考えるだけ無駄、ということもある。房州老人はもうこの世にいないのだし、たとえこの死者からの贈り物に、そうこれは死者からの贈り物だ、なんらかのメッセージが載せてあったとしても、だれにも正解を知るすべはない。

最大の疑問の受けとめ方として、結局、僕はそのような境地に達した。とにかくこれはここにあるのだ。

房州老人の形見としてキャリーバッグは僕のもとへ届けられた。ピーターパンと三冊の絵本と、それから三〇〇〇万を超える大金がおまけとしてくっついてきた。この贈り物で未来は明るくなる。残りの人生をせいいっぱい楽しく生きられる。欲しいものはなんでも手に入るし、この街を出て、いつでも行きたいところに行ける。文句をつける理由はどこにもない。

月末までその大金には手をつけなかった。

10

四月からいちおう正社員に昇格して、いちおうとは、社長との口頭の取り決めで「正社員扱い」にいちおう同意したに過ぎないのだが、昇格したら送迎ドライバーの報酬が月給制になり、五月一日に一ヶ月ぶん受け取ったばかりだったので、とくにそれ以上の現金を必要としないという理由もあった。なにしろ家賃も水道光熱費も町内会費もゴミ袋代も、払う必要のない居候の身分である。あとそれに加えて欲しいものがなんでも買える身分にまでなってみて、いざ考えてみると、その欲しいものがすぐには見あたらないという理由もあった。

そんなこんなで相も変わらず、五月下旬の土曜日の午後、僕はラパンをアカプルコへむけて走らせていた。

助手席には内藤洋子を乗せていた。

内藤洋子は女優の内藤洋子が映画のなかで喋る台詞を練習中だった。暗記するためおなじ箇所を何回も繰り返していた。内藤洋子の話によると、女優の内藤洋子がどんな女優か自分は知らないし、お客さんにも訊かれて困っていると社長に言ってみたら、社長が自宅に招いて『年ごろ』という映画のＤＶＤを見せてくれて、調子にのってヒロインの台詞をメモに書き取って持たせてくれたのだそうである。僕もいちど自宅に呼ばれて成瀬巳喜男の映画を何本か見せられたことがあるので、一緒に昔の日本映画を見てやると社長が喜んで調子にのるのは知っている。ちなみに内藤洋子は車中このような台詞を練習していた。

「あたし絶対がんばる、いっしょうけんめい勉強して、しっかり遊んで、良いひとを見つけて結婚して、ばりばり子供を産んで、素晴らしい家庭を作ってみせる！」

「ほえ」

「ほえ？　ほえってどういう意味？」

「すごいな」と僕は言い直した。

「うん、すごい」と内藤洋子は認めた。「これは名台詞だって社長も言ってた。あたしもすごく同感。共感？　あたしが心に思ってるのとおなじこと、女優の内藤洋子は言ってくれてる」

「そうなのか？」

「うん」

「すごいな」

「あたし絶対がんばる、いっしょうけんめい勉強して、しっかり遊んで、良いひとを見つけて。ねえ津田さん、なんだか最近調子良さそうだね。結婚して、ばりばり子供を産んで」

「そうか？」

「うん、素晴らしい家庭を作ってみせる！　もう大丈夫みたいだね」

「なにが」

「ウツ」

「ウツ？　僕が？」

「五月病？　ゴミ捨てに行ったあとぐらいからすこし変だったじゃん。口数すくなくなって、ひとの話も聞いてないし、旅行用のバッグ、車に積みっぱなしだったし。なにか良くないことが起きるんじゃないかって、ふたりで心配してたんだよ」

「そうか」

「ほらいつだったか津田さん、赤目になって出勤したときあったよね？　ゴミ捨て場の鳩みたいに。みんな心配して、どうしたの？　って訊いたら。そのとき津田さんなんて答えたか憶えてる？」

「いや」

「徹夜でもぐらのズボン縫ってたんだって」

「ほえ」

「ね？　ほえ、だよね？　でも自分の世界入っちゃってて、なに言っても聞こえないみたいだった。絶対このひと夜逃げする気だってそのとき思った、旅行用のバッグは積んであるしね。でも良かったよ、なにごとも起きなくて、もとの津田さんに戻って。今日見たら顔もすっきりしてるし」

「そうか？」

「うん。あたし絶対がんばる、いっしょうけんめい勉強して、しっかり遊んで。でもその髪は伸びすぎじゃない？　切ったほうがいい、切ったらもっとすっきりする。良いひと見つけて結婚して」

「その台詞、暗記してどうするんだよ」

「女優の内藤洋子を知らないリピーターに聞かせてやれって、社長が。ばりばり子供を産んで」

「じゃあもっと抑揚つけたほうがよくないか？」

「ヨクヨウ？　ああそうだ津田さん、帰りに赤坂まわるんでしょ？　アイロン台はジャパネットたかたで売ってるかもって、伝えといてくれる？」

「アイロン台はジャパネットたかたで売ってるかも？」

「うん」

「それはなにかの暗号か？」

「言えばわかるから。素晴らしい家庭を作ってみせる！」

アカプルコ前で内藤洋子を降ろし、帰り道、赤坂前でラパンを停めて待っていると、ほどなく司葉子があらわれて助手席に乗り込んできた。

「アイロン台はジャパネットたかたで売ってるかも」

「うん、売ってるかもしれないね」司葉子が応えた。「でもヤマダ電機のこれ、リピーターのひとに貰ってきた」

司葉子がバッグから取り出した「これ」とは両面印刷の折り込みチラシで、小さく折り畳んだのをひと折りひらいて彼女が指差したところを見ると、脚付きアイロン台の商品写真があって六百八十円で販売されていた。その左隣にはスチームアイロンがあり、右隣には毛玉取り器もある。

「アイロン台を探してたのか？」

「そうよ。アイロン台のほかは、なんか聞かなかった？」

「いや、あとは僕の五月病について語り合っただけだ」

「五月病だったんだ？　ウツかと思ってた」

「ウツ？　僕が？」

「だって徹夜でくまのズボンのボタン付けやってたとか言うから」

「もぐらだろ？」

「くまともぐらと両方。でも良かったよ、もとに戻って。ほかになんか聞いてない？」

「ウツのことで？」

「ううん、そんなんじゃなくて」

「素晴らしい家庭を作ってみせる！　の件か」

「ちがうちがう、ああそうだ、そういえば津田さん『乱れ雲』って映画知ってる？」

「成瀬巳喜男だろ？　見たことあるけど、それがどうした」

「司葉子がどんな女優か、社長が一回見ておけって」

「調子にのってるな」

「社長？　うん、調子にのってる、コンパニオン全員に昔の主演映画見せるつもりでいる」

「ほかになんかって、その話のことか」

「ちがう」

「じゃあほかは聞いてない。な？　ソニーのハンディカムっていくらするんだ？」

八つ折りになっていたチラシを司葉子がもうひと折り広げると、アイロン台の上のほうにデジカメとビデオカメラの広告欄があった。

「ソニーのハンディカム探してるの？」

「うんまあ、いくらくらいするのかと思ってさ」

「これでしょ？　四万二千八百円。安いよね、パソコンの値段とくらべたら」

「うん思ったより安い。パソコンの値段とくらべたらって？　いつくらべたんだ」

四つ折りのチラシを司葉子が裏返してみせた。そこにデスクトップからノート型までパソコンの写真がずらりと並んでいた。

「ね？」

「ね？　て言われてもさ」

「だって津田さん、パソコン持ってないでしょ？　元作家のくせに。社長が言ってたよ、津田さんがパソコン買うときは、うちの仕事をやめるときだって。いつかまた小説書き出して、通算三度目の直木賞を狙うときだって」

「ほえ」

「ほえ？」

「何回直木賞をとらせれば気がすむんだよ」

「いいじゃん、何回でもとって新記録つくれば。これ津田さんにあげる」

ヤマダ電機のチラシが僕の手に渡った。僕はそれを計器類の上のスペースに載せてから車を出した。しばらく走ったところで司葉子が口をひらいた。

「津田さん」

「うん」

「髪、伸びすぎじゃない？」

「そう思うか？」

「うん切ったほうがいい」

「そうか」

「それでさっきの話だけど」

「どの話」

「ほかになんか聞いてない？　の話」

「ああ」

「どっちかさきに言い出せたほうが言おうって、ふたりで決めてたんだけど」

「うん」

「言うね」

「なんだよ」

「二万円の話は聞いてないよね？」

「聞いてないな」

「二万円、次のお給料日まで貸してもらえない？」

「二万円か」

「うん」

「大金だな」

「そうね」

「ヤマダ電機のアイロン台を買い占められるな」

「うんたぶん」司葉子は真顔だった。「でもアイロン台は一台でいいし、自分たちで買えるけど、携帯が止まっちゃいそうなの。銀行の口座のお金が不足してて、ふたりとも」

「一万円ずつか。一万円ずつ口座に入金するという意味か」

「そう」

「社長は？」

「もう借りてる」

「そうか」

「貸してくれる？」

返事は保留したまま事務所までラパンを走らせたが、着くまえに態度は決めていた。たかが二万円である。僕の身分であえて言わせてもらえばはした金だ。端数切り捨て、みたいなものだ。携帯の利用中止をくいとめるためATMで一万円ずつ入金している彼女たちの姿を思い描いて「もののあわれ」とすら言いたかった。

駐車場にラパンを入れてさっそくポケットを探ると、一万円札はぎりぎり二枚あった。残りは何枚かの千円札と、小銭と、コインロッカーの鍵のみになる。給料日は来週だし、給料などあてにしなくても、コインロッカーには頼もしい味方が待機している。ためらわずにその場で二万円を渡して司葉子を喜ばせた。

で、そんなこんなで翌日、出勤まえにまず散髪をすませた。

行きつけの床屋でカットにフェイシャルマッサージを追加してもらい四千七百円支払った。

その支払いには前の晩から頼もしい味方の一万円札を準備していた。当座の生活費としてキャリーバッグから取り出した端数の三枚を。

つまり欲しいものはなんでも買えるはずの大金、ソニーのハンディカムでもパソコンでもお望みしだいの三四〇三枚の一万円札のうち最初の一枚を、本意ではなく、ということになると思うが、僕は伸びすぎた髪を切り、もっとすっきりした顔になるため床屋で使ったわけである。

それが思いもよらぬ事態をまねくことになった。

11

床屋に行ってすっきりした顔になった翌日のこと、五月二十七日の夜九時に、ドーナツショップの「TOILET」通路わきの喫煙席で僕はひとを待っていた。

ふたり掛けのテーブルにはコーヒーカップとドーナツ皿と煙草とライターと灰皿のほかに、房州老人の遺品の古本、再読中のピーターパンを一冊置いていた。あと司葉子からもらったヤマダ電機の折り込みチラシも置いてあった。大売り出しのチラシは全体を見ようとするとテーブルクロスなみに広がってコーヒーも飲みづらくなるので、八つ折りにしてピーターパンの上に載せてあった。

テーブルの横には「おひさ」の沼本店員が立っていた。焦茶色のキャップに橙色《だいだいいろ》のポロシャツに焦茶色のパンツの見飽きた制服を、どこがどうと言いがたく着くずしていなせな雰囲気をかもし、例によってコーヒーサーバーを手にしていたが、コーヒーのお代わりを勧めにきたというより油を売りにきた気配が濃厚だった。顔を見るのは一ヶ月ではきかないほどひさしぶりだったから、沼本店員は僕を見つけて最初に「おひさ」と声をかけてきて、空いたほうの手で肩まではたいた。それからこうも言った。

「めずらしいじゃん、こんな早い時間に」

「ぬまもとの顔を見たくなったんだよ。夜中に何回来ても会えなかったからな」

「ぬもとです」沼本店員は倦まずに訂正した。

「元気そうでなによりだ」

「こっちだって心配してたのよ」

「そうか？」

「そうよ」

「そんなに気にかけてくれてたのか。なんなら、いつでも連絡取れるようにメールアドレス交換するか？」

「それがいい」沼本店員はコーヒーを注ぎ足しながら言った。「こんど会ったらあたしも携帯の番号訊こうと思ってた。津田さんの番号なんて知らないほうが身のためだと、ひとは言うけど」

　コーヒーカップのつまみに手をそえた状態で僕は沼本店員の顔を見あげた。どのようなつもりの発言なのか、すました表情からは読み取れなかった。

「いまのは社交辞令だ。今夜はぬまもとの顔見にきたんじゃなくて、ここでひとと待ち合わせだ」

「ぬもとです。許せないね、あたしの目の前で、ほかの女と待ち合わせなんて」

「社交辞令の返しだな？」

「うん。これなに？　ヤマダ電機でなんか買うの？」

「ああ」僕は注ぎ足されたコーヒーを飲んだ。「ソニーのハンディカム、その丸で囲ってあるやつ」

「四万二千八百円？」

「思ったより安いだろ、ただボディカラーが四色あって迷わされる。相変わらず薄いコーヒーだな、ここのコーヒーは」

「安い？　四万二千八百円が？」

「思ったより、だ」

「思ったより安いって、その言い方、ウイマゴの生まれたおじいちゃんの感覚じゃない？」

「ウイマゴ？」

「なに」

「このへんで獲れる魚の名前か」

「キビナゴのこと？」

「ことばの抽《ひ》き出《だ》し多いな？」

「初めての孫、ウイマゴでしょ？　沼本家の親戚はみんなウイマゴって言いたがる。ソニーのハンディカムならうちの父も持ってるし」

「うちの父！」

「なによ」

「そこはせめて、パパとかお父さんとか呼ぶところじゃないのか。な？　自分の父親のことをひとに話すとき、父と呼ぶ娘が現実にいるか」

「現実にいるかってどういうことよ、ここにいるじゃん」

「いるな。でもリアルに響かないから、そこは言い直したほうがいい、あたしのパパでもう一回」

「で？」

「ソニーのハンディカムならあたしのパパも持ってるし？」

「ああそう、やっぱソニーのハンディカムは人気商品なんだな」

「で、もなにもない、それで会話は嚙み合ってる」

「なんでこんなもの欲しがるのよ、四万二千八百円も払って」

「それにはわけがあるんだ、ひとことでは言えないわけが」

「ああそ」

「聞きたいか？　聞きたいなら話してやるけど、発端は去年にさかのぼって相当長くなるぞ」

沼本店員が片手につかんでいたヤマダ電機のチラシを黙って僕に返してよこした。そのあとコーヒーサーバーをテーブルに下ろしてこんどはピーターパンに手を伸ばした。かつて自分がその上にコーヒーをこぼした本だから見覚えがあるのだろう、引き慣れた辞書のように手になじんだ持ち方をした。

「古本屋のおじいちゃん、死んじゃったね」と彼女は言った。

「ああ」

「この本にはさんである一万円札はなに、栞のつもり?」

「そうか」と僕は言った。「古本屋のじいさんが死んだこと、伝わってるのか」

「一万円札の栞なんて悪趣味だよ、昨日の今日なのに。どんだけ成金なのよ」

「昨日の今日ってなんだ?」

「わかるでしょ」

「わからないから訊いてるんだ」

「昨日の今日って、ことばの意味わからない?」

「わかるから訊いてるんだろ。だれにむかってものを言ってるんだ」

「ほんとに手のかかるひとだね」沼本店員は母性的な台詞を一発かまして吐息をついた。「だいたいさ、古本屋のおじいちゃんのことだって、伝わってるのかじゃないよ、それはこっちの台詞よ、お通夜にもお葬式にも出なかったくせに」

それはまるであたしはどっちとも出ましたみたいな言い草に聞こえる。目で問いかけると、沼本店員はコーヒーの染みのついた本の小口を指で撫でてみせて答えなかった。

「出たのか？」

「うん」

「うんて、なんできみがあのじいさんの葬式に出るんだよ、いや待て、だれから連絡がまわってきた」

「サコタさん」

「サコタさんてだれだ」

答えを聞くまえに、沼本店員を呼ぶ声がして、彼女は古本とコーヒーサーバーを持ち替え、ロープの向こう側の禁煙席のほうへと歩き去った。

次に彼女が僕のテーブルにまわってくるまで五六分かかった。そのあいだマルボロライトを一本吸いながら待っていた。

「遅いね、待ち合わせのひと」

「サコタさんてだれだ」

「サコタさんはおじいちゃんがいちばん仲良くしてた看護師さんよ。あきれた、サコタさん知らない？」

「知らないな」

「おじいちゃんが亡くなったこと、だれに教えてもらったの」

「マンションの家主」

「ああ保証人つながりね」

「サコタさんとは何つながりなんだよ」

「病院。病院以外にどこでつながるのよ。おじいちゃんのお見舞いに行ったひとはみんなサコタさんとつながってるよ、つながってないのはたぶん津田さんだけだよ」

「あきれた話だな。病院にじいさんを見舞いに行ってたのか？　いつのまにそこまで仲良しになってたんだ」

「いつのまにって、去年からずっとよ。だって、あたしに古本屋のおじいちゃん紹介したの津田さんだよ？　忘れたの？　去年の冬、最初ここにあのおじいちゃん連れて来たんだよ、あとから不動産屋の奥さんも来たけど。あの雪の降った晩、日付だってちゃんと憶えてる、言おうか？」

そこへまた沼本店員を呼ぶ声がして、彼女はロープの向こう側へ遠ざかった。

二本目のマルボロライトを口にくわえて腕組みして考え事をしているとこんどは二分ほどで戻ってきた。

「その薄いコーヒーは人気があるな」

「言おうか？」

「言わなくていい。あの雪の降った晩だろ？　日付も頭に入ってる」

「だからそれからよ」

「あの晩がきっかけで、僕に黙ってこそこそじいさんと会うようになったわけだな」

「こそこそなんかしてない。おじいちゃんがここに通ってくるようになって、去年しばらく入院するって聞いたからお見舞いにも行ったし、亡くなったときはサコタさんから電話もらって、お通夜にもお葬式にも出て、ひとが少なくてあんまり寂しかったから火葬場までついていった。できればあたしは、津田さんにも連絡したほうがいいと思ったの、でも不動産屋の奥さんに連絡先訊いてみたら知らないっていうし」

「知らないって言われたのか？　不動産屋の慎改さんに」

「そんなもん、知ってても教えないって。そんなもんって津田さんの電話番号のことだけど、若いひとは知らないほうが身のためだとか言ってた。あのひとと、なんか揉めた？」

　二本目のマルボロライトに火を点《つ》けて一服するためちょっと時間を取った。

「お葬式にも呼んで貰えないなんて、そうとうよね。でどうする？」

「なにが」

「メアドと電話番号の交換」

「それよりひとつ質問がある」

「慎改さんのこと?」

「古本屋のじいさんのことだ。じいさんの葬式に出て、きみはなにか形見分けの品を貰ったか?」

「まさか。形見分けの品なんか貰えない。そこまで親しかったわけじゃないし」

「そうか、それならいい」

「なんで?」

「なんでもない。この話はここまで、もう仕事に戻れ。その薄くてぬるまったコーヒーを有り難がる客に注いでまわれ」

「メアドと電話番号は?」

「知らないほうが身のためだ」

するとこんどはそこへ学生風の三人連れが近寄ってきて、ひとりは素通りしてトイレへ向かい、ふたりは僕のテーブルのそばに立ってコーヒーのお代わりを欲しがった。沼本店員は差し出された二つのカップにサーバーからたっぷりコーヒーを注ぎ入れ、学生たちはおのおのカップを持って文句も言わず禁煙席に戻っていった。そっちは客が立て込んでサービスが行き届かない模様だった。

「何時の約束？」

「そういえば、さっきの昨日の今日ってなんの話だ？」

「ひとを待ってるんでしょ？」

「ああ九時」

「三十分も待たされてるじゃん」

「そうか？」

「うん、もう九時半。もしかして、津田さんはなんか貰った？　おじいちゃんの形見分けの品」

　僕が顎で指し示したほうへ沼本店員は視線を落とした。

「この一万円？」

「栞じゃなくて、古本のほうだ」

　沼本店員はふたたびピーターパンに手を伸ばし、そして首をかしげた。房州老人の葬儀に出て火葬場まで行って慎改美弥子とことばを交わしたのなら、あるいは遺品についてもなにかしら耳にしているかもしれない。可能性はゼロではないのでいちおう用心のため付け加えた。

「それと旅行かばんも貰った」

　だが彼女の注意は本に集中していた。

「この本にはどうも見覚えがある」

「見覚えがなくてどうする。その本のコーヒーの染みはだれが付けたんだ、忘れたのか？」

「忘れてない」沼本店員は首を振り、神妙な顔になった。「特別な日だから日付も憶えてる。あのとき一緒にいた幸地さんてひとのことも、忘れるわけない。でも、それとは別、別のときにもう一回この本は見た気がする」

「どこで」

「どこかな」

「じいさんを見舞ったとき、病院のベッドで読んでたんじゃないか？」

「そうかもしれない」沼本店員は一万円札の挟まれた本のページをひらいた。「これ、津田さんが去年読んでたのをおじいちゃんに貸してあげて、おじいちゃんが亡くなるとき、また津田さんに返してくれたってこと？」

「まあそういうことだ」

「で、去年読んだのをまた読んでるの？」

「去年途中まで読んでたのをまた頭から再読してるんだ」

「途中まで読んでた本をなぜひとに貸しちゃうのよ」

ごもっともだと思い、三本目のマルボロライトを箱から取り出しながら考えてみた。

「なぜだかわからないことだってときには起きるだろ。きっとじいさんがその本を読みたがったんじゃないか？」

「これがそんなに面白い本？」

「面白いか面白くないかは、自分の目で読んで判断しろ。それより昨日の今日の話はどうなんだ」

「今度こそ、フックか、ぼくだ」と沼本店員が声に出して読んだ。

「それは章のタイトルだろ？　読むなら本文を読め、本文を」

「うん」

「私たちが生きていくあいだに、私たちの上にきみょうなできごとがおこり」

「しかも、しばらくは、そのおこったことさえ」

「お話ちゅうのところ失礼」

「ああ、どうも」

「そのおこったことさえ、だれ？」

「口で言わなきゃわからないか？」

「待たせたね」

「待ち合わせのひと？　男じゃん」

「いや、いいんだ。男で悪いか」

「リピーターからクレームが一件あって、それで時間取られて。途中で電話をいれようかと思ったんだけど」

「気にしなくていい、僕もさっき着いたとこだから」

「本、読みかけだけど、どうする？」

「決まってるだろ、閉じてそこに置けよ」

「えっと、ふたりで話があるなら気にしないで、どうぞ続けて。遅れたこっちが悪いんだし、このドーナツ食べて待ってるから」

「いやこっちの話はもう片づいてる。ほら、それをそこに置いて、あっちに行ってろ」

「紹介してよ」

「なに言い出すんだ？」

「ああよかったら、おれも紹介してもらいたいな」

「わざとだな？　社長、いまのは聞き流していいから、彼女はわざと言ってるんだ」

「社長？」

「じゃあ名刺だけ渡しておこうか」

「いいよ、名刺なんか」

「ぬまもとさん」社長は沼本店員の名札を読んだ。「もし時給の高いバイトに移りたくなったら、いつでもこの番号にかけて、相談に乗るから」

「じょゆうくらぶ、ですか？」

「うん、漢字に強いんだね」

「ぬもとですって訂正しろよ」

「じゃあごゆっくり。コーヒーのお代わり、欲しいときは呼んでくださいね」

「訂正しないのかよ」

「きびきびして気持ちのいい店員だ、あれは久我美子でいけそうだな」

「いつまでも感心してないで、すわってくれ」

「ああ、そうしよう。それにしても狭いテーブルだな」

「話って？」

「さて、と。すまなかったね、せっかくの休みに」

「それはいいんだ。床屋のことでなにか話があるんだろ？」

「うん、少しばかり込み入った内容の話だ。ドーナツ食べながらでかまわないか？」

こうしてやっと九時半過ぎ、ドーナツショップの喫煙席で女優倶楽部の社長と向かい合い、彼の口から、前日の僕の散髪に端を発する少しばかり込み入った内容の話を聞かされることになった。

だがその少しばかり込み入った内容に触れるまえに、ひとつふたつ補足しておくことがある。

ひとつ、僕の行きつけの床屋は「まえだ」という素っ気ない屋号の店で、散髪するには前日もしくは当日早めの予約が必要である。なぜ予約制かというと店主がひとりで商売しているからだ。この土地にやってきて間もないある日、たいして人口の多い街でもないし、まさか歯医者みたいに床屋の予約が必要だとは思わないから三色のねじれ看板を見つけて飛び込みで入ってみると、二時間待ち、と店主に言われて追い払われた。それでよそを探そうと思って歩くうち近所の房州書店でつかまって、じいさんとだらだら喋るうち二時間経ち、ためしに「まえだ」に戻ってみるとこんどは三十分待てば予約の空きがあるという。三十分なら待てると思ったので、津田で予約して店の隅の丸テーブルの椅子にすわって週刊誌を読みながら待つことにした。三十分後、顔の無駄毛剃《そ》りとフェイシャルマッサージと整髪を終えた客が椅子の背にかけておいた上着を取りに来て、そのとき僕の顔をひと目見て、こっちは気づかないのだが、記憶にひっかかるものがあったらしい。翌月、電話で予約して出向いた日にもその客と遭遇して、二回目で確信を得たのかむこうから積極的に声をかけてきた。「失礼ですが、直木賞作家の津田伸一さんですよね？」どれほど熱心な読者かと思って訊ねてみると、そうではなくて、かつて僕の小説が映画化されたさい記者会見の映像がテレビで流れたのと、若手の女優との対談がグラビア記事になったのを見て顔だけ憶えていたのだそうだ。話はあくまでその映画と女優に終始したし、小説は一冊も読んだことがないと自分で言うのだから本当なのだろう。年齢は三十代後半の男で、ワイシャツに渋いネクタイを締め、七三分けということばがいまでもあるのかないのか、きっちり分け目をつけた髪型の、全体が整髪料で黒光りしている髪の七の部分の前髪を額のはえぎわのところで波の断面のように垂直に立てて、無駄毛剃りとフェイシャルマッサージの直後だからつるんとした色白の顔には、左右のもみあげから顎の先端までつながる細長い髭をたくわえていた。そのときも椅子の背にかけていたスーツの上着を帰り際に着込むと、着込むまえに名刺を渡されていたので何者かは承知していたにもかかわらず、首が短くがっしりした体型なので一見、身だしなみに気を遣うラグビー選手のように見えた。また地味なおかまにも見えた。その後、何度か顔をあわせるうちに、年がら年中、いつ見ても彼がその髪型でスーツにネクタイのいでたちを崩さないことがわかった。これが女優倶楽部の社長である。

社長とは幼稚園からの同級生だという床屋「まえだ」の店主が、あるとき予約の客が途切れて店の窓を開け放って煙草をくゆらせているところへ、前の道をパステルカラーのキューブが徐行して通りかかり、運転席にいたのが僕で、隣に例の早朝パン焼きが趣味の銀行員を乗せて小麦粉の買い出しに向かう途中だったのだが、窓越しに目配せで挨拶をかわしたその話がすぐ社長に伝わり、社長は週に一度は顔剃りとフェイシャルマッサージに「まえだ」を訪れるし店主とはツーカーなのでなんでもすぐ伝わるのだが、翌日か翌々日の昼間、やることがないので散歩に出て房州書店で時間をつぶしてまた床屋の前を通りかかると、仕事中の店主が両手に鋏《はさみ》と櫛《くし》を持ったままわざわざ窓を開けて呼びとめて、車の運転ができるのなら時間のあるときドライバーの仕事をやる気はないか？　助手席に彼女のかわりにコンパニオンを乗せてこのへんを走りまわるだけで一日八千円払う、そう社長が言ってるがどうだと持ちかけられた。時間ならいくらでもあるし、八千円の日銭に気持ちがうごいて一回引き受けてみたところ、調法がられて回が重なり、はや足かけ二年が過ぎて今春正社員に昇格、これがいまの状況である。

正社員に昇格すると特典として月に二回休みがとれる。第二と第四月曜日が僕に割りふられた休日で、この日もあるじのいない居候先でひとり、大事な宝物の詰まったキャリーバッグをそばに置き、今後の行く末を考えたり、読みかけのピーターパンのページをめくったりしていると夕方社長から電話がかかり、急の呼び出しかと思えば、ふたりで会って話せないか？　場所はどこでもいい、そっちで決めてくれという。場所は沼本店員の顔を見がてらドーナツショップに決めて、待ち合わせ時刻は先方の都合で九時になったから、いつものＪＲ駅のコインロッカーの「大」のほうに百円玉を六枚投入してキャリーバッグを預け、ついでにラパンもコインパーキングに置き、さきに駅ビルの中華屋で夕食をすませコンビニで煙草を買いがてら徒歩でドーナツショップに向かった。九時きっかりに着いて喫煙席にすわった。ほかが満席でもTOILET通路わきのそこだけは常に敬遠されて空いている。これがこの章の冒頭である。

あともうひとつ、補足しておきたいのはこの夜、僕がピーターパンに栞として挟んでいた一万円札と、さきほど会話の最中にそのページをひらいて沼本店員が読みあげたことになっている本文からの引用に関してで、まず栞のほうは、ドーナツショップに入店のさいポケットを探ると手持ちの千円札が一枚もなく、小銭の数も前払いのコーヒー代にすら足りないので、もともと本に挟んでいた千円札を仕方なく抜き取ってそこで使い、代用としてとりあえずポケットに二枚あった一万円札の一枚を栞にしておいたので、とくに他意はない。わざとらしく物語の伏線を張ったつもりはなく、成金ぶりを見せびらかしたいなどという意図ももちろんない。ただあった事実をありのまま書いただけである。一方、その一万円札を挟んでいたページからの引用、沼本店員がさきほど社長が到着する寸前に朗読しかけた文章のほうは、実を言えば、事実として正しくないかもしれない。

つまり事実に反しているかもしれない。

五月二十七日のこの晩、僕が一万円札を挟んでいたのは実際にはまったく別のページだったかもしれず、したがって沼本店員は別の文章を声に出して読んだのだったかもしれない。そこらへんの記憶は曖昧である。ではなぜ曖昧な記憶のそこらへんを具体的に書いてしまうのかというと、それはいま、この物語を書いているいま現在という意味だが、僕はMacBookの横に問題のピーターパンを置いていて、さっき沼本店員との会話部分に必要な引用文を探すため手に取ってページをめくるうち、偶然その箇所が目について指が止まったからである。そしてそこにある文章が、この晩の沼本店員と僕とのやりとり、すなわちこの章に書いたことのすべてを包括的に暗示しているように、また次章から繰り広げられる内容までも予言しているように思えたからである。引用するならここしかないと確信したからである。

だから厳密に言えば、これは事実に反しているかもしれない。しかし何度も言うように、物語は事実のみから成っているわけではなく、そこにあった事実と、可能性としてありえた事実とから成っている。僕がこの晩一万円札を挟んでいた古本のページに、挟んでいた一万円札はむろん房州老人からの贈り物である三四〇三枚のうちの一枚だったのだが、沼本店員が読みあげた通りのことが書かれていたのだとしても、それはそれで十分ありえた事実だと思う。

私たちが生きていくあいだに、私たちの上にきみょうなできごとがおこり、しかも、しばらくは、そのおこったことさえ気がつかないことがあります。

ゆうべ遅くに電話がかかってきた、と社長は話し始めた。

「床屋のまえだから。それが要領を得ない電話で、いきなり、自分は今日一日さんざんな目にあったんだと、そこから始まるんだ。とんだとばっちりを食った、もう疲れてくたくただよ、でも寝るまえに一応おまえには知らせておこうと思って電話してる。いったいどんな目にあったのか訊いても、とばっちりだ、詳しい話はいまは無理だ、疲れてるから頭もまわらない、それに電話じゃ話しにくいとも言う。じゃあなんでこんな時間に電話をかけてくるんだ、どんな目にあったのかは知らないが、そのとばっちりの原因がおれにあるのか？　いや、原因なら直接おまえじゃなくて、おまえが給料を払ってる津田さんにある、津田さんが今朝、うちに散髪に来たところからこの事件は始まってるんだよ。事件？　ああ事件だ、まだなにも伝わってないか？　伝わってないな、どんな事件なのか話してみろよ。いや、会って話したほうがいい、でもいますぐは無理だ、明日、幸いなことに明日は定休の月曜だから午後からでも時間を作ってくれよ。午後からでいいのか？　ああ午前中は寝かしといてほしいな。わかったよ、おまえがそう言うのなら明日の午後、時間を空けておく。そういうわけで、今日の午後、おれは床屋のまえだと会ってきた。じかに会って、詳しい話を聞いてきたんだ。

うん？ ああそうか。だったらそこから話し始めればいいのか、床屋のまえだと会った場面から。津田さんの言うとおりだ。ゆうべの電話のくだりは余計か。いや待てよ、でもこれが映画だとすると、やっぱり深夜の電話から始まったりするんじゃないか？ 深夜に鳴りひびく電話、とかさ。たいがい一本の電話から物語は始まるだろ、ほら『女の中にいる他人』でも、成瀬巳喜男の、映画が始まってすぐバーに電話がかかってきたよね？ 三橋達也がその電話に出て、よくわからないけど妻が事故にあったみたいだって、そばにいる小林桂樹に説明する。その時点では、よくわからないって三橋達也は言うんだよ。そのあと場面が変わって、電話で言われた場所に行ってみると、妻の友人の草笛光子と、警視庁の刑事ってのがいて、奥さんは事故にあったのじゃない、殺されたんです。思いがけない事実を突きつけられる。ね？ それが物語の盛り上げ方ってものじゃないの？ 津田さんだって、今夜のこれを小説に書くとしたら、夕方おれが電話をかけてきたところから始めないか？ 床屋のまえだの件で話がある、どんな話だよ、いや少しばかり込み入った話だから電話では無理だ、みたいな無難な会話を書いといてさ、次がこのドーナツショップの場面で、いったいどんな話だろうとジリジリしながら待っていると、社長は三十分遅刻して現れた、みたいな順番になるよね？　小説家はそんなふうに書くよね？　書かない？　ああそう。じゃあ、たとえばどう書くんだい、津田さんなら。うん、煙草は好きに吸ってよ、せっかくの喫煙席なんだから。ああわかってる、それはそうだ、津田さんの言うとおりだ、おれだってあんたに小説の書き方教わるためにここに来たんじゃない。

　床屋のまえだが言うには、津田さんはきのう午前十一時の予約を前日から入れていて、時間どおり店に現れた。朝からふたり目の客だった。いつもならカットにひげ剃りでおしまいになるところを、きのうにかぎって津田さんはフェイシャルマッサージのコースを追加した、それで通常料金にそのぶん加えた四千七百円を一万円から支払って、五千三百円の釣りを受け取って帰った。ここまで、床屋のまえだの言ってることに間違いはないか？　うん、だろうな、コンパニオンの連中も津田さんの顔が十歳若返ったとか噂してたから、それはおれも憶えてるよ、きっとフェイシャルマッサージのおかげだろう。床屋のまえだは津田さんのあとに三人の客をとった。夕方、三人目の客にパーマをあてているとき、店の扉がひらいて、女がひとり入ってきた。知ってた顔の女だ。顔は知ってるけど、深いつきあいはない。床屋のまえだがよく知ってるのは、その女の旦那のほうだ。おれも少々知ってる。女の旦那はおれたちの連れだ。中学んとき悪さしてまわった仲間なんだ。で、彼女が店の中にずかずか入ってきて言うには、自分はいま近所でパチンコをやってるんだと。いまにも大当たりが出そうなんだと。でも資金が足りない、ちょっとのあいだだけ貸して貰えないだろうか？　床屋のまえだは訊いた、いくら必要なんだい？　女は答えた、できれば一万円。床屋のまえだは渋らなかった。客の髪にパーマ液をかけてる最中だから渋ってる暇はない。以前にもおなじことがあって、つまり女がパチンコの途中で金を借りに来るのはこれで二度目で、最初のときはその場で渡してやった五千円を、何日か経ってからだが、ちゃんと返しに来た。そのことも頭の隅にあった。こんどもそうなるかもしれない。ならないかもしれないが、床屋のまえだは渋らずに、その日の店の売り上げから一万円を出して女に渡した。そしてこの話は、彼女の旦那には、それからおれにもだ、こんども黙っていようと決めた。床屋のまえだにはそういうとこがある。だれかに喋っていいこと、自分ひとり胸にしまっておくべきこと、どっちかの判定をその場で下して、これは喋らないと決めたらもう喋らない、そういうやつだ。床屋をやってるといろんな客からいろんな情報が集まって来る、でもそれをだれにでもぺらぺら喋るようじゃ床屋はやっていけない、わかるだろ？　あいつのとこで止まって伝わらない情報はいくらでもある。たとえば津田さんがいまだれとどこに住んでるか、その前はだれとどこに住んでたか、津田さんは自分では秘密にしてるつもりかもしれない、でもおれはおおよその事実はつかんでる、それはあいつがその情報を止めずに流してくれたからだ。止めなかった理由は、本人に訊いてみなよ。世間を騒がせるような情報じゃないし、喋っても罪がないと判断したんじゃないか？　とにかく津田さんの情報は、その都度、おれに流してくれる。

いつだったか、おれがあの店で散髪してもらってるとき、警察が聞き込みに来たことがあった。当時ここいらでレイプ事件が頻発しててね、警察は、被害者の証言をもとに街じゅうの床屋に情報提供を求めていた。刑事がしたのはこんな質問だ、最近、長い髪をばっさり切った男に心当たりがないか？　床屋のまえだは答えた、さあ知りません、他人の髪を切るのは毎日の仕事だし、いちいち憶えていません。それはそうだろうが、この二週間くらいのうちに長い髪をばっさり切った若い男だ、そいつが連続レイプ魔かもしれないんだ、刑事がしつこく訊いても、いや知りません、の一点張りだった。翌月、その犯人が逮捕された。おれはどうも嫌な予感がしてたんだが、案の定、そいつは床屋のまえだの客だった。知ってたんだろ？　とおれは床屋のまえだに訊いた。聞き込みにきた刑事になぜ知ってることを喋らなかったんだ？　いくら訊いても、あいつは首を振って答えなかった。なぜかって、たぶん答えがないんだ、あいつには。刑事がやってきて質問したとき、その場で、一回きりの判断を下した、これは喋らないと決めた、だから喋らなかった、でもそう決めた理由が、ことばでは説明がつかないんだ。理由なんてあってもなくてもいい、なにしろこいつには余計なことは喋らない、自分でそう決めたらてこでも喋らない。でも津田さんの情報はおれには流す。床屋のまえだの直感、いや防衛本能みたいなものだ、おれに言わせれば。ああ気づいてる、話が逸れてしまってるのは気づいてるよ。

女は借りた一万円を持ってパチンコ屋に戻った。ところがその金でパチンコ玉を買うときにトラブルが起きたんだ。床屋のまえだが言うには、金を借りにきたときから目つきが飛んでたそうだ、悪いクスリでもやったみたいに、中毒だな、中毒のうえに相当負けも込んでたんだろう、焦ってその一万円札を販売機につっこんでも玉が買えない、何度やっても一万円は戻ってくる、となれば騒ぎが持ちあがるまで時間はかからない。苛立った女はパチンコ台を離れて両替機の前に立った。一万円札がだめなら千円札にくずして使うつもりで。でも無駄だった。両替機も受けつけてくれない。二回、三回と試してみたが、だめだ、一万円札は戻ってくる。女の苛立ちがつのる。なにやってるんだ、早くしろ、と後ろに並んだ客が文句を言う。あたしじゃなくてこの機械が悪いんだと女が言い返す。もう一回だけ試してみる。まただめだ。女はサンダルを履いた足で両替機を蹴る。二回蹴ってつまさきを痛める。女は叫び声をあげる。驚いた店員が駆けつけて注意する。注意しても聞かない女を取り押さえようとする。女は暴れ出す。警察を呼べとほかの客が叫ぶ。でもそのくらいで警察は呼べない。押さえつけた女の目つきは飛んでいて、手には一万円札が握られている。事情がのみこめた店員が、その札を預かって自分の手で両替機の挿入口に滑らせてみる。また吐き出される。ほらみろ、と女が勝ち誇る。しかし店員は両替機の故障は疑わない。その一万円のほうを疑って目を凝らす。両手に持ち、引っぱってみる、手触りをみる、透かしを確かめる。見たところ本物だ、ごく普通の一万円札だ。でも、なにかしら怪しい。怪しいと思わせるのはこの女の目つきかもしれない。店員は別の店員に合図して、一万円札を手渡し、奥の事務所へと走らせる。暴れる女の腕を押さえて脇へ退き、両替機の列に並んだ客に場所を譲る。その客が一万円札を通すと、両替機は正常に受けつけてランプを灯す。正常に千円札を取り出した客が女のほうをじろりと睨む。女の腕をつかんだ店員の手に力がこもる。

パチンコ屋の奥の事務所には鑑別機が一台置いてある。言わずと知れた偽札鑑別機だ。日本銀行発行の紙幣か否かを鑑定する装置だ。女の持っていた一万円札がその装置に通されて、一発で撥ねられる。念のため店長を呼んで、目の前でもう一回実験してみる。簡単に撥ねられる。それを見て店長が興奮してガッツポーズをとる。うんおれの想像もまじってるよ。ほら去年どっかのホテルで偽の一万円札が一枚使われて騒ぎになったことがあっただろ、憶えてないか？　そのとき警察からお達しがあったんだ、鑑別機導入の。おれは講習会に出ただけだったが、用心深いパチンコ屋の店長は高い金をつぎこんだ、その鑑別機がついに活躍のときが来た、というわけでガッツポーズだ。この一万円札は偽物だ、見たところ本物そっくりでも、鑑別機が撥ねたんだから偽札に違いない。110番しろと店長が命じる。パトカーを連ねて警察がやって来る。暴れる女は警察官に両脇をとられ署まで連れて行かれる。

警察は女に口を割らせる。どうにかこうにか落ち着かせて、なだめすかして一万円札の出所《でどころ》をつきとめる。こんどは床屋のまえだのもとへパトカーを走らせる。店の真ん前に乗りつけて、ちょいと話をうかがいたい、署まで一緒に来てくれないか、任意同行ってやつだ、でも任意もなにもあったもんじゃない、床屋のまえだは訳もわからずパトカーに乗せられて連れていかれる。どうだい、少しばかり込み入った話の、全体が見えてきただろ？　ここから先はニュースになった、今朝のテレビでもやってたし、朝刊にも夕刊にも載ってる。でも津田さんはきっとそんなニュースは知らないって言うだろう。ああわかってる、ほんとに知らないのは想像がつくよ。その本、ピーターパンに挟んであるのはなんと一万円札じゃないか。栞のつもりか？　まあなんでもいいけどさ、もし偽札事件のニュースを知ってるのなら、昨日の今日だし、これみよがしに、そんな悪趣味なまねはしないよな？　津田さんが見るのはたぶんヤマダ電機の折り込みチラシだけなんだろう。新聞の三面記事になんか関心はない、いま同棲してる女の部屋にはテレビだって置いてない、パソコンも持ってない、だから暇なときは本ばかり読んでる、いやテレビが置いてないってのはおれの想像だけど。噂によると津田さんは近頃、子供の読む本に夢中になってるそうじゃないか、もぐらがデパートでズボン買って来てくまにプレゼントしたとか、そんな筋なんだって？　で今夜はピーターパンか、どこが面白いんだよ？　まあいいよ、その話は。そこでだ、おれはここに、津田さんのために、地元の新聞の夕刊を用意してきた。これが最新の記事だ、たいしたことは書かれてない、短い記事だ、目を通してみてくれ。

読んだかい？　それでわかるだろ。情報らしい情報はなにも書いてなかっただろ、朝刊の記事のおさらいだよ。市内のパチンコ店で偽の一万円札が一枚見つかった、これが昨年同市内のホテルで使用された偽一万円札と関連があるのかないのか専門家に鑑定を依頼している。結局、警察はなんの情報もつかんじゃいないんだ。偽一万円札の正確な出所も知らない。パチンコ屋でそれを使おうとした女から、床屋のまえだまで線をたどって、そこで行き止まりだ。そこからあさっての方向へ逸れちまってる。なぜ？　なぜって、それは床屋のまえだが余計なことを喋らなかったからさ。あいつが津田さんの名前を出さなかったからに決まってるだろう。なにしろ、これは喋らないって決めたら絶対喋らないやつだからね、あいつは。うん、津田さんの名前だよ、床屋のまえだが警察に喋らなかったのは、そう言ってるだろ。なんだ、いままでこの話聞いててもまだ気づかないのか？　そうだよ、そうでなきゃおれが夕刊持ってわざわざこんなとこまで会いにくるわけないだろう。また一から説明するのか？　最初に言ったはずだけど、津田さんが昨日はふたり目の客で、そのあと床屋のまえだは三人予約を取っていた、その三人目の客にパーマをあててる最中に女が金を借りに来たんだ、うんパーマうんぬんは省いてもいいけどさ、つまり、こういうことだ。女が金を借りに来た時点で、散髪代を支払った客は津田さんをふくめて四人いた。そのうち津田さんを除いた三人は全員千円札で支払いを済ませた。おれが言いたいのは、いや床屋のまえだが言いたがってるのはそこだよ、津田さんひとりが一万円札で支払ったんだ。だから昨日の夕方、店の売り上げ金庫にあった一万円札はもともと津田さんが持ってた一万円札ってことになる。その一万円札を床屋のまえだは女に貸した、女はそれを持ってパチンコ屋に走った、そして騒ぎを起こした。子供でもわかる筋道だろ？言わずもがなだよ。去年の事件はまあ別として、今回、騒ぎのもとを作ったのは津田さんだ。昨日あんたが使ったのは偽の一万円札だったんだよ」

13

社長の少しばかり込み入った内容の話はにわかに信じられなかった。

にわかに信じられるわけがない。偽の一万円札が発見されて新聞沙汰になっていることすら知らなかったのに、そこへたたみかけるようにして、騒ぎのもとを作ったのはあんただと結論が来る。罪の自覚のないところで、犯人扱いされる。知らないうちに渦中にいて、しかもなにが起きているのか全体が見えない。月にいっぺん会うだけの床屋が、昨日は世間話をしながら僕の顔にマッサージクリームを塗っていたあの床屋のまえだが、僕に断然不利な、というより僕の有罪を裏づける証言をしている。一回聞いただけではとうてい納得できない。これではまるで陰謀に巻き込まれたもおなじだ。聞いてすぐの印象としては、教科書会社の窓からだれかが大統領を撃った、みたいな話だ。いや撃ったのはおまえだみたいな話だ。

しかしそうはいっても昨日、偽一万円札が見つかったのは紛れのない事実で、地元紙の夕刊は現に市内のパチンコ店で発生した事件を報じている。それは僕が読み終わったあと、喫煙席の狭いテーブルには置き場所がないので社長の背広のポケットにつっこまれている。そして昨日、僕が床屋のまえだに散髪代を一万円から支払ったのも事実だ。僕が支払った一万円が、床屋のまえだから、顔見知りの女の手に渡り、女はそれをパチンコ店で使おうとして騒ぎを起こし、女の持っていた一万円は鑑別機によって偽札と判明した。そこまで事実だとすれば、では芋づる式に、いやバトンリレー式に僕の手から床屋のまえだの手へ、床屋のまえだの手から女の手へ、女の手から鑑別機へと一万円札の移動した経路を逆にたどって、偽札の出所は僕ということになる。

言わずもがな。子供でもわかる筋道だ。大統領を撃ったのは僕かもしれない。とはいえヤギさん郵便式に、いやドミノ倒し式にそこまで事実を事実として認めるには、現実に僕の身に降りかかった災難として納得するには、もっと時間が必要だった。冷静になって考える時間が必要だった。できればドーナツショップを出て社長と別れてひとりになって考えてみたかった。仮に、偽一万円札の出所が自分だとすれば、駅伝のたすきリレー式にそこまで事実だと認めるなら、ではもうひとり走者を逆にたどって、僕がたすきを受け取った、つまり昨日僕が使った一万円札の出所である房州老人の立場はどうなるのか?

考える時間は与えられない。

「これでわかってくれたよね?」

目の前で社長が言い、話を次の段階へ進めようとする。

「さて、それでと」

僕の顔をまともに見るのはばつが悪いのか、そう言ったあと社長は視線を下げる。下げたところに古本のピーターパンがあり、それをつかんで、表紙に目をやる。

「そうか」としか僕は言えなかった。「そんなことが起きてたのか」

「うん起きてる」

社長は栞の挟んである本のページをひらく。だがそのページに目を走らせるわけでもなく、栞の一万円札をつまみ取り、しばらく眺めたあと、照明のほうへかざして眉をひそめる。見たところ本物だな、と呟いて、安心した素振りの笑顔を作る。それから、僕がおなじ笑顔を作るまで待って、言い直す。

「でもこれも正直、鑑別機にかけてみないとわからない」

「まあそうだけど」

「なに」

「もしそれも偽札なら、困るのは僕だけじゃない」

「そうかい？」

「ああそう思う」僕はとりあえず嘘を口にした。「その一万円は今月貰った給料の残りなんだ」

「なるほど」

社長はいったん鷹揚《おうよう》にうなずいて見せる。

「津田さんはたぶんこう言いたいんだね？　自分がいま持ってる一万円札は、女優倶楽部の正社員として受け取った給料の残りだし、きのう床屋の支払いに使った一万円札もそうだった。だからあれが偽札なら、もともとの出所は、津田さんに給料を支払ったこのおれってことになる」

「たぶんね。バケツリレー式にもとをたどれば、そういうことになるよ」

そこへトイレに向かう客が通りかかり、ちょうどトイレから出てきた客とすれ違うため僕たちのテーブルの脇でしばらく時間を食う。そのあいだ社長は口をつぐみ、栞の一万円札を戻してピーターパンをたたむ。

「それがそうはならないんだ」人気《ひとけ》が消えたあと社長は言う。

黙って煙草に火をつける僕の手もとを見ながらさきを続ける。

「津田さんがそう言うなら、これはそうかもしれない」とピーターパンに挟み直した一万円札を指して「けど、きのうのあれは違う」

「そう言われても、どっちもおなじ給料袋に入ってた金だし」

「そんなはずはないんだ」

社長の目に失望の色が浮かぶ。

「だって今月分の給料はさ、こないだまで津田さんが受け取ってた日払いの金とは性質が違うんだよ。日給も月給も、給料袋に入れて渡すのはおなじだけど、中に入ってる金は別もの。正社員に払う月給は、一回洗ってあるんだ、銀行で。わかるだろ」

「いや」

「客が現金をコンパニオンに手渡すよね、コンパニオンが事務所に持ち帰るよね、社長のおれが受け取って管理するよね、それがうちの売り上げ金だろ？　日給の場合なら、そこからじかに払うことだってあるよ。場合によっちゃおれのポケットマネーから出しとくことだってある。でも津田さんに今月支払った給料はそうじゃない。そっちは全額、銀行からおろしてきた金だ、おれが自分で、銀行の窓口まで出向いて」

「そうなのか」

「そうだよ。これでもコンパニオン二十人から抱えてる経営者なんだよ。日払いで欲しがる連中のぶんは除いて、売り上げ金は全額、その日のうちに夜間金庫に預ける。その習慣は守ってる。で月末に給料計算して、必要な金を銀行から引き出して支払うんだ。わかるだろ？　今月の初め、津田さんの給料袋に入ってた万札は、ぜんぶそれだ。銀行経由の金だ。銀行から引き出してきた金に偽の一万円札がまじってるなんてあり得るか？　パチンコ屋の両替機だって騙《だま》せなかった偽札が、銀行のチェックをくぐり抜けて、窓口でおれの手に渡る？　そんなの考えられるか？　考えられないだろ」

「うん」

「だったら、きのうのあれは、おれが津田さんに渡した給料袋に入ってた万札じゃない、そういう理屈になる。バケツリレーだと言うんなら、あんたにバケツを渡した人間はほかにいるはずだ」

「うん」

「うんうんて、うなずいてる場合じゃない」

「困ったな」

「なあよく考えてみなよ。このピーターパンの一万円は別としてさ、きのうのあれは、どこかよそから来たんじゃないのか。おれじゃなくて、だれかほかの人間のバケツに入ってた一万円じゃないのか？」

トイレからひとり客が出てきて、またひとりトイレへ向かう客が現れて脇を通り、社長のお喋りがいっとき止む。その合間に僕は煙草を消し、心配したほど煙草を持つ指が震えていないのを確認し、少し考える素振りの腕組みをした。

「それにしても、バケツリレーって言い方はどうなんだ」と社長がはんぶん独り言で言う。「どうでもいいようだけど、そういう言い方すると、バケツの中に山ほど偽札が入ってたみたいにひとは聞かないか」

確かにその通りだ。ひとはそう聞くかもしれない。バケツリレーのたとえは適切ではない。

「そういえば」腕組みしたまま僕は言った。「ほかのバケツの可能性がひとつある」

「ほう」と社長が相槌《あいづち》を打つ。

「じつは僕はいま、ある親切な大学生のもとに身を寄せてるんだけど」

「知ってるよ。その前は銀行員だろ？」

「こないだの晩、その大学生がシャワーを浴びてるとき、どう言えばいいのか、ありがちなことだと思うけど、親切を仇《あだ》で返すというか、つい魔がさして」

「そのバケツか」社長は早くも投げやりになる。「想像がつくよ、津田さんの言いたいことは」

「テーブルの上に携帯と財布が置いてあったもんだから、あまりに無造作に」

「その財布から一枚抜いたと言いたいんだな？」

「まあ胸張って言えることじゃないけど」

　社長の目により深い失望の色が浮かぶ。

「確かにありがちなことだよ。じゃあこんどはその大学生だ。彼女はどこからバケツを受け取ったんだ」

「実家の親から小遣いに貰ったんじゃないか」

「実家の親はどこから」

「さあ。実家の親は漁師だそうだ」

「で？」

「網にかかったのかもしれない、キビナゴと一緒に」

「なあ津田さん」言いかけた社長の口から吐息が洩れる。

　うつむいた社長をほっといて、ポケットから携帯を取り出してひらくと時刻は十時を大きく過ぎていた。沼本店員はもうコーヒーのお代わりを勧めにまわって来ない。

「もう一回、真面目に話そう」と社長が気を取り直す。「あんたの大学生の彼女や、彼女の実家の親の職業なんてどうだっていい。でたらめなバケツリレーの話も聞きたくない。おれはなにも津田さんが偽札作りの犯人だと疑ってるわけじゃないんだよ。ただきのうあんたが使った偽一万円札の、正確な出所がわかればそれでいいんだ」

「そう言われてもね。わからないものはわからない」

「ほかのバケツは思いつかないか」

「うん」

「困ったな」

「困ったのは僕だろ？」

「いやふたりとも困る、出所が曖昧なままだと」

「警察はなにも知らないんだろう？　床屋のまえだが口を割らなかったせいで」

「ああそっちの心配はない」

「だったら」

なにがどう困るのか訊き直そうとすると、社長があわただしく背広のポケットに手をさしいれて携帯をつかみ出す。マナーモード設定の携帯が振動している。社長が電話の相手と喋る。早退コンパニオンの名前が出て、欠勤コンパニオンの名前が出て、リピーターとホテルの名前が出たのち、出勤コンパニオンの割り振りについて事務所の電話番に指示をあたえる。話し終えると、次に、もうひとりの正社員ドライバーの梶という男に自分から電話をかける。

ほったらかしにされた僕はいったん席をはずし、客がひとりトイレから出てきたのと入れ替わりにそっちへ向かった。用を足したあともなおトイレにこもって洗面台の鏡の前をうごかず考えてみた。きのう僕が床屋のまえだで使った偽一万円札の、あれが偽一万円札だったのだとして、正確な出所がわからなければ困ると社長は言う。あくまで出所にこだわる。なぜか？　なぜならおそらく問題の一万円札の出所が、僕に渡した給料袋ではないという事実を、本当のところは、きっちり証明できないからだろう。日給袋にはその日の売り上げの日銭を、月給袋には銀行から引き出してきた金を入れる、と社長はさっき断言したけれど、実情は、きっとそこまで厳密に区別されてはいないからだろう。たとえば月給の支払日に、いつもどおり日給で受け取るコンパニオンに銀行から引き出して用意しておいた金をさきに使い、減ったぶんはあとから、当日の売り上げ金を、つまり客がコンパニオンにじかに手渡した一万円札を、月給袋に足して正社員に支払う、みたいなやりくりがあるのではないか。そのへんは曖昧で、社長は自分でもよく憶えていないのではないか。だとすれば、僕もそのへんを曖昧で押し通せる。きのう僕が床屋のまえだで使った一万円札は、同居している大学生の財布から、作り話だが、くすねた一枚かもしれないし、やっぱり社長に貰った給料袋に入っていた一枚かもしれない。そんなことはいちいち憶えていないしだれにも区別はつけられない、と言い通せばなんとかなる。急場はしのげる。

取るべき基本の態度をそう決めてトイレから出た。出しなにズボンのポケットを探り、曖昧な話はさっさと切り上げて駅へ戻るつもりで、段取りを頭に描きながら指先でコインロッカーの鍵とラパンの鍵に触れてみて、喫煙席のテーブルまで何歩か歩くうち、なにかしら、考えが足りないような気がかりが頭をよぎった。ささやかな気がかりなのだが、具体的に駅方面のなにを自分が気にかけているのか、そのときは思い至らなかった。

社長は電話を終え腰をすえて僕を待っている。さっきまで空だったコーヒーカップから湯気が立ちのぼるのが見えたので、長居するつもりだと想像がついた。

「困ったな」狭いテーブルをはさんで社長がもう一回やり直す。

「久我美子がまわってきたのか」

「え？」

「コーヒーのお代わり」

「ああいや、久我美子は十時であがったそうだ。これを注いでくれた店員は、しいて言えば有馬稲子ふうだけどね、そんなことはどうでもいいんだ。困ったな」

「警察のほうは心配ない」

「ああそっちはね」

「じゃあなにか、ほかの心配がある？」

「なくてどうするよ。ほかの心配がないなら、おれは津田さんに会ってこんな話わざわざ伝えたりしないよ。そもそも床屋のまえだもおれには話さなかっただろうしね」

社長はそこでもったいつけてコーヒーカップに手を伸ばす。カップを口へ運び、目を伏せてひとくち啜る。

左手で携帯をひらいてみると十時半だった。ＪＲの駅まで早足で歩けば十分で着くし、シャッターが降りて構内への立ち入りができなくなるのは夜中の十二時だから、まだ余裕はある。コインロッカーに預けたものは社長と別れてひとりになってから取り出せる。そっちの気がかりはない。なにかあるとすれば、そのあと、コインロッカーから荷物を取り出したあとの段取りにかかわることだ。

きのうの夜、警察での事情聴取が終わって、床屋のまえだはいちど自分の店に戻った、と社長が話を切り出す。

「えらい目にあったが、やっと解放された。さっさと後片づけして戸締まりして帰ろう、床屋のまえだはそのつもりだった。ところがそれで終わりじゃなかった。警察でしぼられて、とんだとばっちりをうけた上にまだ続きがあった。店に戻ると男がふたり待ち構えていた。どっちも知らない顔だ。そのふたりが床屋のまえだをつかまえて言うには、夕方パチンコ屋で騒ぎになった例の一万円札の件、くわしい話を聞かせてくれないか？

うん、早耳だ。もう伝わってる。いや新聞記者じゃない。新聞記者なんかじゃないよ。そういえばほら、『鰯雲』で木村功がさ、狭い村だし秘密は筒抜けでおたがい、足の裏のホクロの数まで知ってますよ、なんて台詞喋ってたよね？　一緒に見たよね？　『鰯雲』、成瀬巳喜男の。あの映画の木村功は新聞記者だったけど、このふたりは新聞記者なんかじゃない。でも足の裏のホクロの数まで知ってるって台詞は言えてるな。ここいらだって狭いのは狭いよ、とくに本通りの裏のほうへまわると、村同然に狭くなる。足の裏のホクロの数まで知られてしまう。足の裏のホクロなんておれは見たことないけどさ、まあものたとえだよ、それは。そう、本通り裏も、たとえだ。おれが思うに、床屋のまえだもゆうべすぐに思ったはずだけど、ふたり連れの男はあるところからの使いなんだ。うん？　あるところは、あるところだよ、そう本通り裏のあるところだ、わかるだろ子供じゃないんだから、いちいちたとえにこだわるなよ。バケツリレーよりましだろ？　で、どこまで話した？　そうだ、くわしい話を聞かせてくれないか？　とふたり連れが言ったのは、要するに、パチンコ屋の騒ぎのもとになった一万円札、それの出所を話せ、話すまでおれたちはここを動かないって意味なんだ。とんだとばっちりだ、と床屋のまえだはまた思った。思ったがいまさらどう思っても遅い。自分の店の円卓の椅子に坐らされて、両脇をふたりの男に固められて、深夜の事情聴取再開だ。

けど床屋のまえだがどんな男かはもう知ってるよね？　こいつには喋らないとその場で決めたら絶対喋らない、相手がどこの使いだろうと喋らない。床屋のまえだは津田さんの名前をそこでも出さなかった。ただ、警察でさんざん質問されて、ほとんど誘導尋問みたいにしつこく答えを要求されて、結局答えさせられたのとおなじ内容を、そのふたりにも繰り返した。床屋のまえだが喋ったのはこうだよ。あの一万円札は間違いなく自分が女に貸したものです、しかし自分があれをどこから入手したのかと訊かれてもお答えしかねます、常日頃、自分が財布に入れている一万円札は数枚あり、それら一枚一枚がどこから来たのか気にかけて使うことはありません、女に貸した一万円札がどんな経路で自分の財布に入っていたのか憶えていろというほうが無理です、しかもあれが偽札であるとするなら、じつによくできた偽札で、自分には他の一万円札と区別がつかなかったわけだからなおさらのことです。ただし、可能性と言われるなら、それは低くても可能性の話なら、ないではありません、あの一万円札の出所は、三ヶ所ほど考えられます。自分は老いた母親とふたり暮らしですが、ときたま、金に困ってその老いた母親に小遣いをせびることがあります、母親は一万円くらいなら黙って渡してくれます、それがひとつ。ちなみに自分の母親は年金生活者です。それから、自分はたまに競輪をやることがあります、たまにやる競輪で何回かに一回は幸運にめぐまれて儲かる場合があります、競輪場で、一枚どころか十枚も二十枚も一万円札の払い戻しを受け取ることがあります、それがふたつ。最後の三つ目は、これは一年に何度もあることではありませんが、先日の夜、もう店じまいの時刻で一服しているところへ、顔見知りのタクシーの運転手が現れて、客が一万円から料金を払うと言ってるんだが釣り銭が足りない、悪いがくずして貰えないかと言うので、店の前に停まっているタクシーのそばまで行き、その客の持ってる一万円札と店の売り上げ金の千円札十枚とを両替しました、そんなことがありました、そのときの客は、男性であったのは間違いありませんが、車の窓越しのやりとりですし年格好、人相など詳しく憶えていません。以上が、いま騒ぎになっている偽一万円札の、あくまで可能性として、考えうる入手先です。はい、その三ヶ所以外、どう考えてみても自分には思い当たりません。

さて、と。どうだい？床屋のまえだから、この話を聞かされた側はどう考えると思う。いま騒ぎになっている偽一万円札の出所は、あいつのおふくろの国民年金か？まずあり得ないね。じゃあ、競輪場か？それもあり得ない。いまどき競輪場でも、払い戻し金の支払いは機械でやってるはずだ、そのなかに偽札がまぎれ込む可能性は考えにくい。てことはどうなる、いちばん考えられるのは、いや三ヶ所のうち唯一怪しめるのは、タクシー料金を一万円から払おうとした客だ。どこからどう見てもそいつが怪しい。で気の毒だが、そいつがターゲットになる。警察はいま、タクシーの運転手から事情を聞いてその客の線をたどってるだろう。ああ、その客は実在する。両替の件は、何日か前、実際にあったことを床屋のまえだは喋ったんだ、だからその話じたいは嘘じゃない。嘘じゃないから、床屋のまえだの本心は見抜きようがない。使いのふたり組もおなじ話を持ち帰って報告した。おれの想像だけど、本通り裏のあるところもその客を追ってる。うん、難しいだろうね。タクシーの運転手が客の顔をどこまで憶えてるのか、まあ記憶力しだいだけど、なかなか見つからないと思うよ。そういうわけで、警察はあさっての方角を向いてるし、いまのとこ津田さんの名前なんて知りもしない。問題はないよ、そっちはね。おれが気にしてるのは、本通り裏のほうなんだ。そっちには、実は、ちょっとばかり問題がある。

問題のひとつは、いまさら言いづらいんだけど、津田さんに、こんな話聞かせても仕方ないんだけどさ、その本通り裏のほうと、おれ自身、ちょいとつながりがあるってことなんだ。いや、あるところの会員バッヂを持ってるとかそんなんじゃないよ、ただ、そこにいるあるひととはつながりを持ってる、つながりを持ってるというか、これまでもいろいろと便宜をはかって貰ってる。あるひとは、あるひとだよ。名前言っても知らないだろ。具体的にどんな便宜かと言われても説明のしようがないけどさ、一例をあげれば、その、津田さんだってまったく関わりがないわけじゃないんだ、うちで働いてもらってる以上、おれは従業員を守る責任があるからね。あるんだよ。うん、わかりやすい例で言うと、去年の話だ。去年の二月か三月頃、津田さん、顔に痣《あざ》つくってたことあっただろ。片方のまぶた腫らして、海亀みたいな目して事務所に現れただろ？　なにがあったのかおれが訊いたら、ごろつきにインネンつけられてオオタチマワリとか強がってたけどさ、一方的にやられたわけだろ、ふたり組のごろつきに。で訊くけど、その後、そいつらからなんか言ってきたかい？　だろ？　それっきり、二回目はなかった、いったいあいつらなんだったんだ？　みたいな感じでおさまったんだろ？　そのはずだよ。それが一回でおさまったのは、おれが内緒で、あるところに菓子折り持って挨拶に出向いたからだ、おたくの若いもんが小遣い稼ぎにうちの従業員をいじめてると、男前の直木賞作家の顔になにしてくれるんだと、まあそうは言わないけどさ、菓子折りもたとえだけど。つまり、話のわかるひとが便宜をはかってくれたんだよ、そのひとのおかげで津田さんは両目とも海亀にならなくてすんだわけだ。わかっただろ？　できればおれは、こんな話、津田さんにはしたくなかったんだよ。うん、たぶんそういうことだね、だれか依頼人がいる、津田さんいびりを望んでるだれかが、本通り裏に金を払ったんだろう、でもあるひとが二回目以降は止めてくれた、おかげで津田さんはうちで働き続けて正社員にまでなれた、そういう経緯で間違いないよ。

それで残る問題は、さっきも言ったように、足の裏のホクロのことだ。つまりさ、あっちとつながりがあって、ちょくちょく便宜をはかってもらってる、てことは、こっちの足の裏のホクロまで見られる心配をしたほうがいい。そう、もし足の裏にホクロがあればだ。いまは気づかれてなくても、狭い村の話だし、いずれわかる。床屋のまえだが気にかけてるのはそこだよ。ひと晩寝たあとで、おれに相談してきたのはこういうことなんだ。仮に、津田さんがほかにもやばい一万円札を隠してたとする、隠すってことばに語弊があるなら、たんに持ってたとする、自分で知らないまま、ほかにまだ偽札を持っていたとする。知らないままどこかで使うかもしれない。その情報が洩れる、床屋のまえだが懇意にしてる客が怪しいと、そいつは女優倶楽部の送迎ドライバーやってる男だと、噂ひとつ立てば、まずいことになる。いやおれはべつに、津田さんが足の裏のホクロだとは言ってないよ。言ってることになるのかもしれないけど、そこが要点じゃない、こだわるなよ、小さなことに。とにかく、そうなってからじゃ遅いって話だ。いま口裏合わせて隠してることが、あとから本通り裏の、あのひとにばれでもしたら、おれたちの立場はかなりまずいことになる。床屋のまえだはそこを心配してる。仮に、そうならなくても、その前に、あのひとがじきじきに出てくる場合も考えておいたほうがいい。床屋のまえだが言うには、使いのふたり連れを相手にしてるうちはまだいい、警察とおなじ応対ですまされるが、もしあのひとが、髪の毛ひと筋でも疑いを持ってじきじき登場してきたらアウトだ、そのときは観念するしかないだろう、つまり知ってることをすっかり喋ってしまうしかないだろう。そりゃそうだ、おまえの言うとおりだとおれは床屋のまえだに賛成した、そうなったらおれだっておなじことをする。自分の都合のいいときだけ便宜をはかってもらって、相手が求めるものに知らんぷりなんて許される話じゃない、それに、あのひとを目の前にして、嘘をつきとおすには度胸が要る、おれだったら、訊かれるまえに洗いざらい喋ってしまうだろう。今日の昼間、床屋のまえだとは、そこまでの話をしてきたんだ。だから津田さん、おれの言うことを聞いて、もう一回よく考えて返事をしてくれ。本通り裏からあのひとが出て来たら、いくら床屋のまえだでも持ち堪えられない。床屋のまえだは真実を喋る。いま騒ぎになってる一万円札の出所は津田さんだってことが知れてしまう。するとどうなる。どうなると思う？　あのひとはまず、おれんとこに挨拶をよこすだろう。それが礼儀だ。筋を通そうとあのひとは考えるだろう。津田さんはうちの大切な従業員だからね。そして筋を通されたおれは、こんどはどうにもできない。黙って、津田さんをあっちに差し出すことになる。気の毒だが、次はあんたがどっかに連れて行かれて尋問を受ける番だ。

脅してるんじゃない。今後、起こりうる話をしてるんだ。津田さんの身を心配してるんだよ。証明？　証明って、なんのことだ？　なんだ、まだそんな逃げ道を探してたのか。無駄だよ、それはそうじゃなくてこうだと、さっき理屈を説いて聞かせただろう。絶対にそんなことはあり得ないんだ。津田さんに渡した給料袋に入ってたのは、ぜんぶ銀行から引き出してきたピン札だし、気づかなかったのか？　ああ一枚残らず、間違いない、日給のコンパニオンに支払う金とはきっちり分けてある、日給の金を月給にまわすとかそんな杜撰《ずさん》なやりくりはしない、デリヘル経営者のプライドに誓って、いちどもした憶えがない。だからあれは、きのう津田さんが床屋のまえだに渡した偽一万円札は、うちから出たんじゃない、津田さんがなんと言おうと、あんたが別にどっかから引っぱってきた金だ。足の裏のホクロどころか、それはおれのこの髭みたいに疑いようのない事実なんだ。いいかい、津田さん、そっちの逃げ道はふさがれてる、覚悟を決めてくれ。なんの覚悟でもいいから、よく聞いてくれ。もし今後、近い将来だが今後、本通り裏の人間があんたの前にやって来て、あんたが使った偽一万円札の出所を訊いたとする。そのときに、さっきおれにしたみたいな言い訳しかできないのなら、あんなふざけた話しか思いつかないのなら、悪いことは言わない、いまのうちに、さっさとこの街から出てったほうがいい、そのほうがよっぽどましだ。大学生の実家の親が漁師だとか、キビナゴと一緒に網にかかったんだとか、金輪際、通用しない。こんどは海亀の目じゃすまない、頭から海に沈められてシャッパの餌《えさ》にされる。シャコのことだ、シャッパはこっちの方言だよ。山？　そうだ山に埋められるバージョンもあるな、どっちだっていい、そんなの。ああ本気だよ、おれは、津田さんのためを思って本気で言ってる。もっとましな言い訳が思いつかないのなら、さっさとこの街から逃げ出したほうがいい」

こうして少しばかり込み入った話のどうやら全貌が明かされ、一万円札の出所を曖昧にして逃げる道は完全にふさがれていると悟ったところで、携帯をひらいて時刻を見ると十一時だった。TOILET通路わきの喫煙席にこれで二時間すわっている計算になる。灰皿にはフィルターが折り重なってひと目で数えきれないくらい吸殻がたまっている。どの吸殻がくすぶって煙を立てているのかも見分けがつかない。目を凝らしてためらっていると、社長が飲み残しのコーヒーを灰皿に垂らして消してくれる。沼本店員は十時あがりで、他の店員も灰皿の交換にはまわってこない。

「そうは言っても」と社長が前言を改める。「おれは、津田さんがどこかに消えてくれることを望んでるわけじゃないんだ。厄介者を追い払おうとか、そんな気はさらさらない」

時間をかけて一周して、仕上げの説得にかかる。

「津田さんはコンパニオンのうけもいいしね。おれとふたりでナルセの映画だって見てくれるし、貴重な人材だよ、できればうちで長く働いてほしいと思ってるよ。でも、そのためには、あんたがつかまされた偽札の出所をはっきりさせておかないと。そこを曖昧にしたままだと、あとあと、困ったことが起きる」

困ったことが起きる、というか起きそうな気配はわかる。だが偽札の出所よりさきに、第一に僕が曖昧にしておくべきでないのは、あれが偽札に間違いないという事実のほうだ。警察より本通り裏の動きを心配して、社長が本気で僕の身を案じていると言うのなら、そこまで言うなら正真正銘、偽札なのだろう。いやそうでなくても最初から、パチンコ屋の鑑別機があれを偽札と判定した時点で、事実は明白なのだ。認めたくなくても、事実は事実として、認めるしかない。僕がきのう床屋のまえだで使ったのは偽の一万円札だった。では、その認めたくない事実を認めるとどうなるのか？こうなる。房州老人の遺品のキャリーバッグに詰められていた現金、その中に偽の一万円札がまじっている。少なくとも一枚、まじっていた。

おととい の晩、当座の生活費としてキャリーバッグから自分のポケットに移しておいた一万円札は三枚、一枚はきのう床屋のまえだの手に渡り、一枚は栞として古本のピーターパンに挟み、もう一枚はいまもポケットに入っている。そのうち一枚が偽札だった。そして残りの三四〇〇枚を詰めたバッグは駅のコインロッカーに預けてある。

駅構内のシャッターが降りるまであと一時間。焦らなくても取り出す余裕はある。ただもうひとつ、そっちは焦ったほうがいいような、ささやかな気がかりが頭に浮かびかけては沈み、それが具体的になんなのか見きわめがつかない。

なにか思い出せるか？ と社長が目で問いかける。

「一万円札の出所が給料袋じゃないとすれば、あとは」

「うんあとは」

「謎だ」

「あとは謎だ、それだけか？」

僕がうなずくと、社長はうなだれて、首を振ってみせる。

「そんなふうじゃ困ると言ってるだろ」

「どう言われても、あとは見当がつかない」

「津田さん、あんたに小説家のプライドはないのか？ 嘘の話でもいいから、他人を唸らせる言い訳、なるほどなあ、そういう筋書きで来たか、みたいなリアルなやつ、考えつかないか」

そんなものはないので僕は首を振り返した。わからないものをわからないと答える。リアルといえばむしろリアルだ。いちいち出所を気にして一万円札を財布に入れている人間はいない。床屋のまえだもそう言い訳したのではなかったのか。それを聞いて、なるほどなあ、と警察も本通り裏の使いも納得したのではないのか。

そこまでは心の中の呟きで、そのあと、訊いておいたほうがいいと思った疑問をひとつ口にした。

「この件で警察が動くのはわかる。でも、その本通り裏のあるひとは、なぜ偽札の出所を気にするんだ」

社長は口ごもって、いったん黙る。

「な？」

「それはさ」社長は説得に疲れた顔をこちらに向ける。「それには実はこれこれ深い理由があるんです、なんて本通り裏の使いが教えてくれると思うか？　津田さんの悪い癖だよ、どうでもいいことにこだわるなよ。理由はどうあれ、あっちは気にしてるんだ、去年の騒ぎのときも気にしてたし、ずっと気にしてるから、いざとなったらこっちも知ってることを答えないわけにいかない」

「去年の騒ぎのときもか。するとつまり去年どこかのホテルで出てきた偽札と、今回の偽札はもとがおなじってこと？」

「知らないよ」

「両方の偽札に、本通り裏のあのひとは、なにか関わりがあるのか？」

「知るか」

「僕にあたるなよ」

「あんたにあたらなくてだれにあたるんだよ」社長が喋り疲れた声をあげる。

「ああ、あのひとはきっとなにか関わりがあるよ。なくてどうする。このへんで持ちあがる騒ぎにはぜんぶあのひとが関わってる、偽札事件だろうと、一家三人神隠しの事件だろうと、この街で起きた事件には必ずあのひとが一枚嚙んでる。これでいいか？」

聞き捨てにできないことを聞いた気がして僕が口をつぐむと、社長はたたみかける。

「それから去年、うちの高峰秀子が行方をくらましたのにも関わりがある。そのまえに郵便局員が失踪したのにも関わりがある。来週、津田さんの死体がクリーンセンターで焼かれて灰になったとすれば、もちろんそれにも関わりがある。なにもかもだ。どこかで物騒な事件が起きる、ほじくればそのどれにもあのひとが関わってくる」

「なんだよそれ」

「言ったとおりさ。聞きたくないだろ、こんな話」

「一家三人神隠しの事件て言ったのは、去年のあれか？」

「ああ去年のあれだ。高峰秀子は去年断りもなくうちをやめてったコンパニオンだよ、津田さんもバイトで送り迎えしてたから憶えてるだろう。郵便局員は、彼女のリピーターだった若い男で、これも去年のおなじ時期に消えた。知らないか？」

知ってるとも知らないとも答えずに話の続きを待った。

「三月初め頃だ。おおやけには家出で処理されたし、ニュースにもなっていない。職場に出なくなったあと、本人の携帯から身内にメールが届いたそうだ、無事だから探すなと。けどそれっきり、生きてる姿を見た人間はひとりもいない。高峰秀子のほうは三月のなかば頃、うちを無断欠勤して、その日から携帯もつながらなくなった。郵便局員のあとを追いかけたと噂が立った」

「それで？」

「だからそれっきりだ」

「一家三人が失踪した事件と、その郵便局員の家出と、つながりがあるのか？」

「時期が重なってる」

「それで？」

「言ったとおりあのひとが関わってるさ、二つとも」

「あのひとは、その二つにどこでどう関わってるの」

「どこでどう関わってるかなんて訊くなよ。もうこの話はやめだ。たとえ知ってたとしても、めったなこと喋れると思うか」

社長は自分で始めたこの話を宙に浮かせ、ひとり先へ進む。

「なあ津田さん、このままじゃらちがあかない。こうしよう。仮定の話だが、未来は二通りある。A、津田さんはほんとに一万円札の出所に見当がつかないとする。その場合、手の打ちようがない、あんたはどっかで偽札を一枚だけつかまされた、あとは運を天にまかせるしかない、だからそれはそれでいい。しかしB、もしどこかに心当たりがあるなら、どこから何枚引っぱってきた一万円札か自分でわかってるのなら、その場合、それがどこなのか、ほかに何枚あるかおれは訊かない。そのかわり、もう残りは使うな。いいか、今後一枚も使っちゃだめだ。残りが何枚あるかはこのさい問題じゃない、十枚あろうと二十枚あろうと、肝心なのは、残りぜんぶに偽札の可能性があるってことだ。そしてもっと肝心なのは、偽札がこれ以上一枚も出回らないようにすることだ。次の一枚さえ出なければ、そのうち事態はおさまる。おさまるはずだ。去年の偽札騒ぎだってもうみんな忘れてたんだから、今回も時間が経てばそうなる。警察も、本通り裏のほうも、いまはあさっての方角向いたまま、次の三枚目が出るのを待ってるんだ。だから津田さんが残りの偽札を不用意に使ったりしなければ、待ちくたびれて、いつか忘れてくれる。どうだい？　仮定の話でも、筋道は通ってるだろう。これなら津田さんもわかってくれると思う。どうした？　なにか、まずいことでもあるのか？」

「いや、なにもない」

「あ痛って顔しただろ」

「したか？」

「ああ、なにか思い出したか？」

「いや思い出さない」

　じつは先ほど来、頭に浮かびかけては沈んでいたささやかな気がかりの正体がようやく見えて、見えたとたん焦り出していた。

「どこも痛くない。でも、いまの仮定の話は理解できるよ」

「そうか。ならよかった」

　と社長は追及を諦め、うなずいてみせる。ことばとは裏腹に、つまらない返事を受け取ったひとの顔になり、テーブルの上に置かれた古本のピーターパンへ、栞として挟まれた一万円札へと再度目をやって、この話をしめにかかる。

「じゃあ、それで行くしかない。できることは、なにしろ三枚目の偽札を世間の目に触れないようにする、それだけだ。津田さんを信用しよう。これはおれから床屋のまえだにも伝えとくよ。あとはみんなで頰被《ほっかぶ》りして、事態の沈静化を祈ろう。それともうひとつ、本通り裏から、あのひとがじきじき登場して来ないようにも祈ろう。言っとくけど、くれぐれも気をつけてくれ。今後、一枚でも残りの偽札が出てきたら、今度こそ、ごまかしはきかない。その時点で万事休すだ」

　頰被りして、祈るのはわかる。くれぐれも気をつけたほうがいいのもわかる。三枚目の偽札が世間に出回らないまま時間が過ぎれば、そうなればたぶん事態は沈静化にむかうだろう。そのうちどこかでまた物騒な事件が起きて、警察も、本通り裏のあのひとも別件で多忙をきわめ、偽札の一枚や二枚、気前よく忘れてくれるだろう。現に去年もそうなった。社長の言う筋道はわからないでもない。しかし、その使わないようにくれぐれも気をつけないといけない三枚目の偽札というのはいったいどこにあるのか？

社長の仮定Bにあてはめれば現在それはピーターパンの栞になっている。あともう一枚、ジーンズのポケットに入っている可能性もある。それからさらに、可能性を言うなら残りは十枚や二十枚どころの話ではなく、キャリーバッグの中に三四〇〇枚から眠っている。そしてなおかつ、社長の仮定Bの筋道をたどるなら、それら残り三四〇二枚のうちただの一枚も使ってはならないとする主張を認めるなら、僕の置かれた状況はどういうことになるのか？

こういうことになる。

これから社長と別れて駅に戻り、僕はまずコインロッカーからキャリーバッグを取り出すだろう。取り出したキャリーバッグをコインパーキングに停めたラパンまで運んで積み込むだろう。そしてそこで立ち往生するだろう。ラパンを運転して帰宅することはできないだろう。なぜなら、駐車場のロックを解除するための金を持っていないからだ。停めたのは九時前だから、二時間以上経ってパーキングメーターの料金はいくらになるか。二十分百円としておよそいくらになるか。いま僕のポケットには百円玉が何枚入っているか？　カフェオレとドーナツ一個の代金を千円札から支払い、受け取ったお釣りはいくらあったのか？　せいぜい五百円玉が一枚に百円玉が一枚といったところだろう。おそらくそれでは足りないだろう。今夜じゅうにコインパーキングからラパンを動かすのは無理だろう。なぜなら、百円玉にくずして使う千円札はほかに一枚も持っていないからだ。千円札にくずして使う一万円札も一枚も持っていないからだ。持っていないもおなじだからだ。いまジーンズのポケットには六百円ほど小銭があり、あと僕は使うわけにいかない一万円札を三四〇二枚持っている。これを言い換えると、全財産が約六百円ということになる。二時間前には三四〇二万と六百円もの現金を持っているつもりでいたのに、いま僕は無一文も同然ということになる。結果、無一文も同然で、これから深夜の街を、偽札の詰まったキャリーバッグをごろごろ転がしてうろつくことになるのだ。

ここに来るまえコインパーキングにラパンを置いてきたこと、二十分刻みで必要な百円玉が一枚ずつ増えつつあること。これが先ほど来、頭に浮かびかけては沈んでいたささやかな気がかり、実にささやかだが、その正体である。そして正体をつかめたのち、いまさっき社長に見抜かれた「あ痛って顔」の持つ意味である。

14

料金精算機の前に立ったときには十一時半を過ぎていた。

コインパーキングの入口に設置してある料金精算機だ。タクシーで事務所に戻るという社長と別れて、こちらは徒歩で、急ぎ足で、駅の方角をめざし、途中からは駆け足になってたどり着いたので呼吸が苦しかった。ざっと400メートルは走ったんじゃないかと思う。古本のピーターパンを手に息もたえだえで駆け込んで来て、精算機にすがりつく男を見ればひとは怪しんだに違いないが、さいわいコインパーキング内は無人だった。

ぎりぎり間に合うかもしれない、幸運が味方すれば、と思ってラパンを停めていた場所の駐車番号を入力し、精算ボタンを押してみると700の数字が表示された。駐車料金は七百円。道々、手持ちの小銭を勘定しながら来たので、いまジーンズのポケットにいくら入っているか、いくら不足しているかはすぐにわかった。念のためもう一回小銭をぜんぶつかみ出して数えてみると五百円玉が一枚に百円玉が一枚、五十円玉が一枚、十円玉が二枚、一円玉が六枚あった。何回数え直しても六百七十六円で、ラパンを駐車場から出すにはあと二十四円足りない。荒い息にまじってため息が出た。精算機にはコインとは別に紙幣の挿入口があり、「1000円札が使えておつりがでます」と自慢げな但《ただ》し書きが付いていた。だがその千円札の手持ちが一枚もない。社長と別れるまえ、ドーナツショップの店先から国道沿いまで一緒に歩くあいだに、いくらか借金する手も検討はしてみたのだが、本に一万円札の栞を挟んで見せびらかしておいて、いまさら給料の前借りはないだろう。「千円だけ貸してもらえないか？」はなおさらないと思う。自分が持っているこの一万円は偽札だと、いや偽札の可能性大で使えないのだと、自分で認めるようなものだ。だから喉まで出かかった台詞はのみこんで、社長の乗ったタクシーを見送るしかなかった。千円だけ借りるにしても社長から借りるわけにはいかない。

ではほかにだれがいるか。ほかはだれもいない。千円借りるあてはどこにもない。これも道々、人目もあるしとりあえずこれみよがしの一万円札の栞は本から抜いてポケットにしまい、もしや今夜はこっちに戻っているかも、と一縷《いちる》の望みを託して、もし戻っていたら駅まで千円持ってこさせるつもりで居候先のあるじに電話をかけてみると、彼女は今夜も漁師町の実家で教員採用試験の勉強に没頭していたらしく、「こんな時間になに？」とのっけから迷惑そうで、「はあはあ言ってるからよく聞こえない、走りながら喋ってるの？　夜中にどこ走ってるの」と話にもならない。弾む息をおさえつつ「いやなんでもない。ちょっと、声が聞きたくなって」などと心にもないことを口走るはめになり、あとは「受験勉強頑張れよ」とどうでもいい励ましを添えて電話を切るしかなかった。

精算機には一万円札も使えるという表示は見あたらなかった。そこまでの自慢はできない模様だった。それがあればここで、この無人の青空駐車場で、なかばやけで偽札の疑い大の一万円を試してみる手も考えられたが、ないのだからどうしようもない。なおもはあはあ言いながら、なすすべなく、精算機の斜め上に掲げられた看板を見上げていると、「駐車」から「料金精算」を経て「出庫」までの手順を、「出庫」という表現が屋根もない駐車場にふさわしいかどうかは別として、そこまでの手順をでかでかと説明した隅のほうに「24時間監視中！」と注意書きが目にとまった。御丁寧に「ビデオ録画中」とも書き添えてある。そういうことか、と思いながらその場をはなれ、ＪＲ駅舎の、そこからいちばん近い裏口のほうへ歩いた。仮に一万円札の挿入口があったとして、いまここで偽札の怖れ大の一万円札を使いそれが受け付けられなかったとして、その様子は逐一監視カメラでとらえられビデオに録画されるわけだ。

駅舎裏口の扉を押して構内へ入り、さらにはあはあ言いながら表口のほうに設置してあるコインロッカーめざして歩いていった。キャリーバッグを預けてあるＢＯＸの前に立って時刻を確認すると十一時四十八分で、最終電車が出るまであと七分あった。

五十五分発の最終に乗るなら0番ホームへ急げとアナウンスが繰り返されていたのであと七分でまちがいなかった。ポケットに手を差し入れてコインロッカーの鍵をつかんだまま自問自答してみた。いまコインロッカーを開けてキャリーバッグを取り出したとして、そのあとどうなるのか？　取り出したキャリーバッグの取っ手を伸ばして駅近辺を引きずって歩くことになる。それがいやならラパンの荷台に積み込むしかない。ところがそのラパンを今夜駐車場から動かすことはできない。キャリーバッグを積んだラパンを一晩放置するくらいなら、キャリーバッグはこのままコインロッカーに一晩寝かせておくほうがましではないのか？　ましだ。だが、もっとましな手段はほかにないのか？

ひとつある。

いまここで、この駅の券売機で、なかばやけになって偽札の怖れ大の一万円を試してみる手がある。

一万円をくずしてみることだ。手持ちの一万円札を券売機で両替して十枚の千円札にすることだ。十枚の千円札。いや待て、それは欲張りすぎかもしれない。まるまる両替は無理かもしれない。券売機はただで一万円札の両替なんてやってくれないかもしれない。だったらどうする？　両替が無理なら、とにかく、行先はどこでもいいから、一万円で切符を買って釣り銭を受け取ることだ。それでいい。切符代は無駄になっても、釣り銭を受け取ることができれば、いますぐにもラパンをコインパーキングから出庫できる。もし出庫ということば遣いが正しければ。もし僕が持っている一万円札が偽造紙幣でなければ。これがパチンコ屋の両替機に撥ねられたのとおなじものでなければ。

コインロッカーの列を離れ、券売機の置かれた改札口付近へと足を向けた。息はまだわずかに弾んでいた。数メートル手前で立ち止まって一度、二度深呼吸して、またポケットに手を差し入れ、こんどは指先で一万円札に触れたまましばし考えてみた。券売機は四台横並びに設置されている。そのうち三台がふさがり、終電車の乗客が切符を買っているところだ。右端の一台は空いているが、軽率に飛びつくようなまねはできない。監視カメラがある。あるだろう。コインパーキングにあったものがこの駅舎内にないわけがない。というかいまどきそれがない場所などどこにもない。おまけに昨日の今日だ。きょろきょろして探すわけにはいかないが、頭上のどこからか、監視カメラが券売機に紙幣を入れる不審者の手もとを狙っている。やはり両替は、仮にできたとしても目立つからやめたほうがいい。いかにもこれから電車に乗るかのごとく切符を買う、そのほうがいい。終電までドーナツショップでピーターパンを読みながら時間をつぶすつもりの男がいて、ちょっと変な男だがここにいて、夢中で読みふけってあやうく乗り過ごすところだった。駅まで走って来たから息があがっている。

そういう筋書きで、ぎりぎり切符を買ったあとの手順はこうだ。この一万円札で切符が買えたら、釣り銭をポケットにねじ込み、すぐさまコインロッカーに引き返してキャリーバッグを取り出す。旅人を装い、取っ手を持ってごろごろ転がして改札口を通り、０番ホームから乗車して一駅で降りる。そこからタクシーに乗り換え、コインパーキングに戻って釣り銭で駐車料金を精算し、キャリーバッグを積み込んだのちラパンを運転して無事帰宅。万全だ。

いや、ちがう。そうじゃない。そんな偽装は必要ない。もしこの一万円札で切符が買えたら、それはつまり、これが偽札ではない証明になる。日本銀行発行の正真正銘の紙幣ということになる。正真正銘の紙幣をどう使うかは、使う人間の自由だ。もう監視カメラを怖れることはない。旅人を装う理由もない。気まぐれに終電車に飛び乗って古本のピーターパンを読むつもりの男がいて、なかなかの変人といえるがここにいて、切符を買ったあととつぜん気が変わった。そのくらいの筋書きで、あとの手順はこうだ。買った切符はその場で破り捨てる。釣り銭だけ手に入れる。コインロッカーに引き返して鍵を開けてキャリーバッグを取り出し、変人らしく堂々と駅舎を出て、コインパーキングに戻って駐車料金を精算し、キャリーバッグを積み込んだのちラパンを運転して無事帰宅。これでいい。これでたぶんまちがってはいない。

なにしろ終電までの時間は迫っているし、考えたといってもしばし、立ち止まって一分かそこら考えたにすぎず、見つければぼろは出てくると思う。とくに一分で書き直した筋書きはMacBookにむかって小説を推敲《すいこう》するのとは違うからチェックが行き届いていない。でもこのときは、自分が持っている一万円札を券売機に通して実験したい誘惑に勝てなかった。粗い筋書きで危険をおかしてでも、今夜のうちに、実際に、自分の手と目で確かめて、白黒つけたい誘惑に勝てなかった。

で、券売機のほうへまっすぐ歩み寄った。右端の空いている一台の前に立ち、ピーターパンを小脇に挟んで、ジーンズのポケットから二つ折りにした一万円札を引っぱり出した。

二つ折りにした一万円札は二枚あった。それらを両手に一枚ずつ分けて持った。二枚の一万円札は、いまさらだがどっちがどうと区別のつけようがなかった。見たところどっちも本物のようだった。監視カメラのてまえ、怪しげな動きはできない。二枚をならべて念入りに見くらべるようなまねはできない。利き手の左側の一枚を試すことに決め、券売機の紙幣挿入口に持っていった。もしこれで切符が買えたら、偽札ではない証拠になる。すると、ひいては残りの一枚も、それからキャリーバッグの三四〇〇枚もぜんぶ、偽札ではないとの証拠になる。なりうる。逆に、これを券売機が撥ねつけた場合、そのときは、社長の仮説通り、残りが何枚あろうと残りぜんぶに偽札の可能性が濃くなる。なるだろう。つまり可能性大、疑い大、怖れ大で、僕はもといた位置に戻ることになる。

　挿入口の横穴に紙幣の先端を噛ませるときになって手抜かりに気づいた。切符を買うのはいいが行先を決めていない。どこと決めないまでも券売機の上の運賃表を見上げる演技くらいは監視カメラの映像に残しておくべきではなかったのか？　あともうひとつ、切符が無事に買えれば釣り銭を受け取ってすむが、万が一買えなかった場合、僕はどんな変人を装えばいいのか。一万円札で切符を買えない男の筋書きはどう書き直せばいいのか？

　答えを出すための時間は残されていなかった。万が一に備えて覚悟をかためる暇もなかった。手抜かりに気づき顔をしかめたのも束の間、一万円札は横穴に吸い込まれて消えた。そしてすべては次の一瞬でかたがついた。紙幣を噛んだ券売機は喉の奥までは呑み込まなかった。呑み込みかけたが口に合わないものを拒否するように勢いつけて吐き出してきた。一万円札が挿入口から10センチもはみだして垂れ下がった。

　万が一が一瞬で現実化し、その一瞬で頭に血がのぼった。

　べろのように垂れ下がった一万円札をいったん抜いてもういちど券売機の口に呑み込ませた。券売機が嫌がっておなじ動作を繰り返した。それでも諦めきれず、三たび試み、三たび撥ねつけられた。さらに頭に血がのぼって券売機を睨みつけた。さっさと呑み込め。おとなしく言うことを聞け。いまにも罵《ののし》りの文句が口から出そうになった。こめかみから耳からうなじから後頭部ぜんたいが火照《ほて》っていた。心臓がどくどく音をたてていた。四度目もだめなら逆上してパチンコ屋の両替機を蹴りあげた女の二の舞になりそうだった。そのとき、様子を見かねたのか、隣の券売機で切符を買っていた年配の婦人が、こっちで試してみたらどうかと声をかけて来た。そっちは故障じゃないの？　ときどき調子の悪いときがあったりするのよ、機械だもの。どことなく相田みつをふうの助言だった。もじったのかもしれない。なんにしても、やっぱり女だ。女は頼りになる。なかでも年配の女は、見て見ぬふりということを知らない。おかげで我に返った。自分のいま置かれた立場を思い出した。もはや結果はあきらかだ。券売機は僕の一万円札を断固受けつけない。この券売機もそっちの券売機もおなじだ。問題は機械一般ではなく、僕の持っている一万円札にある。これは偽札なのだ。疑いではなく無限大に偽札なのだ。だったらいまできることは、ここから一刻も早く立ち去ることだと僕は悟った。

15

午前一時頃、居候先のマンションに帰り着いた。

ＪＲ駅からそこまでおよそ一時間歩き通した。

できれば駅前から市バスに乗りたかったが終車が出たあとだったので選択の余地はなかった。本を片手に持ち、傍目には真夜中のウォーキングに見えなくもない、そのくらいのペースで脇目もふらず歩いた。道なかばで喉の渇きをおぼえたがもう我慢した。自販機の前は素通りし、通りかかるタクシーも停めなかった。手持ちの六百円を使い果たして文無しになるわけにいかない。

汗だくになって帰宅すると、なによりさきに豚の貯金箱を探した。淡いピンクの豚をかたどった貯金箱が女の部屋にあったような気がしたのだが、いくら探しても見つからなかった。思い違いだったのかもしれない。貯金箱を持っていたのは、ひとつ前の居候先のあるじだったかもしれない。あるいは、もっと昔、小説のなかで豚の貯金箱に五百円玉をためこむ女を書いたことがあり、自分が考え出した登場人物と実在の女とを混同していたのかもしれない。

冷蔵庫の缶ビールで喉の渇きをいやし、次に部屋中の抽き出しという抽き出しを開けてみた。タオルや下着の隙間にも手を突っこんだし、奥の奥まであらためた。あとハンガーにぶらさがっているジャケットやコートのポケットも探ってみた。現金は一円も出てこなかった。最後の最後、前の居候先からここに引っ越すとき冬物の衣類と所持品一切合切を詰めてきたエコバッグを二つ、押し入れから持ち出して中身をざっと点検してみたが金目のものはなかった。しいて金目といえば繰り越しの必要な古い預金通帳が一冊、キャッシュカードが一枚だけで、口座の残金は記憶では二百円か三百円かあったはずだが、そんなもの深夜のコンビニでも引き出せない。朝になって銀行の窓口に行って、どんな顔して手続きを頼めばいいのかもわからない。

そうなるともう諦めをつけて、長時間歩いた疲れを取るため風呂でも入って寝るしかない。明日は明日の風が吹く。でも明日どのような風が吹くか考えると眠れなかった。眠れないまま、手持ちの全額を座卓に並べてみた。六百と、七十、六円。あとは券売機に拒否された一万円札が一枚、おなじく偽札の疑い濃厚の一万円札がもう一枚。その二枚を手に取ってつくづく眺めた。

紙幣の表側、福沢諭吉の肖像画のあるほうを二枚近寄せて、つくづく眺めるうち、ふと、券売機に拒否されたほうの一枚がもう一枚より縦横の幅がわずかに短いように見えた。それであわてて二枚を重ねてみると、ぴったり重なり合った。気の迷いだ。まったくおなじサイズだ。二枚とも偽札ならおなじサイズに決まっている。では二枚とも、真札より縦横の幅がわずかに短いのかもしれない。あるじの机のペン立てから定規を持ってきて計測してみると、縦7.6センチ、横が16センチであることがわかった。それはわかったが、真札のもともとのサイズを知らない。ふだん見慣れた一万円札より二枚ともひとまわり小さいといえば小さい気はするし、こんなものだといえばこんなものだったような気もする。だいいち、ふだん見慣れた一万円札といっても、ふだんこんなに穴のあくほど一万円札を見たことなどない。

　そのうちこんどは福沢諭吉の肖像画の違いに目が行った。表情はおなじに見えて、顔の色合いが、一枚がもう一枚より白っぽい。首から下の着物の色にも目をこらすと、顔の白いほうの一枚がいくらか薄く見える。そんな気がする。これはどういうことなのか。紙幣も印刷物にかわりはないから一枚一枚印刷の濃淡はあるということなのか。それもわからない。二枚とも、手に持ったときの違和感はまったくない。ちょっとだけ火で焙《あぶ》ったようなかさかさした手触りにも、厚みにもなじみがある。両端を指先で持って強く引っぱったり近づけたりしたときたてる音、そこまでしなくても、手で扱うとき自然とお札がたてる乾いた音にも聞きなじみがある。鼻にあててみる。匂いはほぼない。心なしか、古本のページのあいだから立ちのぼる匂いを嗅ぎあてたような気もするが、どっちにしても、もともと一万円札に匂いがあるのかないのかの知識もない。

　二枚とも中央に卵形の空欄があり、あたりまえだが透かしが入っている。その透かしの似顔絵も見ようによっては偽物くさい。でも本物の透かしをじっくり見たおぼえがないので、なんの決め手にもならない。左右の上端に記された「10000」の数字も、本物は左か右かどっちか一方に記してあったのではないか？　そんな気もするが定かではない。「日本銀行券」や「壱万円」の漢字はそれらしく見える。左下隅にはホログラムといったと思うが銀色に光るシールのようなものがあり、角度をつけると10000の数字が浮きあがる。見事だ。これで偽札なら見事な出来映えというしかない。アルファベットとアラビア数字を九つ組み合わせた紙幣ナンバーは左上と、それから右下の二ヶ所にある。もし二枚の一万円札の紙幣ナンバーがそっくりおなじなら、偽札であることの動かぬ証拠になるはずだが、むろんそんなことはない。それぞれ紙幣ナンバーは違うし、続き番号でもない。

二枚とも裏返すと、真上に「NIPPON GINKO」とローマ字が入り、また右上隅に「10000」の数字、左下隅には「10000YEN」とある。その「YEN」の付け足しが、真札にもあったかどうか思い出せないのだが、余計な気がする。中央にはやはり卵形の透かし、その左側に、鳳凰《ほうおう》だか麒麟《きりん》だかよく知らないが、胴体の羽根を毟《むし》り取った雄鶏《おんどり》が直立している、と表現したくなるようなイラストが描かれ、これも初めて見る思いがするし、いっぽう右側には目立つ図柄もなく、もったいない空間が広がっていて、そこにひとつふたつ描き忘れがあるんじゃないか？　そんな気までしてくる。もっと言うなら、左右の手に一枚ずつ持った一万円札を裏表、ためつすがめつしていると、時間の経過とともにそれは偽札ですらなく、ただむやみに複雑にデザインされ同サイズに裁断された不思議な印刷物のようにも見えてくる。最終的には、券売機で実験して撥ねられたほうの一枚をいまどっちの手に持っているのだったかも思い出せなくなる。

結果、この二枚は、瓜《うり》二つの顔を持つ双子だ、と最初からわかりきったことが改めてわかる。双子の偽の一万円札だ。しかし世間に流通している真の一万円札とはここが異なる、決定的に、と断言できる傷、欠点、不備、差異、特徴、個性、なんでもいいがそんなものは発見できない。つまり僕の目には本物と見分けがつかない。真札と確証のある一万円札がもう一枚、手もとにあれば話は別かもしれないが、あればあったでまたその一枚と双子の区別がつかなくなり、さらに混迷の度が深まるような気がする。深まるだろう。

自分の目で見て、これだけいじくりまわして本物と見分けがつかないのであれば、その時点で偽札の域を超えている。世間の常識としての、いわゆる偽札とは別格で、ひょっとしたら、これはもう偽札とは呼べないのかもしれない。発行元が日本銀行ではない、違いがあるとすればそこだけで、あとは真札と肩をならべて無条件で通用するのではないか？　通用するだろう。

現に、きのう床屋で通用した。というか僕が現に通用させている。きのうパチンコ屋で見つかった偽一万円札は、いま僕の手もとにある双子の二枚とおなじ血筋の一万円札に違いない。それを最初に使った僕も、受け取った床屋のまえだも、床屋のまえだに渡された知り合いの女も、真札として疑わなかった。対して、パチンコ屋の両替機は、疑うどころか一発で偽札と見抜いた。偽札鑑別機も見抜いた。そして今夜、駅の券売機もちゃんと判別して撥ねつけた。機械が一瞬で判別できたなんらかの傷、欠点、不備、差異、特徴、個性を、ひとの目が見抜けない。そんなことがあるのか。おそらくあるのだろう。

世間一般の常識では、偽札というものは、たとえ機械はごまかせたとしても、ひとの目はごまかせない。特殊なインクや透かしの技術やその他もろもろを模倣して、紙幣まがいのものでATMだの自販機だのに組みこまれたセンサーは潜り抜けられたとしても、最後の最後、ひとの目と手に触れたとたん正体はばれてしまう。それがいわゆる偽札の限界だろう。ひとは機械よりひとを信じる。ときどき調子の悪いときがあったりするのよ、機械だもの。

ところがこれは逆だ。最後の砦であるべきひとが、その正体をつかめない。目の前で、どれだけ観察しても、真札との違いが見えない。でも駅の券売機には見える。パチンコ屋の両替機にも見える。この偽札に関しては、ひとの感覚のほうがあてにならない。ひとの目は、人間だもの、ときに偽物を本物と見誤ることがある。そこに、相田みつを的に、狙いを定めて作られている。どこまでも緻密《ちみつ》に本物が再現されている。これはそういう偽札だ。言い換えれば有名絵画の贋作《がんさく》みたいな偽札なのだ。しかしそんなことがあっていいのか。機械の正確さには最初から目をつむり、ひとの感覚の不確かさにのみ照準をしぼって、一個の芸術品みたいな偽札をひとが作りあげてしまう。

券売機で切符も買えない偽札を世に送り出す。そんなことがありうるのか？　あるのかもしれない。ここに二枚、そして駅のコインロッカーに置いてきたキャリーバッグに三四〇〇枚。

16

「大きな声で騒ぐな」と僕は言った。「ちょっとは聞く耳を持て。こうやってひとが頭を下げてるんだから、黙って財布の中の一万円札をここに持ってこい。な？」

「なんで命令口調なのよ」

「な？　のどこが命令口調なんだ。頼んでるんだろ」

「ぜんぜん頼んでない。一万円、なんに必要なのよ」

「これから車にガソリン入れて仕事に出る、そう言ったろ。そのまえに駐車料金も払う。あと、残りは給料日までの生活費だ」

「ゆうべ古本にはさんでた一万円、どうしたの」

「その質問は受けつけない」

「それがひとに借金するひとの態度？」

「なんでもいいから持ってこい」

「いやだね。きのうはあんなに羽振りがよかったのに、朝になったら一万円貸してくれなんて。訳もわからないのにそんな大金貸せない」

「はぶり？」

「なによ」

「いやいい、いまはことば遣いは見逃す。とにかく金がなくて困ってるんだ。貸してくれ」

「お断りします」

「そうか。ひとが、恥を忍んで、ものを頼んでるのに、そういう料簡か。じゃあ言ったとおり、このあと豹変するぞ。どうなっても知らないぞ」

「りょうけん？　あと、ひょうへん？」

「おとなしくしてるのもいまのうちだ。いいか、いまからここで暴れるぞ、もっと訳のわからないこと大声で喋るぞ。するとどうなるかわかるか？　こうなる。ねえねえあのひとだれなのよ、トイレのそばの喫煙席でわめいてるひと、ああ、あのひとは津田さんといってね、もとは小説家なのよ、あれで昔は羽振りがよかったらしいよ、直木賞二回か三回か貰って、本が売れて儲かった時代もあったんだって、でもいまじゃあれよ、すっかり尾羽打ち枯らして、ろくに上着も買えない貧乏生活なのよ、着たきりのボタンダウンのシャツ一枚で運転手やってるの、若い彼女とつきあっててね、今朝はガソリン代足りなくて一万円、たったの一万円だけ、その彼女に借りに来たのに断られてやけ起こしてるのよ、可哀想に、たったの一万円ぐらい貸してあげればいいのにね、ぬまもとさんも」

「ぬもとです」

「あらま、つきあってる若い彼女ってぬまもとさんのことなの？　そうなんじゃない？　だって津田さん、朝いちでここに現れて、ぬまもとを探してるっていうから、今日は十一時からのシフトですって教えたら、じゃあカフェオレとドーナツ二個ぶんの代金、ぬまもとのつけでお願いしますって、さっさと喫煙席のほうに行っちゃったの、その話、出勤してきたぬまもとさんに伝えたら、ええっ？　て驚いて、たかが五百円請求されたくらいのことで血相変えて、津田さんの席まで走って行って、大声で責めはじめたのよ、そこから始まってるのよ、見るからに痴話喧嘩じゃない？　そうね、そういうことになるよね、はした金が原因の、ほんと、はした金だよね、あたし気の毒で見てられない、津田さんもけちな女につかまったものよね、朝食代の五百円もおごってやれないなんて、あら店長、おはようございます、聞いてたんですか、いまの話？　男としてどう思います？　そうだな、まず第一に職場で痴話喧嘩なんかするべきじゃない、非があるのはぬまもとだな、あいつを見損なったよ、つきあってる男が腹をすかせてるならドーナツぐらい食べさせてやるのが女の務めだ、金の無心に来てるのなら、もっと親身になって、彼がいまポケットにいくら持ってるか試しに所持金を訊ねてみるといい、きっと小銭しか持ってないはずだ、小銭じゃガソリン代は払えない、ガソリン代が払えないと仕事に差し支える、そこまで男が困ってるなら、一万円くらいぽんと渡してやるべきだ、だいたい一万円が貸し渋るほどの金額か？　いまどき子供のお年玉じゃないか、そうですよね、あたしもそう思う、あたしも、あたしも、あたしも賛成。みたいな結末が待ってるんだ。そのうえ、あとあと僕との良からぬ噂が立って、きみは面倒を背負い込むことになるんだ、ぬまもと」

「ぬもとです。従業員が何人いるのよ、いまの話」

「それよりポケットの所持金を訊け」

「いくら持ってるの」

「六百七十六円」

「嘘」

「嘘じゃない。ほら、数えてみろ」

「ほんとだ」

「な？」

「な？　じゃないよ。いい年してみっともない」

「気の毒で見てられないだろ？」

「とりあえずそれでカフェオレとドーナツの代金、いま払って」

「阿漕なこと言うなよ」

「あこぎ？」

「若者ぶるな。意味が伝わってるのにいちいち聞き返すな。六百円は駅のコインロッカーを開けるのに必要なんだ」

「若者ぶってるのはそっちでしょ。駅のコインロッカーになに入れてるの」

「大事なものに決まってるだろ」

「大事なものってなに」

「古本屋のじいさんに貰った鞄だ」

「鞄の中は」

「絵本」

「絵本！」

「絵本だけじゃなくて、ほかにも」

「なに」

「命より大事なものだ」

「お金？」

「お金のわけないだろ。お金はふつう、命の次に大事なものだろ。命より大事なものと小説家が言えばなんだ」

「知らないけど。そういえば、思ったより安い、の話はどうなったの」

「なんだ？」

「ソニーのハンディカム、四万二千八百円。結局買ったの？」

「ああそうだ、ソニーのハンディカムどころじゃないな」

「買わなかったんだ」

「買えないんだ。よかったらそれも一台貸してくれ。うちの父が持ってるってやつ」

「ゆうべ持ってたお金はなんに使ったの」

「その質問は受けつけない」

「ああそ」

「言うに言われぬ大人の事情があるんだ。ため息をつくな。早く一万円持ってこいよ。おたがい仕事が待ってるんだから」

「ちょっと考えさせて」

「持ってこい！」

「あくまでそういう態度なら貸せないね」

「頼むから、一万円貸してくれ。な？　正直、ほかに金を貸してくれそうな友だちの顔は思い浮かばないんだ、きみしかいないから、ここで一時間も待ってたんだ。ほら、こうやって手をついて頼む。お願いします。三日のあいだでいいんです。給料日にはきちんと返済します。小説家を信用してください、カフェオレとドーナツ代もその日に払います、なんなら千円利子つけて払います。こんなみっともないまね、わたしだって好きでやってるわけじゃないんです。いまはほんとに緊急事態で、ほとほと困り果ててるんです。どうか助けてください」

「もういい、わかった」

「ああよかった、恩に着ます」

「条件しだいで一万円貸してあげてもいい」

「これで命拾いできました。この御恩は一生忘れません」

「条件聞かないの？」

「言ってみろ」

「これはどう？　小説家の命より大事なものが入ってる鞄、給料日まであたしが預かる。一万円の担保として」

「ほえ」

「ほえってなによ」

「小説家の命より大事なものって言ってるのに、値打ちが一万円なのか？　だとしたら命の査定はいくらだ。いやいくらでもいい、そんなあこぎな条件がのめるか。いや、待て。ちょっと考えさせてくれ」

「時間がないのよ。これから制服に着替えて仕事だし、そのまえに店長の誤解もといておかないと」

「その場合、コインロッカーの延滞金六百円はきみが持つのか？」

「持つわけない。津田さんが駅のコインロッカー開けて、ここまで鞄を運んできてもらう」

「だめだ。それじゃだめだ。あこぎにもほどがある。だいたいな、金の貸し借りに条件つけてくるなんて、水臭いぞ、ぬまもと」

「ぬもとです。みずくさい？　だって津田さんとあたしは赤の他人じゃん。給料日に返済するとか口では言うけど、ほんとに給料日なのかも疑わしいし、携帯の番号だって教えてもらってないから、いざというとき連絡も取れない。しらばっくれて逃げられたらどうしようもない」

「しらばっくれて逃げる？　この僕が？　たかが一万円の借金で？」

「うん」

「そっちの携帯を出せ。いまここで、この携帯の番号でもメールアドレスでもなんでも調べて登録しろ、ほら好きにしろ」

「知らないほうが身のためだと言ったよね」

「なんだよ」

「ゆうべそう言った」

「いちいち細かいことを根に持つな。いいから携帯を出せ」

「あたしは iPhone だけど」

「なんでもいいから早くしろ。登録したら、四の五の言わずに一万円持ってこい」

「そっちからかけてよ、あたしの番号言うから」

「じゃあさっさと言え」

「いま教えるくらいなら、ゆうべ素直に教えとけばよかったのよ。そしたら朝からこんなふうにならなかったのに」

「まったく、一万円借りるのにどれだけ手間がかかるんだ」

17

借りた一万円は十枚の千円札にくずして使った。

くずすまえに駅の券売機でもう一回実験する案も浮かんだが、偽札の疑いのない一万円で切符が買えたとしてもたいした実験にならないだろうし、二日連続で監視カメラの映像に残るのも考えものなので、駅にむかう途中のパチンコ屋で、両替機を探して通してみたところ、すんなり換金できた。

くずした千円札からラパンを出庫するため「一泊料金」の千二百円を支払い、燃料計が5ℓのあたりを指していたので三千円ぶんガソリンを入れ、マルボロライトを二個買い、偽札事件の続報が気になるので新聞を買い、残りはつましい食費にあてた。五月二十八日午後から六月一日深夜までの食費である。それできっちり使い切った。つましい食費といっても、小説書きで食えなくなって東京を離れて数年、つましさにはすっかりなじんでいるし、とくにひもじい思いをすることもなかった。ふだんどおり、ハンバーガー屋の喫煙席でチーズバーガーを食べていればおのずと倹約になる。

金欠の心配は給料日までで片がついたが、キャリーバッグの中身の扱いには三日経っても気持ちの整理がつかなかった。

使えないものをいつまで持っていても仕方がない。はやいうちに処分すべきだ。使えないうえにこれは、警察も、本通り裏のだれだかよく知らないがあのひとも追っているやばい代物《しろもの》に違いないから、たとえば透明ではないゴミ袋に詰めて、明日にでもクリーンセンターに持っていって猪や猫の死骸と一緒に燃やして証拠を消してしまうのがいい、くそ、あのじじい、とんでもないもんつかませやがって。そういった気の短い考えが優勢になることもあり、一方で、いやはやまるな、たったの一枚、一万円札が券売機に撥ねられたからといって希望を捨てるな、なにもぜんぶがぜんぶ偽札と決まったわけではないし、何枚かは、もしかしたら百枚か二百枚程度は、なにかこっちの想像のつかない手違いで、本物がまじっているかもしれない、手違いでなければサプライズでまぜてあるかもしれない、だいたい房州老人が大量の偽札を遺してあの世に旅立ったのからして大いなるサプライズだし、こうなったらなんだってありえる、あのじじいならやりかねない、燃やすのはあとでいい、まだ惜しい、と未練が募ることもあった。そういえば東京で暮らしていた時代、二番目の妻は、着られない服が衣装簞笥《だんす》にあると目障りでストレスになるからゴミに出す、みたいな神経質で短気な行動に走りがちで、とこの話とはまるで関係がないが、古い記憶まで思い出したりもした。

結局、三日経っても処分の決心はつかなかった。

さきに取り出していた二枚を戻して計三四〇二枚入りのキャリーバッグは、居候先の、あるじ不在のシングルベッドと壁のあいだに縦置きにしてあった。もし警察や本通り裏のあのひとが今回の偽札騒ぎで僕のはたした役割を知り得た場合、むろん知られないまま事態が沈静化することを祈るが、すぐに住所を割り出してまっさきにここに押しかけるだろうし、そうなればどこに隠しても隠すだけ無駄だろう。したがって投げやりな気分からではなくむしろ理性を働かせて、そこに平然とさりげなく置いてあった。そうはいっても気持ち未練はあるので、南京錠はかけてあった。

六月一日の朝、出がけに、そのさりげなく置かれたキャリーバッグに目をやって僕が考えていたのは、いますぐ中身を処分しないにしても、これをいざというとき持ち逃げできるよう自分のそばに置いておくのが賢明なのか、それとも身の安全を優先して、どこか別の場所、なるべく自分とは縁もゆかりもない離れた場所に保管するのがより賢い選択なのか、どっちだ？　ということだった。どちらかといえばあとのほうがシャッパの餌にされるまでの時間稼ぎになるような気がする。しかし結論は出せなかった。ここではないどこか適切な、コインロッカーとは違い金もかからないという意味まで含んで適切な、保管場所を思いつくまでに出勤時刻になった。

給料日を迎えたとたん沼本店員から借金返済を迫る電話がかかるかと予想していたのだが、それはなかった。日の高いうちにもなく、夜になってもなかった。もう来るかと思ってハンバーガー屋で充電しながら待ってみたが、催促のメールすら届かなかった。

日付が変わるまえ、内藤洋子と司葉子のふたりが約束を律儀に守って先週貸していた二万円を返してくれた。そのあと午前二時過ぎに、事務所で社長からピン札の入った給料袋を受け取り、つつがなくドライバー業務を終えた。その日の新聞にも偽札事件の続報は載らなかったし、社長はもう僕の顔を見ても込み入った内容の話には触れなかった。ドーナツショップの晩以来、いちども蒸し返そうとはしなかった。

午前二時半に沼本店員に電話をかけた。

事務所を出たあと、駐車場のラパンの運転席で携帯を取り出し、だめもとでかけてみた。時間が時間だし起きてはいないだろう、留守電が応答したらメッセージは残さないで切ろう、でもいちおう返済の意志があることを着信履歴には残しておこう、そのつもりでかけてみた。すると意外なことに電話はつながった。コール二回でつながり、いきなりむこうから喋りはじめた。神経が昂《たかぶ》っているふうの、抑制のきかない大声で彼女は喋った。僕から電話がかかって昂奮《こうふん》を禁じえないというわけではないのだろう。こんな時間に起きてなにをしているのか知らないが、電話口近くに、なにかしらハイになる原因があるのだろう。いまから一万円持ってここに来れる？　と沼本店員は言った。

ここってどこだ？

18

ここってどこだ？

と前章のしめくくりに書いてみて、書いたあと蛇足ということばを思い出して、削るか残すか、MacBookの画面に表示された平仮名七文字をじっと睨んでいるうち気づいたのだが、この疑問文には二重の意味がある。

ひとつは言うまでもなく、六月一日給料日の深夜、正確には日付変わって六月二日午前二時半頃、電話で沼本店員に「いまから一万円持ってここに来れる？」と訊かれたとき、反射的に僕の頭に浮かんだ疑問。ここってどこだ？　きみはいまどこにいるんだ？　その疑問は、まだつながっている電話で直接本人にぶつけることで、即座に解消されるだろう。そして僕は彼女に教えられた場所へ向かうだろう。

もうひとつは、それから時が経ち、いま、あなたが読んでいるこの物語を僕が書いているいまという意味のいま、つづきを書こうとして、キーボードに添えた手に生じた迷い。ここってどこだ？　沼本店員はあの晩どこにいたんだ？

こっちは、過去にあった事実をいったんちゃらにして、ちゃらにした事実もふくめていくつかのあり得た事実を並べて比較検討している。六月一日深夜に沼本店員がいるはずの場所を、いま僕が物語のつづきを書くためにあらためて探している、そういう意味だ。前章の終わりに「女優倶楽部」の事務所前の駐車場から、僕がラパンを走らせて向かうさきはどこなのか？　言い方を換えれば、僕はいまからどこへでも行けると考えて迷っている。

なぜそんなことを考えるのか。

だいいち、なぜ過去にあった事実をいったんちゃらにする必要があるのか。いまになってわざわざ、ここってどこだ？　などと余計な頭を使うのはなぜか。過去にあった事実なら事実を優先して、そっくりそのまま書いてすませられないのはなぜなのか？

　確かな答えになるかどうかわからないけれど、あなたに思い出してほしいのは、この物語の冒頭、幸地秀吉が読んでいた新刊小説の帯のことだ。そこにはこんなたらればのキャッチコピーが印刷されていた。

　別の場所でふたりが出会っていれば、幸せになれたはずだった。

なるほど。ふたりはまちがった場所で出会ってしまったわけだ。そこに後悔が残るわけだ。だったら、小説家は別の場所でふたりを出会わせるべきだろう。書き直せばいい。まちがった場所まで戻って後悔の種を取り除けばいい。たられば が有効なのは、現実の、取り返しのつかない、一回きりの人生においてのみだ。小説家は小説を心ゆくまで書き直すことができる。

　昨年二月二十八日の明け方、ドーナツショップで幸地秀吉と相席したとき、僕は思いつきでそんな意見を述べた。正直、自分ではこれが気のきいた冗談のつもりだった。幸地秀吉の笑った顔を見るための、その場かぎりの軽い発言のつもりだった。ところが、自分ではどんなつもりの発言でも、あとあとそのことばにたたられるということがある。小説家をからかって投げたことばが小説家としての自分に戻ってくる。その場かぎりで口にした思いつきが、気がつくと、まるで一歩も譲れない信条のごとく姿を変えて、いまこの物語を書いている僕に、嘘八百の物語ではなく実話にもとづいた物語をいま書いているわけだが、しばりをかけている。実際に起きた失踪事件、その発端を書こうとして「幸地家の幼い娘は父親のことをヒデヨシと呼んでいた」と一行目を書き出したときから、たられればを無効にする書き直しの問題がつねに頭に居座っている。

「あんたは最初から、あの家族をトラブルに巻き込む計画を立ててるのよ。そして結末で三人とも殺す気でいる」

　と慎改美弥子は現実と虚構をいささか混同しつつ僕を責めた。しかし僕は実話をひとつの物語に仕立てる以外どんな計画も立てていない。ただ、まちがった出会いの場所があるならそれは書き直せるのではないかと考えている。幸地秀吉の消息はいまだ不明だが、たとえ不幸な結末がのちに明らかになったとしても、その場合でもまだ遅くはない。幼い子供まで殺すなんてむごすぎると慎改美弥子は言う。ひとの不幸を小説でもてあそぶなと言う。だったら、失踪した幸地家の家族全員を、今後、事実をいくつ曲げてでも、たられればの後悔のない地点まで連れてゆけるはずだ、と僕は考えている。

事実を曲げる。つまりなかったことを、ためらいなく、物語上あり得た事実として書いてしまう。たとえば、
五月末の時点で僕は一文無しになった。

これがまっすぐの事実だ。対して、この物語で僕が沼本店員に一万円借りるために要した手間、すでに書かれてある彼女との会話の羅列、それが事実を曲げた結果だ。

物語はその曲がった方向へと展開していく。

僕はいまあたりまえのことを自分に言い聞かせているだけかもしれない。考えてみれば、いや考えるまでもなく、ここまでさんざん事実を曲げ、その曲がった方向へ、また別の曲げた事実を接ぎ木するようにしてこの物語を書いてきた。一万円借りた事実のまえに給料日まで一文無しになった事実があり、給料日まで一文無しになった事実のまえに偽札をつかまされた事実があり、偽札をつかまされた事実のまえに幸地秀吉が家族ともども失踪した事実がある。それらを入念に、曲げて、曲げて、曲げてここまでたどり着いた。だから次にどんな事実が来るにしても、キーボードに添えた手にいったん迷いが生じるのは必然のなりゆきだ。他人に借りた金は返すのが道理だし、返した事実を「沼本店員に一万円返した」と一行で書いてすませられないのなら、す

ませられないと僕は判断したわけだが、やはりここは小説家として、思案のしどころになる。

19

繁華街に夜店公園通りと呼ばれる道がある。

そう呼ばれるからにはその昔、道の両側に屋台だの露店だの夜店が出ていた時代があったのかもしれない。

でもいまは立派な店舗が軒をつらねている。

道の両側に、居酒屋だのバーだの、カフェだのキャバクラだの、焼き鳥屋だの鮨屋だの、浴衣の女性が膝枕で耳掃除しながら悩み事を聞いてくれるのが売りの癒しの館だの、どんな衣装でだれが何目的のマッサージをしてくれるのか情報量の薄いマッサージパーラーだのがびっしり並び、それらはおおむね明け方近くまで看板を灯して営業している。

夜店公園通りの公園のほうは、たぶんあとから造成されて呼び名に加わったのだろうが、簡単にいえば道路の中央分離帯のような役割、および形状のものである。つまり通りのど真ん中を貫いて、端から端まで１００メートルほどの細長い敷地の公園、とは名ばかりの公園ということになる。あくまで公園だと主張するため、ところどころにハナミズキの木が植えられ、意味不明のブロンズ像が二基建てられ、等間隔で二脚ずつ向かい合うかたちに木製のベンチが据えてあり、酔っぱらいはそこに腰かけて一息いれることができる。ひまな店員が客引きに現れたら横に坐らせて、おまえんとこのあのマッサージパーラーって看板はなんだ、パーラーの意味を言えとか、いやそれよりマッサージの主目的はなんなんだとか情報を引き出すこともできる。

夜店公園通りは中央を貫く公園によって、縦割りに、二本の道に分けられている。どちらも一方通行の車道で、道幅が狭いから飲食店の店舗やビルの前に車を停めておくことはできない。そうでなくても飲酒運転は絶対やってはいけないおこないだから、店の前に車を停めてちょっと一杯ひっかけるなんてまねはまともな人間ならできないし、しない。いちおうそう書いておく。でも車はそこかしこに停まっている。車体の左半分を歩道に乗りあげる恰好で停めればなんとかなるからだ。なんとかなるというのは、歩道に乗りあげたぶん空いた道幅を、後ろから来る他の車がなんとか通り抜けられる、だから交通に支障をきたすわけじゃない、ルール違反には違いないけどみんなやってるし自分もやる、一晩だけ見逃してくれ、そのくらいの意味である。で、現に午前三時近くにもなると、夜店公園通りの二本道のそこかしこに駐車中の車が見える。

なんとかなると電話で言われたし、実際そこかしこそのような状況なのは前から見知っていたので、僕はラパンの左側の前輪と後輪を歩道にがっつり乗り上げて停車させた。べつに喜んでそういう停め方をしたわけではない。夜の繁華街の駐車事情を憂えているわけでもない。とにかくラパンを一時降りる必要があったからそうしたまでだ。下の道に車を停めて一万円持って二階までのぼって来るよう電話で指示されたのだ。

マッサージパーラーの隣の、一階の階段脇にすごく流行ってるラーメン屋さんが入ってるビル、と電話で説明されていたのでその建物でまちがいなかった。階段を見つけるより早くラーメン屋の暖簾《のれん》から出てきた数人の客とすれ違ったし、階段の手前で、二階にあるはずの「スピン」という名の店の看板を探しているあいだにもそのラーメン屋の暖簾をくぐる客が続けざまにいた。なにが理由でそんなに流行っているのか、帰りにのぞいてみるつもりでそっちに気を取られるうち、階段を降りてきた七八名の若いグループの先頭のひとりに肩をぶつけられた。ぶつけられたとこっちは思ったのだがむこうは気にも止めなかったらしく、一行はぞろぞろと、和気藹々と階段脇のラーメン屋めざして通り過ぎた。最後のひとりが入って閉じた自動ドアには「深夜三時まで営業」の札がかかっていた。一万円返した帰りに駆け込めばまにあうかもしれない。二階にあるはずの「スピン」の看板は外に出ていたのを見逃したのか、そのあたりには見あたらなかった。かわりに、階段の上り口の壁に矢印つきの手書きのポスターが貼ってあり、それによると、三階にヨガ道場があるとのことだった。

　途中に小さな踊り場がふたつある折れ曲がった階段をのぼり、二階に着いてみると、電話で教えられた店はたしかにそこにあった。何回聞き返してもスピン、スピンと沼本店員は連呼するのみで、どんなイメージもわかなかったそのスピンという単語はアルファベットで綴られていた。店の扉の横に、深い青のネオン管で spin と筆記体にされた文字が取りつけてあった。

　黒塗りの扉をひらいたとたん、中から年寄りが見るテレビのような無駄な音量でロックが出迎える、みたいななりゆきは勘弁してほしいと願っていたのだが、そうはならなかった。そんな店ではなかった。力を加減してドアノブを手前にひいてみると、聞こえてきたのはひとの話し声と、控えめな笑い声にすぎなかった。

　店内の照明はひとの顔が見分けられる程度にしぼってあった。入ってすぐ、真正面に長いカウンターがあり、そこにざっと十人ほど客の背中が見えた。背もたれがなく脚の長い椅子が十並んで十埋まっている。ここも下のラーメン屋に負けないくらい流行っている。ただ、入ってすぐといっても入口からカウンターまでの距離がゆったり取ってあって、むりやり詰め込んだ印象はない。隣にすわったのもなにかの縁だし乾杯、ほらそっちも乾杯、みんな友達、とわいわい盛り上がったあげく明日になったらみんな忘れる、みたいなそんな店ではなかった。スツールに腰かけた客のうち数人がドアの開閉に気づいてこちらを振り向き、僕の立ち姿をちら見して、すぐに関心をなくしてまたむこうを向いた。こっちを見たなかに沼本店員の顔はなかった。

いらっしゃいませと僕を迎える声は待っても聞こえず、依然話し声だけつづいていた。話し声のうち特に耳についたのは、めりはりのある早口で喋るふたりの男の声と、受け答えする女のしっとりした声で、三人の掛け合いがマイクを通して店内に行き渡っているように聞き取れた。音量はさほど大きくないが、聞き耳をたてればことばのひとつひとつまで伝わってくる。あたりに目をやってもステージのようなものはない。ではスピーカーからラジオの番組でも流しているのかもしれない。そう思って聞いてみると、そんなふうに聞こえてきたし実際そうに違いなかった。この店はBGMにラジオの深夜放送を流している。

「いらっしゃいませ」

左手奥から現れた男が笑顔をみせた。

「ひとを探してるんだけど」

カウンター席に目をやって僕は言ってみた。

「ぬまもと、という女性の客」

「はい、こちらへ」

と笑顔のまま男は応え、自分がいま歩いてきたほうへてのひらを向ける。

先導されてついていくと、そっちが夜店公園通りに面しているらしく窓に沿ってテーブルが三つ四つ並んでいた。角になるところにひとつだけ大人数用の楕円形の卓が置かれ、仕切りの衝立て越しに、女性従業員があと片づけしている様子が見えた。

にこやかに案内されたさきには見知らぬ顔が四つあった。僕より年配に見える女がひとり、三十代に見える女がひとり、そこらへんの出来の悪い大学生ふうの若造がふたり、男女二対二で向かい合っている。その四人がけのテーブルのそばに僕は立ち、というか立たされ、案内した男性従業員の顔をしげしげ見た。どのひとがぬまもとさん？　という意味合いをこめたつもりだった。

「お飲み物は」と男性従業員が訊いた。

「いやいや、お飲み物はじゃなくてさ。僕はひとを探してるんだ。言ったよね？　このひとたちじゃない、ぬまもとって名前の客」

男性従業員が年配の女に助けをもとめる顔をむけた。

「ビール持ってきて」と年配の女が言った。「ほらあんたたち、津田さん来てくれたんだから、ぼけっとしてないで、立って」

僕のためにビールを注文してくれたのだとそれでなんとなく察しがついた。当人の意向を無視して従業員が去り、カラフルな上着の若者がふたりさきを争って席を立った。

「どうぞどうぞ」

「どうぞおにいさん、すわってください」

　おにいさんの呼びかけはひとまず置いて、ぬまもとは？　とどちらへともなく訊いてみたが、ふたりともさっきの従業員と大差ない反応だった。ふたりとも酔いのまわったお人好しの顔をしている。

「あっちゃんのことよ」と年配の女が言った。「心配しないで、あっちゃんならそっちでひと休みしてる」

そっちというのは、年配の女がすわっている長椅子の高い背板の真裏の位置、つまり隣のボックス席のことだった。どうぞおにいさんのときから背中にまわされていた手を払いのけ、そっちへまわってみると、髪の長い女が窓際にひとりいた。なるほどひと休みしている。テーブルに両手を重ねてそのうえに顔をうつぶせている。それが沼本店員だと言われればそんな気もするが、髪をおろしたところを見たことがないので一目違和感がある。試しに肩を揺らして、ぬまもと、と呼びかけてみると、ぬもとです、と眠たげな声ながら返答があったので本人だとわかった。

「こんな時間になにやってるんだ？　なにがどうなってるのか説明しろ」

「なんでもない」沼本店員は顔を伏せたまま答えた。「一万円返して」

「返すさ。いますぐ返せと言うからわざわざここまで来たんだ」それから僕は耳もとに口を近づけた。「な？　それよりあっちにいる四人組はなんなんだ？　ぬまもとのこと、あっちゃんて呼んでるばばあがいるけど、あれだれなんだ。おい、ぬまもと、返事しろ」

「ぬもとです」

「おにいさん」

とまた呼ばれていらっとして振り向くと、弛緩《しかん》した赤い顔の若者がふたり揃ってぺこりとお辞儀してみせた。

「じゃあ俺らおさき失礼します」

「あとよろしくお願いします」

「津田さん」背板の陰から年配の女の声がした。「ビール来たよ」

勝手なビールの注文にくらべれば、若者たちの引き際の良さにはちょっとだけ好感が持てる。僕からの挨拶を期待する面持ちでいつまでも突っ立っているので、どうも、と片手をあげて応えた。すると彼らは納得して退《ひ》きさがった。これで残るはふたり、正体不明の女がふたりだ。おい、ともういちど訊ねるつもりで肩に手をかけたところ、沼本店員はその肩を邪険に尖《とが》らせて僕の手を撥ねのけた。

「津田さん？」また背板のむこうから声がかかった。「ちょっと車のキー貸してくれる」

なんのことかと思って戻ってみると、さっきとは別の男性従業員が登場していた。ワイシャツにネクタイに黒ズボンの制服はおなじだが、年は三十過ぎの、格上のオーラが感じられる男だった。店長とかマスターとか呼ばれる立場なのかもしれない。年配の女が僕を見て、顎をしゃくって、岩永くんに、と言う。

「車のキー渡してあげて」

岩永くんと呼ばれたその男と僕は顔を見合わせた。相手が微笑をうかべ、軽く頭をさげたのち片手を差し出した。

「お客さんがまとめてタクシー呼んだらしいのよ」

と年配の女が言って、こんどは窓の外へむかって顎をしゃくる。

「あんなとこに軽自動車が停まってたら邪魔だから」

なるほど、と僕は思い、そこにいる三人の顔を順に見渡してみた。化粧のきつい年配の女に、さっきからひとことも喋らず伏し目がちの女に、身だしなみがよく人あたりもよさげな店長もしくはマスター。店の入口のほうから客のざわめきが伝わってくる。ラジオの深夜放送はあいかわらず流れていたが、カウンター席のかなりの客がスツールを離れた気配、そろそろこの店が看板の時刻をむかえつつある空気は感じ取れた。

「ここは何時までやってるの」

ラパンのキーを手渡したあと訊ねると、岩永くんは落ち着きはらってこう答えた。

「お気になさらず、どうぞごゆっくり。週末の夜ですから」

「あんたが気にすることじゃないのよ」テーブルをはさんで向かい合うなり年配の女が言った。「ほらグラスを持って。駆けつけ三杯」

「車で来てるんです」

「それはわかってる。あの軽自動車でしょ？　あそこに、犬がおしっこするみたいに傾いて停まってるあれよね？　わかってるのよそんなこと。こんな遅くに、わざわざ迎えに来てもらって、ただで送ってもらうのもなんだからビールぐらいと思って勧めてるんじゃないの。なに野暮なこと言ってるのよ」

「いやビールぐらいと言われても」

窓に顔を寄せて下を覗いてみると、たしかに歩道と車道の段差のぶん不恰好に傾いている。それはいいが、こんな遅くにのあとの発言はなんだ？

「わざわざ迎えに来てもらって？　ただで送ってもらう？」

「なに、お金取るつもりで来たの？　あんたあの軽自動車で白タクやってる？　そういうこと？」

「いやそうじゃなくて」

さっきからひとことも喋らない女の視線を感じたので見ると、いつでもお酌のできる態勢でビールの小瓶をかまえていた。一瞬目が合ったが、むこうから下へ逸らした。

「ビールぐらいと言われても、ビール飲んで運転するのはやっぱりまずい。たとえ白タクの運転手でも、いや白タクの運転手ならなおさら、見つかったとき罪が倍になるし。そういうこと」

「へえ」

「へえ？」

「へえ、作家のくせに？よ。作家といえば、はぐれ者も同然じゃないの、はぐれ者がいちにんまえに飲酒運転気にしてどうすんのよ。作家のぶんざいであたしのお酒断るなんてね、うちのひとがいまここにいたら、あんたはったおされてるわよ。みなみさん、かまわないから注いじゃって」

無口な女の名前がそれで判明した。みなみさんが身を乗り出してきたので、思わずグラスに手を添えるとそこへ間髪いれずビール瓶の口が当たり、自然と置き注ぎになった。グラスの容量を越えて泡が盛りあがるのを見て「あっ」とみなみさんが初めて声を発し、人差し指のさきっぽでグラスのふちを押さえてくいとめた。泡のついた指をどうするのかと思って見ていると、彼女はうつむいて、指先でテーブルの木目の傷にやさしく軟膏《なんこう》を塗りこむような仕草をした。年配の女の発言については、はったおされるが張り倒されるの音便形であるのはわかるが、うちのひとが何者なのかは不明で、なにしろそのひとがいまここにいないのがなによりだった。

「あけなさいよ、きゅっと」

「これを飲んで、飲んだあと、車を運転して三人を送り届ける、そういうことですか」

「そういうことよ。でも送るのはあっちゃんの酔いがさめてからでいい。せっかくこうやって会えたんだしビール飲みながら話を聞かせて。あんたの噂はまえから聞いてたのよ、あっちゃんからもね。でももっとまえから房州さんに聞かされて名前は知ってた、作家の津田伸一。本だって勧められて、読みかけたことがある。あんたとはちょっとした縁があるのよ」

「古本屋の？　房州さんに？」

「そう」

「本だって、勧められて？　読みかけたことがある？」

「そうよ。あたしは途中でやめたけど、お店に置きっぱなしにしてたのをあっちゃんが読みたがったからいま貸してある。そのあっちゃんは去年、房州さんの仲介でうちに勤めはじめたわけだし、このみなさんだってもとをたどればそう。ここにいるみんな房州さんつながりであんたとつながってる。まったく縁もゆかりもない他人てわけじゃない。それからね津田ちゃん、知らないでしょうけど、あんたはここのスピンとだって浅からぬ因縁があるのよ」

「そうですか」

「そうよ、聞きたい？　まあ話は飲んでからにしようよ」

「どちらかといえば、僕の本を読みかけてやめた理由が聞きたいですね」

「ああそういう話し方をするわけね？」

年配の女が胸のまえで両手を叩き合わせ感心してみせた。

「噂どおりだわ。みなみさん、いまの聞いた？　こういうひねくれた話し方する人間が世の中にいるのよ。おぼえときなさい。いまのがきっとこのひとのおはこなのよ。あのね津田ちゃん、浅からぬ因縁の話はあっちゃんが自分で話したがってたから、あとで教えてもらうといいわ。あたしたちはあたしたちでべつの話をしよう。房州さんの昔話でもね。でも、そのまえに、ちょっとだけ席をはずさせてもらうわ、五分だけ。いい？　すぐ戻ってくるから、もし戻ってきてそのビールが減ってなかったら、そんときはあんた、うちのひとがいまここにいてもいなくても、あたしがはったおすからね。みなみさんごめんなさい、通して、ちょっとおしっこ。よっこらしょっと。ああ、のみすぎたわ」

ハンドバッグを手に年配の女が席を立った。

後姿を見送って、もう一回腰を浮かして窓から下をうかがうと、どこへ移動させたのか傾いたラパンの姿は消えていた。道端にタクシーが四台も五台も停まっていてそのせいでちょっとした渋滞が起き、スピンから出た客と、あとはたぶん一階の流行っているラーメン屋から追いだされた客とで夜店公園通りのこの一帯は大いに賑わいをみせていた。

それから長椅子に腰をおちつけて僕はビールに口をつけた。ひとくち飲んでみるとグラス一杯のビールくらいどうってことないという気がする。無口な女は無口のまま斜め向かいの位置でビール瓶をかまえている。ふたくちで飲みほすと、黙って二杯目を注いでくれた。煙草が吸いたかったがラパンを降りるときシャツの胸ポケットに入れるのを忘れてきたことを思い出した。舌打ちして二杯目を飲んでいると、無口な女も自分の飲み物を口にはこんだ。テーブルに芋焼酎のボトルと麦焼酎のボトルとアイスペールと水差しが置いてあったのでいずれにしろ焼酎の水割りに違いなかった。灰皿はない。

沈黙が何秒かつづいた。十何秒かもしれない。無口で辛抱強い女だった。どんな集まりの席にも必ずひとりはまちがって連れてこられて気後れを感じる人間はいると思う。わかるでしょう？　あたしはいつもそうです、と彼女は無言で訴えているように見えた。恰好もバスガイドのコスプレ一歩手前でいただけなかった。着ているものはよく言えばレモン色のスーツで、首もとにリボン結びの白いスカーフ、上着の両襟から縦に六個並んだボタンの脇を通って下までYの字に黒のパイピングが通っている。二つのポケットにもおなじく縁取りがある。髪型はボブというのか顎のラインまでに左右揃えられ、それなりの帽子とあとは白手袋を合わせたらいまから観光バスに添乗できそうだった。三杯目のビールを注いだあとで、無口な女がふと、ふと思い出した演技なのかもしれないがふと、バッグから携帯を取り出した。

「みなみさん」そこで辛抱の糸が切れて僕は呼びかけた。「大事な質問があるんだけど、よかったら教えてもらえませんか」

「え?」彼女は携帯を握りしめてうっすら警戒する表情になった。

「うちのひと、というのはいまどこにいるのかな」

「はい?」

「いまここにいたら、僕がはったおされてたひと」

質問に答える必要はないから笑え、せめて頰をゆるめろ、と念じたが彼女は笑わなかった。

「みなみさん、煙草は持ってないよね?」

「はい、煙草は持ってません。うちのひとというのは、たぶん、ママの旦那さんのことだと聞いてて思ったんですけど、でも、いまどこにいるのかは、ママの旦那さんならとっくに亡くなってるはずだし、喉の病気で、平成十八年の四月に亡くなったってともみさんから聞いたおぼえがあるし、いまどこにいるのかな？　とあたしに訊かれてもちょっと」

「ああそう」

「でも、もう死んでるひとなら、だれもはったおせませんからね」

「ともみさんて？」

「ともみさんはお店の先輩ですけど」

「お店ってどこ」

「場所ですか？」

「場所だけ聞いても、名前がわからないと探せないからさ」

「名前はちきちきちきです。家具屋町通り、３の17です」

「ちきちき」

「チキチキバンバンのチキチキですよ」

「ああそう。じゃあいまそこにすわってたひとがチキチキのママで、ともみさんと、みなみさんと、あっちゃんの三人がチキチキのホステスとして働いてるわけだ」

「あっちゃんは週末だけバイトなんですよ」

「そうか。だんだんのみこめてきた。みなみさん、さっきまで無口なひとだと思って見てたけど、喋りだすと舌がなめらかだね。質問にはきちんと答えてくれるし、好感度アップだね」

「うふ」

文字にするならうふと笑い声を洩らして彼女は笑った。もう少し誇張して書くと、首をすくめて背中をまるめて長椅子の背板のほうへすわったまま後ずさりするような反応とともに笑った。

見た目はどうでも喋りだすと声に顕著な特徴のあらわれる女性だった。アニメの登場人物の声とか、ラジオの深夜放送から聞こえるきめ細かい布で一回漉《こ》したようなまろやかな声とかではなく、むしろ逆に漉しの足りない、濁りのある声質だった。低音で、声量もほどほどで、掠れぎみの声だ。その声からたぶん空耳だがかすかに布を引き裂くような裏声のふくみが聞き取れる。掠れぎみの低音がいまにもひっくり返ってきいきい声に変わる、いつどこで変わるのかはらはらする、聞いてるとそんな気持ちにさせられる。ほかに適切な比喩《ひゆ》が思いつかないので書いてしまうが、男なら、僕みたいな男なら、このひといったいベッドではどんな声をあげて乱れるんだろう？　と頭でついセクハラをやらかしてしまうタイプの声だった。

その声でとにかく質問にはなんでも答えてくれるので、おおかたの事情はのみこめた。たとえばさっきまでここにいた若者はふたりともチキチキの客で、非番の海上自衛隊員ということだった。初対面の海上自衛隊員におにいさん呼ばわりされるおぼえはないのだが、それはあっちゃんが「うちの姉の旦那さんが車で迎えにきてくれる」と嘘をついていたせいで、なぜそんな嘘をついたかといえば、迎えにくるのが身内ではなくボーイフレンドだったりすると、あっちゃんファンの海上自衛隊員ががっかりしてチキチキに通ってこなくなる心配があるからだった。では、呼べば迎えにきてくれるボーイフレンドが実際あっちゃんにはいるのか？　それはあたしに訊かれてもわからないとのことだった。あっちゃんの愛称はあつこの略で、といっても沼本店員の本名があつこではなく、週末チキチキで働くときだけの臨時の名前らしかった。先輩がともみさんで、あたしがみなみで、ママがゆうこさんだから、じゃあいっそのことあつこにして週末のチキチキはＡＫＢ祭りってことでどう？　と先輩のともみさんが提案して沼本店員の源氏名はあつこに決まったらしかった。ＡＫＢ祭りと嬉しそうに言われてもなんのことかよくわからないが、わかってもたいしたことではなさそうなのでそこは追及しなかった。従業員の名前になんらかの統一感をもたせるという意味なら、僕じしん勤め先で往年の女優の名前に囲まれているし、それはそれで突飛な話にも聞こえなかった。

そこまでＱ＆Ａを繰り返して二十分以上経ったと思うがチキチキのママはまだトイレから戻らない。岩永くんもラパンのキーを預かったきり返しに来ない。あっちゃんも起きてこない。ビールの小瓶はとっくに空で、焼酎に切り替えて飲みつづけていた。

水割りは頼まなくても斜めむかいの席で作ってくれる。こっちの質問がとぎれて、また無口に戻った女が自分のも一緒に作りなおす。伏目でマドラーを回しながら、ラジオのパーソナリティーが口にする冗談でも気に入ったのか「うふ」と独り笑いをする。僕は自分ではまだぜんぜん酔ったつもりはなかったし、彼女もたいして酔っているふうには見えなかった。このスピンという店はいつもBGMにラジオの深夜放送を流しているのかと訊ねてみた。いつもというほどここに来るわけではないけれど、まえのときはラジオはかかっていなかったように思うと彼女は答えた。なぜ今夜はラジオがかかってるんだろうね？　なぜかって、あたしに訊かれても、それはちょっと。

じゃああと残る質問はなんだ、と僕は考えをめぐらせた。この女と房州老人とのつながりか？　それとも、あっちゃんが自分で話したがってたから、あとで教えてもらうといいわとチキチキのママが口にした思わせぶりのほうか。

「みなみさん、古本屋の房州さんとはどのくらい親しかったの？」

「どのくらい、ですか？　去年、チキチキに勤めるとき一回相談に乗ってもらったんですよ。ぐあいを悪くされてからはお見舞いに三回行って、先月お葬式に参列させていただきました。ちゃんとした喪服も持ってなくて失礼だから、あたしは遠慮したんだけど、あっちゃんが、遠慮なんかしなくていい、普段着でいいからって言ってくれて。ああでもほんとに普段着で出たわけじゃないんですよ。津田さんは、お葬式にはみえてなかったですね。あっちゃん探してましたけど」

「焼酎と羊羹の話は聞いてる？　ありとあらゆる食べ物が焼酎のつまみになる、ただしひとつ例外があってそれが羊羹だという話。焼酎飲みながら羊羹食べると頭痛がする、だったか、めまいがする、だったか、そんなこと房州さんは言ってたよね」

「ああそれだったら腸捻転《ちようねんてん》じゃないですか？　あたしが聞いたときは、焼酎飲んで羊羹食べると腸捻転おこすよ、とおっしゃってましたけど。去年、房州さんがまだお元気だったころ」

「ああそう」

「はい、いま言われて思い出しました。ほんとうでしょうか」

「さあ、どうだろう。いまここに羊羹がないのが惜しいね」

「はい」

「チキチキのママ遅いな」

「津田さん」

「うん？」

　彼女はなにを迷ったのか水割りのグラスを宙に止めて、僕を見た。すぐに目を伏せてひとくち飲みくだすと、意外にも、初めて自分のほうから質問らしい質問を放った。

「津田さん、あたし変わったんですね」

とっさに意味がつかめなかった。それはたとえば文体に凝る作家が何度も何度も孤独に推敲をかさねて完成させる、けれんみに満ちた疑問文のようだった。ひとりよがりだ。

「みなみさん、なにが言いたいの？」

「なにが言いたいのかはわからないけど、去年とはずいぶん変わったなといま自分で思ったんですよ」

「ああそう。一年経てばひとはたいがい変わるものだしね」

「でも津田さんはヘアスタイルだって去年のままじゃないですか」

「まあそれはそうだけど。え？」

「ママを見てきますね」

止めるまもなく彼女は席を立った。夜店公園通りに面したこちら側と正対する方向にトイレがあるらしくそっちへ歩いて行った。チキチキのママの場合とは違い、見たかぎり足もとがふらついたりはしなかった。

テーブルにひとり取り残されて僕はさっきの洗練された疑問文を頭でなぞってみた。津田さん、あたし変わったんですね。あれはつまり、津田さん、去年のあたしとは見違えたでしょう？　とおなじ意味で、ということは去年、この街のどこかで僕は彼女と会ったことがあるわけか？　去年の記憶をざっとたどってみたがそれがどこなのかは思い出せなかった。美声とはほど遠いにしても、そばで聞いているとなぜかそそられてセクハラしたくなるような声の持主と去年いちどでも会ったことを忘れてしまったのか。それとも、いま僕がビールと焼酎ですでに酔いかけているから、去年はなんの印象にも残らなかったもともとなんでもないぼやけた声が今夜だけそそられるように聞き取れるのか。

十分経っても彼女は戻らなかった。チキチキのママも戻らない。岩永くんもキーを返しに現れないし、あっちゃんも起きてこない。煙草もない。灰皿もない。羊羹もない。小皿にだれかの食べ残しのピザはある。自分で水割りを作って飲みつづけるしかない。アイスペールの氷が底をついたのでぬるい水だけで割って飲んだ。これ以上飲まないほうがいいのはわかっていた。これ以上飲んでもここでやめてもこのあと運転すればひとが絶対やってはいけないおこないの飲酒運転になるのもわかっていた。いちおうそう書いておく。それがわからないほど酔ってはいない。警察が行方を追っている偽札をしこたま隠し持っているうえに、さらに警察の世話になるようなおこないに手を染めるのは非常にまずい。罪深さが倍になる。

ぬるい水割りを飲み、トマトの切身に緑の葉っぱが載っていてどっちも萎《しな》びているピザを味見して、じいさんの言うとおり冷えたピザだって焼酎のつまみになるとうなずいているうちに、しかしそれは逆かもしれないとの考えが頭に浮かんだ。いっそのこと警察の世話になるのが早道かもしれない。飲酒運転はまあ別として、偽札の件は、むしろ警察沙汰になって事態が収拾するほうがすっきりするのかもしれない。だいたい偽札事件における僕の罪はなんだ。偽札を隠し持っているといっても自分で印刷したわけではない。偽札の詰まった鞄をどっかからかっぱらってきたわけでもない。たまたま知り合いの遺品として受け取ったら一万円札が三四〇三枚も入っていてびっくりしただけだ。そのうち一枚を床屋で使っただけだ、偽札とは知らずに。ただ全部が全部偽札ともかぎらないので念のため保管しているだけだ。たいした罪はない。あったとしてもないに等しい。警察もそう判断するかもしれない。よくぞ残りの偽札を一枚も使わず取っておいてくれた、あんたは善良な市民として模範をしめした、表彰状ものだとほめてくれるかもしれない。たとえ今夜飲酒運転が見つかったとしてもあの偽札を差し出せば、絶対やってはいけないおこないと市民としての模範と差し引きちゃらで、津田さん？　表彰状はないかわり免許停止もなく、今回はいっさいおとがめなし、ママがあっちで呼んでます、次からは気をつけるんだよみたいな説諭でけりがつくかもしれない。津田さん、あっちでママが呼んでます。

「みなみさん、去年どこで会った？」

「さあどこでしょう。ママが呼んでるんですよ。そろそろあっちゃんも起こさないと」

「去年のいつ頃の話？」

「津田さん、その話はもういいんです。どこでかも、いつ頃かも、あたしだけ憶えていればすむ話だから。ママが軽自動車で送ってほしいと言ってるんですよ。でもそのまえに、岩永さんにマスターの話を聞かせてあげたいから津田さん呼んできてって、あたし頼まれたんですよ」

「みなみさん、言ってることがわかりづらいよ」

「酔っちゃったんですか？　このお店のマスターの話ですよ」

「それが？」

「それがじゃなくて、それを岩永さんに聞かせるんですよ」

「この店のマスターの話を？　僕が岩永くんにするのか？」

「そうですよ」

「なんで」

「なんでかって、それは突然いなくなられて、いまも心配されてるからだと思うんですよ。去年、奥さんと娘さんも一緒に神隠しにあわれたでしょう？　津田さんはお友だちだったんですよね？　行方不明になる前の晩にもふたりで会ってたんですよね？　その話、あっちゃんがママにするのをさっきそばで聞いてたから、ああそれなら岩永さんも聞きたがるだろう、とあたし思いますよ。津田さんも思いませんか？」

「なるほど」

「あっちゃん起こしますね」
あっちゃんが自分で話したがってたからあとで教えてもらうといいわ、とチキチキのママが言ってたのはこのことか。この店と僕との浅からぬ因縁というのはこれか、と腑に落ちた。腑に落ちたとたん酔いが醒《さ》めた。マスターとは幸地秀吉のことに違いなかった。そうかあの幸地秀吉が失踪するまえ経営していた店というのがこのスピンなのだ。あっちゃん、あっちゃんと呼びかける声が隣のボックスから聞こえた。まもなくラジオの深夜放送の音が途切れ、照明のしぼりが緩んであたりが明るくなり、それからいっとき店内は静まり返った。

20

チキチキのママはトイレの便座にすわりこんで気持ちよく舟を漕《こ》いでいるところを従業員に発見されたそうで、どれくらいの時間なのかは知らないが、とにかく熟睡していたのが明らかな、体裁わるげな顔に厚ぼったい瞼をして、カウンターに両腕を休めて僕を待っていた。隣のスツールに岩永くんの姿があった。残り八つは空席で、さっきまでそこにいた客の飲み食いの痕跡はきれいに拭い去られていた。受け皿付きのコーヒーカップがひとつ、広口のビールグラスがひとつ、ふたりのまえに置かれているだけだ。灰皿もない。

　そっちにすわれ、とチキチキのママに顎をしゃくって目まぜされて僕は岩永くんの左隣のスツールに腰をおろした。カウンターの内側にふたり居残っている従業員のうち女性のほうがすぐに寄ってきて、飲み物はなんにするかと訊ねた。

　午前二時半に知らない店に呼び出されて、駆けつけ三杯とかでビールを勧められて、断ったはずがいつのまにか窓際のテーブルにひとり取り残されて焼酎を飲みつづけ、看板の時刻をむかえて店内が明るくなり、こんどはカウンターに呼びつけられて、去年神隠しにあったマスターの話をしろと目で指図される。とくに飲みたいものは思いつかなかった。せめて煙草があれば乗り切れる気がしたので、女性従業員に持ってないか訊ねてみると、いいえ、ときっぱり首を振った。煙草は持ってません。そのとき彼女のむこうでグラスを拭いていた若い男が薄ら笑いをした。ひとを見てものを言え、煙草が吸いたいならまず俺に頼め、という意味の薄ら笑いかと思っておなじ質問をむけてみると、いいえ、と彼もきっぱり首を振った。煙草は持ってないです。どっちのきっぱりも癇にさわる。

「ちょっと訊くけど、この店は禁煙？」

「いいえ」従業員どうし顔を見合わせて男のほうが答えた。

「でもきみは煙草は吸わない」

「はい」

「感心だね」

「いいえ」

「ところでラーメン屋にはたいてい胡椒《こしょう》が置いてあるよね」

「はい？」

「一階の流行ってるラーメン屋、テーブルに胡椒のビンが置いてないかな。あるよね」

「はい」

「ピザ屋にはたいていタバスコが置いてあるしね」

「そうですね」

「じゃあなぜこの店には灰皿がないんだ」

空気を読んで女性従業員が立ち位置を入れ替え、同僚を僕のほうへ押し出した。彼女はそのあとグラス拭きに専念し、男性従業員は岩永くんに視線を投げた。なんすかこの酔っぱらいは？　みたいな視線だった。岩永くんは気づかないふりをした。

「あと普通、こういうとこではラジオの深夜放送は流さないかもしれないね」

「はい」

「はい。それだけ？」

「はい」

「きみいくつ？」

従業員はまた岩永くんのほうを見た。いますぐにも訊きたいことのありそうな目つきだった。なんすかこいつ？　知り合いすか？　切れちゃっていいすか？　岩永くんは助け舟を出さなかった。

「23です」と従業員がしぶしぶ答えた。

「23で、ラジオの深夜放送を流す酒場で働いてて、煙草は吸わない。煙草はもともと吸わないの？」

「いいえ、はたちでやめたんで」

「感心だね」

「いえ」

「はたちのとき面接でマスターに言われたのか」

「はい？」

「うちで働きたいならまず禁煙しろ。浮いた煙草代は文庫本にまわせ。あと選挙にも行け」

「せんきょ？」

「読書家だったからね、彼は」

「それ、だれのことですか」

聞き返したあと、従業員は声に出して岩永くんに助けを求めた。

「チーフ？」

岩永くんは黙ってグラスを傾けてビールを飲んだ。

チキチキのママはコーヒーカップの手前に両手を重ねて、両肘までぺたんとついて、カウンターにもたれかかる姿勢でこっちをうかがっている。この男のおはこがまた始まったと思って聞き耳を立てていたのかもしれない。それとも若い従業員が切れて僕がはったおされるのを見物するつもりでいたのかもしれない。

「去年の二月までここにいたマスターのことを言ってるんだけど」

「だからだれですか、それ」

「体質に合わないからもともと煙草は吸わない、と彼は言ってた」

「チーフ」

「去年二月二十八日の明け方、ドーナツショップでたまたま相席になってね。そのときピーターパンを貸す約束をしたんだ、僕が読み終わったら」

「このひと俺になにが言いたいんですかね？」

「ここはもういいよ」岩永チーフがやっと口をひらいた。「ふたりとも着替えてあがっていい」

おさきに、と小声で挨拶して女性従業員が右手奥へと退がった。男性従業員が訝《いぶか》しげに上司を見て、僕にひと睨みきかせてそのあとを追った。チキチキのママがさっそく注意した。

「若い子らが煙草を持ってないからって、いんねんつけてどうすんのよ。あとなに？灰皿が出してないのも気に入らない？」

「たまたまなんですよ」岩永くんが言い訳した。「今夜は、カウンターに灰皿を出す必要がなかったんです。煙草を吸うお客さんがひとりもいなかったので」

「ひとりも？」

「ええ。たまたまです」

「週末の夜に、酒場で、煙草を吸う客がひとりもいない？」

「しつこいよ、津田ちゃん」

「岩永くん、この店は客も従業員も嫌煙派の人間で固めようとしてるの。それとも、もともと煙草を吸わなかったマスターにみんなで操をたててるの」

「みさおって、あんた、たかが煙草のことで」

「違います。両方とも」岩永チーフが苦笑した。「いまのふたりは、幸地さんの顔も知らないんです。あのあと、ここで働くようになったので」

「あのあと。神隠しのあとか」

「津田ちゃん」

「なんですか」

「あんた、しつこいうえにデリカシーがない」

「さっきから煙草が吸いたくていらいらしてるんだけど、岩永くん、持ってないよね？」

「はい、残念ながら」

「チキチキのママ」

「はいなに」

「いつから禁煙してるんですか」

「その話、本気で聞くなら長くなるわよ。うちのひとが平成十八年の四月に喉頭癌《こうとうがん》で」

「岩永くん、あのあとって、いわゆる神隠し事件のあとだね」

「ええ」

「あのあともここはずっと営業してたんだ？」

「ご覧のとおり、どうにか店は続いてますね。でも、ずっと、と言えるかどうか。あいだにちょっとした、休業期間があったので」

「おなじ名前の店としてあのあとも続いてる、そういうこと？」

「そうですね」

「スピンの経営者は代替わりしたけど？」

「ええまあ。そのへんのいきさつは、込み入ってて」

「津田ちゃん」

「なんですか」

「質問攻めにしてどうすんのよ、病院の問診票じゃあるまいし。ここはあんたが、岩永くんにマスターの話をして聞かせるんでしょ」

「岩永くん、その話なんだけどね」

「ええ」

「じつはもう全部喋った」

「ぜんぶ、というと」

「ドーナツショップで相席した話、さっき喋ったのが全部。ぬまもとからあの晩の出来事がどんなふうに伝わってるのか知らないけど、ひとに聞かせるような話はもうなにもない」

「そうですか。ぬまもとってだれです？」

「あっちゃんのことよ」

「もしそのあっちゃんが、マスターと僕がちょくちょく会ってたように聞こえる言い方をしたのなら、それは彼女の勘違いなんだ。会ってことばをかわしたのは、あの晩一回だけ。ドーナツショップの喫煙席でたまたま相席になって、すこし本の話をした。あとは僕が読んでいたピーターパンに彼が興味を示したので、読み終わったら貸す約束をして、別れた。約束といっても、まあ、次に会う機会があれば、その程度のゆるい約束。わかるよね？　本の話の流れでそういう口約束をした、たぶん別れ際に。彼のほうでは約束したとも思っていないかもしれない。もしかしたら僕の記憶違いで、本を貸すとか借りるとかの話は実際にはなかったのかもしれない。でも確かめようがない。それきり会っていないから」

「そうですか」

「うん。それで全部」

「ドーナツ屋でせっかく相席したのに？」チキチキのママが疑いをはさんで、そのなかに非難をまぜるような言い方をした。「あんたたちは、本の話をしたのね」

それには僕は答えなかった。岩永くんも黙ってビールの残りを飲んだ。読書家のマスターと小説家が出会って本の話をする。不自然な点は見あたらないと思う。

「本の話する以外に芸がなかったの？　小説家が、あくる日には神隠しにあうひととふたりきりでいて」

これにも僕はなにも答えなかった。

「そいで？　芸のない話を最後までして、ピーターパンを貸す約束をして？　別れたのね」

「変ですか」

「ピーターパンて、あの空飛ぶピーターパン？」

「あの空飛ぶピーターパンです」

「話はそれでおしまい？」

「おしまいです」

「ふん」チキチキのママは遠慮なしに鼻を鳴らしてみせた。

「車に置いてあったあの本ですか」と岩永くんが言った。

「うん？」

「すいません。さっき車を動かすときに、シートに置いてあったのが目に止まって」

「ああそうか。そうだよ、あの本だ」

「あの本て、空飛ぶピーターパンの本？」

「空飛ぶピーターパンの本です」

「それをはやく言いなさいよ津田ちゃん、去年マスターと約束した本をいまも大事に取ってあるんだね」

「まあ、そういうことになりますかね。約束って、男どうしの堅い約束とか、そういうんじゃないですよ」

「でもいまも持ってるんだね」

「持ってますよ。いま読み返してるんです」

「あのマスターが読みたがってた本を、いままで大事に取ってあるなんて、泣かせる話じゃないの。どう？　岩永くん」

「ええ」

「津田ちゃん、その話だれにもしてないよね。きっとだれも知らないんだね。警察だって」

「知らないでしょうね。知る値打ちがあるかどうかは別として」

「ほかは？」

「だからほかはないです」

「岩永くん、このひとにほかに訊いておきたいことでもある？」

「いいえもう」

「じゃあまあこんなとこじゃないの？」チキチキのママが話を切り上げにかかった。

「よかったじゃない、本の話ひとつでも聞き出せたんだから。期待はずれは期待はずれだったけど」

「期待はずれは期待はずれ？」と僕。

「ねえ岩永くん、ケンジロウがそれを聞いたら会いたがるだろうね。津田ちゃんが大事に持ってるのは、あのマスターが神隠しにあうまえに、最後に読みたがってた本なんだから」

「ええまあ」と岩永くん。

「いやその言い方は大げさだと思いますけど、ケンジロウ？　ケンジロウてだれです」

「岩永くんの雇い主のことよ」

チキチキのママが言いっぱなしにして後方へ首を捩《ねじ》った。

「みなみさん、あっちゃんは？　起きたの？」

「はい。起きていまトイレに」

「いまの雇い主ってこと？」

岩永くんはちらっと僕を見たが、困惑気味の微笑を浮かべただけで、それ以上の情報は教えてくれない。

いつのまに背後に立っていたのか、みなみさんの例の声が、あっちゃんはいまトイレに入ってもどしていると報告し、そのあとチキチキのママがだれにともなく時刻を訊ね、いま三時五十八分ですとみなみさんが几帳面《きちょうめん》に答えると、「あららもう四時なの？」今夜はおひらきの空気がにわかに漂い、岩永くんが気をきかせて席を立ち、チキチキのママとみなみさんとのあいだで、軽自動車にあっちゃんも加えて三人同乗して僕に送ってもらうさいの降りる順番の検討が始まり、三つの町名が口にのぼって、そのうち一つが僕の現住所と隣町であることがわかり、チキチキのママ↓あっちゃん↓みなみさんの順で送り届けるのが最も効率的だと話し合いがまとまり、結局、僕に会いたがるケンジロウがだれなのかの件はうやむやになった。

21

四人でビルの外に出て、みなみさんと僕はともかくあとふたりは明らかに飲み疲れで、これといった会話もなく歩道にたたずんで夜店公園通りの朝まずめの空気を吸っていると、どこからともなく岩永くんがラパンを運転して現れた。

停車するなりチキチキのママが後部座席のドアを開けて、みなみさん、それからあっちゃん、と乗りこむ順番を復唱する。ふたりが黙々と従い、僕は岩永くんと代わるつもりで降りてくるのを待った。岩永くんは運転席にすわったまま動かなかった。助手席側のドアを開けて様子をうかがうと、乗ってください、とピーターパンの置かれたシートをてのひらで示し、そこへ後ろから、いいから乗んなさい、岩永くんにまかせなさい、と声がかかったので振り返ると、

「だって飲酒運転を気にするんでしょ？」

　とチキチキのママが一本取った顔で言う。「作家のくせに、いちにんまえに」と付け加えるかと思って息をとめて待ってみたが、それは言わなかった。

「岩永くんは気にしないんですか」

「岩永くんはいいのよ」

「どういいんです」

「本人がいいと言ってるからいいのよ」

「いいわけないでしょう、ビールを飲んでたのに」

「いいんですよ」運転席の岩永くんが言った。そしてたぶんこの界隈で通用している冗談だと思うのだがこう続けた。「僕が飲んだのはビールじゃなくてジンジャーエールです」

「ほら。黙って乗んなさい。シートベルトも締めなさい」

　チキチキのママが独り笑いして、後部座席の左端に尻を割りこませてドアを閉めた。隣のあっちゃんも右端のみなみさんも窮屈な姿勢でむっつりして、僕とは目を合わせないまま、はやく乗れよ、みたいな念を発している。僕が助手席に乗れば四人乗りの軽自動車に五人乗車することになり、さらに罰則が増えるとは思ったが、それをチキチキのママに伝えればまた、なにを言い返されるかわからないのでもう黙ることにして、シートに腰をおろしてドアを閉めてピーターパンは膝のうえに載せた。じゃあ最初にママから送りますね、と宣言して岩永くんがラパンを発進させた。

チキチキのママは地元商店街の、といっても市の中心部のアーケードとは別のこぢんまりした商店街の一角にある三階建てビルに住居をかまえていて、その三階に妹と二人暮らしだそうで、一階が饅頭屋《まんじゅうや》の古ぼけたビルの真ん前でラパンを降りて、ざっと手を振って挨拶に代えて、あとは振り返りもせず通りに面した急傾斜の階段をのぼって消えた。

沼本店員の実家はそこからUターンしていったん繁華街のほうへ戻り、大通りを越えて、住宅街に入って平地から徐々に勾配のついた坂道を右へ左へ鋭くカーブしながら登りつめた行き止まりにあり、実際タクシーに乗ったときには町名に「坂のゆきどまり」とひとこと添えればそこまで運んでくれるそうで、ちょっと手前の切り返し可能な地点でラパンを降りると残りの距離をとぼとぼ歩き、やはりいちども振り返ることなく突き当たりの石壁に沿って右上がりに設けられた段々を難儀そうに踏みしめて姿を消した。そのときによくよく見たのだが、沼本店員はサンダル履きで、ショートパンツに半袖シャツに肩からナイロンバッグを提げたどう見ても海水浴向きの恰好だった。おろした髪の長さは肩甲骨のもっと下まであった。あの恰好でAKB祭りをやっているのかと思ってみなみさんに話しかけてみると、そうではなくてチキチキには店で働くときの制服があるとの返事だった。ではみなみさんの着ているレモン色のスーツに首もとのスカーフが制服かといえばそれも違うそうで、制服のデザインの詳細については、時刻はもう四時半をまわり僕もいささか疲れていたし、深く掘りさげることはしなかった。疲れているのはおそらくみなみさんもおなじで、最後の制服の質問に長い間が空いたので、後ろを見るといちいち答えるのも億劫《おっくう》そうに頭から窓に寄りかかっていた。

そのみなみさんは僕の居候先の隣町の、隣町といっても走れば五分とかからない距離にあるセブンイレブンの真向かいに建つ「レディースマンション」に住んでいた。名前からして入居者が女性に限られているマンションらしかった。何階に部屋があるかはこちらが質問しないので教えてくれなかった。その建物の玄関前で丁寧に礼を述べて降りると、ラパンがUターンして走り去るまでその場に立ちつづけ、しつこく手を振ってみせた。あるいは直後玄関には入らずセブンイレブンのほうへ通りを渡る用事でもあったのかもしれない。時刻は五時に近づき暁の空は徐々に白みはじめていた。

「知ってたら教えてほしいんだけど」岩永くんとふたりになって僕はすぐに訊いた。

「あのみなみさん、まえはどこにいたのかな」

「まえ、というと？」

「去年チキチキで働きだすまえ」

「さあ」岩永くんは前方を見据えて答えた。「チキチキのママに訊けばわかるんじゃないですかね。訊いておきましょうか、こんど」

「いや知らないならいいんだ」

ラパンが交叉点《こうさてん》の信号につかまり、岩永くんが所在なげに顎の無精髭を擦り、僕は煙草をつけて助手席側の窓をおろした。ことばが途切れたまま時間が過ぎた。その交叉点を直進して、ひとつ角を曲がれば居候先のマンションはもうすぐそこだった。

「岩永くん、このあとどうするの」

「いちど店に戻ります」

「どうやって」

「タクシーで」

「すまなかったね。遅くなったわりに、期待はずれの話しかできなくて」

「ドーナツショップの件ですか」岩永くんはラパンを走らせた。「気にしないでください。今夜の津田さんの話、あれは僕よりもむしろチキチキのママのほうが聞きたがってたんですよ」

「そうなの？　もうひとつ先の角を左へ」

「ええ。なにしろ小説書いて飯食ってた人間の話だから、つまらないことでも誇張して面白く聞かせる芸があるはずだ、とかで、津田さんがみえるまえから興味津々で」

「悪かったよ無芸で」

「言ったのはチキチキのママですよ」

岩永くんが横目でこちらを気遣った。

「わかってる」

「幸地さんと約束してた本の話」彼はさらに気を遣った。「チキチキのママは気に入ったみたいじゃないですか」

「きみはどうなの。最初から、僕の話に興味がなかった？」

「いやそんなことないですよ。ただ、僕はもともと、幸地さんとは雇い主と従業員の関係でしかなかったので」

「そう」

「幸地さんがいなくなってから、あのひとの私生活に関心を持ってみても、いまさらはじまらない気がするし。それに、たとえばの話ですけど」

「うん」

「もし今夜、津田さんの口から芸のある話が聞けたとしても、それは去年の出来事でしょう。もう遅すぎませんか。去年の二月二十八日にドーナツショップでなにがあったからって、現実はすこしも動きませんよね。小説家の芸で、幸地さんや奥さんの居場所がつかめるわけでもないでしょうし」

もっともな意見なので、僕としてはそれで踏ん切りがついた。場合によっては岩永くんにぶつけてみたいと思っていたふたつの疑問はふたつとも胸の内にしまっておくことにした。一、茜という名のひとり娘が幸地秀吉の実子ではないことをきみは知っていたか。二、幸地夫妻に今後、幸地秀吉の実子としてふたりめの子供ができる可能性はなかったという事実に思いあたるふしはあるか。

「じゃあ今夜の話は」と僕は言った。「岩永くんからじゃなくて、きっとチキチキのママからいまの雇い主に伝わるんだろうね」

岩永くんは左へ方向指示器を出した。左折を終えてからも質問には答えなかった。

煙草を消して、灰皿を押し込んで、僕は膝のうえのピーターパンを手にした。

「この本のことが伝わったら、きみの雇い主はほんとに僕に会いたがると思う？」

「どうですかね、それは」と岩永くんが答えた。左折するまえとあとの質問両方への曖昧な答えになっていた。

「どっちにしても、チキチキのママはきみの雇い主とは名前で呼び合う仲なんだね？ああそこの駐禁の標識、そのあたりで停めてくれていい」

「あれはたぶん冗談ですよ。このマンションですか？　駐車場に入れましょうか」

「いやあとは自分でやるから。冗談て？」

「最後までやらせてください」岩永くんは聞かなかった。「津田さんが自分でやると飲酒運転になりますよ」

　これもたぶん冗談だろうが笑うほどではない。岩永くんはリバースギアで器用にラパンを後退させ、建物脇のフェンスで仕切られた駐車場内まで乗り入れた。

「うん、ここでいい」マンション前の通りと垂直に向き合う位置にラパンが停車した。

「冗談て？」

　岩永くんは腕時計に目をやって答えた。

「そもそも名前を呼び捨てにできるような相手じゃないんです」

「だれが」

「いまの雇い主ですよ。もしかしたら昔、そのへんの悪ガキだった頃でもあのママは見てるのかもしれないけど、それにしてもケンジロウなんて。本人がそばにいたら冷や汗もんですよ。倉田さんが客としてチキチキに出入りしてるなんて噂も聞いたことないし、だからたぶん冗談です。会いたがるとかいう話も、適当に聞き流したほうがいいです」

「雇い主の名字が倉田？」

「そうです」

「倉田ケンジロウ？」

「ええ」岩永くんはシートベルトのバックルに手をかけた。「どこかで聞きおぼえありますか」

「いや初めて聞く名前だ」

「そうですか」シートベルト解除ののち岩永くんはフロントガラスの手前に置いていた携帯をつかんだ。

「岩永くん、質問ばかりして申し訳ないけど」

「ええ」

そのとき僕のポケットで携帯が鳴った。着信音でメールだとわかった。岩永くんは自分の携帯でここまでタクシーを呼びつけるつもりなのだろう。夜店公園通りで毎晩呼び慣れたタクシーを。リダイヤルキーを彼が押すまえに僕は話しかけた。

「きみの雇い主は何者?」

「なにもの、ですか」岩永くんは片手に携帯を握って親指を立ててしばしためらった。

「前の雇い主の幸地さんとはどんな関係なの」

「幸地さんとは、ひとことで言うなら、親しい友人でしょうね。いま鳴ったのメールじゃないですか?」

「親しいってどの程度」

「僕も詳しくは知らないんですよ。でも、たぶんいちばん親しかったんじゃないかな。

ああそうか、そういえばそうか」

のこと」

「なに」

「幸地さんは、ときどき、ケンジロウって呼び捨てにしたような気がする。倉田さんのこと」

「スピンに飲みに来ることもあったの」

「それはもちろん。いまメールが届きませんでした？」

「で、神隠しのあと、彼が親友の店を引き継いだのか」

「まあそういうことですね」

「いったいどういう経緯で」

「津田さん」岩永くんが携帯から顔をあげてこちらを見た。「僕も詳しいことは知らないんですよ。メールほっといていいんですか」

「だって給料を貰ってるんだろう」

「給料は貰ってても、詳しい事情はほんとに知らないんです。幸地さんがいなくなったあと、しばらくして店の仕切りをまかされただけで」

「岩永くん。ひょっとしてきみの雇い主は、本通り裏の住人か？」

「なんですか本通り裏の住人て」

「ニュアンスは汲み取れるだろ」

岩永くんはフロントガラス越しに前の道へ視線を流して、いったんため息をついた。

「まあ言えてるかな。本通りの表か裏かどっちかなら、裏のひとですかね。でもいまは雇い主ですからね」

それから携帯に目を戻してリダイヤルキーを押した。

「雇い主といっても、去年から店に現れたこともないし、正直、幸地さんのあの事件のあと、僕は一度も口をきいた記憶がないですけど。たまに様子を覗きに来るのも別のひとだし」

「本通り裏から」

「ええまあ」電話がタクシー会社につながり、岩永くんがいまいる場所を説明し、到着までどのくらいかかるかの確認を取った。それが終わると彼は携帯を黒ズボンのポケットにしまった。

「五六分かかるそうです」

「もうちょっとだけいいかな」

「質問ですか」岩永くんは腹のまえで両手の指を組み合わせ、ヘッドレストに後頭部をつけた。

「LOLってなんのことかわかる？」

「わかりませんね。なんのことですか」

「いや意味はどうでもいいんだけど、ことばにアルファベットをまぜて喋る若者を知らないかと思って」

「知りませんね」

「本通り裏の人間と、幸地さんはいつどこで出会って親友になったんだろう。それは知ってる？」

「知りません」

「たとえばゴルフ仲間とかさ。おたがい読んだ本を貸し借りしてたとか」

「ゴルフはやらないですね、ふたりとも。あの倉田さんが本を読んでるとこもちょっと想像しにくい」

「じゃあふたりでなにをやってたの」

「さあ」

「スピンに飲みに来てたんだろ？　ふたりが一緒にいるところを、きみは何回も見てるんだろ？」

「もうちょっとだけって言いましたよね？」岩永くんが揚げ足を取った。「チキチキのママじゃないけど、まるで病院の問診票ですよ。ひとつくらい僕にも質問させてくださいよ」

「なにが訊きたいの」

「その本のこと」

「これ？」僕は手もとに目をやった。

「ページのあいだにお札がはさんであるでしょう。なにか意味でもあるんですか。本を読む習慣がないからわからないけど、普通にそういうことやるんですか」

「ああこれ」僕は本からはみ出ている千円札に指で触れた。「これは栞のつもり。本についてる紐の栞を使うのがいちいち面倒くさくて」

それにもともと古本屋で買った裸本だから、幸地秀吉がよくやっていたように単行本のカバーの折り返し部分を読みかけのページに挟みこんで栞代わりにすることもできない、という続きを用意していると、

「あと二万円は？」

と岩永くんが先を急いだ。

千円札の栞のページをひらくとそこに確かにあと二万円挟まっていた。

そうか、そういうことか、夜店公園通りのビルの前からラパンを移動させるとき「シートに置いてあったのが目に止まって」と岩永くんは言っていたが、あれは目に止まっただけじゃなくて本を手に取ってページをめくってみたという意味までふくまれていたのか、スピンのカウンターで話すときに岩永くんはそこをはしょっていたのかと納得がいった。この二万円は給料日までの約束で貸していたのを、内藤洋子と司葉子のふたりが律儀に事務所の駐車場の暗がりで待ち構えていて、ラパンの窓越しに

マルボロライトを一箱おまけにつけて返してくれて、そのあとヤマダ電機のアイロン台の使い勝手や次回のクリーンセンター行きの予定に話題が移ったので、降りて少し立ち話をするためとりあえず煙草はダッシュボードに置き二万円はピーターパンにはさんでおいたのだ。それから彼女たちと別れて事務所にあがって社長から給料を受け取るうちそのことを忘れていたのだ。

「たまたまだよ。この二万円は、特に意味はない。財布を持ってないから、こういうずぼらをよくやる」

と答えて、答えたからには二万円はいま取り出して二つ折りにしてポケットにしまうべきだろう、そうでないと要らぬ誤解をまねく怖れもあるし、自分でもまた忘れてしまうかもしれないと頭では思いつつ挟んだまま本を閉じた。閉じた瞬間、この岩永くんとのやりとりに強い既視感をおぼえた。

「ならいいんです。最初に見たとき、なんだか意味ありげに見えたもので」

「いや意味もなにもない。たまたま今夜、ひとに貸してた金が戻ってきたんだ」

「そうですか」岩永くんは気のない相槌を打って、先へ進んだ。その相槌にも既視感がある。要は、ひとに貸してた金が戻ってきたといういまの自分の台詞が初めてではない。

「津田さん、知ってますか」岩永くんが次の質問をした。「魚を煮るときは強火でやったほうが煮くずれしないって話、聞いたことありますか」

「なんの話?」

「煮魚の調理法ですよ。弱火で手加減するとかえって身がくずれるんだそうです。だから強火が正解。強火でがんがん煮て煮くずれを防ぐ。あのふたりが、いつだったかそんなこと喋ってたんです、スピンのカウンターで。いまふと思い出したんですけど」

「それは、なにかのたとえ話?」

「かもしれませんね。意味ありげですよね、男がふたりで煮魚談義なんて。あと鳩を三羽飛ばすとか、庭に飛んできたとか、まじめな顔で喋ってるのを聞いたこともあるし。はたで聞いてても理解しにくいことを喋るひとなんですよ」

「どっちが」

「倉田さんがです」

「鳩を三羽飛ばす」

「ええ」

「伝書鳩か」

「知りません。さっきのいつどこで出会ったかの話ですけど、相当長いつきあいなのは間違いないです。幸地さんにはその喋り方で通じてたわけだから。ずっと昔、景気が良かった時代には、ふたりで組んで外車のディーラーやってたって噂もあるし。もしかしたら僕が知らないだけで、あの倉田さんもひとりのときは読書にいそしんでるのかもしれない、幸地さんに推薦された本とかを」

「外車って？　ベンツとかああいう車？」

「いわくつきのベンツとかそういう車でしょうね。想像ですけど。ああでも、幸地さんが自分でそういう車に乗ってたって意味じゃないですよ」

「知ってるよ。彼は飲酒運転はしなかっただろう？　店の帰りはいつもタクシーに乗った」

「ええ。ベンツに乗ってるのはもっぱら奥さんのほうで。幸地さんが運転してるとこは僕も見なかったですね。でも聞いた話だと、娘さんが生まれたばかりの頃は、幸地さんも」

岩永くんがヘッドレストから頭をずらして僕を見た。

「どうかしました？」

「いや。奥さんはベンツを運転してたの」

「ええ。ベンツのワゴンですけどね。しょっちゅう運転してたと思いますよ、娘さんを乗せて」

「車体の色は」

「車体の色？　黒じゃないですか？　紺だったかな。それがどうかしたんですか」

「いやどうもしないけど」

「だったらなぜ車体の色を気にするんです」

「なぜかな」僕は答えに迷った。「奥さんと娘さんが乗ってたベンツのワゴン車を、具体的にイメージするため？」

「津田さん」岩永くんが座席から身体を起こした。「そもそもどっちだっていいだろう？ みたいな小さな問題にこだわってみせますよね。癖ですか」

「癖だろうね」

「そういうとこ、理解しにくいですよ。倉田さんに負けず劣らずっていうか。こんな時間に携帯にメールが届いても気にしないでほっとけるひとが、他人の、ベンツの車体の色？」

言われてジーンズのポケットから携帯を取り出してメールをひらいてみた。時間が時間で、だいいちアドレスを知っている人間も数はいないし、メールを送りつけた相手もその内容もおおよそ想像がついていた。見ると想像どおりで、文面は一行きりだった。

一万円まだ返して貰ってないよね!?

いまはそんなことはどっちだっていいと僕は思い、携帯を閉じてポケットに戻した。それから煙草を口にくわえて火をつけて、しばし瞑想にふけった。

物語の展開上、ここで重要なのはさっきから頭のまわりに付かず離れず寄り添って来ている既視感のほうだ。それは去年の二月二十八日夜の出来事に違いなかった。ハンバーガーショップで房州老人と会って部屋探しを請け合い、直後にふたり組の男にからまれて、憩いの広場で土を食わされ左目に青痣を作られたそのもっとさき、夜九時半以降の出来事に違いなかった。あの雪の夜にも、当時はラパンではなくキューブに乗っていたわけだが、車の助手席にはいまとおなじくピーターパンの古本を載せてあった。いまとおなじく千円札を栞にして、いまとおなじく貸していたのが戻ってきたばかりの一万円札を挟んで。その借金を返してくれたのは高峰秀子だった。昨年三月までは女優倶楽部でコンパニオンとして働いていて、社長に言わせればなんの断りもなく姿を消してしまった高峰秀子。二月二十八日のあの晩、九時半に神楽坂に行って高峰秀子を拾えと事務所から指示があった。で、左目を腫らした僕は憩いの広場からそっちへ向かった。房州老人をキューブに同乗させて。貸した金を返して貰ったのは神楽坂に着いてまもなくか、もしくはもっと時間が経ってからか。どっちにしてもあの晩のことなのだ。

隣の岩永くんにかまわず、高峰秀子にまつわるあの晩の出来事を僕は思い出した。一場面一場面、早回しに時間を追って、どっちでもいいことまで含めて事実を拾いあげ、物語に組みこめるくらいに頭のなかで整理した。そして煙草を一本吸うあいだに、昨年二月二十八日つまり約一年と三ヶ月前にあった出来事を、既視感の全体像としておおまかにとらえることができた。少し離れたところから一枚の絵を眺めるように。だからこれから時間を巻き戻す。去年のあの雪の晩まで戻って、九時半以降に起きたこと、会った人物のことを語りたいと思う。

でもその前に、隣の岩永くんを放置しておくわけにいかない。

僕が沼本店員からのメールを読んだあと岩永くんがなにか喋ったがほとんど耳に入らなかった。我に返ってみると、開いた窓から軽やかな舌打ちに似た雀《すずめ》の声が伝わってきた。夜はもうすっかり明けきり、フロントガラス越しに見える通りにタクシーが停まり紺と白に塗り分けられた車体が朝日に光っていた。あれに乗って店に戻りますけど、と岩永くんが言った。

「ほかに質問はありませんか」

それは岩永くんなりの冗談のつもりなのかもしれなかった。僕ははんぶん上の空で笑顔を向け、ひとつだけ訊ねてみた。

「今夜きみが飲んでたのはビールだよね？」

すると岩永くんは眠気をはらうように頭をごしごし掻いてから、またしてもどこが面白いのかわからない冗談で答えた。

「いいえジンジャーエールです」

二月二十八日・夜・九時半以降

憩いの広場から神楽坂へむかう車中。

まず慎改美弥子に電話をかけた。

いまとなっては絶対あり得ないことだが、コール音が一回鳴り終わらないうち彼女はその電話に出た。しかも開口一番、持ち前の太い声を弾ませて、たったいま津田さんから電話がかかってきそうな予感がしてたの、と可愛げのあるとこを披露した。

「ちょっと会って話せないか」

「え？　なに？　よく聞こえない」

「会いたいんだ、いまから」

「あたしも」

「いまどこだ。出てこれるか」

「え？」とまた彼女が聞き返した。

つづいて椅子をきしらせる音がしたので、不動産屋のオフィスで残業中だと想像できた。繁華街の片隅に建つビルの一階。ほかの社員たちは早々に帰宅。ひっそり静まったオフィス。窓の外は雪。

「会うのはいいけど。でも今夜は、あんまり遅くまでは無理。十一時まで。ベビーシッターには十時半に帰るって言ってあるし。いまどこからかけてるの?」

「車のなか。じゃあ十分後にどこかで会おう。場所を決めてくれ」

「え? なんて言ったの? どのへん?」

「車で移動中。じつは部屋探しの相談に乗ってもらいたいんだ」

「ねえ、ぼそぼそ喋るからよく聞き取れない。どこで喋ってるの。だれかそばにいるの?」

そう言われて助手席を横目に見た。チロルハットの老人は無言。片手に抱えているのは古本のピーターパン。

「いま、はきはき喋ると口が痛むんだよ、いてっ」

「どうしたの。口内炎?」

「口内炎ならまだいいけどさ」

「口内炎が移らないならいいけどさ? そう言ったの? 口内炎が移らないようにしたいの? そんなの簡単よ、今夜、そのお口で悪いことさえしなければいいのよ。あら、いやだあたし、なに喋ってるのかしら。でもどうして口内炎なんかにかかるの、煙草の吸いすぎじゃない？」

「な？　僕がそっちへ行こうか」

「え？　なに？」

「十分後に、僕がそっちに行っていいか？」

「そっちって、ここのこと？」

「うん」

「だめよ。いつだれがふらっと覗きにくるかわからないのに。油断できない。真珠美ちゃんに見られでもしたら、どう言い訳するの」

「彼女は風呂に入ってもう寝てるよ」

「え？」

「真珠美ちゃんは早寝早起きだ、僕たちと違って」

「ああ、真珠美ちゃんはそうね、もちろん根はいい子よ。面倒くさいのは、根性悪の兄貴のほう。しょっちゅうじゃないけど、こっちが忘れた頃に、酔っぱらって泣き落としに来たりするから」

「別居中の旦那のことか」

「え？」

「わかったよ。場所を決めてくれ」

ホテル神楽坂に到着。正面玄関にキューブを停めてみたが、近くに高峰秀子の姿は見えなかった。高峰秀子だけではなく人影がひとつもなかった。外は降りしきる雪。助手席の老人は沈黙。事務所に電話をかけてみると、知らない女の子が出て、要領を得ない。

「はいお電話ありがとうございます。こちらは女優倶楽部です。コンパニオンのご指名ですね？」

「社長は？」

「いや僕は客じゃない。ドライバーの津田」

「なんですか？　すいません、声が聞こえにくいんですけど」

「あのね、こないだからパートでドライバーやってる津田、そういえばわかる。社長は？」

「えっ？　こないだからどこで？　ドライバー売ってるかわかるか？　なにそれ」

「だれかほかにいないの、そこに」

「コンパニオンはいま千景さんと、三千代さんと、それにあたしいれて三名ですね」

「秀子さんか、ルリ子さんは？」

「ああ稲子さん？」

「いや秀子さんかルリ子さん」

「ルリ子さん指名ですか？　ルリ子さんならあと一時間くらいしないと空きませんよ。いますぐだと、千景さんと、三千代さんと、それにあたしで三名ですね。あたしは真由美です」

「わかったもういい」

「あたしですか？」

「いやまたこんどにする」

　はじめから社長個人の携帯に電話するべきだった。後悔しながら着信履歴を拾っているところへ慎改美弥子から電話がかかった。

「この雪で早じまいなんだって」

「うん？」

「さっき決めたお店」

「そうか。いま車？」

「車じゃない、まだ会社。出るの十時頃になるし、なるべく近くのほうがいいかも。傘さして歩いていく」

「じゃあドーナツ屋だな。こっちも五分で着く」

「え？　どこ？　ああごめん、キャッチ入ったから待って」

待つあいだに携帯を握った左手の痛みに気づいた。

てのひらの小指側のふくらみの辺がずきずきする。憩いの広場で前のめりにこけたときの、かばい手の後遺症に違いなかった。後遺症はひとつ気づくと、また次がやってきた。反対側の右のてのひらの親指付近の痛み。左肘の痛み。左腕の付け根から肩にかけての痛み。左の膝小僧の外側の痛み。それに加えて、若いごろつきに靴底で踏みつけられて土を食ったあげくパンチをかまされた結果としての、唇と歯と口内の不快感、左目の痺れ、および腫れ。このままなんの処置もしないでいると明日は目も当てられない状態になるかもしれない。どこかあいてる薬局で痛み止めなり湿布なり手に入れたほうがいいかもしれない。

苛々《いらいら》しながら神楽坂の玄関ドアを見守ったが高峰秀子は現れない。慎改美弥子の声も戻ってこない。フロントガラスのさきは依然降りしきる雪。ワイパーのスイッチを入れる。助手席は完全沈黙。気晴らしになにか話の種はないか。

「淡島千景、新珠三千代、有馬稲子。なあ、じいさん」

房州老人が振り向いて、僕の左目を見た。

「往年の女優、知ってるだろ」

「ああ」

「下の名前が真由美といえば、だれだっけ」

「小川。小川真由美」

「ああそうか、小川真由美がいたな。声に深みのある女優だ」

「深み？　暑苦しい声だ、鼻にかかった」

「そうか？　色気のあるいい声だと思ったけど」

返事はない。会話はそこで行き止まり。

いくら待っても慎改美弥子の声は戻ってこない。高峰秀子も現れない。いったん電話を切って、社長にかけて様子を訊ねることに決めた。着信履歴から番号を拾い直しているると携帯が鳴り出した。

電話は社長本人からだった。

「津田さん、いまどこなんだよ」

「神楽坂。そっちは」

「あ？　ちゃんと喋ってくれよ、飴《あめ》でもしゃぶってるのか」

「か・ぐ・ら・ざ・か、いてっ。言われたとおり高峰秀子を迎えに来たんだけど」

「秀子ならいまごろアカプルコだ。津田さんと連絡つかないから自分でタクシー呼ぶって、さっき連絡が入った」

「ああそう。それは、悪いことしたね」

「この雪のおかげで余計な時間食って、いま事務所のほうもてんてこまいなんだ。梶は遠距離で出てるし、俺はルリ子送っていま海岸のほう走ってる。津田さん、そこから一回事務所に戻って、タイヤにチェーン巻いて、丘の上まで登ってくれないか」

「タイヤにチェーン巻いて丘の上？」

「よく聞こえない」

「丘の上のどこ」

「丘の上ホテル。いやホテル・トップヒルか。どっちでもいい。とにかくそこで、まりこってコンパニオンが迎えを待ってるから」

「まりこ。まりこといえば、だれだっけ」

「え？」

「岡田茉莉子」と助手席から声がした。

「ああそうか。岡田茉莉子ね」

「津田さん」

「わかったわかった」

「頼んだよ。真面目に働いてくれよ、日当ぶん」

事務所に戻るまえ繁華街の中心部へキューブを向けた。

途中で慎改美弥子から再度電話がかかった。

「ごめんなさい、ベビーシッターがお天気の心配してて」

「まだ会社？」

「いまから出るとこ。どこに行けばいいの？」

「アーケードの手前のドーナツ屋。こっちはもうそばまで来てる」

「え？　ああ、もう、またキャッチが入った。このまま待って」

待たずに電話を切り、キューブを路上駐車して、後ろの座席からキャリーバッグを降ろした。ドーナツショップまで房州老人に連れ添って歩く。10メートルほどの距離を歩いただけで頭から雪まみれ。終夜営業のドーナツショップはざっと見渡すと満員の盛況。沼本店員を呼んでもらい、房州老人の案内を頼んだ。奥の「TOILET」そばの喫煙席へ。

「どうせ空いてるんだろ？」

「空いてるけど」

「じゃあ頼む。すぐあとから、もうひとり来るから。なんだよ？」

「ひどいね、その左目。鰐《わに》みたい」

「消毒液あるか？　あるわけないよな、いや答えなくていい、電話だ」

慎改美弥子から三度目がかかった。

「もしもし？　いまどこ歩いてる」

携帯を耳にあてたままキューブまで急ぎ足で戻った。

片手でハンドルを操って夜店公園通りに進入後、まもなく傘をさしているトレンチコート姿を発見。路肩に寄せて停車すると助手席側のドアが開き、傘をたたんで腰をかがめて乗り込もうとした慎改美弥子が、僕の左目の変形に気づいて、ぴたり動きをとめる。外はなお降りしきる雪。

「鰐みたいだろ」と僕。

「なにみたい？」慎改美弥子は首をかしげる。「どうしたのその顔」

「話はあとで。早く乗って。いまちょっと急いでるんだ」

彼女は素直に言うことを聞いた。助手席に置いてあった古本のピーターパンを手にして膝のうえに。たたんだ雨傘は窓際に。

「あたしのほうも、あんまり時間がなくて」

「わかってる。十一時が門限だろ」

「それがさっきベビーシッターから電話で、どうしても十時半までしか子供たちを見られないって言われたのよ。テレビが大雪の注意報流してるらしくて、遅くなると車で帰れなくなるって、そわそわしてる。だからせいぜいあと、三十分くらい？」

「わかった。じゃあ手短かに。じつはきみに頼み事がある。僕の友人のお年寄りが住

む部屋を探してる。でもひとりじゃ見つけられなくて困ってる。だから相談に乗って
やってほしい。本人の要望を聞いて、最適の物件を世話してくれ。気の短いじいさん
だから、できれば今夜中に」
　慎改美弥子はしばし黙った。よく聞き取れなかったのかもしれない。後方からクラ
クションが鳴らされる。邪険に二度鳴らされてキューブを出すしかない。前方に三台、
車体の左半分を歩道に乗りあげた恰好で駐車中の車。
「気をつけてよ」慎改美弥子が警告する。「こすったら怖いことになりそうな車だか
ら」
　確かにその手の車種に見えた。こすっても頭をさげて弁償だけではすまされない。
きっと車の持主が許してくれない。すれすれに横を通り抜けたところで、さっきの慎
改美弥子の台詞を聞き咎めた。
「子供たちって？　敏之輔くんだけじゃないのか」
「うん。今夜は幼稚園のお友達も一緒。でもさっきその子のママから電話があって。
それはいいけど、あたしに部屋探しを頼みたかったの？　そういう話ならそういう話
って最初に言ってくれればいいのに」
「言ったつもりだけど」
「電話じゃなに喋ってるかわからなかったもの。今夜じゅうに、なんて、いま言われ

ても無理よ。無理だってわかるでしょ？　それよりその顔、どうしたの」

「二人組のごろつきと雪合戦やったんだ、憩いの広場で」

「え？」

「無理ってことはないだろ。街いちばんの不動産屋だろ？　専務取締役なんだろ？　きみならできるさ」

「それは明日なら、できないことはないけど」

「住む家が見つかるって、今夜じゅうに保証があれば、じいさんは安心するんだよ。僕はこれから回るとこがあるけど、三十分以内に戻ってくるから、それまで話を聞いてやってくれ。な？」

「そのおじいさんてだれなの」

「古本屋やってるじいさんだ。いつか話した房州書店」

「津田伸一の昔の本を売ってるひと？」

「そのひとだ。きみがいま読んでる本も売ってくれた。な？　僕の昔の本を売ってくれる本屋はもう房州書店しかない。そこのあるじが、住む家がないから旅に出るなんて言ってるんだ」

「それは一大事ね」

「だからいまから本人と会って、旅は思いとどまるように言え。候補の物件並べ立てて、さすが不動産屋だ、なんといっても餅は餅屋だってとこを見せてやれ。なんだよ？」

「頭になんかついてる」

慎改美弥子の指が僕の髪に触れ、枯れ芝の切れ端をつまみ取った。

「唇の傷も水で洗うか、消毒したほうがいい」

「さ、ここで降りろ」

「うそ。ここで降りて、あたしはどこに行くのよ」

「あそこに看板見えるだろ。朝までやってるドーナツ屋」

「だって初対面のおじいさんなのに」

「キャリーバッグ持ってるからすぐにわかる」


丘を登るため女優倶楽部の事務所に立ち寄った。

洗面所を使わせてもらい、ざっと顔の泥を洗い落として痛む口をゆすいだところでポケットの携帯が鳴った。鏡に近づいてダメージの程度を見ているあいだに鳴り止んだ。

なるほど左目の目尻からまぶたが腫れあがり紫に変色して鰐目になっている。唇の端には擦り傷がありうっすら血が滲んでいる。両手を開いて点検すると、右のてのひらの親指側のふくらんだ部分に空豆大の内出血の痕が出ている。そこから手首にかけて脈打つように痛みが感じ取れる。じっと立っていると、忘れていた左腕の痛みも意識される。左肘の外側、左肩の周辺。

洗面所のドアの隙間から、臨時の電話番を務めていたとおぼしき女の子が顔をのぞかせた。僕をこう呼んだ。

「パートさん」

「うん？」

「社長が、電話に出てほしいって」

「小川くん」僕は呼び返した。「消毒液的なものなにか持ってないか？」

「なにそれ」

「ああ消毒液的って言い方はないな。自分で言っといてなんだけど舌嚙みそうだよね。的はいらない、消毒液だ、ほらオキシドールとか赤チンとかさ」

「なに言ってるか意味不明なんだけど」

「タオル貸してくれないか」

「タオルはそこ」

「いやこれは、トイレから出たひとが手を拭くタオルだよね」

返事がない。仕方ないので洗面台の横で腰をまげて、タオル掛けにぶらさがったそそけたタオルに顔をあてて気持ち水気を拭き取ってから、事務所の電話に出た。

「なんだよ、まだそこにいたのか。チェーンは巻き終わったか？」

「いやちょっと、いろいろあって手間取ってる。ところでタイヤに巻くチェーンはどこから持ってくればいい？」

「津田さん、予定変更だ。そこにいる真由美を乗せていまからアカプルコに行ってくれ。いいな？」

「いいけど。丘の上の茉莉子はどうするの」

「とりあえず、ほっといていい。おれが戻ってからなんとかする。問題はアカプルコだ、行ったはずの秀子が着いてないらしいんだ」

「ああそう？」

「ああそう？　じゃないよ。津田さん、秀子からなにか言ってこないか？」

「いやなにも」

「電話してもつながらないし、まったくなにやってるんだあいつ。とにかくアカプルコの客がしびれ切らしてるから、いますぐ真由美を運んでくれ。あとのことはそれからだ」


言われたとおりアカプルコへ小川真由美を送り届けた。

事務所の駐車場で隣に乗ってきてホテルで降りていくまで、彼女はひとことも喋らなかった。

キューブに乗るさい、助手席の邪魔なピーターパンを自分の手でダッシュボードに移したが表紙には目もくれなかった。栞に挟んである千円札に気づいたかどうかも怪しかった。僕の鍔目にも無関心を貫き通した。走行中、右を向けばその話題に触れないわけにもいかなくなるのを怖れてか、顔をそむけて窓の外の降る雪を眺めていた。このパートさんとは二回喋って二回とも意味不明のことばを聞かされたし、これ以上相手にならないのが身のためだと見切ったに違いなかった。

運転席の僕のほうは、あいてる薬局があれば駆け込むつもりで左右に目を配っていたのだが、アカプルコまでの通り道には一軒も見つからなかった。

アカプルコから、社長の指示を待たず繁華街の方角へハンドルを切り、房州老人の様子見に走った。

おなじく通り道に薬局は見つけられない。二回目の路上駐車。ドーナツショップまで雪に降られ、自動ドアの前に敷いてある泥落としマットの上で雪を払い、入店して一息ついたとたん携帯が鳴った。それが高峰秀子からの電話だった。

「さっきはごめん、迎えが遅れて」

喫煙席めざして歩きながら最初に謝った。そして当然こう続けた。

「ところで社長が探してた。いまどこ？」

すると高峰秀子はこの質問をとばして、津田さんにお願いを聞いてほしい、と切り出した、早のみこみして僕はこう答えた。

「いいよ、お金のことなら。今夜じゃなくても」

「ううん三万円は今夜返せる。もう用意してある。そのお金を渡すから、うちまで来てもらえないかな？」

喫煙席へ歩く途中で慎改美弥子と房州老人の姿が目に入った。ロープで仕切られた奥ではなく、手前の禁煙席側、四人がけのテーブルに向かい合っている。しかもふたりだけではない。慎改美弥子の隣には幼い息子。房州老人の隣には毛糸の帽子をかぶった若い娘。

慎改美弥子が僕に気づいて片手を持ちあげる。コーヒーサーバーを運ぶ沼本店員が早足で通りかかり、昨日の今日なので、ぶつからないようわざとらしく迂回《うかい》してみせる。

「もう来ないのかと思った」

「いつから四人になった？」

「たったいま。ねえ津田さん、あのおじいちゃんなんだけど、コーヒーはいらないって焼酎飲んでるんだよ、ドーナツ食べながら。ひとことだけ言ってくれない？」

「なんて」

「もしもし津田さん？」

「うん聞こえてる。いまから高峰くんの自宅に？」

「飲むならちゃんと隠して飲むように」

「うちに来て、友達をひとり駅まで送ってほしいの。どうしても次の急行に乗せたいんだけど、この雪でタクシーが一台もつかまらなくて。あたしが車持ってればいいんだけど」

「何時の電車？」

「ええと十一時、何分？二十五分だって。急行はそれが最後」

「自宅はどのへん」

「市役所の裏のほう」

「わかった。一回切って、折り返しかける」

「ああよかった。できるだけ早くお願い」

「思ったより早かったのね」息子の髪を撫でながら慎改美弥子が迎えた。「ほら敏之輔、こんばんは、は？」

「こんばんは敏之輔くん」

　無視。息子は母親にべったり寄り添い、薄目をあけて、一点に見入っている。その視線をたどると、もそもそ動いている房州老人の口もと。

「じいさん、ドーナツまで焼酎のつまみになるのかよ」

「なんだ？」と房州老人。

「このひとはアミタニさん」慎改美弥子が紹介する。「県立大の学生で、敏之輔のベビーシッターやってもらってる。こっちは津田さん、噂の」

「こんばんは網谷さん」

「はじめまして」とベビーシッターが顔をあげる。僕の左目に焦点をあてて一瞬声を呑んでから、自分の左目を痛そうにしかめる。彼女の手もとには片方だけ脱いだ手袋。帽子とおそろいの毛糸の手袋。片方を脱いだところなのか、もう片方をはめかけた途中なのか。

「で、どんな具合だ。餅は餅屋ってとこは見せてやれたのか」

「え？」と慎改美弥子が聞き返す。「もしや、もしや？」

「もしやもしやに、ひかされて、か？」と房州老人。

「餅は餅屋って聞こえてるだろ、ふたりとも」

「安心して」慎改美弥子が笑顔になる。「房州さんの旅行はとりやめになった。具体的な物件の話は、明日以降あらためて」

「もしやもしや？」と息子が母親を見上げて真似をする。

「そうよ、もしやもしや」と母親が甘やかす。

「二葉百合子」と房州老人の独り言。

じゃあ、慎改さん。わかったよ、そういうことなら心置きなく仕事に戻れる。

「ああ津田さん、ちょっと待ってよ」

「おい！」房州老人の声が背中に飛ぶ。「借金の件はどうなった。三万二千円、またしらばっくれるつもりか？」

「人聞きの悪いこと言うなよ」

「あたしたちもそろそろ帰らないと。駐車場まで乗せてって」

「ひとつ急ぎの用事が入ってるんだ」

「駐車場まではあたしの車で」と手袋をはめながらベビーシッター。

「じいさん、あわてるな。その話は決して忘れたわけじゃないから。今夜じゅうに返してほしいのなら、このままここでもう少し待ってろ。金持って十一時半までに戻ってくる。あと焼酎の瓶はポケットにしまえ」

なにか言い返されるよりはやく出口に向かうと、慎改美弥子があとを追ってきた。追いついたところで自動扉が開いた。高峰秀子にかけるつもりで携帯を手に、外に踏み出して庇の下に立つ。一緒に出てきた慎改美弥子が腕組みをして寒がる。電話はあとまわし。

「助かったよ。じいさんの機嫌も直ったみたいだし、お見事だ。みんなきみのおかげだ」

「房州さんはどうでも、こっちの機嫌は良くない」慎改美弥子が地声で吐き捨てる。

「聞いてよ。あのベビーシッター、さっきまで帰り道の心配してたくせに、じつはいまから急いで行かなきゃいけないところがある、なんて言い出すのよ。勝手に敏之輔をこんなとこまで連れて来ておいて、おまけに、持ち合わせがないからお金を貸してくれなんて。ずうずうしい」

「いくら」

「二万円だけど」

「で、きみも持ち合わせがないのか？」

「持ってるわよ。そのくらい持ってるけど、そういう話じゃなくて」

「僕も急いでるんだ。とにかく明日また電話するから」

「待って」セーターの袖をつかまれた。「まだ話が終わってない」

「貸してやれよ、二万円ぐらい」

「それはもう貸したの」

「じゃあなに」

「その青たん。知らない人間に殴られたそうね？　理由もなく」

「それが？」

「可哀想に。時間があればマキロンでも塗ってあげるのに」

「薬局見つけたら買う。以上か？」

「その話さっき房州さんに聞いて、いやな胸騒ぎがしたの」

「なんだよ」

「考え過ぎかもしれないけど。あいつ」

「だれ。別居中の旦那のことか？　心配するな、僕を殴ったのはもっと年の若いチンピラだ」

「それはわかってる。自分から出向いてひとを殴ったりする男じゃないから」

しばし見つめ合ったのち、セーターから彼女の手をはずして、伸びた袖をなおした。

駐車中のキューブに雪が豪勢に降りかかっている。道路の大部分は白黒のまだら模様。隅っこのほうはすでにこんもり積雪。

「まいったな」

「やみそうにないね」

「旦那は、まっとうな勤め人じゃなかったのか」

「本人はそうだけど。でもコネを使えば、まわりにいくらでも」

「なぜ僕のことを知られてると思う」

「津田さんの本。あたしがバッグに入れてるのを、珍しそうに手に取って見てたような気がする。いま思えば。こないだ敏之輔連れてちらっと会ったとき」

「人前でみせびらかしたりするからだ」

「だって、小説家本人から貰った本なんて初めてだもの。それに読みかけの本は持ち歩くのが自然でしょ？　自分だって」

「そうだな」携帯を持った手で頭を掻いた。「きみに落ち度はない。旦那のことはきっと考え過ぎだ」

「そうかも」

「なにしろあした電話する。どこかで会って話そう」

慎改美弥子が素直にうなずくのを見て、着信履歴から高峰秀子に電話をかける。

「房州さんも一緒に？」

「夜はふたりきりで。もしもし？　どこに迎えにいけばいい？」

キューブにむかって駆け出すやいなや、背後から、これもいまなら絶対ありえない可愛げのあることばが投げかけられる。

「風邪ひかないでね」

指定された場所にキューブを停めると、じき人影が近づいてドアを開けた。

終夜営業の弁当屋の真ん前。

「ありがとう。来てくれて助かった」高峰秀子はそのまま助手席に乗り込んで来て、払い残しの雪のついたフードを後ろへ退け、髪を整える最中ふと僕を見る。

「なんなのその顔」

「急いでるんだろ。友達は？」

「いま電話中。すぐだからここで待って」

彼女の携帯が鳴る。

物憂げな仕草で、ダッフルコートのポケットからつかみ出して、表示窓を一瞥して、

「社長から」

と言う。言ったきり沈黙。

携帯が鳴りやむ。

キューブのデジタル時計は十時四十七分。ここからJRの駅まで車をとばして十分、と計算してみる。この雪道なら倍は見たほうがいいかもしれない。

「高峰くんのうちはどこ」

「すぐそこ。その路地左に入ったとこ」

「な？　マキロン持ってないか」

「うちに？　ないと思うけど。マキロンてなに？　傷薬？」

「たぶん」

「梶さんにやられたの？　その顔」

「え？」

「正社員の梶さん」

「違うよ。どうしてそう思うんだ？」

「べつに。なんとなく」

ふたたび沈黙。

ワイパーの作動音のみの沈黙。

道のさきに四つ角が見える。手前の角に二軒、コンビニが向かい合って営業している。右がローソン、左がファミリーマート。時刻は十時四十九分。十一時二十五分の急行にはたぶん間に合うだろう。だが、そもそもこんな雪の晩に電車は平常どおり走っているのか。

高峰秀子が息を吸い、「傷薬なら」と言いかける。

「な？　僕の悪口でも言ってたのか」

「梶さん？」

「なにか聞いたのか?」

「聞いてない。なんにも」

こんどは僕の携帯が鳴る。

「社長だ」

と教えて、着信音二回ぶん迷って、ポケットに戻す。

まもなく携帯が鳴りやむ。

「静かね」

高峰秀子がそう言い、無断でカーラジオのボタンを押す。一斉に、複数の声が喋りはじめる。男性数人の雑談。屈託のない笑い声。高峰秀子がすぐまたスイッチをOFFにする。そのあとダッシュボードの古本に手を触れ、無造作につかみ取って、千円札の栞のページに指をかけながら、ああそうだ、と声をあげる。

「借りてたお金、返さないと」

開いたページを片手で押さえつけ、もう片方の手でダッフルコートのポケットを探る。裸の紙幣をつかみ出す。二つ折りにされた一万円札が三枚、運転席へ差し出される。

「いいのか?」

「いいよ。ほら」

「社長にいったん渡す金じゃないのか」

「いいんだって、そんなの」

「でも社長の電話には出たほうがよくないか？」

高峰秀子が何度か首を振り、三枚の紙幣の折り目をのばしてピーターパンに挟み込む。そして本を閉じる。

「津田さん。きょう見たことは、内緒ね」

「駅まで送る友達のことか」

「うん、あたしと会ったことも」

「それはいいけど。社長に早退けの連絡ぐらいはさ」

「そうだ傷薬なら」高峰秀子が前方の交叉点に目を向ける。「マキロンだっけ？　ファミマで売ってるんじゃない？」

それはそうかもしれない。傷薬なら薬局を探さなくてもファミマで買えるかもしれない。だがあの四つ角まで走ってそんなものを探している時間はあるのか。

デジタル時計が十時五十三分に変わる。

助手席側の窓が二度叩かれる。

高峰秀子が即座に反応する。ドアを開け放ち、外に立っている友達の差しかけた傘のなかに入る。ふたことみことことばをかわし、入れ替わりにその友達が乗り込んでくる。マフラーを巻いた若い男。すぐさまドアを閉めようとする。

そのドアを外から引き止め、高峰秀子が男の名を呼ぶ。

「はれやまさん！」と聞こえる。

晴山さん？　と僕は漢字をあてはめる。初めて見る顔だ。高峰秀子よりもいくらか年上の、二十代後半。コーデュロイの上着。コートはなし。「鍵を」と高峰秀子の声が続ける。

ほんの束の間、彼は躊躇する。

結局言われるまま鍵を渡す。キーホルダーごと。

「じゃあ津田さんお願いね、駅まで」

高峰秀子が言い終わらぬうち彼がドアを閉める。

「運転手さん」その青年は振り向きざま言う。「悪いけど、ちょっと急いでほしい。うわ、なんだよその顔の傷は？」

それからキューブが駅前に差しかかるまで、晴山青年はたったひとことしか喋らなかった。

「どっちが狂ってるのかな、一分」

と独り言をつぶやいただけだ。

自分の腕時計と車内のデジタル時計を見くらべての発言のようで、どちらが一分進んでいるのか、または遅れているのかを気にしている模様だった。どっちにしても夜の十一時過ぎに変わりはないと思ったので、僕はひとことも喋らなかった。

　ＪＲの駅まで信号ふたつ残した地点で、晴山青年はこんどは首のマフラーの具合を気にしだした。結び目の形が気に入らないのか、いったんほどいて結び直した。そのときキューブは交叉点の手前、片側四車線の左から二つ目を走行中で、デジタル時計は十一時十分をさしていた。急行電車が駅を出発するまであと十五分。

　赤信号につかまり、前に数台詰まった状態でキューブを停めた。

　降りつづく雪のため今日ばかりはどの車も制限速度以下で走行している。信号を進むと車線は三つに狭まるから、右端へ割り込んでおいて、もうひとつ先の信号の手前でロータリーへ右折しなければならない。駅に到着するまで五六分はみたほうがいいだろう。

　隣で晴山青年は貧乏ゆすり。

　ちょっとは落ち着けよ、と僕は内心思う。あせらなくても時間はある。駅に着いて指定席券を買う時間だって残っている。もし電車が通常どおり走っているのなら。だから片脚を揺するのはやめろ。

　信号が青になる寸前、携帯が鳴った。晴山青年の上着の内ポケットの携帯だった。話の内容を知られたくないのか、うん、と、わかってる、と、だいじょうぶ、と三つの語彙《ごい》で彼は電話を終えた。

徐々に車の列が動きはじめる。横断歩道を越え、右端の車線へ進入すべく方向指示器を点けた。すると晴山青年が妙なことを言い出した。

「運転手さん、このまままっすぐでいいんだ」

すでに右側の区分線を跨《また》いでいた。前も後ろものろのろ運転だから大事には至らないが、後方から、腹立ちまぎれのクラクションをさんざん浴びた。

「悪いね」

晴山青年がざっと謝る。そしてこう続ける。

「駅は駅でも、そっちの駅じゃないんだ」

じゃあどこの駅だ？　と訊くかわり助手席を見たが、晴山青年は目を合わせない。

「とにかく、ここは右折しないでまっすぐ」

真ん中の車線を走りながら考え事をするうち、右手の中央分離帯が途切れて、駅前ロータリーへの右折地点が近づいた。

車列の先頭でキューブを停止させる。先の信号は黄色から赤へ。駅のほうからと、駅にむかってと、傘をさした人影がまばらに横断歩道を行き来するのを見守る。駅ビルは降る雪のせいですっかり曇った運転席側の窓のむこう。隣の男は無言。ただし右脚の小刻みな揺れはおさまらない。こちらから呼びかけてみる。

「晴山くんさ」

「えっ？　いまなんて？」

「きみの名前」また助手席に目をやった。「晴山だろ？」

晴山青年がこんどは視線をまじえて返事をする。

「ああ名前か。まあ、そうだけど」

その歯切れの悪い返事のあとに、おなじ口から、人懐っこいと言えなくもないことばが滑らかに出る。

「運転手さん、このまま国道をまっすぐ行くとね、五六キロ走ったところにひとつ無人駅があるんだよ。知ってる？」

知らない。知らないが、答える気が起こらない。晴山青年が自分で答える。

「いや知らなくても問題ないよ、たぶん行けばわかるから」

「晴山くんさ」

「なに」

「無人駅に急行はとまらないだろう」

「いまなんて？」

「それじゃ話が違う、と言ったんだ」

「そうか。うんわかってるけど、そう言わずにさ」

「な？　僕は白タクの運転手じゃないんだ。きみをこの駅まで送ってほしいと頼まれただけだ、きみの友達に」

「ああそれはわかってるけど。でも俺が行きたいのは、この駅じゃなくて無人駅のほうだから。そっちまで頼むよ」

「急行電車に乗らなくていいのか？」

「ああ。いやそれは、なんて言えばいいのか、その電車の話は、ほらあれだ」

「嘘か」

「いや嘘じゃない」

晴山青年が貧乏ゆすりを止め、上体を傾けて信号機に目をやる。

「秀子があんたに嘘ついたわけじゃなくて、ただあれだ、部屋に時刻表みたいのがあったからさ、彼女に言われて、せっかくだからいちおう調べるだけ調べてみて、急行が一本あるって話をしただけで、こっちはべつに、最初からそれに乗るとか、乗らないとか」

「なんのことを喋ってるんだ」

「頼むよ、運転手さん。とにかくそっちの駅まで行ってもらわないと。十一時半までに着きたいんだ、十一時半。五分でも遅れると正直やばい」

信号が青に変わる。しばし間を置いて、晴山青年が運転席を振り向く。

「青だよ」

「やばいってどう」

「えっ？」

「僕の左目くらいやばいのか？」

「勘弁してくれ。そんな冗談言ってる場合じゃないんだって」

「冗談言ってるつもりはないんだ」

キューブの左右の車列がのろのろ前進を始める。

「ほんと運転手さん、頼むよ。ここは真剣に頼む。こんなとこで降ろされたらどうする、どうしようもないよ。俺がなんか、気に障ることでも言ったか？　言ったのなら悪かった。いくらでも謝るよ。ほら、このとおり、すいませんでした。ほんとのこと言うとさ、さっきから上の空なんだよ。自分でも自分がなに喋ってたかよく憶えてないんだよ。頼むから、機嫌直して、車を出してくれ。こんなとこで降りろなんて、冷たいこと言わないでくれ。ほらクラクション鳴ってるだろ。後ろのクラクション聞こえないのか？　ああ電話だ、電話が鳴ってる」

晴山青年が上着のポケットを左右の手で押さえた。携帯は左の手に握っていた。

「落ち着けよ」

「いや電話に出ないと」

僕はキューブを発進させた。

「わかったから落ち着け。だれも降りろとは言ってない」

「電話だ、電話がない」

「鳴ってるのは僕の電話だ」

横断歩道を越えて速度をあげ、さらに直進してから携帯をつかむと、社長の不機嫌な声が聞こえた。

「津田さん、いまどこにいるんだ」

「悪い。アカプルコの帰り」

「どこのアカプルコまで行ったんだよ？　あ？　いったいいつまで走ってれば気がすむんだ。あれから一時間は経ってるだろ。鉄砲玉かよ」

「雪がひどくて時間がかかってる。いま駅のあたり」

「駅？　駅って言ったのか？」

「JRの駅。五六キロ先まで走ったら、すぐに戻る」

助手席で晴山青年が大げさなため息を洩らす。左手に握りしめていた携帯は、着信なしを確認したのち内ポケットへ。

「おいおい、なに言ってるんだよ。何キロ先？　いまこっちに戻って来てるんじゃないのか？　逆向きか？　駅の先まで走ったら、なんて、そんな言い訳があるか。いますぐUターンして戻ってこい。パートだからっていい加減な仕事されても困るんだ、日給一万も払ってるのに、あんたの好きにさせてたら正社員にしめしがつかないだろ。まったく。うん？　駅の先？　いま駅の先って言ったのか？」

「ああ」

「駅の先、駅の先、駅の先と。ああっ、いま何時だった？」

社長の声がそこでいちど遠ざかった。

その後、電話口でなんらかの調整がはかられている模様だった。

こちらは前方との車間距離にだけ集中し、三車線の真ん中の道で片手運転を続ける。

「津田さん、ちょうどいい」戻って来た社長の声が訊いた。「ガストわかるか。駅の先のガスト」

「いや」

「ファミレスのガスト。知らないのか」

「知らないな」

「知らなくても、道の左側に注意してればわかる。いまからそこに行ってくれ。女がひとり待ってるはずなんだ。面接の予定入れてたのをいまのいままで忘れてた」

「なにもこんな雪の晩に面接の予定入れなくても」

「ここまで降るとは思わないだろ。九時半にガストに行く約束したのをすっかり忘れてた。俺はもうここを動けないから、津田さんが代わりに行って謝ってくれ。いいか、相手の女の名前は」

「九時半の約束なら、相手は待ちくたびれて帰ってるよ」

「それがまだいるんだ。きっと帰るに帰れないんだろう、この雪で。本人が携帯持ってないから直接話はしてないが、事務所に二回も三回も電話がかかってきてたらしい。それもいま聞いた。今夜は電話番があてにならなくて往生する。いいか、相手の女の名字は、オクダイラ。おい、聞いてるのか？」

「奥平さんに会って、代わりに謝るんだろ？」

「謝るだけじゃだめだ。津田さんの目で、うちで使える見込みがあるかないか見といてくれ。どっちにしても晩飯代と交通費くらいは渡して、あとはそうだな、もし本人がそうしてほしいと言うなら、しょうがない、車で家まで送ってやろう。住んでる家はガストからそう遠くないはずだ」

「しょうがない、送ってやろうって、その言い方おかしくないか」

「あ？　よく聞こえない」

「そこまでする必要があるのか？」

「むこうは仕事帰りに待ってくれてるんだし、まあ事情が事情なんだよ。特例だ。会えばわかる。とにかくいまからガストに直行してくれ。いいか、いますぐだ。わかったな津田さん？」

「わかったよ」

「それがすんだら事務所に戻って来い」

電話が切れたあと、気持ちエンジンをふかし、加速後、隣に問いかけてみる。

「晴山くん。この近くにあるファミレスのガスト、わかるか」

「ああわかるよ」

「じゃあ通り過ぎるまえに教えてくれ」

返事が聞こえるまで一拍、間がある。

「そいで？」と彼は言う。

「ガストにひとを待たせてるんだ」

「そいで」

「これから寄って、そのひとを拾って行こうと思う」

「だめだよ」

晴山青年がシートから腰を浮かす。

「そっちは待たせとけよ。俺をさきに送ってから、ガストに戻ればいい」

「そうもいかない。社長の言いつけでね」

「いやだめだ」

かまわずウィンカーを左に点け、ルームミラーに映った後方車のライトに注意をむける。

「左側、見逃さないように教えてくれ」

「そんなこと言ったって、もう遅いんだって」

晴山青年の声がまた裏返る。

「いまから引き返してる時間なんかないって。言っただろ？　どうしても十一時半までにむこうに着きたいんだよ」

直後に彼の右手が、ハンドルを握る僕の左肘にかかる。

「聞けよ運転手さん。ガストはもうさっき通り過ぎた」

ウィンカーを戻し、もとの車線を直進するうち、彼の右手の力が緩んで離れていく。

キューブのデジタル時計は十一時二十三分。

前方の車にブレーキランプが灯る。

速度を合わせて徐行に入り、隣に目を移すと、なおも右脚を揺すりながら晴山青年がちらりと見返し、すぐに前を向く。軽い舌打ちのあと、こっちもひとを待たせてるんだ、と彼は言う。

「運転手さん」

「うん？」

「そっちの窓、開けてくれないか」

助手席側のドア窓は、晴山青年がさきに下ろしている。信号待ちで僕が煙草を点けるのを見てすぐに、冷気が流れ込むのもかまわず、いっぱいに下ろしてある。

口にした煙草は、思ったとおり、唇の端の傷と唇じたいの痺れのせいでいつもと感触が違う。太い綿棒でもくわえたみたいにぼそぼそして味気ない。太い綿棒などと表現するくらいなら、いっそのこと生理タンポンという比喩はどうだと思いつく。生理タンポンを口にくわえたみたいに味気ない。どっちもどっちだ。

「心配するなって、たったの五分だよ」

晴山青年が説いて聞かせる。

「ここから無人駅まで、五分もあれば着く。往復で十分、かかっても十五分、そのくらいなら、ガストのほうは待たせたって文句は言わないだろう？」

たしかに文句は出ないだろう。面接待ちのガストのほうは、十分や十五分の遅れなら許してくれるだろう。携帯を持っていない奥平さん。社長はすでにガストの番号を調べて電話をかけて、彼女に代理の人間が行くことを伝えたかもしれない。十一時過ぎまでガストでねばって面接に意欲を見せている奥平さんは、いまは社長ではなく僕の到着を待っている。いまや遅しと待っている。でもたとえ何時になっても文句を言わず待つだろう。なにしろ九時半からいままで延々待てるひとだから、あと三十分遅れても今夜はとことん待つだろう。

言われたとおり運転席側の窓を開けて、火の点いたタンポンを車道に投げ捨てる。それからひとつ質問を用意する。

「ところで晴山くん」

「なに」右脚の揺れが止まる。

「無人駅にだれを待たせてるんだ」

晴山青年がこちらに顔をむける。

僕の左目に焦点をあてて、まじまじ見る。だれを待たせてるか聞いてどうするんだ？ とその顔に書いてある。

「そうだな。やっぱりいい。答えなくていい。よく考えてみると、どうしても答えを聞きたいってわけじゃない。それより、煙草はもともと吸わないのか？」

晴山青年は答えない。答えずに前を向き、マフラーをいじり始める。巻きがきつすぎるのにいまになって気づいたのか、指を差し込み、顎を左右に振って隙間を作る。臙脂色《えんじいろ》のマフラー。明るいところで見ないと断言はできないが、たぶん臙脂に深緑の縞《しま》の入ったマフラー。生地はカシミアかもしれない。

信号待ちの時間が過ぎ、車列が進み始める。

煙草の件も、マフラーの生地がカシミアかどうかも、どうしても知りたいわけではないのでかまわない。どっちにしてもたったの五分。あと五分後には別れて、それっきり相手の顔も、たがいになにを喋ったかも忘れてしまう。

キューブの速度があがるにしたがって窓から湿った雪片が舞い込む。晴山青年が窓をきっちり閉め切り、こちらもスイッチに手をかけておなじ操作をする。閉め切った車内で、ふいに、晴山青年の口ずさむ声が聞こえる。おばけなんてないさ、おばけなんて嘘さ。そんな歌詞の童謡を、彼は低い掠れ声で歌う。寝ぼけたひとが、見まちがえたのさ。

やがて思わぬ質問が来る。

「運転手さんは、子供がいるの」

振り向くと、晴山青年はシートの背に深くもたれ、ピーターパンの古本を手にしている。

「これ。子供に読ませる本じゃないのか？」

「いや自分で読んでる」

「そうなんだ」張り合いのない相槌。そのあと晴山青年は本をひらく。「じゃあ、もうひとつ訊いていいかな」

黙ってうなずいてみせる。もうひとつの質問が来る。

「どんなやばい失敗やらかしたら、そんな顔になるんだ？」

道はゆるやかに左へカーブ。

ハンドルに両手を添えたまましばらく返答に迷う。

「だれかに殴られたんだろう？」晴山青年が続けて訊く。「痛いんだろうな。ひとに顔なんか殴られると。痛そうだもんな」

「ああ」

「殴ったほうも、殴った手は痛いだろうな。そいで？　一回痛い目にあって、なにもかも許して貰えたの」

「ずっとまっすぐでいいのか？」

「いや、そろそろ右の車線走ったほうがいいよ。このさきで国道を降りるから」

キューブを右車線に乗せるため気を遣っているあいだに、隣で本を閉じる音がする。ひなたに干した布団をひと叩きしたような場違いの音が響く。

「煙草はやめたんだ」晴山青年が答える。「去年の夏」

「あの信号を右？」

「うん。もう半年経つ。運転手さんは、煙草をやめろって奥さんに言われない？」

「言われないな。だれにも」

「そうなんだ」

「去年の夏にだれかに言われて禁煙したのか」

「そうだよ。おかげでこのありさまだよ」

「このありさまって？」

「こうやってコートも着ないで震えてる。おまけに運転手さんにも迷惑かけてる」

「言ってることがよくわからないな」

「いいんだよ。俺だって自分の喋ってることがよくわからない」


国道から右折する車はキューブの前にも後ろにも一台も見えない。晴山青年の道案内に従い、すぐまた脇道に入る。ひとの気配の絶えた飲食店街らしき通り。道幅は二車線。降り敷いた雪のせいで、見事に、白い帯状にさきへ延びている。

処女雪を蹴散らしてキューブを直進させる。心配したほどタイヤは滑らない。空回りもしない。対向車も来ない。むしろ気分が爽快《そうかい》になる。道の片側にぽつりぽつりと白色の街灯。そこへ降りかかる牡丹雪。あと目につくのは、ただ一軒、営業時間の遵守にあくまでこだわっているのか、客がいるのかいないのか、看板を点けっぱなしの回転寿司。その店先を通り過ぎたあたりで、車を停めるよう隣から指示がある。

停車して数秒、ピーターパンを手にした晴山青年は無言。

「どうした。ゴールは目の前じゃないのか？」

「もう着いたよ」晴山青年は腕時計に目を凝らす。「駅はすぐそこの左」

車内時計のデジタル表示は十一時三十一分。

予定よりたった一分の遅れ。

「そっちは？」試しに時刻合わせをしてみる。

「十一時、三十二分」と晴山青年が答える。「どっちが狂ってるのかな、一分」

どっちにしてもキューブの時計が一分遅い時を刻んでいる。彼の腕時計が正しければ予定より遅れは二分。それはわかったが、ここに車を停める理由がまだわからない。

ふたたび数秒の沈黙。ワイパーの往復音が耳について離れない沈黙。

「さっきの話だけど」僕のほうから話しかける。

「えっ？」

「だれに禁煙を勧められたんだ。高峰くんか」

「高峰くんて？」晴山青年がポケットから携帯を取り出す。左手一本で開き、時刻を見たのか着信の有無を見たのか、一秒で閉じる。「ああ秀子のことか。まさか、違うよ」

「な？　晴山くん」

「ちょっと黙っててくれ」

「無人駅でだれが待ってるんだ」

　晴山青年がこちらに顔をむける。

「だれかやばい人間なのか」

「やばい？　いややばくなんかない。やばいってなんだよ」

「やばいってことば、さっきから自分で使ってるだろう。十一時半までに着かないとやばいことになると言わなかったか？」

「ああ。言ったかもしれない」

「それも嘘か」

「いや嘘じゃない」

「ここで降りて歩きたいのか？」

「待ってくれ。そんなに急かさないでくれ。わかってるよ。ここからもう引き返せないのはよくわかってる」

「引き返す？」

「いや引き返さない。引き返すなんて言ってない。言ったか？　言ってないよな？　頼むから、少しのあいだ黙っててくれ。一回深呼吸させてくれ」

そして晴山青年はほんとに深呼吸をはじめる。

マフラーの結び目の位置を直してから、背筋を伸ばし気味に、肩を大きく上下させる。息を吸いこむ音、長く吐き出す音。左手に携帯、右手にはピーターパンを持ったまま。それが二度、三度繰り返される。その様子を横目に見ながら煙草に火を点け、運転席側の窓を全開にして、味気なさを味わう。外は無音で降りしきる雪。口にくわえているのは太い綿棒か生理タンポンか。

「これでいい。これで落ち着いた」

晴山青年が独り言を言い、努めて穏やかな笑顔をむける。

「運転手さん、俺は行くよ」

「そうか」

「なあ運転手さん。そこの駅でだれが待ってるか、本気で知りたいか？」

「そうだな。やっぱり、答えなくていい」

「いいのかよ」

「深呼吸のあいだに考えてみたんだ。あとで高峰くんにきみのことを訊かれたとき、正直に答えられなくなるようでは困るだろ？」

「なんだよそれ」

「こっちもガストにひとを待たせてるし、時間がない」

「ああ。だよな」未練ありげに、晴山青年は言う。「じゃあ、俺はここで降りるよ。迷惑かけたね。社長の言いつけまで無視させて悪かった」

　携帯を握ったほうの左手をドアにかけて、本気で降りていくつもりのようだ。

「本は置いていけよ」

「うん？　ああこれか」晴山青年は右手のピーターパンに気づき、表紙に目を落とす。

「そういえば、さっきまだ訊きたいことがあったんだ」

　差し出された本をダッシュボードに戻してから向き直る。

「なにが訊きたいの」

「その本のこと」

「栞のことか」

　千円札が大きくはみ出してあまりに目障りなので、ひとまず抜き取ってズボンのポケットにねじこむ。

「しおり？」

「うん、栞の代わりにはさんでた。以上か？」

「あと三万円は？」

「そっちは、とくに意味はない。たまたまだよ。今夜、貸してた金が戻ってきたからそこにはさんである」

「じゃあ財布にしまえよ」

「財布を持ってない」

僕の答えを聞いて晴山青年が短く笑う。笑い声はなく、口と鼻から同時に息が洩れ出る。

「殴られたうえに財布まで取られたのか？」

「いや、もとから持ってない」

「まじか。あんたの人生、相当やばくないか？ 片目に青たん作るわ、財布は持ってないわ、とくに意味もなく万札を本にはさんでる？ はさむかよ、普通。俺はまた、かあちゃんに内緒でへそくりでも溜め込んでるのかと思った」

「かあちゃんもいない」

「そうなんだ？ 辛い人生だな、運転手さん」

「以上か？」

「ああ余計なこと訊いて悪かった。じゃあ俺は行くよ」

そのとき携帯が鳴る。

ドアのほうを向きかけていた晴山青年が首を捩り、無反応の僕を見て、次に自分の左手をしげしげ見て、着信音三回目の鳴りかけで我に返り、通話ボタンを押す。

態度が一変する。背中をまるめ、ひそひそ声になって彼は喋る。キューブの時計は十一時三十七分。

「うん。いやなにもない。いま知り合いのひとに車で送ってもらって。だいじょうぶ、言ったとおり、心配は要らないって。ほんとにだいじょうぶだから。いやもう着いてるんだ。うん着いてる。すぐそこ。わかってる、遅れてるといっても一分か二分だろ？　もっと？　でももう着いてるから。いまからそこまで行く。すぐに」

くわえ煙草でハンドルを握る。

キューブが動き出したことに気づいているのかいないのか、晴山青年は喋りつづける。

「すぐにだよ、百数えるあいだにそこに着く。ほんとにすぐそこまで来てるんだ。うんいまから走っていく。じゃあ五十。五十数えるまえに着く。いや来なくていい、こっちから行く」

まもなく道路左側の建物が消えて、いきなり空地が現れる。

白い帯状の直線道路から左へ、瘤《こぶ》のように膨らんだ空地。一面に雪を被った、ほぼ半円形の広場。そのなだらかな弧に沿って、早い時間に車の往来があったのか、幾筋かの轍《わだち》。左へハンドルを切る寸前、なにやってるんだ、停めろ、と晴山青年が命じる。

間に合わない。轍のなかへキューブの鼻先から乗り入れたところで停車。

「ここでいい。停まって」一息吐いて、彼は電話の相手に言う。「いまから降りてそっちに行く」

そっちとは、テールランプを見せて広場の反対側にいる車のことだ。幾つも重なった車輪の跡を目でたどると、半円を描いた弧の中心付近に、さらに左奥へこんもり雪の盛りあがった箇所がある。それが無人駅の、駅舎へのぼる階段のようだが、駅舎じたいは影に沈んで見ることができない。階段下の片側に白色街灯が一基。そのさきから車が一台、後退しつつ姿を現して、徐《おもむろ》にこちらへ向かってくる。テールランプの色が雪面を舐めながら近づいてくる。みしみし踏み固める音を立てながら、まっさらの雪に轍を刻みつけながら、広場を最短距離で突っ切ってくる。晴山青年が電話にむかって、うんそう、この車、と呟き、そして僕を見て、また一つため息を洩らす。携帯の送話口を上着の襟に押しつけて、

「運転手さん、今夜見たことはぜんぶ内緒だ」

決め台詞のあと、彼はドアを開けて外へ転がり出る。

キューブの助手席側と、その左手、樹木の植え込みとの間隔が狭すぎたせいで、ドアは半分しか開かない。外枠の上部がなにか堅いものに当たる。立木の枝葉がわさわさ震え、落ちてきた雪を頭から被る。うわ、と晴山青年は声をあげ、なおも電話で、いやどうもしない、なんでもない、と相手に状況を伝える。

ドアが閉まる。

くわえ煙草の灰が膝に落ちる。

吸いさしを外に放り、そのときちょうど、右斜め前方に停まりかけた車に目をやる。屋根にもボンネットにも雪を頂いた、黒っぽい大型の車。左ハンドルの運転席を見る。その運転席の窓が、いままさに自動で上向きに閉じようとしている。

キューブの右に数メートル距離を取って、相手の車は停止する。

停止と同時に運転席の窓は上がりきる。だがその刹那《せつな》、僕の記憶にひとつの映像が残る。

窓が上がって隠れてしまうまでのぎりぎり短い時間に、運転席で携帯を耳にあてていた女性が斜め後方を見返り、一瞬だが、僕たちの視線は、確かに交わった。

この話のポイントはここだ。

まもなく晴山青年を乗せた車は再発進する。キューブの右隣から、こんどは前向きに走り出し、無人駅前の広場をあとにして、いずこかへ走り去る。文字どおりいずこかへ。

正直に言うと、あの車が雪の直線道路をどっちの方角へ走り去ったのか、記憶に自信が持てない。どっちと決めていま物語に書くことは可能だとしても、ここでは敢えてそれをしない。当然だが、いちど目が合っただけの女性の顔をいまも憶えている、と書いたりもしない。運転席の窓から彼女が僕を見返った一瞬の目つきは、能面の無表情のようにも、なぜか仏像の笑みを浮かべていたようにも思い出せるのだが、これもどっちと決めて書いてしまう決断がつかない。まあそのくらい頼りないのは認めたうえで、にもかかわらず、というこことだ。

にもかかわらず、ここが、いままで文章に起こしてきた当夜の記憶のうち、つまり昨年二月二十八日、夜九時半過ぎから日付が変わるまでの時間帯の、いちばんのポイントになる。疑いようのない事実がふたつ。あの車を運転していたのは女性だったということ。そしてあの車は、ベンツのワゴンタイプだったこと。

23

一夜明けて二月二十九日は快晴だった。

疑いようのない事実として快晴だったたし、仮にそうでなかったとしても、ふつう物語では悪天候から一夜明けると雲ひとつない青空がひろがるものだ。

その快晴の朝を、僕は赤の他人の家でむかえた。

早い話、初対面の女の家に泊めてもらったという意味なのだが、赤の他人とは慎改家のベビーシッターのことである。

つまり大雪の降ったあの晩、僕は、当時の居候先である早寝早起きの銀行員のマンションには帰り着けなかった。そのかわり、のちの居候先である大学生の部屋に一泊することになった。

どんな経緯で都合良くそうなったのか、あなたに納得してもらうためには、ここでなお昨年二月二十八日深夜の時点にとどまり、日付が変わったのちの時間帯にまで深入りする必要がある。無人駅からUターンして、国道に出て、それからガストを経由して、なんやかんやで最終的に赤の他人の部屋に行き着くまでを、丁寧に時間を追って語っていかなければならない。

そこまで遠回りはしない。

考えてみたのだが、いまそっちの脇道に入り込んでしまうと、さらに雪は降りつのり、なんやかんやで銀世界の迷路をさまよう事態に陥り、あなたを混乱させる恐れがある。せっかくワゴンタイプのベンツが登場したのに、たったいまそれに乗ってどこかへ走り去ったふたりと、ひとり取り残された高峰秀子はどうなったんだ？　と読んでいて苛々させる恐れもある。もうさせているかもしれない。書いている僕も、雪道をうろうろするうち物語の本筋を見失うかもしれない。

だからここでいったん切る。記憶を編集して時間を飛ばす。慎改家のベビーシッターの部屋で朝をむかえた話はいずれ、もし書くべきときが来たら、書くことにする。

24

三月に入り、何日かして、次に女優倶楽部のパート仕事に駆り出されてみると、おもだった女優陣のあいだで高峰秀子の噂が囁かれていた。

いわく、秀子さんは災難に遭った。リピーターだった男に郵便貯金を騙し取られた。いわく、でもまだ甘い夢を見て連絡を待っている。いわく、いくら待っても逃げた男から電話なんかかかるはずないのに、毎日自宅で化粧して、旅行の支度までして待っている。みじめな秀子さん。

その噂を出し惜しみせず教えてくれたのは浅丘ルリ子で、日曜の昼間、赤坂まで送る車中でのことだった。

秀子さんのみじめさのどこまで事実でどこから尾ひれなのか？　白黒つけることに彼女はあまり熱心ではなかった。そんなことより秀子さんに貸していたはずの三万円の返済はどうなったのか？　そっちをしきりに、もしまだなら自分も損するかのように気にかけてくれた。で、僕から「済み」の返事を引き出すと大いに安心した模様で、仲間の噂話は尻切れトンボのまま、信号待ちのさいにはダッシュボードの古本に関心を示した。それは当時、僕がピーターパンのかわりに読みはじめていた文庫本だった。

「本、小さくなったね」と彼女は言った。

「高峰君はずっと休んでるのか」

「給料の計算に一回出てきた。あとはずっと休み。もし来週も出て来なかったら、契約打ち切りだって、社長が。そのときは真由美さんに二役やらせるって、代わりが見つかるまでね」

「ふたやく？」

「うん」

「ありなのか、そういうの」

「勤め出してからいままで五役やったことあるって、真由美さん」

「すごいな、小川真由美。芸達者にもほどがあるな」

「ゲイダッシャってなに。てか小川？　真由美さんのフルネーム、小川真由美？」

「ほかにだれがいるんだよ」

「たは、小川真由美は友達のお母さんの名前じゃん。どんな顔の女優よ。てか、ほどがある？　ほどがあるってなに、真由美さんの悪口？」

「僕が小川君の悪口なんか言うわけないだろ」

「だって真由美さんと津田さんハンメだって噂だし」

「噂?」

「うん」

「ハンメってなんだ。反目のことか?」

「はんもくってなに」

マルボロライトを箱から取り出してくわえて火を点けて窓を開けるまでのあいだ黙った。唇の痺れはとっくに消え、内側の腫れもひいて、煙草は煙草の味がする。

「でもあたしたちは」浅丘ルリ子が機嫌を取った。「津田さんが戻ってきてくれて喜んでるよ」

「運転手の仕事に? あたしたちって、だれとだれだ」

「真由美さん以外」

「梶さんは。あいつは使えない、とかなんとか言ってなかったか」

「言ってたかも」

「やっぱりな」

「ねえこの本なに?」

「小説だよ。モームの『劇場』。表紙に書いてあるだろ」

「こないだの本、もっと大きかったよね」

「こないだきみが後ろに投げた本のことか?」

「あれぜんぶ読んで、こんどこれ？」

「あれは読みかけたまま行方不明になった」

「本が行方不明？」

「ああ」

「本が行方不明てなに」

「な？　高峰君とはたまに電話で喋ったりするのか」

「しない。津田さんは？」

「僕がきみたち女優と電話で喋ったりするわけないだろ」

「だって三万円返して貰ったって」

「ああそうだ。そういえばそうだ。返して貰った。そのとき会ったきりだ」

「もう変だった？」

「高峰君の様子か？」信号が青に変わったのでキューブを発進させた。「もう変だった？　と訊かれてもさ。ふだんの高峰君をよく知らないから」

「でもこないだの話ではね」

「いつのこないだ」

「一回だけ仕事に出てきたとき」

「給料計算のとき？」

「うん、そのとき旅行用のバッグ二個持って来たんだって。あたしは事務所にいなかったから見てないけど。自分のと、あと他人の荷物詰めたのと、二個。この意味わかる？」

「いや」

「あたしもわかんない。真由美さんの推理では、お客さんと一緒にいても、彼から連絡来たら駅に直行できるように準備してるんだって、彼の下着とか靴下とか詰めたバッグ持って」

「そうか」

「でもね。秀子さんには内緒だけど」

「うん」

「年上の恋人がいたんだよ」

「だれに」

「だからその彼に」

「郵便配達のお兄さんのことか」

「ほかにだれがいるのよ。それ知らずになんびゃくまんえんも貢いで逃げられたんだって。みじめだねえって、真由美さんが」

「小川君はなんでそんなことまで知ってるんだろう」

「梶さんから情報来るんだよ」

「梶さんはなんで知ってるの」

「梶さんはなんでも知ってるの」

「小川君と梶さんは仲がいいのか」

「うん」

「できてるのか?」

「できてないできてない。だってうちのコンパニオンのなかで、真由美さんに手出すのがいちばんやばいぜって梶さん言ってた。彼女は小包だから。小包って意味わかる?」

「いや」

「あたしもよくわかんない。でも真由美さんは、デンジャラス真由美って男のひとから呼ばれてるらしい」

「ほえ」

「出たね、ほえ」

「梶さんがそう言ったのか」

「うん。デンジャラスの意味はわかる?」

「いささか」

「あたしも」

「ところで」赤坂前にキューブを停めて、ひとつだけ僕は質問をした。たぶんしたと思う。好奇心から無意味な質問を。すくなくとも去年のその時点では、それはどうでもいい質問だった。

「ベンツ？」と浅丘ルリ子は聞き返した。

「うん。さっき言ってた年上の恋人、その女性が乗ってた車はベンツじゃないか？」

「そんな噂知らないけど」反応はとぼしかった。「車がベンツだったらなに？　あたしは知らないけど、真由美さんに訊いてみる？」

「いや知らないならいいんだ。まあどっちでもおなじことだ、ベンツでもベンツでなくても。どうせ訊くなら、梶さんに小包の意味でも訊いてみてくれ」

「ねえ津田さん」降りぎわにルリ子が僕に意見した。「秀子さんのこと、ほっといたほうがよくない？　事務所でも部外者になりかけてるひとだよ。津田さんも、せっかく三万円返して貰えたんだし、もうお人好しはやめたほうがいいよ」

「部外者ってことば、自分で考えたのか。小川君か？」

「まちがってる？」

「なにが」

「使い方」

「まちがってるかどうか僕にはわからないけどさ」

「じゃあなに」

「浅丘君も用心しろ。ＪＲのお兄さんで失敗して、組織から弾き出されないように」

「あたしの心配？　たは。失敗なんかしない。ＪＲのお兄さんは最初から嫁と子供いるし」キューブを降りてすぐ彼女はこっちを見た。「でもソシキって言い方やめない？　社長聞いたら怒るよ」

「怒るか？」

「うんプロダクションと言えって怒る」

ドアが閉まった。ドアが閉まった直後「ああそうだ、あたしの心配より、津田さん」という声が耳に届いた。ほっといてキューブを発進させ、方向転換して戻ったところで、ルリ子が近寄ってきて運転席側の窓を覗きこんだ。

「なんだよ」

「ひとつ忘れてた。偽札が出回ってるの知ってるよね？　一万円札の」

「出回ってるんじゃなくて、だれかが一枚使ったんだろ？　どっかのホテルで」

「うん銀杏で。犯人が使ったのは一枚だけど、噂ではまだたくさん持ってるんだって。だからお客さんから一万円札受け取るときは気をつけろって、社長が。いくら気をつけても、おまえらじゃ見分けつかない場合があるから、受け取ったお札は事務所に持ち帰ってぜんぶ俺に渡せって。とくに新札を自分の財布の一万円札と勝手に入れ替えたりするなって」

「じゃあ言われたとおりにしろよ」

「うんする」

「偽札が出たホテルってあの銀杏なのか」

「銀杏だって、梶さんが」

「それで？」

「それだけ」

「それだけじゃないだろ？ああそうだあたしの心配より津田さんて、わざわざ呼びとめただろ」

「ああそうだった。秀子さんに返して貰った三万円のこと」

「それが？」

「だいじょうぶ？　その三万円、秀子さんがお客さんから受け取った三万円じゃない？」

「そうか。そういうことか」

「一回見せたほうがよくない？　社長に。警察の講習会にも出てきたって言ってるし、偽札の見分け方の。社長に見せれば安心できるよ。ね、秀子さんの三万円は新札じゃなかった？」

「ずいぶんこだわるな？　高峰君の三万円に」

「だって三万円はでかいじゃん。秀子さんに三万円返して貰えたなんて、聞いてびっくりした。いまの秀子さん、前の秀子さんとはだいぶ違うんだから、お金返して貰えたなんて、津田さんラッキーなんだよ、そのこと自分でわかってる？」

「ああそうかもな」

「じゃあ社長に見せれば？　見せて本物だったら安心できるでしょ」

「そうだな」

「そのほうがいいよ」

「そうしよう」

　しかしそれはできない相談だった。

「じゃ、あたし行って稼いでくるね」

「おう稼いでこい」

「九十分したらまた迎えに来て」

「了解」

　なぜなら高峰秀子に返して貰った三万円はそのときすでに僕の手もとにはなかったからだ。

　二月二十八日深夜の時点で、確かに車内にあったはずの古本のピーターパンは、快晴の翌朝、慎改家のベビーシッターの部屋を辞去して、ふたたびキューブの運転席にすわったときには見あたらなかった。そしてその本をいつどこで手放してしまったのか、肝心の記憶はもう前夜の降りしきる雪の彼方にかすんでいた。つまりページのあいだに挟んであった三枚の一万円札も、本ともども姿を消してしまったわけである。

25

次の週末にまた社長からお呼びがかかりパートに出た。

三月に入って二回目の土曜日のことだ。

その日、高峰秀子はたぶん夕方から、コンパニオンとして客の指名をこなしていた。僕のほうは昼間から働いていたのだが、彼女を送り迎えする役目は回ってこなかった。夜更けに社長から、梶の代わりに秀子を迎えに行けと言われるまで、彼女が出勤していることすら気づかなかった。

真夜中の十二時過ぎ、迎えにキューブを走らせたとき助手席にはおなじホテルに呼ばれた浅丘ルリ子が同乗していた。しかし例の噂はもう旬を過ぎていた。ルリ子の口から同僚のみじめな噂の続編が語られることはなく、かといって、未解決の偽札事件の耳寄りな情報が伝えられることもなかった。そんな話は、どのコンパニオンの口からもいっさい出なかったと思う。この一週間のあいだに、新たな大事件が主役の座に躍り出ていたからだ。むろん僕の頭もすっかりそっちへ切り替わっていた。だからもし、ルリ子との車中でのやりとりを、前章で試みたように色をつけてという意味だが、思い出してここに書くとしたら、話題は幸地秀吉とその家族の失踪事件に集中することになる。

地元の新聞が地味な一報を載せたのが三月三日で、翌日から全国紙が「神隠し」の見出しを使いはじめ、続いて週刊誌も、テレビのワイドショウまでもその見出しに飛びついて、事件は日を追うごとに波紋を広げつつあった。昨年三月の第二週から三週目にかけてといえば、おそらくこの街のだれもがおなじ話題をだれかと共有したがっていた時期だ。

したがってルリ子と僕のやりとりはこうなる。まず彼女が、幸地秀吉とその妻と娘の行方を型通り心配してみせ、ね、知ってる？　とだれかが軽々しく語った根拠のとぼしい噂を軽々しく僕に伝え、僕は僕で、当時はもうドーナツショップの沼本店員から、二月二十八日明け方に相席した男が噂の主だと知らされていたので、とっておきのその事実を披露して驚かせるべきかどうか迷い、でも軽々しく話せば、きっと興奮して根掘り葉掘り聞きたがるだろうし、聞いた話はあっというまに彼女の同僚やリピーターの口から口へリレーされ街中に広まるだろう、と確信して思いとどまり、彼女がキューブを降りる間際まで迷いはしたが結局、黙っていることに決める、そんな展開になる。

で、そんなわかりきった展開を地の文にカギカッコ入りの台詞をまじえてことさら書いてみせる必要もないから、ここは旬の話題の移り変わりをあなたに理解してもらい、あとは前章と似たりよったりの会話が交わされたのだと想像してもらったうえで、真夜中の十二時過ぎ、高峰秀子が迎えを待つホテルに、はっきり憶えていないがそのホテルはアカプルコだったといま決めて、キューブが到着したところから書いていく。

高峰秀子はアカプルコの入口前で待っていた。

あの雪の晩とおなじダッフルコートをその日も着ていて、両手をポケットで暖めながら立っていた。キューブが停まると、彼女みずから近づいてきて、降りてそちらへ向かうルリ子とすれ違った。すれ違いざま、彼女がポケットから片手を出しててのひらを上に向けると、ルリ子がそれを右手で軽くはたいて歩いていった。ふたりとも無言だったのか短いことばが交わされたのかはわからなかったが、そのタッチの仕草を運転席から眺めて、部外者になりかけの女がまだぎりぎり内側の線に踏みとどまっている、とそのとき感じたことを憶えている。

だが僕にはよそよそしかった。もともと騒がしい印象の女ではなかったが、その晩は明らかに口数も少なかった。助手席に乗ってきても口にしたのは必要な挨拶のみで、無駄口はきかなかった。ほかのコンパニオンなら絶対に黙ってはいない旬の話題についてもまったく触れなかった。晴山青年の名前も出してこなかった。彼女にしてみれば、その名前をさきに出すべきなのはあなたのほうだと言いたかったのかもしれない。

その秀子が事務所の駐車場に戻るなりこう言った。

「おなかすいてない？」

キューブを停めてパーキングブレーキを踏んでドアの窓を下ろしかけたところだった。ひとりになったら煙草を吸うつもりでいたのだ。いや、はらはすいてない、と僕は答えた。

「急いでる？」

急ぎの予定はなかった。いまのところ社長の指示待ちで、特になければ九十分後にルリ子を迎えに行く段取りになるが、土曜の夜だし、なにかしら指示は来るだろう。

「じゃあハンバーガー屋さんまで送ってくれない？」

「いまから？」

「事務所に顔出して荷物取ってくる。ここで待ってて」

「どこのハンバーガー屋」

「津田さんがいつも行ってるお店でいい」

「あそこはひとりじゃ寂しいと思うよ。客がだれもいないから」

「テイクアウトにする」

「どっちにしても遠回りになるよ。家に帰るつもりなら」

「いいから待ってて」

煙草を二本吸うまで待たされて、やっと現れた高峰秀子は両手に荷物を提げていた。片手に旅行鞄をひとつ、もう一方の手には大ぶりの布袋のようなものをふたつ。噂に聞いたとおりと言うべきか、聞いた噂を超えていると言うべきか、計三個。三個ともキューブの後部座席に載せてから、彼女は助手席にすわり直して僕の顔色を読んだ。

「どうかした」

「いや。社長は?」

「金龍庵《きんりゅうあん》の鍋焼うどん食べてた」

「梶さんは」

「見なかったけど」

「事務所にいるはずだよ。そこに車が停まってるから」

「じゃいたかも」

「金龍庵か。金龍庵の出前のバイク、よく見るもんな。社長はよっぽど飽きないんだな。よっぽど美味《うま》いんだろうな？　金龍庵の鍋焼うどん」

返事がないので「金龍庵か」以下は僕の独り言になった。

その後また沈黙のドライブが十分ほど続いて、いつもの場所、憩いの広場の歩道脇にキューブを停めるまで、社長からの指示の電話は鳴らなかった。停車後もしばし沈黙は続いた。

「な？」僕は窓の外へ注意をうながした。「言ったとおりだろ」

「なにが？」高峰秀子が考え事を途中でやめてそっちを見た。

「客がだれもいないだろ。ヒマな店だ、超ヒマ」

「そうね」

「じゃあ、僕はここで」言ったそばから僕は迷った。「ここで待ってて、家まで送ろうか？」

「だいじょうぶ。タクシー呼んで自分で帰る」

「そう。じゃあ僕は事務所に戻るよ。休憩時間以外は駐車場で待機するように、社長に言われてるから」

「うん」

「こないだから特にきつく言われてる」

「うんわかってる」

彼女はすぐに車を降りようとはしなかった。シートベルトの解除も終わっていなかった。ここですんなり降りるはずがないと運転中から予測していたので、僕は待った。彼女の顔を見るのはあの雪の晩以来はじめてだった。最後に口をきいたのがその翌日彼女から電話がかかったときで、要は、今夜ひさしぶりに会ってここで別れる前に、どちらかが、晴山青年の名前にいちどでも触れないことにはおさまりがつかないはずだった。

「あたし津田さんに」シートベルトのバックルにようやく手が掛かった。「ひとつ頼み事があるんだ」

マルボロライトの箱を開けて、一本つまんで、口にくわえて、ドアの窓を下ろして待った。

「聞いてくれる？」

「僕にできることとか」

「うん簡単なこと」

そこで煙草に火を点けた。

「でもそのまえに」と彼女は言った。「津田さんの考えがどうなのか、できたらアドバイスが欲しい。経験者として」

「経験者。どういう意味」

「荷物のこと」

僕は後部座席へ首を捩った。

「晴山くんの荷物のことか」

彼女は黙っていた。こちらを見ようともしなかった。野暮なことは言わなければよかった。

「荷物のことにしてもなんにしても、僕から高峰君に助言できることなんて、たぶんないと思うよ」

「そんなことない」

「アドバイスと言われてもさ、だいいち僕は部外者だから。こないだ電話で喋った以上のことは知らないんだよ。きみに言われたとおり、彼を駅まで送って、務めは果たした。でも降りたあとのことは知らない」

「ああその話」平手打ちするように彼女は片手で煙草の煙を払った。「そのことならもうどうでもいい。あたしは別に津田さんのことばをどうこう疑ってるわけじゃないから。訊きたいのはただ、荷物のこと」

「でもそう言われてもさ」僕は外へ向かって煙を吐いた。「そもそもアドバイスってがらじゃないし」

「謙遜《けんそん》しないで。経験豊富のくせに」

彼女は僕が振り向くまで待っていた。待ってひとこと呟いたが、よく聞き取れなかった。

「なんの経験?」と僕は聞き返した。

「トンズラの経験よ。あるでしょ」

「ああトンズラって言ったのか」

「ないの?」

「いやまあトンズラの意味にもよるけど」

「あるよね? こっちにだって、なんか訳があって逃げて来たんだよね? 逃げるときは急いでるから、いっぺんに持って出るのは無理だから、とりあえず置いてきた荷物だってあるんじゃない?」

「まあそれは、あるかないかで言えば、あるな」

「ほらね。あたしが知りたいのは、その置いてきた荷物のこと」

なるほど、そういう話がしたいのか、と僕は思った。そういうことなら謙遜する必要はないかもしれない。

「それで?」

「うしろの荷物が邪魔なのよ」彼女の後頭部がヘッドレストを叩いた。「邪魔で邪魔でしかたないから、どうにかしたい」

「どうにかってどう」

「できるなら燃やしたい。燃やしてさっぱりしたい」

「そうか。わかるよ」

「なにが？」彼女が頭を起こして僕を見た。はじめて目と目を合わせて喋った。「なにがどうわかるの？」

「いや、だから、邪魔なものを燃やしてさっぱりしたいんだろ？　その気持ちはわかるよ。僕の荷物を預かってくれたひとも、きっとそう思ってるんじゃないかな。そんな気がする。とっくに燃やしちゃったかもしれない」

　彼女はもういちど煙草の煙を払う仕草をした。そのあと首を傾けて、片目をせばめて、笑顔を作った。

「こっちの気持ちはわかってくれなくていいよ」

「そうだな。そこは謙遜してわからないと言うべきだな」

「あたしが訊きたいのは、置いていった荷物を、むこうがどう思ってるのかということだけ。それだけ教えて。ここにある荷物、いまでも必要なのかな」

「さあどうだろう」

「どうなの」

「むこうはなんて」

「むこうは、あとから持ってきてくれって一度はあたしに頼んだ。でもそうしたくても、いまどこにいるかも知らない」

「そうか」僕は灰皿を引き出して煙草を押しつけた。

「居場所が決まったら連絡するとか、適当なこと言ってたんだけどね。部屋の鍵も預けてくれたし」

「つらいな」

「別につらくはないけど」時間をかけて僕が煙草を消すのを彼女は見ていた。「ただ、部屋に荷物を置いておくのは邪魔だし、燃やすまえにいちおう、津田さんのアドバイスが欲しい。正直なところ。荷物をこのまま預かっていたら、むこうから連絡が来ると思う?」

「そうだな」

「来ない? 余計な気はつかわなくていいから、はっきり答えて。来ると思うか、思わないか、それだけ」

答えは決まっていた。

やがて、電話がかかってきた。内心待ちかねていた社長からの電話だった。いまから丘の上ホテルに登れ、いま油を売ってる場所からすぐさま向かえ、と社長は言った。

僕がその指図をうけている最中に、彼女はキューブを降りてゆき、後部座席のドアを開け閉めした。電話が終わったあと、見ると、旅行鞄をひとつだけ提げて歩道に立っていた。

「じゃ津田さん、またね」

と彼女が挨拶し、僕は後ろに残された荷物に目をやった。

「頼み事ってこれか？」

「そう。ふたつとも燃やして」

「僕が？」

「津田さんが自分で燃やさなくても、クリーンセンターに持ってけばやってくれる。簡単よ。そこに行って、ごみ捨て場にただ投げるだけ。クリーンセンターの場所は、ルリ子さんが教えてくれる」

それ以上のことは彼女は喋らなかった。

僕もなにも言い返さなかった。

このあと、彼女がハンバーガー屋のほうへ横断歩道を渡っていく姿を確認して、丘の上ホテルへ車を向けた。


そしていまのところそれが最後だ。

去年のその日を最後に、高峰秀子とは会っていない。僕だけではなく女優倶楽部の面々も、だれひとり彼女の顔を見ていない。電話で話した者もいない。

高峰秀子が女優倶楽部を無断で辞めてしまった理由については、さまざまな憶測が可能で、しかも明確に知るすべはないのだが、大別すれば、ふたつのケースが考えられる。

A　男のあとを追いかけて街を出た。

B　それとは別件で街を出ていった。

AかBか。つまり言いたいのは、晴山青年から居場所を知らせる連絡は来たか、来なかったか。

もし来たとすれば、彼女は、僕に託して処分してしまった荷物のことを悔やんだだろう。あの男に相談したのが間違いだった、あの男のいい加減なアドバイスのせいで早まったことをしてしまったと、いまでも僕を恨んでいるかもしれない。晴山君もすこしは僕を恨んでいるかもしれない。その可能性はたぶんゼロではない。

ただし経験者として、謙遜抜きに言わせてもらえば、僕は彼女にしたアドバイスにいまも自信を持っている。いったん街から遁走《とんそう》した男が、残してきた荷物のために、女に連絡してくるかどうか。あなたの考えはどう？　ともし訊かれたら答えは決まっている。それはいまでも変わらない。連絡するかしないかで言えば、率直なところ、しないと思う。

ところでキューブの後部座席に残された荷物の話をすると、これはさきに書いたとおり、高峰秀子が乗車のさい三つ持ち込んで降りるとき一つ持ち去ったので、あと二つということになる。

二つとも柔らかい布で出来たバッグだった。どちらも中身までふくめて晴山青年の持ち物ということになるはずだが、おなじ色、おなじ寸法の双子のバッグだった。持ち手のベルトだけ縫い付けられていて、口を閉じる留め金もファスナーもない。ぱっと見、たんに布袋とか、思いつきでエコバッグとか、いっそ洗濯物をつっこんで持ち運ぶ袋とか呼びたかった。が、あとでよく見ると、オフホワイトの布地の隅に緑の文字で郵便局のネームが入っていて、反対側の面の中央にはペットボトルで見たことのある、三つの矢印で三角形をかたどったリサイクルマークが描かれていたので、どうやらエコバッグと呼ぶのがいちばん正しそうだった。

二つのエコバッグのうち一方には、濃紺の、持ち重りのするダッフルコートが器用に畳んで詰められていた。ほかにジーンズが一本と、やはり紺色のダウンベストが押し込んであってそれで容量はいっぱいだった。もうひとつのエコバッグにはジャージの上下、携帯電話の充電器、ケース入りの電動歯ブラシ、海賊船の出てくる漫画が一冊、あとは靴下だの下着だのが詰め込まれていた。エコバッグのどちらかに、キーホルダー付きの晴山君の部屋の鍵まで放り込まれているのではないか、そう疑ってみたが、中身を全部あけても見つからなかった。そのかわりTシャツの重なった底のほうから小型のビデオカメラが一台出てきた。

翌週だったか翌々週だったか、浅丘ルリ子に教えられて、見学がてらクリーンセンターに出向いた。晴山青年の持ち物の大半はその日のうちに燃えて灰になった。もったいないと思って僕が取っておいたのは、房州老人に売り払ったキャリーバッグの代用として、なにかのときに使えそうな予感のしたエコバッグと、それからまだ新品同然のビデオカメラだけだった。ソニーのハンディカムである。

エコバッグ二つはのちに、居候先を追い出されて次へ移るとき自分の持ち物を詰めるのに調法した。予感が的中したわけだが、皮肉なことに、居候先から追い出される直接の原因になったのがソニーのハンディカムだった。そっちの予感は特にしなかった。

ことの発端は、ビデオカメラに保存されていた映像である。詳しくいえばビデオカメラ本体に記録された映像と、それとは別にメモリーカードに記録された映像と、二種類存在したのだが、ひとつを僕が見逃していたこと、それが間違いのもとだった。本体の底に片開きの蓋があり、蓋の下にスロットがあって、中にメモリーカードが一枚隠れていることに、うかつにも僕は気づかなかった。

だが早寝早起きの銀行員は気づいた。僕の知らないいまに目ざとく気づいて、僕の知らない映像を再生し、結果、自分が見てしまった映像のことで僕を非難した。いままで腹の底に溜まりに溜まっていた不満を、見た映像にかこつけて、このさい全部吐き出すことに決めた、そんな感じの非難だった。今日という今日は許さない、もううんざりさい、言い訳するな、黙って聞け、こんなけがらわしいものあたしに見せるなんて絶対許さない、あんたのことは今後一生呪ってやる。実際にそうは言わないが、そのくらいの剣幕だった。たぶん非難する以前に、もはやこの男とは暮らせないと一定の結論に達していたのだろう。

まあそれはいい。あんたとは暮らせないと言われた経験は豊富だし、遅かれ早かれそのときは来たはずだから、そっちの話はひとまずいい。そんなことより大事な疑問がここで浮上する。

では彼女が見たものはなにか？

僕への不満を爆発させる導火線となった映像、それはいったいどんなものだったのか？

26

それがいったいどんなものだったのかここで、ただちにここでという意味だが、書くわけにはいかない。

なぜならメモリーカードに記録されていた映像を、当時、居候先を追い出されると決まったのちも、自分の目で見ることはできなかったからだ。

一から説明する。

まず僕が見たものの話をすると、ビデオカメラ本体には、家事にいそしむ高峰秀子の様子が記録されていた。

髪留めで後ろ髪をまとめ、Tシャツに短パン姿で彼女は映っていた。最初はバスタブの内側を一心不乱にスポンジで磨き、振り向いた顔は素顔で、すぐに場面変わって、キッチンの流し台の下に敷かれたマットに掃除機をかけ、次の場面では裸足で椅子にのぼって冷蔵庫の天板に掃除機をかけ、次に唐突に流しで米を研ぎはじめ、また唐突にフライパンで炒め物をしていた。ひとつひとつが三十秒足らずの短い動画だった。

いずれの場面でも撮影者は無言で、いずれの場面にも必ず一回、こんなところを撮らないでほしいと拗《す》ねた声が入っていた。撮影したのは晴山青年に違いなく、反対に高峰秀子によって撮影された晴山青年の横顔が、やや長尺の動画として調理場面の直後にひとつ残されていた。おなじ日、明らかにおなじ部屋の食卓で、黙々と箸を使い、口のなかのものを咀嚼《そしゃく》し、合間に味噌汁をすする、それだけの退屈な動画だった。美味《おい》しいかと高峰秀子の声が二回か三回訊ね、カメラのほうは見ずに二回か三回晴山青年がうなずいてみせる。最後に、もういい、やめろ、と晴山青年がてのひらを向けたところで映像は途切れていた。それで全部だった。

その一日で撮影ごっこに飽きてしまったのか、ほかの日に撮られた動画は見つからなかった。タッチパネル式の液晶モニターに保存動画のインデックスを表示させる機能があり、一目で、見逃した動画は一切ないことがわかった。またインデックス画面に付された撮影年月日によると、高峰秀子と晴山青年のふたりが、おそらく晴山青年の部屋で、食事をともにしたのは前年の八月十三日だと特定できた。そのころに晴山青年はソニーのハンディカムを購入したのだろう。撮影目的も曖昧に衝動買いしたせいで、試し撮り一回でじきに飽きて、宝の持ち腐れになったのかもしれなかった。そのため半年以上経った時点でもソニーのハンディカムは新品同然なのかもしれなかった。全部で六つの場面に分かれた動画を連続で再生したあと、バッテリーが切れかかっているとの警告が画面に現れたのを見ながら、僕はその程度のことをぼんやり考えた。その程度しか考えなかった。

充電の必要なハンディカムはエコバッグに戻し、居候先のクローゼットの隅に置かせてもらうことにした。いますぐ活用するにはソニーのハンディカム専用の充電器を手に入れなければならず、そこまでしてなにかを撮影する意欲はもともとないから、とりあえず目立たない場所、あるじが気にしないで許してくれる保管場所としてそこを選んだ。夏物の靴とかサンダルとかの箱が重ねてあるクローゼットの隅だ。そこに置かせてもらって、いずれまた金に困ったら、こんどは幸田文全集やキャリーバッグのかわりに房州老人に売りつける手もあるかもしれない。

それが昨年三月なかば頃で、まだメモリーカードの存在には気づいていない。クローゼットにはふだん近寄らないから、自然、保管物のことも忘れがちになった。やがてすっかり忘れたまま一ヶ月、二ヶ月、三ヶ月と、週末のパート仕事をこなして小遣い銭を稼いでいた。煙草代やら、夜食のハンバーガー代やら、慎改美弥子と密会する際の、ホテル代は最初だけ僕が払いあとはむこう持ちの習慣だったから、機嫌取りにたまにプレゼントするラスク代やら古本代やらのことだが、なんとかやりくりはできた。初夏に房州老人の入院の知らせを聞いたときにも、売りつけるつもりでいたソニーのハンディカムのことなど思い出しもしなかった。

一方、居候先のあるじのほうは、一ヶ月、二ヶ月、三ヶ月ものあいだ、自分の持ち物ではないエコバッグが二枚畳まれて靴箱の上に載せてあるのをちょくちょく見かけるうち、まあ場所は取らないわりに、なにかしら目障りな袋だと思いはじめていたのかもしれない。あるいはそうじゃなくて何気に、休日の午後、来週から銀行に履いていく靴を箱から出そうとして、片手でエコバッグを取りのけ、そのとき意外な重みに気づいてふと感じるものがあったのかもしれない。逆さに持って振ってみると、ごろんと転がり出たのは茄子紺《なすこん》のボディの、「てのひらサイズ」の小型ビデオカメラで、なぜこんなものをここに隠してあるのかと彼女は疑念を抱いたのだろう。そしてそこからは早かった。バッテリー切れのビデオカメラをいったいどこでどのように充電し、しかもどのような目的と強い意志を持ってメモリーカードの発見に至ったのかは謎だが、とにかくほんの三時間か四時間で彼女はそれをやってのけた。午後の早い時間に僕が部屋を出るときには、まったくいつもと変わらなかった顔つきが、どこに行くの？　とも訊くつもりのない白けた顔つきという意味だが、夕方、房州老人の見舞いから疲れて戻ってみると、急変していた。ことばの綾ではなく、文字どおり、顔が青ざめていた。畳に尻をついて、両脚の膝をばらばらの角度に曲げて器用な坐り方をしていたのだが、そばに立った僕を見あげると、ことばを放つまえにいちど唇を噛んでみせた。できれば鬼の形相を保ちたいのと、でも悲しくて泣けてくるのを我慢したいのと、両者葛藤のあげくのようだった。なぜ彼女が青ざめながら鬼になろうとしているのか、なりきれなくて涙をこらえているのか、むろんすぐには状況が呑み込めなかった。彼女の兄嫁との密会がどこからか洩れたのかもしれない。まさかとは思うが、それがいちばん恐ろしい状況だった。それ以外であることを祈り、あとはおろおろするばかりだった。

そのうち彼女が「けがらわしい」ということばを用いて喋りはじめた。

前章にすでに書いたように、あんたとはもう暮らせないという一定の結論に基づいて、言い訳の許されない罵りのことばが次々吐き出された。聞いているうちに、いまがいちばん恐ろしい状況ではないことはだんだんわかってきた。予想だにしない状況、ただならぬ状況には違いないが、彼女はべつに義理の姉と僕との秘密を暴こうとはしていない。ただ僕が持ち込んだ異物に対して過剰反応しているのだ。彼女の基準ではそれが「けがらわしい」ものなのだ。早寝早起きのパン焼き生活、皆勤賞の銀行勤め、年に一度の旅行、モットーはマイペース、あたしが望んで手に入れたあたしの人生。これまであんたにはさんざん聖域を侵されてきたけれど今回がきわめつきだと怒っているのだ。なにかはわからないがなにか健やかな日常とは異質なものを見てしまったのだ。

真似のできない角度で折り曲げられた彼女の両膝、その右足のほうの踵《かかと》ちかくに、ソニーのハンディカム本体が置いてあるのに気づいた。置いてあるのではなく、そこに落ちているのだともうしばらく経って気づいた。本体とは別個になった液晶モニターが、おなじく右足の、爪先の延長線上に落ちているのが目に止まったからだ。ハンディカム本体から離れて、遠く畳のへりのあたりまで飛んでしまった液晶モニター。これはもともとモニター部分が本体から着脱自由な構造になっている、というわけではない。そんな自由はあり得ない。ソニーのハンディカムを手にしてみればわかることだが、液晶モニターは本体側面に固定されている。閉じた状態では本体と一体化している。撮影時や動画の再生時には、それを鳥の羽のごとく九十度開いて、カメラがとらえた映像を見る。

つまり言いたいのは、その夕方僕が帰宅したとき、すでに彼女は鳥の羽をもぎ取ったあとだったということだ。メモリーカードの存在をつきとめ、記録された映像を見て逆上し、その怒りを表現するにあたり、どれほどの馬鹿力を発揮したのか知らないが、ハンディカムの液晶モニターを本体から捩り取って、両方とも畳に投げつけたのだ。投げつけたのち蹴飛ばしたのかもしれない。結果、傷ひとつなかったはずのハンディカムは使い物にならなくなっていた。撮影も再生も不可能。無事なのは本体底のスロットに挿し込まれていたメモリーカードのみだった。

冷静に考えれば、彼女はソニーのハンディカムに八つ当たりすべきではなかったと思う。怒りから来る馬鹿力を、どうしてもなにかに向けたいのなら、第一に僕に向けるべきだろうし、僕が帰宅するまで待てなかったのだとしても、せめて、壊したいなら液晶モニターではなく映像の記録そのものを破壊するのが筋だったろう。ソニーのハンディカムは記録された映像を正確に再現してみせただけだ。どちらかといえば真の敵はメモリーカードだ。彼女は正しい怒りの標的を見誤った。本来、蹴飛ばすいわれのないものを蹴飛ばしてしまった。ひとは感情的になると、そういう滑稽《こっけい》なミスを犯す。

余談だが、足かけ二年にわたって僕が二度読むことになった例の古本、『ピーター・パンとウェンディ』にこれとよく似たエピソードが出てくる。僕の言わんとすることが、平易なことばで、いま僕が書いたよりもずっと説得力を持って語られている。その一節を読むと、マイペースがモットーの銀行員のことをどうしても連想せずにいられない。あるいは彼女の仕出かしたミスを思い出すたび、ピーターパンのその一節を連想せずにいられない。彼女じしんも一度は目を通したはずの本のなかで、どんな具合に八つ当たりの滑稽さが描かれているか、ここであなたにも知っておいてほしい。

ネヴァーランドでの一幕。

ネヴァーランドはご存知、ピーターパンと仲間の子供たちが住んでいる島の名前だが、そこに海賊が現れて、子供たちを捕まえて、ロープで縛りあげる。子供たちはひとりひとり「ひざのところを耳の近くにたたみこまれるかっこうで」残酷に縛られていく。ところが、スライトリーという名前の、スライトリーとは名ばかりの、ぶくぶく太った子供がひとりいて、その子の順番になると思い通りにいかない。海賊は子供たちの人数ぶん、おなじ長さのロープしか用意していなかったので、痩《や》せた子供は縛れるけれどでぶの子供を縛るにはロープの長さが足りない。というわけで「スライトリーの番がくるまで、万事うまくいきました」とあって、そのあとこう語られる。

ところが、スライトリーになってみると、この子は、ぐるっとまわすだけで、全部のひもを使ってしまい、結びめをつくるあまりが、ちっともない、あのしゃくにさわる小包みのような子であることが発見されました。ちょうどあなた方が、そういう小包みをけとばすように、(正しくは、あなたがたは、ひもをけとばすべきなのですが。)海賊どもは、かんかんにおこって、スライトリーをけとばしました。

さて。

この出来事からまもなく、僕はエコバッグ二つに所持品を詰め込み、持ち手のベルトを一つずつ肩に掛けてぶらさげて、当時はまだ慎改家のベビーシッターだった大学生の部屋へ引っ越すことになる。

その前だったか直後だったか、破損したハンディカムは試しにヤマダ電機まで持参して、たとえば無償の修理とか、新品との交換とかが可能かどうか相談してみたが、忙しげな店員に、たとえばもなにも保証書がないのは論外だし、だいいち破損の程度にもほどがある、とあしらわれたので、その場で諦めて、メモリーカードだけ抜き取って残りはゴミ箱に捨てて帰った。

居候先を移ったのちもメモリーカードを捨てなかったのは、自分ではまだ見ていない映像に対する好奇心が邪魔したせいで、それをとりあえずエコバッグの内側のポケットに滑り込ませて眠らせたのは、いますぐ、なにはさておき、なにがなんでも、記録された内容を確かめたいほどの熱意はない、そこまで好奇心は湧かない、と判断したためである。自分ではまだ見ていないが、自分で実際見てひどく取り乱した女性は目の前で見たわけだし、内容がどんなものであるかは見るまでもなくある程度想像がついていた。たぶんここまで読んできたあなたにもある程度想像はつくだろう。映っているのは晴山青年と高峰秀子か、もしくは晴山青年とあの大雪の晩にベンツのワゴン車を運転していた女性か。どちらの組み合わせにしても、彼らの、他人に覗かれてはならないプライベートな場面を撮った動画であることはそれとなく察しがつくだろう。

その種の動画をぜがひでも、優先順位一位で、新たな再生装置を手に入れてまで自分の目で見たいとは、すくなくとも当時の僕は思わなかった。仮に一生見ないまま終わったとしてもさほど惜しくもなかった。だいいち、あの幸地秀吉がベンツのワゴン車を所有していたとの情報を当時は知らなかったのだ。だから僕は将来の予定をこう立てていた。もし今後、このメモリーカードに保存された動画を見る機会があるとすれば、いずれ懐具合に余裕ができて、自分の金でソニーのハンディカムの新品を買えたときになるだろう。

ここまで、去年六月頃の話だ。

27

坂のゆきどまりにラパンを停めて十分近く待った。

運転席で煙草を一本吸い、電話で催促しようかと焦れはじめたころ、突き当たりの石壁に沿って右上がりに設けられた段々に人影が現れた。サンダル履きで、右手から足音を響かせて沼本店員は降りてきた。

これは今年の六月。

あのスピンの夜からまもない日曜深夜のことだ。

足もとを照らしてやるつもりで車のライトを向けると、階段を降りきったところで沼本店員は立ちすくんだ。右のてのひらを右の頰に当てて、右腕は脇をしめて、右目をすがめてみせた。だぶだぶの短パン、Tシャツ、半袖のパーカ。短パンはバスケットボールのユニホームかもしれない。もしくはパジャマの上から半袖のパーカを羽織って出てきたのかもしれない。光がまぶしいというより歯痛を堪えるようなポーズで彼女は立ちすくんでいた。左手にストラップ付きの化粧ポーチふうのものを提げているのを確認して、ライトを落とすと、サンダルの踵を路面に打ち当てて歩く音がまた聞こえてきた。坂のゆきどまり、と言えばタクシーの運転手にも通じるこの道には、道じたいは平坦だが、街灯がない。両脇にすかすかの青空駐車場があるだけで人影もなく、物音ひとつしない。そのかわり道の真ん中に車を停めてひとを待てる。

まもなく彼女はラパンの運転席側で足を止めた。

足を止めたかと思うと間髪いれず、なにはともあれといった間合いで、車内へ右手を差し入れてきた。一万円、と沼本店員は言った。

「乗れよ」

「一万円返してよ。返しにきたんでしょ?」

「まあいいから乗れ」

沼本店員は動かなかった。

「乗ってどうするの」

「ふたりでちょっと話をしよう」

「なんの話」

「そう警戒するな」

「じゃ一万円返して。ああ、まさか？」

「なんだよ」

「まさか最初から返すつもりなくて来たんじゃないよね？　車に乗せて、うまいこと言いくるめて、ソニーのハンディカムだけ借りて帰ろうなんて、虫のいいこと考えてるんじゃないよね？」

「そっちの手にぶらさげてるのがうちの父のソニーのハンディカムか」

「そうだけど」

「それにしても、そのおやじっぽいことば遣いはどうなんだ。うまいこと言いくるめるとか、虫のいいこと考えてるとか。ふつう言うか？　二十代の女が」

「なんでもいいから一万円さきに返して」

シャツの胸ポケットに用意していた一万円札をつまみ出して、顔のすぐ横にある手に握らせると、四つ折りにしてあったのをいったん広げて、改めて自分の手で二つ折りにしたのを沼本店員は短パンのポケットにしまい込んだ。短パンの右ポケットの奥まで右手を入れるには相当右肩を沈み込ませる必要があった。化粧ポーチふうのソフトケースは、彼女が一万円札を広げるときも左手にぶらさがっていた。ストラップの輪の中に左手首が通っているのが見えた。

「そのケースにソニーのハンディカムが入ってるのか」

「充電器もね」

「こっちによこせ」

「うちの父が言うには」ストラップ付きの携帯ケースが僕の手に渡った。「友達に貸すのはかまわないけど、撮影した動画はメモリーカードに保存するように伝えろ、だって。設定はいじらなくてもこっちでそうしてあるから、その友達に、自分でメモリーカードを一枚買ってから撮影するように言え、だって」

「わかってる。言われなくてもわかってる。メモリーカードなら一枚持ってるんだ」

「だったらいいけど。でもなに撮影するのよ」

「なにも撮影しない」

「え？」

「な？　乗れよ。助手席にすわってすこし話をしよう」

彼女は指先で頬を押さえながら応えた。

「すわって話する気分じゃないんだよね」

「そう言うな。積もる話ってこともあるだろう。歯が痛いのか？」

「痛くはないけど、奥の歯の詰め物が取れた。夕方、ミルキー嚙んでたら」

「なにを嚙んでたって？」

「ミルキーよ」

「ミルキーってあれか。ミルキーはママの味のミルキーのことか」

「そうだけど。積もる話ってなに」

「ペコちゃんポコちゃんのあのミルキーのことか？　あのミルキーのせいで歯の詰め物が取れたってクレームつけてるのか」

「話がないなら帰るけど」

「みなみさんのことだ」

沼本店員は僕の顔がよく見える位置まで腰をかがめた。

「あと、スピンの岩永くんのことも」と僕は言い足した。

それを聞いてようやく沼本店員は動いた。

「みなみさんがどうしたの」ラパンの助手席に乗り込んできてドアを閉めてからこっちを見てまず言った。「なんかあった？」

「いやなにもない」

「ただみなみさんの、チキチキの前の職場を知らないかと思って」

「あたしが？　知らないけど」

「そうか。ならいい」

「それだけ？」

「みなみさんの件はそれだけだ」

「なんなのよ」沼本店員は失望あらわな声を出した。「なんかあったのかと思ったのに。あのとき、あたしを降ろしたあとで、あのみなみさんと」

彼女のすっぴんのしかめ面は、車内の暗がりでも見分けがついたが、礼儀としてあまり直視しないよう心がけて喋った。

「なにもない。あのみなみさんをレディースマンションの玄関まで送って、最後は岩永くんとふたりになった」

「レディースマンションの玄関ってなに」

「あのみなみさんの住んでるマンションはレディースマンションなんだ。知らないのか」

「あのみなみさんがレディースマンションになんか住んでるわけないじゃん、子供がふたりもさんにんもいるのに」

僕が黙ると沼本店員もしばし黙った。

その間、横目で見ると、詰め物の取れた歯を舌先でいたわっているのか顔の右半分をゆがませて僕の発言を待っていた。

「子供が二人？　三人？　どっちだ」

「ふたりかな」

「あのみなみさんが子供をふたり産んでるのか」

「そうだよ」

「旦那さんとか姑さんとかは。一緒に住んでるのか？」

「そこまで知らない」

「なぜレディースマンションに住んでるなんて嘘をつくんだ」

「それも知らないけど。警戒したんじゃない？　津田さんが狙ってるから」

「この僕が？　あのみなみさんを？」

「きっとあのみなみさんが用心して、この僕を避けたんだよ。不動産屋の奥さんがあたしに忠告してくれた話はしたよね？　津田伸一とは関わらないほうが身のためだって、電話番号なんか知ってしまうとろくなことにならないって。それみなみさんもそばで聞いてたから、古本屋のおじいちゃんのお葬式の日。火葬場で」

僕がまた黙ると沼本店員もしばし黙った。

その間、唇の右端がつりあがり、右目はほとんど閉じていた。詰め物が取れたのは右上の奥歯のようだった。

「なあ、ぬまもと」

「ぬもとです」

「きみの日曜日はヒマそうだな」

「なによ」

「ミルキー舐めてて歯の詰め物が取れるかよ、ふつう」

「舐めてたんじゃなくて、噛んでたの」

「日曜日の夕方に、ひとりでミルキー噛んでたのか？　自分の部屋でか」

「ほかに話がないならおいとましますが」

「あとスピンの岩永くんのことだ」

「スピンの岩永さんがどうしたの」

話の切り出し方を少々迷った。

「後学のために訊くけど、きみの部屋の広さはどのくらいだ？　六畳くらいか」

「後学のため？」

「小説を書くときの参考にという意味だ」

「広さは八畳だけどね」沼本店員は我慢して答えた。「何畳あっても男は部屋には泊められない。ごめん諦めて」

「なんの話をしてるんだ？」

「それはこっちの台詞でしょ。なんの話をしてるのよ。あたしの部屋の広さと岩永さんとなんの関係があるの」

「上下二段になった押し入れとかついてるのか」

「ほえ」

「ほえって言うな。ついてるのかついてないのか」

「あたまおかしいんじゃないの？」

「な？　ミルキー嚙んだくらいで治療した歯の詰め物が取れるか？　ふつう。これも後学のためだ」

「取れるよ。ミルキー嚙むときは津田さんも用心しないと。箱の注意書きにもちゃんと書いてあるから」

「ミルキーの箱に？　どんな注意書き」

「ではわたくしはこのへんで」沼本店員がドアに手をかけて降りる決意をみせた。

「ソニーのハンディカムは一週間したらちゃんと返してね」

「ぬまもと」

「ぬもとです」

「スピンの岩永くんは見たとおりの人間か?」

勢いで開けたドアをそのままにして沼本店員が振り向いた。

「いやつまり」と僕は言ってみた。「ひとの好さげな、穏やかな人物に見えたんだ、僕の目には。でも女の目で見て、きみはどう思う。なにかひっかかる点はないか。岩永くんのことでなにか、悪い噂を聞いたりしてないか」

「悪い噂ってどんな」

「そうだな。たとえば、彼は本通り裏の小包だとか」

「ああ。その噂のこと」

「聞いてるのか?」

「聞いてない。なに言ってるのかさっぱりわからない」

僕が三たび黙ると、沼本店員も黙って右上の奥歯の穴を舌先でつついた。その間、僕は彼女の顔から後部座席へいちど視線を逸らし、そこに積んであるものを見た。

「そうか。なにも聞いてないならいいんだ」

「おわり?」

「ああ以上だ。引きとめて悪かったな」

「津田さんさ」

沼本店員が腰を浮かし、わざわざ上体を反転させて、後部座席に寝かせてあるキャリーバッグを見た。そっちを見ろと僕が態度でしめしたようなものだったので、あえて止めはしなかった。

「今夜の津田さんさ、回りくどいね。いつにも増して」

「そうか？」

「なにこれ」

「見たとおり鞄だ」

「古本屋のおじいちゃんから貰った鞄じゃない？」

「ああ」

「命より大事なものが入ってる鞄だよね、命の次にじゃなくて」

「言ったか？　そんなこと」

「言った。命より大事なものと小説家が言えばなんだ？　あたしにそんな問題出した。あれからあれこれ考えてみたんだけど、答えは原稿じゃない？　まだ本になってない小説の原稿。それしか考えつかないもん」

「なるほどな」

「違う？」

「なるほどミルキーの箱の注意書き読むくらいヒマなんだから、あれこれ考える時間もたっぷりあったんだろうな」

「鞄の中身は原稿だよね？」

「その質問は受けつけない」

沼本店員は居住まいを正す感じですわり直した。そのまえにタオル地の短パンを少しだけ引っぱり上げた。

「大事な鞄をなぜ車に積んでるのよ」ここまでは独り言だった。「まさか、このままどっか行っちゃうんじゃないよね？　ソニーのハンディカムの持ち逃げは許されないからね」

「心配するな。どこにも行かない。二三日したら返す」

「でもなにか困ったことが起きてるんじゃない？　鞄の中身のことで」

「そう思うか？」

「うん思うね、この空気」

「そうだな」僕は本音で喋りたくなるのを堪えた。「言われてみると、困ったことは次から次に起きてるな。もう何年も前、東京にいた頃から」

「頼りになるのは女だよね、どこにいても。困ったとき救いの手をさしのべてくれるのは女だ、と津田さんの本に書いてある。何回も何回も、おなじ文句が。どんだけ女に頼ってきたのか知らないけど」

「そうか。そういえば津田伸一の昔の本を読んだとか、読むのを途中でやめたとか、スピンでだれかが話してたな」

「手まぜしない」沼本店員が注意した。「ファスナーが馬鹿になるよ」

ちなみに手まぜとはこっちの方言で手遊び、手慰みのことだ。そのときまで膝の上で弄《もてあそ》んでいたカメラケースのファスナーを、最後にきっちり閉めた。閉めたあとダッシュボードに置き、ポケットの携帯を取り出した。

「そろそろ仕事に戻らないと。引き止めて悪かった」

「さっきなにを撮影するって言ったっけ？」

「なにも撮影しない」

「じゃあソニーのハンディカムをなんに使うの」

「降りてくれ。社長から呼び出しだ」

「電話かかってないじゃん。なんに使うの？」

「メモリーカードの動画を再生する」

「あのね津田さん」沼本店員が救いの手をさしのべた。「ここで聞いてほしい話があるなら聞くよ。もっとほかに、あたしに頼み事とかあるなら。遠慮しないで言えば？」

せっかくなので一考のポーズだけ取った。

「ないの？　ないならもう帰らせてもらうけど、八畳の広さの、上下二段の押し入れつきの部屋に」

「うん。ほかはこれといってない」

「ああそ」沼本店員は半開きのドアを片手で押した。

そのとき電話が鳴りはじめた。

「ほらな」僕は言った。「社長からだ」

「これが最後だよ」

沼本店員はラパンを降りたあとドアの陰からこちらを覗いた。

「おじいちゃんの鞄のことでほかに言うことはない？　車に積んでこのままどっかに行っちゃうつもりか、それともあたしにどうにかしてほしいのに言い出せないか、どっちかじゃないの？」

「どっちでもない」

「ああそ」

「ではまた後日ドーナツショップで」

「待って。メモリーカードの動画ってなに」

「メモリーカードに保存されてる動画に決まってるだろ」

「どんな？」

「それはこのあとわかる」僕は電話に出た。

「ああそ」沼本店員は完全に救いの手を引っ込めた。

「遅いよ津田さん」社長が言った。「いまどこなんだ?」

「坂のゆきどまり」

　力まかせにドアが閉まった。


　本音をいえば、もし本音で人生の難局を乗り切れるならという意味だが、だれかに聞いてほしい話は確かにあり、山ほどあり、喉まで出かかっている頼み事もひとつだけあるにはあった。その点、沼本店員はまちがってはいない。でもだれかに聞いてほしい話と、すらすらひとに話せる話とはまた別のものだ。頼りになるのは女だという金言と、頼りにしていい女かどうかという現場での判断もまた別だろう。

　六月一日給料日の深夜、正しくは六月二日早朝だが、スピンの岩永くんの運転で居候先まで送ってもらい、じつはあれから、僕もあれこれ考えてみたのだ。考えてみたところ、ひとつの筋書きに取り憑《つ》かれた。以前よりもかなり切迫した筋書きに。

　本通り裏からの使いが、偽札の匂いを嗅ぎつけて居候先まで押しかけてくる。その危険にさらされているのはもちろん頭ではわかっていた。社長の話を聞いて以来、なにが起きても驚かないくらいの心構えはできていたが、でもそれは今日明日ではなく、いずれやって来るかもしれない危険に対してだった。ところが、岩永くんに車で送ってもらったことで、つまり彼に住所を知られてしまったことで、緊急度の目盛りが一気に上がってしまったような気がしてならない。いずれ来るかも、から、近日中に来るかも、へ。

なにより気にかかるのは、スピンの岩永くんの雇い主「倉田ケンジロウ」なる人物と、社長の話に出てくる「本通り裏のあのひと」、このへんで持ちあがる騒ぎに必ず裏で関わり、偽札事件にも、一家三人神隠しにも、なにやら一枚嚙んでいるらしい男とが、同一人物である可能性だった。あれこれ考える以前に、直感的に、その可能性が非常に高そうな点だった。同一人物かどうかは、社長に「本通り裏のあのひと」の名前を確かめれば解決する問題だが、それを訊けばせっかく寝た子を起こすことになり、また余計な疑いを招いてこっちの立場が不利になる。だからひとりで考えるしかない。直感を信じて、もし同一人物だとすればどうなるのか、考えてみるとこうなる。

「本通り裏のあのひと」は、昨年発生した偽札事件のときも、今回の僕が関わった偽札事件でも、社長の話によれば、偽札の出所に並々ならぬ関心を示している。つまり「本通り裏のあのひと」イコール「倉田ケンジロウ」は、現在も残りの偽札の行方を追い求めている。あるいは本通り裏の手下に命じて追わせている。一方で、「倉田ケンジロウ」は昨年失踪した幸地秀吉のあとを引き継ぎ、みずからは前面に出ないで、いわばスピンの裏の経営者として、岩永くんを雇い入れている。つまり岩永くんは、本人はどう言い訳しようと「倉田ケンジロウ」の部下であり、陰から「倉田ケンジロウ」に操られる立場の人間である。その岩永くんに僕はラパンの運転をまかせて居候先のマンションまで送ってもらった。それはどういうことかというと、「倉田ケンジロウ」すなわち「本通り裏のあのひと」の子飼いの部下に住所を知られてしまったということである。

悪いほうへ考え出せばきりがない。岩永くんは、近日中に、雇い主の倉田ケンジロウと面会する機会を持つかもしれない。そのときすでに倉田側は、本通りの裏表にはりめぐらせた情報網にひっかかった怪しい人間のリストを、たとえば偽札の出所である床屋のまえだの常連客のリストとかを入手していて、このなかにスピンの客はいないか？　みたいな質問を岩永くんにするかもしれない。すると岩永くんは、ああこの津田伸一ってひとならどこに住んでるか知ってますよ、と無邪気に答え、そうか、じゃあいまのとこ手詰まりだしさ、住所のわかってるやつから家庭訪問してみるか？みたいな段取りを倉田側は思いつくかもしれない。あるいは、そうではなくて、そもそも順番は逆で、岩永くんは最初から倉田側の指令をうけて、ラパンの運転手役を買って出たのかもしれない。岩永くんに送ってもらったことで住所を知られてしまったのではなく、岩永くんが僕の住所を知る目的のために運転手になりたがったのかもしれない。自分が飲んだのはビールではなくジンジャーエールだという主張、なにがおかしいのか理解に苦しんだ例の冗談は、そもそも冗談などではなく、飲酒運転の罪を犯してまでなぜ僕を送りたがるのか？　という素朴な疑問を僕に起こさせないための嘘、本気でついた見え見えの嘘だったのかもしれない。どっちにしても、もう居場所はつかまれてしまった。岩永くんの密告により、今日か明日にも彼らはやって来るかもしれない。きっとここに押しかけてキャリーバッグを見つけるだろう。見つけるもなにも、あるじのシングルベッドの足もと、壁との隙間にさりげなく縦置きにしてあるだけだから、探す手間がはぶけたとみんなで喜んで、そのあと僕を軽く痛めつけて脅して、そして南京錠の暗証番号を言えと迫るだろう。ちょっとでも渋れば次は本格的な拷問《ごうもん》だろう。もし小説に書くとしたらその順番になるだろう。恐ろしい展開だ。現実にそうならないうちにどこか安全な場所に隠したほうがいい。キャリーバッグをこのまま手もとに置いておくのは、あまりに策がなさすぎるし、ひとも好すぎる。できるだけ自分の居場所から遠く、しかもコインロッカーとは違って金のかからない、安全な保管場所に移したほうが身のためだ。

というわけで、あれこれ考えた末、借りていた一万円を返済しソニーのハンディカムを借りるついでに、あわよくばと思って車に積んで「坂のゆきどまり」まで運んできてはみたものの、やはり、沼本店員に預けてしまうのは、土壇場でためらわれた。いくら沼本店員の実家が料金のかからない保管場所として適しているといっても、それはあくまで僕にとっての都合で、いざとなれば、沼本店員じしんの身に危険がおよぶ恐れもある。本通り裏も、それに警察も、いずれは彼女の部屋の上下二段の押し入れにたどり着くかもしれない。仮にたどり着かなかった場合でも、こんどは、金のかからない保管場所のはずが逆に高くついてしまう心配だってある。なんといっても鞄の中身は三四〇二枚の一万円札だ。偽札の疑いが濃いとはいえ、大金は大金、宝くじにでも当たらないかぎり一般人が目にすることのない現ナマである。鞄を預かったあと、勘のいい沼本店員はすぐに疑いを持つかもしれない。自分でああは言ってみたけど、小説の原稿がほんとに命より大事なものだろうか？　だいたいあの男の書いた小説がそれほどのものだろうか？　そう考え直して、南京錠の四つのダイヤルを、僕がやったように0000から始めて一日百通りずつ試し、三日で解錠して鞄の中身を見て、心臓が止まるほど驚くかもしれない。そうなったら元も子もない。どっちにしろ彼女をこの事件に巻き込むのは、小説家としては、ひょっとして面白ければ許されるかもしれないが、ひととして許される行為ではないだろう。だから、彼女から救いの手がさしのべられたときも、「もっとほかに、あたしに頼み事とかあるなら」とまで言ってくれたときにも、喉まで出かかったことばを呑みくだして、絶好のチャンスが去っていくのをただ見送るしかなかったのだ。

28

結局キャリーバッグはラパンに積んだまま帰った。

夜勤を終えて、居候先の駐車場で後部座席から降ろして、また寝室に運び入れてシングルベッドと壁とのすきまに縦置きにして戻した。ここしかない、と自分に言い聞かせた。ほかに妙案はない。

先月パチンコ屋で発見された偽一万円札の真の出所、つまり床屋のまえだに偽一万円札を手渡した人物の正しい情報を、もし敵につかまれたら、その敵が本通り裏でも警察でもおなじことだが、そのときはじめて大金の詰まった鞄の存在はやばくなる。同時にこの身もやばくなる。偽札を抱えてお尋ね者になる。追手が来る。裏からも表からも来る。来るだろう。しかし実際にはまだ偽札の出所はつかまれていない。床屋のまえだの証言、というか沈黙のおかげで、犯人探しはゆきづまっている。客観的に状況を判断すれば、今回の偽札事件は去年の事件とおなじく鎮静化に向かっているし、いまのところ、僕はだれからも追われていない。びくびくする理由もまだない。だからもとの場所に堂々と置く。スピンの岩永くんに住所を知られていようといまいと、自分の持ち物である旅行鞄は自分が寝起きする部屋に置いておく。それがいちばん自然だ。万が一、どこかから情報が洩れて、偽札使いのお尋ね者にされた場合の対処をどうするか、すぐさまキャリーバッグを持ってとんずらするか、警察に出頭して知りませんでしたで通すか、それとも第三の選択肢があるのかは、また日を置いて考える。そのくらいの時間はあるはずだし、今後の課題になる。いまは第三の選択肢ということばだけぱっと閃《ひらめ》いて、中身がない。

29

一方、沼本店員から借りて持ち帰ったソニーのハンディカム。

そっちはその日のうちに有効活用できた。あるじの留守をいいことに、夜中の三時過ぎに居間の押し入れの下の段からエコバッグを引っぱり出してきて、一年のあいだ眠らせていたメモリーカードを内ポケットからつまみ出し、親指と人差し指のさきで慎重に挟んで、まず息を吹きかけ、気持ち一年分の埃《ほこり》をはらった。それからちょっともったいつけて煙草を一服し、一服するうち気が急いたのでくわえ煙草で、ハンディカムをソフトケースから取り出して充電器に接続すると、あとの手順は簡単だった。

説明の必要もないと思うが、ここで言うメモリーカードとは、縦横の幅が約3センチ×2センチ、全体が長方形をした黒い板状のもので、表面に貼られた金色のシールにメーカー名とカードの種類のロゴと、ほかに記憶容量が8GBと記されている。これをハンディカム本体底のスロットに挿入後、片翼の液晶モニターをひらく。ひらいたとたん起動のメロディーが鳴り、つまり自動的に電源が入り、タッチパネル式の画面が操作可能になる。画面隅から再生アイコンを選んで指先で触れる。感知したしるしの短い電子音とともに、保存動画のインデックス画面が現れる。

インデックス画面には、保存された動画とおなじ数だけサムネイルが表示される。ひとつひとつの動画の頭の部分が、たとえば人物の顔のアップから始まる動画ならその人物の顔が、静止画として切り取られ、小さな枡目《ますめ》に埋め込まれたかたちでアイコンの役割を果たし、再生するにはそれを指先でタッチすることになる。画面上の枡目の数は、予想していたよりはるかに多かった。撮影日ごとに、一日ぶんの合計撮影時間をしめす数値付きで、横一列または二列にまとまって並んでいるのだが、下へスクロールすると、違った日付の列がぞろぞろ出てくる。正面から撮った女の顔、横向きの女の顔がなかにまじっているのがわかる。スクロールしながらざっと見るだけで、そこまで判別できる。ほかには、ひとの裸の背中らしきものや、ブラジャーだけ身につけた女の上半身らしきものや、一目では性別も身体のどの部位かもわからないピンクがかった肌色やらの切り取り画像が、次々目に飛びこんでくる。まったく見当のつかないものも多々ある。あとで確認してわかったのだが、メモリーカードに保存された動画は七日に分けて撮影され、撮影期間はおととし十月から昨年一月まで、およそ四ヶ月にわたっていた。動画の全体の長さは、これもあとで七日ぶんの撮影時間を暗算で足し合わせてみると百分近くあった。

その百分近い映像を僕は全部見た。正直に言うと、倍の時間をかけて、夜が明けきるまでに二回見た。

で、ここから物語は、僕が見た映像をもとに展開していく。

いよいよか、とあなたは思うかもしれない。いよいよだ。一年前の謎があきらかになる。当時の居候先のあるじが、ソニーのハンディカムの翼をもぎ取るほど取り乱した理由。さきに自分だけ見て、けがらわしいと決めつけた映像の正体。あのとき彼女が見たものはなんだったのか？　まずはそこからはじめるべきだろう。

だが僕は迷っている。

じつはいまもくわえ煙草で、MacBook のキーボードに両手を構えて、問題の百分近い映像の描写に入るのをためらっている。

そこに映っている男女の名誉のために、書かずに隠しておきたいというのではない。

そんな気は毛頭なくて、端的にいえば、僕は自分の目で見た事実を、どう書いて、あなたに読ませるべきかで迷っている。

見たまんま、生の素材をさらして、けがらわしいものをけがらわしく書いてみせて、謎解きの満足とひきかえに、あなたにいくぶんか嫌な思いをさせるのか。

それともここは小説家として思案のしどころなのか。

30

二年前、夏。

その日そこで初めて出会ったわけではないし、あとから思えばその場所にふたり同時に居合わせたことも一度や二度ではなかったはずなのだが、ある午後、自宅近所の道ばたで、彼女は初めて青年の顔と名前を記憶にとどめた。

夫ともうじき四歳になる娘と暮らすマンションから、娘を通わせている幼稚園までの道筋、三叉路に分かれた地点の一角に、こぢんまりした神社がある。神社の敷地は道路から1メートル以上高くなっていて、そのため、入口の鳥居前には、ほんの短い距離だが、幅の狭いスロープが設けられている。幅が狭いのは入口がちょうど角に面しているせいと、スロープの両脇に、枝ぶりの立派な桜の木が左右対称に植わっているためだ。これが春の満開の頃には道ゆくひとびとの足をとめる。日差しの強い季節になると、枝のさきまで繁った葉が快適な日陰をつくる。

彼女はその日、買物から帰宅途中、神社脇の道ばたにいったん車を停めた。運転中に夫から電話がかかったからだ。運転席の彼女の目の前、つまりベンツのワゴン車の鼻先には、ホンダのカブが一台斜めに傾いて場所を取っていた。赤い色で荷台付き。一目で郵便配達のバイクだとわかる。配達人はそばにいない。ハンドルにかぶせて掛けた白いヘルメットが木漏れ日をうけている。それまでにも何度か郵便配達の制服の男たちが、ひとりのときもあれば二三人かたまっていることもあったのだが、木陰で涼みながら自販機のジュースを飲んでいる光景を見慣れていたので、彼女はそのときもとくに気にはとめなかった。

さっきもいちど電話したんだ、と夫は言った。用事ができていま外に出ている。やっぱり幼稚園の迎えには行けそうにない。そんなことだろうと思っていたので彼女は驚かなかった。

「晩ご飯は?」

「用事がすんだら、そのまま店に出るからいらない」

「今日のお迎え、茜は楽しみにしてたのに」

そう言えば夫は喜ぶだろうと思うことを彼女は言った。それから、ほんとはどうでもいいと思っていることを訊ねた。

「用事って、倉田さんと？」

「ああ」夫は生返事をよこした。

答えは聞かなくてもわかっている。夫はしょっちゅう倉田の用事で出かけているから。娘の迎えよりも、ほかのなによりも大事なのは、倉田との長年の友情だから。

彼女は夫が「健次郎」と呼び捨てにするその男が苦手だった。結婚直前の、おなかの大きかった時期に紹介されて以来、会うたびごとに、倉田健次郎の視線にさらされるのが嫌でしかたなかった。それは夫婦の内情を唯一、知り抜いている人間の視線だった。鋭くて怖いというわけではなく、どちらかといえば物憂げな目をしているのに、倉田に見られると、身震いが出そうになる。そばにいてくつろげたためしがなかった。しかも夫の親友は無口だった。初対面のときも、地元の劇団で女優をしていた話は伝わっているはずだから、そのことでなにか質問されると予想して身構えていたのだが、倉田はなにも訊いてこなかった。その後も彼女の経歴はいちども話題にしなかった。それはまるでなかったことのように扱われた。あんまりじゃないか、という気もしないではなかったが、慣れてしまえばもうどうでもよかった。倉田が他人に気をつかってものを喋る場面など想像しようもなかった。なにしろ十分でも二十分でも平気で黙っていられるし、重い口をひらいたかと思えば、簡単には意味のつかめないことばを好む男だった。かかってきた電話の応対には特に身内の世界の符牒《ふちょう》がまざり、鳩だとか野良犬だとか猪だとか、轢《ひ》かれた死骸はクリーンセンター行きだとか、横の夫には通じても、彼女にはなんのことやら理解できなかった。できれば夫に通訳して貰いたいとも、彼らの世界に加えて貰いたいとも思わなかった。仮に思ったとしても、入り込む余地がないのはわかっていた。その倉田がめずらしく意味のたどれることばを喋るときがあったが、それはそれでまた聞いても理解に苦しむ内容だった。たとえば食事の席で、彼女をほったらかして、倉田は夫に真面目に語って聞かせた。魚を煮崩れさせないための火加減とか、伝書鳩を飛ばす適切な時期とか。あるときはシャンパンの栓の抜き方について、だれかの発言を、これも真面目な顔で引用してみせた。抜栓のコツは、コルクではなくボトルのほうを回すこと。倉田はそう言ったあと、長めの間を置いた。長めの間のせいで、この台詞の表の意味ではなく、暗喩《あんゆ》として汲み取れる意味を考えてみろ、とでも言われているような気になった。だがコルクとボトルが裏でなにを意味するかなど知ったことではない。考えたくもない。バッセン？　と彼女は胸の内につぶやいた。バッセンなんてことばを使う人間がこの世にいるの？　そこへ倉田がちらりと視線を投げた。ああ、おまえもそこにいたのか？　みたいな冷めきった視線だった。

運転席の窓に小石の当たる音がして、彼女は微かな身震いとともに我に返った。

窓のむこうにひとの顔がある。見知らぬ青年の笑顔が。

夫と話して電話を切ったあと、自分がぼんやり考え事をしていたことにようやく気づいた。どのくらいの時間ぼんやりしていたかといえば、神社入口のスロープの手すりにもたれて缶コーヒーを飲んでいた青年が、いつまでも動き出さないベンツを見守ったのち、心を決めて運転席に歩み寄り、窓をこつこつ二度叩くまでのあいだだから、電話を切って数分は経過していた。

窓をノックする音を飛んできた小石の当たる音と聞きちがえたのは、むろん彼女の空耳である。しかも窓を振り向いたとたん歯をむきだしに笑っている顔を見たせいで、一瞬前の、じつは聞きもしない音はさらに別の連想音へと飛躍して、このとき彼女にのちのちまで拭えないイメージを植えつけた。野良犬が、外に出てきて遊んでくれとせがんでいる。はあはあ舌を出して、おまけに尻尾《しっぽ》を振りながら、前脚を窓にかけてカチャカチャいわせている。びっくりするほど人懐っこい犬だ。

笑う青年にむかって彼女は首を傾げ、すでに自分も微笑で応えているのに気づきながら、ベンツの運転席の窓をおろした。

「こんにちは」と弾む声が入ってきた。

「こんにちは」と彼女も挨拶した。

それから、見たところあきらかに年下の男の、日に焼けた顔と、紫がかった黒いポロシャツと、大きくはだけた襟もとからのぞく日焼けをまぬがれている鎖骨の出っ張りに目がゆき、このひとはいまそこにバイクを停めている郵便配達員だと気づくよりさきに、青年がこう言った。

「こないだはどうも」

何日か前、彼女はヤマダ電機の掃除機売場にいた。掃除機を買う目的でそこにいたのではなく、ただ漫然とエスカレーターに乗って運ばれたフロアで、降りてすぐさきのほうに人だかりがしているのが目にとまり、そっちに吸い寄せられただけだった。

彼女は見知らぬ人々のなかにまじってロボット掃除機のデモンストレーションを見物した。最初の一分か二分かは、たしかにほかの客たちとおなじものを見ていた。折り畳み式の衝立てで四方を囲われた床の上に、細かく切り刻んだ色紙がゴミとしてばらまかれていて、走行するロボット掃除機が吸い取ってみせる。衝立てで囲われたスペースには毛足の長い玄関マットのようなものや、2センチほどの厚みの台が障害物として置かれているのだが、丸太を輪切りにした形の円盤型掃除機はものともせず這いのぼり、色紙のゴミを吸って無事に降りてきて仕事を続行する。途中で四方の壁に衝突すると、自分で方向を変えて、またゴミを求めて移動する。回転と移動を繰り返す円盤を彼女は目で追っていたはずだった。

うしろのほうでなにか倒れる音がして、そばに立っている客たちが私語をやめて背後を見た。でもだれひとりその場を動かない。彼女じしんは、そのとき一歩も動かないどころか、ひととは逆方向をむいて立ちつづけていた。つまり彼女ひとりが、物音のした方向をまだ振り向いていなかった。デモンストレーション用に立てられた衝立ての内側、角隅に、吸いのこされた銀紙の切れ端がひとつ貼り付いているのを、もう長い時間見ていたことにようやく気づいた。

なにが起きたのかと思ってうしろへ首をまわすと、男がふたり、床に倒れこんで格闘していた。ふたりとも息は荒かったが、ことばの応酬はなく、柔道の寝技の練習のように見えた。まもなく技をかけていたほうが、相手を押しのけて、床に手をついて二三歩這うようにして身を起こすとそのまま走り出した。彼女がさきほどのぼってきたエスカレーターへ向かい、駆け降りて、姿を消した。技をかけられていたほうはあとを追わなかった。

どうしたんですか、喧嘩ですか？　なにか事件ですか？　と店側の人間が床にすわりこんだ男に事情を訊ねた。その若い男は首を振り、助け起こされたあとで、なんでもないから、とはっきり届く声で答えた。落とした財布を拾っただけだから。実際、彼の手には財布が握られていた。どうしたの、なにやってるの、と連れの女性がそばへ来て訊ねた。警察がどうかした？　なんでもないんだ、とまた若い男が答えた。警察は呼ばなくていいと言ってるんだ。その様子に見とれながら、彼女はまたぼんやり別のことを思い出していた。結婚してまもないころ、つまり出産してまもないころとおなじ意味になるが、いちど、どうしようもないほど頭が混乱して、自宅からかけた電話が警察署とつながったことがある。かけるつもりなどほんとはなかったのに、なぜかつながってしまい、担当者に真っ先に、なにか事故ですか？　それとも事件ですか？　と応対に慣れた滑らかな口調で問われて、ことばを失った経験がある。自分はいったいなにを告発するつもりだったのか。いま頭を混乱させている原因はなんなのか。夫が頻繁に会っている倉田健次郎のことか、それとも生まれた娘の実の父親のことか、その男が消息不明になっている噂を耳にしたことなのか、あたしはただ育児疲れに押しつぶされそうなだけなのか、もう彼女にはわからなかった。どれが事件で、なにが事故なのか、区別もつけられなかった。なんでもないです、まちがいました、と謝ってすぐに電話を切ると、背中といわず腋《わき》の下といわずじっとり嫌な汗がたまっていた。

気がつくと目の前にひとが立っている。

なんでもないから、とさっき答えた青年と、連れの若い女性だった。青年は手にしたものを持ち上げてみせた。彼女はまばたきしてそれを見た。意味がつかめず躊躇しているうちに、青年が、彼女の左腕にかけているバッグのなかに滑り込ませた。

「行こ」と連れの女性にうながされ、青年はうなずいて、

「じゃあ」と、なにがじゃあなのかよくわからないが遠慮がちの声を発した。そしてくるりと背を向け、ふたりして売場の奥のほうへ歩き去った。

彼女は左腕のバッグに目を落とした。ファスナーが全開になっていて、いま青年が投げ入れた財布が見えた。彼女の財布だった。


「こないだはどうも」

と青年がにこやかに挨拶するのを聞いて、たちどころに彼女は理解した。こないだはどうも、と言うべきなのはこちらのほうだ。ぼんやりして掏《す》られた財布を、このひとは、柔道の技までかけられながら勇敢に取り戻してくれたのだから。こないだはどうもありがとうと、あたしから言うべきなのだ。ひとまず外に出ようと彼女はドアのほうへ身体を寄せた。だが相手が前を動かないので車のドアを開けることはできなかった。

「ごめんなさい」窓枠に手をかけて彼女は言った。「こないだはひとことの御礼も言えなくて」

「ああいや、あんなのなんでもないです」青年が答えた。

「ちょっとだけ、そこをどいてくれない？　あなたにはちゃんと御礼をしないと」

「いえそのままで。外は暑いから、乗っててください」

「でも」

「奥さん、白くまのアイス食べませんか」

「えっなに？」

と聞き返したのは、唐突な提案に驚いただけで、意味は通じた証拠に彼女の頬はそのときもゆるんでいた。

角地の神社と道一本へだててコンビニがある。いわゆる大手のコンビニではなく、食料品から文房具から洗剤から花火からなんでもありの昔風の雑貨屋で、むろんさびれている。その店先に、二台並べた飲み物の自販機のほかに、横長の冷蔵庫が出してあり、子供むけにアイスクリームを売っている。青年は小走りに道を渡ってカップを二つ買ってきた。カップの蓋の表に白くま親子のイラストと「元祖白くま」の文字が入っている。白くま印のシャーベットだ。彼女にとっては唐突でも、青年は、声をかけようと決めたときからそのつもりでいたのだ。

ふたりは白くまを薄い板の匙《さじ》で掬《すく》って食べながら話をした。シャーベットがとけるまでが結構難儀だが、匙が入るくらいとけてしまえば、これは彼女が子供のころ、熱を出すと食べさせてもらう習慣だったという「かき氷みたいなミルクセーキ」と食感も味も似ている。だから彼女はこれまでにもときおり、娘に買って食べさせたことがあった。幼稚園まで歩いて迎えに出たとき、帰り道に一個だけ買い、娘が残したぶんを、カップの中身の大半を娘は残したのだが、自分で引き受けて口に入れながら少女時代を懐かしむことがあった。そんなときは決まって母娘《おやこ》は石段に並んで腰かけていた。鳥居前のスロープの片側、桜の木の根もとに行事予定を知らせる掲示板が立てられていて、その手前にほんの数段、石畳のスロープよりももっと狭い階段が設けてある。そのあたりが最も濃い日陰になる。彼女は石段の中ほどにすわり、娘を隣にすわらせ、白くまのカップを小さな板匙で、時間をかけて空にした。シャーベットにまじったパイナップルの切り身を、口に入れたあとで娘にねだられて、半分に噛んで与えたりした。幼稚園で習ったのか、娘がたどたどしく歌いはじめると、白くまは脇に置いて、手拍子を取って一緒に歌ってやることもあった。そうやって時間を気にせず、木陰で娘と過ごす時間。それが夏の午後のお決まり、彼女の好んだ寄り道だった。急いで帰ってもどうせ夫は倉田との用事で出かけているのだし。

そして青年は知っていた。彼女の夫のことはなにも知らないとしても、神社の石段で時間をつぶす彼女の習慣を、青年は何度も見て知っていた。掲示板の管理者のために用意された石段に、長時間すわっている親子の光景は人目を引いたし、意識して記憶にとどめてしまえば、郵便配達のバイクで走りまわる道筋で偶然すれ違う回数も増えて、そのうち、娘の手をひいた母親の後姿だけでも見分けがつくようになっていた。だからとうぜん彼女の顔は憶えていたし、彼女が娘に買ってやるシャーベットの銘柄も頭に入っていた。神社の石段からすこしだけ離れてバイクを停め、煙草休憩を取りながら、ふたりの話し声に聞き耳をたてたこともあった。舌足らずな娘のことばは千切れ千切れに飛んできて、しかも聞き取りが困難だったが、母親の声はくっきり澄んでいたし滑舌もしっかりしているので盗み聞きには最適だった。幼い娘は、雌牛、または、寝押し、と聞こえることばをさかんに発し、その居場所を訊ねる。すると彼女はこう言い聞かせる。

お仕事よ。

雌牛、あしあと？

そうよ。あしたの朝になったら会えるよ。

いっつも、あしあとだね。

ねえ茜、またお歌うたってよ。

娘が、息づかいもままならない声で、歌い出す。手拍子がつく。それから、意外なほど大きな声で、ゆるぎのない音程で母親が合唱する。バイクのそばで聞いている青年も、内緒で、低く口ずさんでしまう。こんな歌詞だ。

おばけなんて
ないさ
おばけなんて
嘘さ
寝ぼけたひとが
見まちがえたのさ

青年は自分が知っていることを喋っただろうか。あなたの顔はずっと前から知っていて、ヤマダ電機の売場でもすぐに見分けられたし、じつをいえば、自分は足を止めてあなたを見ていたからこそ挙動不審の男が近づいて掏りをはたらく現場を目撃したのだと、なにからなにまで包み隠さず打ち明けただろうか。打ち明けたとすれば、その時期は、のちにふたりが一線を越えたとき、いつかもっと深く彼女を知りたいという希望が、さしたる障害もなくあっさり現実になってからではなかったか。この夏の日、つまり彼女がやっと顔と名前を憶えてくれた記念すべき日に、下手なことを口走って、ストーカーでも見るような怯えた目をされたらそれまでだと、青年はきっと判断したに違いない。だとすれば、隠しておいたほうが無難な点は隠したまま、ベンツの助手席で白くまを空にするまでの時間、青年は今日が二度めに会った年下の男としてふさわしい話題を相手に振っただろう。振ったはずだ。あのときヤマダ電機でなにを買うつもりだったんですか？　ロボット掃除機が欲しかったんですか？　僕はソニーのハンディカムを見に出かけたんです。それにしてもいい車ですね？　僕のは軽自動車だし知り合いから譲られたポンコツですよ。そういえば来週の土曜日は海上花火大会ですね？　海であがる花火を見下ろせる絶好の場所知ってますか？　港のむこうの山に展望台があるんですけど行ったことありますか？　このうち最後の質問、ベンツを降りる直前に持ち出した展望台の話に彼女がどのくらい食いつくか、そこに今後の命運がかかっていた。

「打ちあがる花火を下に見るなんて」と彼女は言った。「娘が喜びそうね」

そう来るか、と青年は思った。来ざるを得ないのか。

「そろそろ幼稚園にお迎えにいかないと。あなたも仕事に戻る時間じゃない？」

「お嬢さんがいるんだ」と青年はとぼけてみせた。

「そうよ」と彼女も調子を合わせた。「れっきとした母親なのよ」

そのころには自然と彼女の受け答えもぞんざいになっていた。

「晴山くん、さっきも言ったけど、煙草は遠慮して」

「一緒に行きませんか」

「どこ。幼稚園？」からかい気味に彼女は言った。

「花火ですよ。一緒に連れてきて喜ばせたらいい」

考えてみる値打ちもないという感じで、ただ彼女は微笑んで、青年が車から降りるのを待った。数日前ヤマダ電機ではじめて会ったときの青年の遠慮がちな態度と、二度目の今日の積極性とは別人のような印象がある。そのせいでやや戸惑いもある。でもこのひとは盗まれた財布を取り返してくれたのだし、決して悪いひとではない。あのときは犯人に柔道の技で押さえ込まれて、体力を消耗して物を言う元気もなかったのかもしれないし、おまけに一緒に買物に来ていたガールフレンドのてまえ、紳士的に、控えめな態度で接するしかなかったのだろう、たぶん今日の口数の多さがこのひとの地の性格に近いのだろうと彼女は判断をくだしていた。そしてまぎれもなくそのとおりだった。

注意された煙草をポケットにしまうと晴山青年はまた提案した。

「じゃあ今日のところは御礼のしるしに、連絡先だけ教えるっていうのはどうです？」

「なんのしるし？」

「あなたにはちゃんと御礼をしないと。さっき自分で言いませんでした？　言いましたよね？」

返事に困っているあいだに晴山青年がつづけた。

「だったら御礼に、電話番号だけ僕にください。もし気が変わって、お嬢さんに花火を見せたくなったら、そのときはすぐに呼び出せるわけだし、幸地さんにとっても損はないですよ。僕を呼んでくれたら、ここまで飛んできますから」

今日の今日まで顔も知らなかった郵便配達員の番号が、こうして幸地奈々美の携帯に登録されることになり、それから引き際よく、よすぎるくらいに青年のバイクが走り去って、神社脇の木陰に停めたベンツに彼女はひとり取り残された。さっき窓を叩かれてからそこまで、つまり相手が白くまを買って助手席に乗ってきて名乗って電話番号とメールアドレスを交換するまで、正味十五分程度の出来事だった。ひとりになって彼女の受けた印象としては、あっという間だった。昔女優をやっていたころの、初演の舞台後の印象のようだった。

夫への罪悪感のようなものは頭にのぼらなかった。皆無ではないが、若干あったとしても簡単に打ち消すことができた。べつに後ろめたいことはしていない、と自分に自信が持てたのは、晴山青年の軽めの言動のたまもの、他愛ない内容のお喋りのおかげ、なにより最初に窓越しに顔を見たときの、罪のない、人懐っこい野良犬のイメージが、あとあとまで尾を引いているためかもしれなかった。これは夫に対しての裏切りとか、たいそうなものではない。いちどヤマダ電機で助けてもらった恩のあるひとと、また偶然近づきになっただけで、そのひとが話してみれば人見知りしない青年だっただけで、たとえ娘に花火を見せるため電話で呼び出して三回目に会ったとしても、そんなことするつもりはさらさらないけれど、仮にもう一回会ったとしても、そこまで、それ以上には発展しない。

だが心にどう言い訳しようと、夫以外の男性を、夫の愛車の助手席に乗せて、ふたりきりで過ごした事実は事実として残る。ダッシュボードには青年が空にしたカップが放置されていた。彼女はそれを鷲摑みにして、広げたハンカチの上に移した。まだ半分しか減っていない自分のカップをその上に重ねていったん車を降り、ゴミとして処分するため道を渡った。車に戻ると、助手席のシートのくぼみを気持ち手で均《なら》して、あらためて窓を開けて、ほのかに嗅ぎとれる練乳のにおいを外へ逃がした。それから携帯に登録したばかりの青年のデータを迷わず消去した。

シートベルトを締め直してベンツを発進させ、三叉路からハンドルを切って幼稚園の方角をめざしながら、彼女はこう考えた。夫にこの事実を、これがどんなに罪のない事実でも、知られてはならない。夫と知り合う前のあたしの過ちのせいで、夫には辛い決断をさせているし、掏られた財布を取り返してもらうくらいを恩と呼ぶなら、それとはくらべものにならないくらい大きな恩があるはずで、そんな夫を悲しませるようなまねは許されない。疑われる理由がなくても、疑いをまねきかねない行動は避けなければならない。世の奥さんたちが気をつける百倍も気をつけて、夫以外の男性とは距離を取らなければならない。たとえ相手が、善人を絵に描いたような笑顔の青年であっても。

相手のデータを消去したところで、むこうにこちらの電話番号は知られているわけだし、かかってくるのをもう止められないことは彼女にもわかっていた。きっとかかってくるとの予感もした。百倍気をつけても手遅れだろう。白くまのカップはゴミ箱に捨てても、それを半分食べた事実は消えない。つまりこの日、恩のある夫に、隠し事がひとつうまれた事実に違いはなかった。ピーターパンの作者が言うところの、お母さんの心の一ばん内がわの箱、その上蓋がひらいたのはもうどうしようもなかった。

電話は金曜の夜と土曜の昼間に一回ずつかかってきた。

どちらにも彼女は出なかった。出なくてもあの青年からだとわかった。結婚してからこっち、週末に用事のある人間などめったにいなかったからだ。土曜の昼間は夫がたまたま部屋にいて、幼児向けのジグソーパズルを娘とやりながら、鳴る電話に気づいた。そのすこしまえから雨が降り出していた。ベランダに向いた窓のそばに立って外を眺めていると、電話、いいのか？　と夫に言われて、うん、べつにいい、番号が出てるだけでしょ？　だれだか知らないけどときどきかかってくるの、と平気で嘘をつくことができた。夫はそれ以上は追及しなかった。妻の携帯にも手を触れなかった。そのせいで彼女は自分に腹を立てた。取りこんでいた洗濯物をたたみ、アイロンの必要なものは分けながら、嘘つきの自分をいまいましく思った。かかってきた電話をまちがいだとか、だれからかわからないとか言ってごまかすその場しのぎの嘘は、かつて舞台に立っていたころ、男を食いものにする年増の女優の役を演じたときの、脚本にあった台詞とそっくりだった。ちなみにその劇は『生まれながらのワル』というタイトルだった。

週明けの月曜になると、彼女は郵便配達員を過剰に意識しだした。彼らの休憩所になっている神社には近寄らず、もちろん寄り道は厳禁とし、道で声をかけられたりするのもいやなので外出にはかならず車を用いるようにした。幼稚園の送り迎えにもベンツを運転したが、もともとまっすぐ歩けば子供の足でもたかが数分の距離なので、朝からベンツで近所を往復するのは自分でも大げさに思われてならなかった。それと青年の配達する区域に自宅マンションがふくまれている可能性も否定できないと気づき、郵便受けのある一階に降りるときはあたりに注意を払い、配達のバイクが外に停まっていないのをいちいち確かめた。そんなことを週末までつづけて、いつまでつづけるつもりなのかと自問もしてみて、かなりストレスが溜まっていることに気づいた。

また月曜が来て、昼間こんどは夫の留守中に、めずらしく昔の仲間から電話がかかってきた。いまでも地元の劇団で女優をつづけている独身の友人で、とくに用事があるわけでもなさそうだった。用事がないのはこちらもおなじだから、近況を語り合い、共通の知り合いの噂話になった。ひととおり片づいたあと、ところで、と昔の友人が言った。

「ご主人からなんか聞いてない？　土曜日のこと」

なんにも、と彼女が正直に答えると、相手は、土曜の夜にひさしぶりにみんなでスピンで飲んだのだと言った。みんなとは、話を聞くうちにわかったのだが、劇団の飲み会の参加者総勢四人をさしていた。女ばかり役者が三人、演出家兼脚本家の男がひとり。男の名字は浦川《うらかわ》といい、劇団内では浦川先生とか、単に先生とか呼ばれている。また市内の公立高校の現役教師でもある。だがこの浦川先生は『生まれながらのワル』の作者ではない。

「ほら、先々週の花火大会が雨で一週間順延になったでしょう。なったのよ、それで飲み会の人数減っちゃったのよ。みんなで見物がてら港のほうをぶらついて、ビール飲んでるうちに物足りなくなってね、ひさしぶりに奈々美の旦那の店に顔を出そうってことになったの。言い出したのは、あたしじゃなくて浦川先生だけど。行ってみたら花火帰りの客で繁盛してて、カウンター席になんとか四人押し込んでもらった。幸地さんも気をつかって、ずっとあたしたちの相手してくれてたし、最初は楽しく飲んでたのよ」

ところが、昔の話が出はじめたあたりから、急に場の空気が重くなった。その昔話をはじめたのはあたしじゃないけど、と電話の主は断りを入れた。本筋から逸れるが、ことあるごとに「張本人はあたしじゃない」と註をつけたがるのは友人の悪い癖である。昔からその口癖を聞くたびに「ほんとはあんたなんじゃないの？」と彼女は疑いたくなる。浦川先生が口火を切ったという思い出話には、そこにいる四人のほかに幸地奈々美と、もうひとり、欠端《かけはた》という変わった名字の男が登場した。

「あのときはここに欠端もいたんだよな」と浦川先生がしみじみ言い、カウンター越しに同意を求めた。「マスターも憶えてると思うけど、なかなか面倒な男だったよね」

「そうでしたか」とスピンの店主は受け流した。

「いや僕は欠端のことを言ってるんだよ？　あのほら欠端って若いのが一緒にいたよね、女にだらしない、口八丁の男が」

「さあ」とスピンの店主は答えた。

「あのときはいたんだよ、いまは消息不明だけど。この店ではじめて飲んだあの晩はみんなと一緒にいた。何年前だ、蒸発するまえだから五年くらいか？　あっちのテーブルで打ち上げやって、さんざん酔っぱらって生意気な口きいてたんだ、憶えてないはずないよ。憶えてるよね？」

「さあ」とスピンの店主は繰り返した。

たぶんあの晩のマスターは初対面の奈々美しか目に入らなかったのよ、未来の奥さんの顔に見とれて、ほかにだれがいたかなんて忘れちゃったのよ、と取りなす発言があった。でも浦川先生はおさまらなかった。ビールの酔いがまわっていたせいで、むきになった。

「さあ？　さあって返事はないだろう。きみはこの商売何年やってるんだ。客がものを訊ねてるのに、さあですませる法があるか」

店主はなにも答えなかった。答えるわけがない。ただまわりが一時《いっとき》、しんとしただけだ。引っ込みのつかなくなった浦川先生はなおむきになった。

「だいいちあの欠端が、欠端本人がみんなをこの店に連れてきたんだから、あいつがいないはずはない。当時は自作自演の芝居を、あれはなんだっけ？　いただけなかったあの題名はなんだ、題名はちょっと度忘れしたけど、男を手玉にとる女優が主人公の芝居を上演したころで、きみのいまの奥さんがね、その女優の役だったんだよ、で欠端がきみの奥さんにいいようにもてあそばれたわけだ、舞台の上でも。そういう話もあの晩したんだ、欠端のことをきみが憶えていないはずがない」

「失礼」とスピンの店主は断り、ほかから呼ばれたほうへ場所を移動しようとした。

「待てよ幸地さん、逃げるなよ、話は終わってないんだから」

「いい加減にしなさい先生」横の女優がやんわり注意した。「幸地さんは欠端くんのことなんか知らないんだから」

「知らないはずないんだ」

「だってもう、いなくなって四年も経つのよ」

「だからさ、僕がいま話してるのは五年前のことじゃないか」

浦川先生はいっそういきりたった。

「僕はなにも、蒸発した欠端の行方を彼に訊ねてるわけじゃない。ただ昔、僕らの仲間に欠端って男がいたよね？　マスターも憶えてるよね？　と古い記憶を確認してるだけだ。その返事がなんで、さあ？　なんだよ。水商売やってる人間が、さあ？　なんて客を馬鹿にした返事でつとまるのか」

「幸地さんが先生を馬鹿にするわけないじゃない」

「そうよ。さあ？　のどこがいけないの。思い出せないことのあるとき、さあ？　って舞台でも首をひねるのが自然じゃない」

「うるさい。おまえらは黙ってろ」

「いいやおまえが黙れ」

突然、カウンターの隅から赤の他人の声が飛んできた。

「おまえがもう喋るな。ＳＹＭしろ」

声のしたほうを見ると、坊主頭の若い客がいまにも椅子を立たんばかりに勢いこんでこっちを睨みつけていた。カジュアルな服装から非番の海上自衛隊員のようにも見えたが、自衛隊員にしてはいかにも一戦かまえるのを好みそうな危なげな目つきをしていた。どうでもいいがSYMとは、shut your mouth の頭字語である。面倒くさいやつが割り込んできた、とみんな思った。

「おいそこの先生、あんたまじで先生かよ？　どこの先生だか知らないが、SOB、むかつく野郎だな。先生のくせして、このまわりの空気、読めないのか？　あんたの大声のせいで、せっかくの酒がまずくなる一方なんだ。みんな迷惑してるのがわからないか。さっきからみんな、我慢してやってるのに気づかないか。ここのマスターだって、客商売だからこそ、おとなしく聞いてくれてるのに、ぶつぶつぶつぶつ文句ばっかり並べやがって。あんたも先生なら、ことわざぐらい知ってるだろ、口は災いのもと、知らねえか。なあ先生、ひとが意見してるときに、そっぽむいてどうするんだ。うるさい？　それしか言えねえか。この俺を生徒扱いか。うるさいのはおまえだとみんな思ってるのがわからねえのか。ふざけるな。俺をこれ以上怒らせたらどうなるか教えてやろうか？　なんならいまから外に出て、口は災いのもとってことわざの意味、この拳《こぶし》で教えてやろうか。あしたの朝鏡見て、OMG！　とでも叫ばせてやろうか」

この客の大声のせいで酒がいっそうまずくなった。

だれもがそう思ったとき、店の扉がひらいて、ひとりの男が入ってきた。そのまえにSOBは son of a bitch、OMGは oh my God の頭字語である。JIC、just in case、念のため。

店に入ってきたのは背広を着た三十代なかばの男だった。夏物の淡いグレイの背広に身をつつみ、ただしネクタイは締めていなかった。堅苦しい場所から解放されて、ひとりになってここに立ち寄ったという恰好で、白いシャツの喉もとのボタンもはずしていた。

男は最初に、カウンターの端の席でいまや立ち上がって啖呵《たんか》をきっていた若い客に目をやり、ただの一瞥でそいつを石にした。それからスピンの店主と目を合わせた。すぐに店主のほうがカウンターを出て歩み寄り、だれにも聞き取れない声でことばを交わすと、ふたりして奥のテーブルのほうへ歩き去った。いちど浅いお辞儀をしただけであとは直立不動を保っていた若い客の口からため息が洩れた。ため息とともにさっきまでの威勢もしぼんでしまい、もう浦川先生の片目に青タンつくってことわざの意味を教える意欲もなくしたようで、そそくさと勘定をすませて店を出ていった。静かな寸劇に幕がおりた。

「それで?」

と彼女がさきをうながすと、

「それっきり」

と電話をかけてきた古い友人は言った。

「幸地さんは奥にひっこんだきり、もうあたしたちの前には立たなかった」

　このひとはあたしになにを伝えたいのだろうと彼女は思った。

「もしかして幸地さんを誤解させちゃったかもしれない。その点がひとつ心配なの。浦川先生のあの言い草、なんだか昔、欠端くんと奈々美のあいだになにかあったみたいに取られたかもしれない。そばで聞いててはらはらした。そうじゃないのはあたしたちは知ってるけど、むこうが口八丁で攻めてもあなたのいまの奥さんは上手にかわしましたって、そんな落ちを浦川先生もたぶん用意してたんだとは思うけど、でもね、最初からあんな絡み方したら思い出話もだいなしよ。幸地さんに不愉快な思いさせたのは事実なのよ。あたしたちが帰るときも挨拶に出てきてくれなかったくらいだし。ご主人からなにも聞いてないのならまあいいけど、こっちから蒸し返すつもりはないから、でも、もしこの話が出たら奈々美からひとこと謝っといてもらえると助かる、浦川先生のこと、知ってるでしょ酒癖、どこ行ってもああなんだって、理屈こねるけど悪気はないんだって。それとあとね、あれはご主人の知り合い？　一緒に奥にひっこんで出てこなかったひと、あたしはよく見なかったんだけど、奈々美ならわかるかな。若いチンピラを黙らせた目つき、あとでみんな痺れたって言うの。奈々美のご主人もいい男だけど、あれはなんかね、どう言うの、舞台の上でライト浴びても汗ひとつかかないみたいな？　涼しげなオーラが出まくってる。あたしがそう言ったんじゃないけど。あの男いったいだれ。奈々美、ご主人の友達でだれか心当たりある？」

「さあ」とだけ彼女は答えた。

そうそうこないだの土曜日、きみの昔の仲間が四人やってきて、生ビールの売り上げに貢献してくれたのはいいけど、演出家の先生に酔って絡まれてさ、まいったよ、みたいな気安い台詞はその後も夫の口からは聞けなかった。

だからどうというほどのこともなかった。かつての劇団仲間の来店を夫が歓迎していないことは重々わかっているし、そうでなくても店で起きたトラブルなどいままで話してくれたためしはなかったから、彼女はとくに不思議にも思わなかった。もちろん、昔の友人が心配するほど、夫のほうは土曜日の一件を気にしていない可能性もある。酔客に絡まれる場面など水商売をやっていれば日常茶飯事で、いちいち記憶するほどのトラブルの数に入らないのかもしれなかった。

電話で聞かされた話に登場する夏背広の男、夫とふたり奥にひっこんで出て来なかった人物がだれであるかは考えるまでもなかった。絶対倉田健次郎だ。夫が一対一でべったり相手をする客といえばあの倉田以外あり得ない。気のない視線を投げただけで、チンピラを直立不動にできる人間もほかに考えつかない。おまえは本来そこにいるべきじゃないと思うんだが、なぜ俺の目に見えるんだ？　もしもっと舌の滑らかな男だったら絶対そう言うに違いない目つきで、このあたしを何回も背中からぞくりとさせたあの物憂げな目つきで、一瞬にして配下のチンピラを畏まらせたのだ。

そこまでは頭の整理がついた。

でもひとつ自分の頭で解決できないのは、夫が、強情を張ったことだった。欠端を憶えているかと問われて、なぜそこまで、質問した浦川先生をむきにならせるまで、頑《かたくな》に知らないふりを通さなければならないのかという点だった。欠端のことなど知らない、と夫が言いたい気持ちはわかる。わかるけれど、そこは客商売なのだし一歩譲るところは譲って、適当な相槌でも打ったらどうなのだろう。たとえ記憶から抹消したい男の話題であっても、すこしは客あしらいを優先して、場の空気を考えて喋ったらどうなのだろう。あたしじしんが、もし質問される機会があればの話だが、欠端のことはよく知らないとかもう憶えていないとか他人に嘘をつくのとは、夫の場合は立場が違う。事実として欠端とは店で会ったことがあるのだし、水商売には水商売なりの受け答えがあるはずなのに、なぜ考える余地すらないような態度で、相手の気分を害してまで否定してみせる必要があるのだろう。

彼女は夫になりかわってこの問題を数日考えた。そんな無駄なことに時間を費やすべきではない、夫に質《ただ》してみないかぎり正解の得られない問題を、ひとり考えても考えるだけ迷路にはまって出口が見つからなくなる、また頭が混乱して立ち往生するだけだ、そうわかっていてもやめられなかった。彼女は昼間、夫が家をあけるたび考えた。娘を幼稚園に迎えにいく車中でも考えた。夜、娘を寝かしつけたあと、深夜、夫が店で働いている時間、ひとりのときはたいてい台所の椅子にすわって考え事をしていた。さっき冷蔵庫から缶ビールを取ってきたことを思い出して、持ってみるとすでに空になっていることがあった。気がつくとミルキーを一個口にふくみ、舌で転がしながら、手にした箱の注意書きに目を凝らしていることもあった。**粘着性が強い製品のため歯科治療材がとれる場合がありますのでご注意ください。**これを自分で買ってきてここに置いたおぼえはないけど、と思いつつ、知らぬまにまた考え事に沈み、迷路の出口を探った。そのうち彼女は単純な事実に思い当たった。思い当たってみるとそれはいまいる場所を脱出するための重要なヒントとして意識された。

夫は、思慮深い男だということだ。

考えなしにものを喋るような人間では決してないという事実だ。慎重に物事とむきあい、考えたあげくの決断をくだしてしまえば、二度と決断前の地点を振り返って愚痴をこぼしたりしない、そんな男だ。そんな男だからこそ、あたしは彼についていこうと、彼の考えに従って一緒にいけば間違いはないのだと、身重のからだに言い聞かせたのではなかったか？　彼は何日も何週間も考え抜いた末あたしのおなかの赤ん坊の父親になると決めたのだ。彼は本気だった。あたしは彼の本気の考えを受け入れた。

そしてあたしたちはいま、どこにでもいる、ありふれた三人家族になった。このミルキーの箱は夫が娘を喜ばせるために買っておいたのだろう。それとも、たまにあたしが娘にかこつけて買ってきては中身はほとんど自分の口に入れてしまうのを承知で、さりげなくテーブルに置いてくれたのだろう。ミルクセーキ、不二家のミルキー、夫はあたしを笑顔にする方法を心得ている。心得ているつもりでいる。

　彼女はいつもの時刻になると椅子を立ち、ビールの空缶を流しで洗って分別用のゴミ箱に捨て、パジャマに着替え洗面所の鏡にむかって歯を磨きながらこう考える。あの夫が仕事中に、欠端の名前が話題にのぼったからといって、急に慌てたりするわけもない。欠端のことなら逆に、だれより時間をかけて考えて気持ちにけりはつけているだろうし、その名前がいつだれの口から出ても上手に受け答えするための心構えはできているはずだ。少しでも感情的になって自分を見失ったり、片意地張って知らないとか憶えていないとかで通したりするのは夫のがらではない。夫はそんな男ではない。じゃあなんだろう？　夫はもっと思慮深い男だという事実がいったいなんの重要なヒントになるのだろう？　いったいいまあたしがいる場所、脱出しなければならない場所とはどこなのか。深夜二時をまわり、ベッドで熟睡している娘の横に入りながら、しかしいつものことで三時過ぎまで眠れず、帰宅した夫が隣の部屋で布団を敷いている物音を聞きながら、そうだ、こういうことになるだろうと彼女は気づく。欠端のことを憶えていないはずはない、と詰め寄る浦川先生にたいして、夫が繰り返したという素っ気ない返事、あれはひとが質問をはぐらかしたり質問にどう答えていいかとっさに思いつかなかったり質問の答えがほんとうにわからなかったりしたときに使う「さあ」などではなく、おそらく慎重に考え抜かれて、最初からこう言おうと決めてあった台詞なのだ。結局そういうことなのだ。欠端の名前がいつか店で持ち出されたとき、その場面のために夫はあらかじめ台本を準備していたのだ。

次の朝、朝といっても昼近くのこと、起き出してきた夫は彼女のいれたコーヒーを飲みながらいちばんに倉田健次郎の名前を口にした。そうだ健次郎が、と夫は切り出した。ひさしぶりに昼飯でも食わないかと言ってる、茜も一緒に。

「いつ」

「今日」

「茜は幼稚園よ」

「早退けさせるさ」夫はこともなげに言った。それから首をすくめるような仕草をした妻に気づいた。「健次郎が会いたがってるんだ。どうした、しゃっくりか？」

「しゃっくりじゃない」と彼女は答えた。「ちょっと悪寒が」

「具合でも悪いのか」

「風邪のひきかけかもしれない。今日はあんまり食欲もないし」

夫はすこし考えるふうだった。彼女はむかいの椅子に腰をおろして、夏風邪をひきかけたひとの演技に入った。

「健次郎が茜の顔を見たがってるんだ」やがて夫が言った。「僕が幼稚園まで迎えに行こう。茜とふたりで会ってくるよ。それでいいか？　三時には連れて戻る」

「いいけど」彼女はうつむき加減で、額の髪の生え際にてのひらをあてた。ほんとうに汗ばんできているのがわかった。「それは茜も喜ぶと思うけど」

「じゃあそうしよう。熱は？」

「ないみたい、いまのとこ」

「もし熱が出たらミルクセーキを作るよ」

倉田の用事最優先の夫が出かけたあと、彼女はこう思った。夫はあたしが倉田に会いたがらないことに気づいている。もうとっくに気づいていて、だから今日の誘いをあたしが渋ったときの代案は用意してあったのだ。もしかしたら昨日のうちに、昼食会には娘だけ連れていく場合もあると知らせてあったのかもしれない。倉田とのあいだで話はついているのかもしれない。それでいい、と倉田は夫に答えたかもしれない。そのほうがむしろいい。籠《かご》の鳥は外に出すな、家に飾っておけ。だとしたら夫は、食欲のない演技をするあたしを見て正直ほっとしただろう。自分から進んで、妻の体調を気づかう夫の役割を演じただろう。予定通りなのだ。なにもかも倉田と夫の思惑どおり事が運んでいる。そうしてあたしは少しずつ彼らの世界から遠ざけられ、いまいる場所にひとり閉じ込められる。

それは邪推というものかもしれなかった。前の晩ろくに眠れず考えたことも合わせて、いま彼女の頭にある疑いは一から十まで気の迷いなのかもしれなかった。それでも彼女は夫のいなくなった台所で、椅子にすわり直してゆうべの残りのミルキーの包み紙をひらきながら、こう考えを進めずにはいられなかった。初対面のときから倉田が、あたしの所属していた劇団やあたしの女優の経歴にいっさい触れようとしないのは、その点がずっと心にひっかかっていたのだが、ひとつには倉田じしん無口なせいもあるだろう。伝書鳩には興味津々でも籠の中の鳥には関心が持てないせいもあるのだろう。でもそればかりではなかっただろう。おそらくは、あたしの過去の問題をめぐっても、倉田と夫のあいだで話し合いは終わっているのだ。知らなかったことにする、なにも聞かなかったことにする、とのつまりぜんぶなかったことにする。だって、現に、何事もなかったかのようにいまあたしたちは家族三人で暮らしているではないか？　あたしがあの欠端の子を妊娠し出産した事実などもともと存在しないと言わんばかりに。あいつのことを憶えているかとひとに訊かれても夫は「さあ」としらをきる。倉田はそもそも劇団員としてのあたしの経歴をないものとして扱う。ふたりとも、協力しあっている。あった事実を、徹底的に、なかったものにしている。欠端なんて男はこの世界に存在しない。だって、現に、あの男はあたしたちの目の前からいなくなっているではないか？　夫が記憶から抹消したがっている男は、都合良く自分から姿を消して、消息がつかめなくなっているではないか？　彼女は溶けはじめたミルキーを口のなかで転がして、奥歯で噛まないように気をつけながら、いつかの倉田のことばを思い出す。鳩、野良犬、猪。轢かれた死骸はクリーンセンター行き。いったいなにを指すのか不明瞭なことばのひとつひとつに消息不明の男の顔をあてはめてみる。だがどうやってもうまくいかない。もう自分がその男の顔をはっきり思い描けないことに気づいて突然のパニックに襲われる。

椅子にじっとしていられなくなって彼女は居間へ逃れる。ベランダに向いた窓際に立ち、息苦しさに窓を開け放とうとして鉤型《かぎがた》に曲げた指先に力をこめ、錠が下りているのに気づかず歯をくいしばるうち、ふと口の中のミルキーがないことに気づく。息継ぎのさいうっかり呑みこんでしまったのか？　いっそう慌てて胸をさする。踵《きびす》をかえして寝室に入り、なんの目的で入ったのか失念してうろうろしただけでそこを出て、隣の畳敷きの部屋の引き戸を開け、夫の手で畳まれ整然と重ねられた寝具をまじまじ見て、また戸をぴしゃりと閉める。彼女は裸足で廊下を歩く。玄関へゆき思い直して後戻りする。あたしが伝えなければと彼女は思う。欠端という名の男が実際にいたことを。実際いたはずの人間がいつのまにか消えてしまい、しかもだれひとりその現実を怪しまないのはまちがっている。欠端という男、口から先に生まれてきた男、舌先三寸、品性下劣、卑怯《ひきょう》なペテン師、あの生まれながらの女の敵が、たとえどんな理由があったにしても、劇団仲間のだれにもその理由を告げずに消息を絶つなんてどう考えても納得がいかないとあたしが訴えなければ。思い出せない顔を冷静になって思い出して、似顔絵を描いてもらわなければ。クリーンセンター行きの死骸のなかにその顔がなかったか調べてもらわなければ。彼女は電話のまえで足を止める。ふだんめったに使わない固定電話の受話器を握って、1の数字を押そうとする。その指がぶるぶる震えている。四年前とおなじだ。

結婚当初、娘を出産した時期、あのときとおなじ愚かなまねを繰り返している自分に気づく。あとふたつ数字を押せば電話がつながり事務的な声が応えるだろう。事故ですか、それとも事件ですか？　彼女は返事に詰まるだろう。どれが事故でなにが事件なのか区別がつかずふたたびことばを失うだろう。またあなたですか、と相手は迷惑そうな声で言うだろう。あなた四年前にもまちがい電話をかけてきたひとですよね？いいえ、違います、そうだけど四年前とは違うんです、あのときはただ、欠端という男が消息不明だと噂が回ってきて、その電話を切ったとたん赤ん坊が火がついたみたいに泣き出して、いつまでたっても泣きやませることができなくて、あたしもおろおろ頭が混乱して、いまも頭はパニックだけど、でも違うんです、こんどは赤ん坊は泣いていません、娘は夫と一緒に倉田とお昼ご飯を食べているし、あたしはひとりで、これは絶対おかしい、ほったらかしにはできない、なにか只事《ただごと》ではないことが起きていると直感したんです、そう考えないと納得がいかない根拠もあるんです、あのとき、四年前に欠端の噂を聞いたとき、いまとおなじように感じた直感はまちがっていなかったんだと自信を深めているところなんです。では、そこまでおっしゃるなら、その根拠というのをお聞かせ願えますか？　さあ。さあ？　さあ、です、夫は欠端のことを訊かれても「さあ」としか答えないんですよ、客商売なのに強情張って。怪しいでしょう？　きっとひとにこう訊かれたらこう言おうと決めてるんです、倉田と話し合って。なるほど、怪しいですねそれは、早く言ってくださいよ、そういう根拠があるならこれは立派な事件じゃないですか、ひとにものを訊かれて「さあ」を二回続けたわけですね？　強情っ張りにもほどがありますね、それならおっしゃるとおり只事じゃないです、さっそく捜査本部を立ち上げましょう、まずそちらのお名前とご住所を。

だめだ。やっぱりこんな電話じゃだめだ。だれもあたしの話なんか相手にしてくれない。彼女は受話器を置いた。いったいあたしはなにをどうしたいのか？「さあ」二回を根拠に、夫の犯したかもしれない罪を告発したいのか？　恩のある夫と、夫の実の子ではない娘と、家族三人の幸福な生活を自分の手で壊すつもりなのか。わからない。自分の考えがわからない。四年前からあたしはひとつも進歩していない。彼女は受話器から手を離し、興ざめと、泣きたい気分と半々くらいで廊下を歩いて台所に戻った。さっきまで履いていたスリッパが見つからなかった。探して歩きまわるうち、汗に湿った足の裏のぬめった感触が不快になり、風呂場へ行って足首から下をシャワーで洗った。そのあと台所の床と、廊下と、居間のカーペットに掃除機もかけた。開かない窓の錠に気づいてさっきの慌てぶりに腹を立て、ベランダに出て洗濯物を取り込み、畳んでいつもどおり簞笥にしまった。それから台所の四人がけのテーブルの定位置について、泣きにかかった。途中でいちどクリネックスの箱を取りに立ったほかは、ときおり鼻水をすすりながら、流しを背にした椅子にすわって静かに泣きつづけた。「泣くんじゃない」という決め台詞を得意にしている夫がそばにいないので、心ゆくまで泣くことができた。そこへ電話はかかってきた。もう忘れかけていた晴山青年からの電話が。

彼女の携帯は寝室で鳴っていた。ベッドの上で七回か八回かしつこく鳴り続けて、留守電に切り替わって音がやんだ。直後に彼女は寝室に入ってゆき、上掛けのタオルケットの皺《しわ》に埋もれた状態でふたたび鳴り出した携帯を見つけて手にとった。

夫からだと予感がしていたのだがディスプレイには未登録の番号が表示されている

だけだった。身体を反転させてベッドの端に腰をおろすと、右の踵がスリッパに触れた。片方だけ足もとに落ちている。携帯をつかんだまま膝を割って股覗きのような恰好になってみると、ベッドの下の空間にもう片方が入り込んでいるのが見えた。そっちを引っぱりだして両方とも履き直すあいだに携帯はまた鳴りやんでいた。着信履歴にはおなじ番号がふたつ並び、留守電のメッセージはひとつだけ残されていた。その場で再生してみると聞き覚えのある青年の声が流れた。

「ええと、晴山ですが憶えてますか？　いま神社で休憩中です。白くまのアイス買って待ってます。奥さんのぶん、電話してから買えばよかったのにさきに買っちゃいました。早まったことしました。連絡つかないから焦ってます。白くまの運命、危うし」

時刻は二時だった。人生に悩みはないのか、この男は。白けた思いから、かすかな怒りすらおぼえて折り返し電話をかけた。

「ああよかった」相手の声は今日も弾んでいた。「留守電聞いてくれたんですね。どうなることかと思いましたよ、白くまの運命。そろそろ幼稚園のお迎えの時間じゃないですか？　でもいまならまだまにあいませんか、アイスがとけるまえに」

「あのね」と彼女は言いかけた。

「車で来ます？」青年が言った。「とにかく急いで来てください、僕も手をつけないで待ってますから、白くまふたつ持って石段のとこに立ってますから、とけないうちにできるだけ早く、いますぐ、百数えるあいだに、さあ走って」

「あのね晴山くん」彼女は落ち着いた声をだした。

「はい」

「ほんとにふたつ買ってる？」

「白くまですか。買いましたよ」

「そんなこと言って、ほんとはまだなんでしょう。あなた嘘ついてるでしょう？ あたしが来るはずないと高をくくって、この電話が切れたら、自分のぶんだけ白くま買ってひとりで食べる気でいるよね？」

「えっ？」と晴山青年は声をあげた。

「えっ？ じゃないの」

「なに言い出すんですか。そんなズルしないって」

「いいえあなたならやる」

勢いでどうでもいいことを追及するうち、そうに違いないと彼女は思いはじめた。それがお調子者の手口だ。口から出まかせの嘘。あの欠端も常習犯だった。気をつけないと、ズルなどしないと言い訳したときにはもう騙されているんだ。あたしにはわかる。生まれながらの女たらし。あいつの張りめぐらした罠《わな》に雁字搦《がんじがら》めに縛られた経験者としてわかる。この青年はあの欠端とおなじ匂いがする。おなじ悪の一党だ。いまになってようやく彼女は気づいた。ふたりの男は、年齢は別として、言動の軽さが似ている。人見知りしない、真剣味に欠ける、どっちもあてはまる。気まぐれと、しつこさの、矛盾した性癖のまじり具合も似ている。だいいち海上花火大会の件はどうなったのだ、展望台から娘に花火を見せて喜ばせるという話は。雨で一週間順延になったのなら、なぜもう一回誘ってこないで、そこは手を抜いて、いまごろ白くまの餌で釣ろうとする。あたしが白くまごときでほいほいなびくとでも思っているのか。

「じゃあいまからここに来てみればいいじゃないですか」どこか面白がる口調で青年が言った。「とけかたの程度で、ズルしてないってわかるから」

「あたしが行くまでに日なたに置いてとかせるよね？」

「変なひとだなあ」青年が呆れた声を出した。

「変なのはそっちよ。白くま白くまってこないだから」でも欠端ならこんな子供っぽい誘い方はしないだろうと彼女は思った。「人妻をかどわかすのに、安上がりのアイスですませるなんて、世間の奥さんたちをなめてるよ」

「いまなんて？　かどわかす？」

「意味は知ってるでしょう」

「奈々美さんいくつですか」

「四十よ」この質問は待っていたような気がした。「あたしはもう四十なのよ」

「嘘ついてますよね？」青年が見抜いた。

あたしはもう四十という台詞は、彼女が心の中でだいぶ前からつぶやき慣れた口癖にすぎなかった。やっとお披露目の機会が訪れたわけだが、実際のところ四十までにはあと五年もあった。

「とにかくね、突然出てこいと呼び出されて騙されてついていくような年頃じゃないの、おまけに、あたしは籠の鳥なんだから」

「なんですか？」

「籠の鳥と言ったの」

「旦那さんに大事にされてるという意味？」

「もっと複雑な意味よ。あなたが考えてるよりずっとあたしの周りは複雑なのよ。あたしにちょっかい出そうなんて、晴山くん、怖いもの知らずなだけよ」

「言ってることがよくわからないけど」

「いいのよ、わからなくて」

「でも突然出てこいとは言ってないですよね？　今日の今日奥さんを呼び出して、どっかに誘拐する計画立ててるとか、僕がそんな悪い人間に見えますか？」

「言ってるじゃないの。電話かけてきてアイスで釣ろうとしてるじゃない。誘拐なんて、リアルなことば使わないでくれる」

「いやまあ電話は、それは突然だったかもしれないけど」

「ほら」

「でもゆうべメールを送っといたでしょう。待ち合わせのお誘いメール。読まなかったんですか？」

「そうなの？」

　と彼女は意表をつかれ、晴山青年の口からは吐息が洩れた。

　そのあとどちらがそうしたのか区別がつかず電話がいったん切れた。着信メールのフォルダを探してみたが青年がゆうべ送ったと主張するメールは見つからなかった。いまのも口から出まかせかもしれない。それとも彼女が自分で読まずに削除して忘れてしまったのかもしれない。どちらかわからない。どちらにしても、あの欠端なら前の晩に都合を問い合わせるなんてそんなまどろっこしいまねはしないだろう。メールを書くくらいなら絶対その晩のうちに誘ってくる。酒の飲める店を指定する。ツケのきく店を。そしてあわよくばあたしに支払いを押しつける。財布を取り出したあたしを見ても気づかないふりで、催眠術でもかけているつもりなのか書きかけの芝居の話を店の外に出るまでつづける。題名は『生まれながらのワル』と『ミドルネームはワル』とでさんざん迷ってるんだけどどっちだろう、奈々美はどっちが演じやすい？きっとバカなんだわ、この男は、とあたしは思う。思ったとたん固まったあたしを欠端が見て、深刻な顔をするな、ひとの話を真に受けるなと言ってにやりとする。真に受けるなと言ったわりに完成した台本の題名は『生まれながらのワル』だったじゃないかと彼女はいま思い、あの晩の欠端のにやりを鮮明に思い出しかけていると、そこへ写メールが届いた。白くまのカップをふたつ石段に横に並べてアップで撮った写真を晴山青年が送ってきた。ほら、と二文字書き添えてあった。思わず鼻息のみで短く笑い、ベッドにすわった姿勢で仰向いて、首を肩に埋《うず》めるようにして声のない笑いを長びかせているところへ、追い討ちの電話がかかってきた。

「ね？　カップがすごい汗かいてるのがわかります？　とけかかってるんですよ。すぐに来ないともったいないことになる」

「無理よ」彼女はさらりと応えた。「行けない」

「せっかくふたつ買ったのに」

「ガールフレンドにわけてあげたら？」

「だれのことを言ってるんですか」

「ヤマダ電機で一緒だった子」

「ああ妹？」

「よくそこまで見え透いた嘘がつけるね」

「いや嘘じゃないんです。ほんとに妹みたいな女の子なんですよ。説明しますよ、会って話しませんか。ちゃんと話せば納得してもらえると思うし」

「だめ」

「どうしても？」

「ええ無理。もうあの神社には行けない」

こんなとき欠端なら、どうしても？　などと主導権を渡すような訊き方はしない。どうして、なぜ、としつこく訊いてあたしが正当な理由を三つも四つもあげるまで許してくれない。

「そうか、だめなのか」青年が諦めて弱音を吐いた。「ようやく知り合いになれて幸せだったのに。短かったな。いちどでいいから奥さんと」

そのさきを青年には言わせなかった。

昼間はね、と彼女は自分の口から言った。昼間あのあたりは、人目にたつから無理よ。


もちろんいちどだけのつもりで会ったのだが、はじめてふたりきりで会った晩、晴山青年の車検切れまぢかの三菱パジェロミニで市郊外の鉄板焼きの店まで連れていかれた。予約してあった個室で白くまなら百個も買える値段のコース料理を青年が注文して、赤ワインをふたりでグラスに二杯ずつ飲んだ。支払いも彼が現金ですませた。

食事中も、行き帰りの車中でも、妹なのか妹みたいな女の子なのかの肝心の話はひとことも出なかった。その話が出なければ来た甲斐がないようだし、でもこちらから持ち出すのもこだわりすぎな気がして、食事が終わって煙草と灰皿に気をとられて相手のお喋りがやんだチャンスに、実家はどこでご両親とも健在かという質問から徐々に落とし穴を掘って兄弟姉妹の構成を訊ねてみると、いちばん上にお姉ちゃんがひとり、あと真ん中に兄貴がひとり、と青年はしれっとして答えて、で、奈々美さんのほうは？　と好奇心満々訊いてきた。べつにガールフレンドの話をぜがひでも白状させたいわけではないしもうどうでもいい気分になった。たとえむこうから進んで打ち明けたとしても、それはそれで自発的なぶん逆に信頼が置けなかった。あの欠端とおなじ一党だと見抜いた男の問わず語りだから嘘八百に違いなかった。で、奈々美さんのほうは？　と聞き返されても自分の生い立ちなど話すつもりはなかったから、目の前で煙草吸うのはやめてくれる、最初から言ってるでしょうと軽く不快な顔を作ってみせて、話題を常識人ならだれもかれもがやっている禁煙の方向に持っていった。

市内に戻ったのがまだ八時過ぎだった。駅前の信号待ちで助手席をちらっと見て、このまま送るより酔いをさましてから帰ったほうがよくない？　と青年が提案した。ワインを二杯飲んですでにここまで運転してきた人間の提案とは思えなかったが、彼女は黙っていた。飲酒運転の車に同乗しているのだから皮肉を言う資格はなかった。

見たところ青年は顔色ひとつ変わっていないし、飲んでいるときからアルコールの強さを自慢したがっているふうだったので、提案は彼女のためになされたものに違いなかった。彼女の顔はやや火照っていた。それでも自分では酔っているつもりはなかった。頭もしっかり働いている。まかせるわ、と声には出さず彼女は思った。そのかわり私を驚かせてよ、と続きが浮かんで、それが『生まれながらのワル』の劇中の年増女優の台詞だと思い出した。彼女の無言を了解とみなして、青年は行先も告げず車を走らせた。

なにからなにまで計画通りだったに違いない。山道を歩くために青年は懐中電灯を用意していた。登り口の空地に、タイヤで小石を跳ね飛ばして車を停めると、彼女にためらう暇を与えずさっさと降りて助手席側のドアの前で待ち構え、足もとを照らして案内に立った。確かに懐中電灯の先導は必要だった。先を行く者が片手をさしのべて、後ろから来る者の手を取ったとしても不自然ではない暗い道である。幅が2メートル程度の、くねくねした坂道のところどころに形の揃わない平たい石が埋め込まれて、それがどうにかこうにか階段の役目をしている。右も左もこんもり繁る林に囲まれてしきりに鈴虫の鳴く声がする。花火大会の夜にはどうだったか知らないが、もう秋の彼岸が近い時期だったので人影はまったくなかった。でも青年が言うには、丘の頂の展望台に立てば息をのむほど美しい夜景が見渡せる。それはパジェロミニで九十九折《つづらお》りの道をここまで登って来たわけだし、もっと登れば満天の星だって見えるだろう。青年の魂胆は見え透いていた。20メートルも行くと彼女は息が切れた。いったいなんでこんなことになったのか、やっぱりワインに酔っていたのかと疑いながら歩くのをやめた。だいいち歩きづらい。ヒールが湿り気のある土にささって重い。いちいち面倒くさい。展望台であたしは夜景に感動した演技をするのか？　ここまで来たらするしかないだろう。晴山くんはそのあたしの隙をついて唇を奪おうとするだろう。きっとやる。それが手口なんだ。ではこちらは罠にはまると見せかけて、堂々と正面から視線をとらえて、このあたしがだれの女かわかってるんでしょうね？　こうして隠れてふたりで会うからには、それなりの覚悟はついてるのね？　と脅しの台詞を言わなければ。あの欠端が書いた劇中の台詞を。晴山青年が後戻りして降りてきた。手を引いてもらえると思って片手をさしだすと、懐中電灯の灯りがふっと消えて、指の先まで闇に塗りつぶされて、あっというまに肘をつかまれ抱きすくめられていた。直後に青年は彼女の唇を奪った。いちどで適確に唇の位置を探りあてると舌まで入れようとした。懐中電灯の先端が腰の背骨にあたっているのがわかった。

晴山青年は無言だった。彼女もなんの声もあげなかったし、相手を突きとばしたりもしなかった。**ただ驚きのあまり、どうふるまってよいのかがわからなかった。**用意した台詞の出番もない。驚いたのは、彼の手口を見誤ったこと以上に、自分がこの事態を受け入れてしまったことだった。唇の力をぬいて彼の舌を好きにさせてしまったことだった。ワイン二杯がきいたのだ、と言い訳してその驚きを退けようとしたが、青年の腕力がゆるむと、抱きとられたままへたりこむようにして平たい石のうえに尻《しり》餅《もち》をついた。スカートまで泥になる、と気にしながら二度目のキスをうけた。自在に舌を使ったあと、青年はやっと顔を離して、効果音的な発情のため息をついた。彼女はその顔を見なかった。見たくても暗闇なので見えなかった。闇の底を探るように片手を沈めて、気になる泥や落葉をこそぎ落とすつもりで片方のヒールをつまんでみると、意外にもつるつるの感触だった。

「もう帰らないと」と彼女は言った。

「展望台はすぐ上だけど」

「ううん、夜景なんか、最初から見たくない」

彼女のこの台詞を青年は誤解した。誤解でなければ、自分のいいように解釈した。

パジェロミニでふたたび市街地へ降りて、見慣れた街灯りのなかをしばらく走った。お喋りな青年はすっかり無口になっていた。物思いにふけっているところへ喋りかけてほしくないので、彼女にとってもそのほうが有り難かった。ただ信号待ちで、彼の貧乏ゆすりが気にさわるくらいだ。彼女の物思いというのは、おもに、キスのあとの腰くだけのシーンの反芻《はんすう》、ないし反省、あれじゃまるで自分が仕掛けた罠に自分で掛かったも同然じゃないか、みたいな内容だった。車はやがて灰色のコンクリートの壁に遮断された空気のよどんだ場所に停車した。一見、自宅マンションの駐車場と似てなくもなかったが、もちろん違う。予約した店でワインまで勧めて散財した青年が、ただで自宅まで送ってくれるはずもない。そこは赤坂という名のホテルの地下駐車場だった。上で休憩して、酔いをさましてから帰ろうよ、と青年が懲りない提案をした。とうぜんよ、飲酒運転はよくないものね、と仮の台詞を心につぶやいて彼女はこわばった薄笑いを浮かべた。青年が訊ねた。

「困ってる?」

「べつに」

「奈々美さんのいやがることはしないよ」

彼女は手首を返して腕時計を見た。あたしがいやがっていないことに、あたしじしん、そして晴山くんもとうに気づいていると彼女は思った。腕時計の文字盤はまったく目に入らなかった。いざというときにとっておいた話をここでするのはどうだろう。欠端の話を持ち出せば驚くだろうか。あなたみたいな悪党に、ワイン二杯どころではなく腰が立たなくなるまで飲まされて、力ずくでいやがることをされた。あとになって、信じ難いことに、憎しみの心がかたちをゆがめて、はっきり言って恋とまざって斑《まだら》模様になって、呼び出されると会いに行って、あげくにそいつの子を身ごもったのだと教えてやれば、あたしを見る目が変わるだろうか。その欠端がみんなのまえからある日姿を消し、いままでは存在しなかった人間のように見なされている。おそらくもう死んでいる。死体はクリーンセンターで燃やされて灰になって跡形もない、と真実を告げれば一緒になって怖がってくれるだろうか。腕時計の文字盤を見ているのにいまが何時なのかすこしも頭に入らなかった。家のことが気になる？　と青年の声が訊ね、そっちを見ずに首を振ってみせると、運転席から腰を浮かして、覆いかぶさるように迫ってきて唇をもとめた。また舌を入れるのかと思いながら目を閉じて、積極的に三度目のキスを受けいれた。いいよね？　とそのあと彼は訊いた。いいよ、そういう質問はしないで、話しかけるのもやめて、と言いたかった。彼は返事を待っていた。晴山くんの好きにして、と彼女は言った。

念入りに好きにされて腿の内側に薔薇色《ばらいろ》の痣までつけられて、自宅マンションとは番地が一番違いのビルの正面で青年の運転する車を降りた。玄関の自動扉から中に入り、指先に力をこめて七階の部屋の番号を押したあと、外をうかがうとパジェロミニはもう走り去っていた。ドアホンを通して七階からの応答があった。どうぞ、と野太い女の声がぶっきらぼうに応え、エレベーターホールに通じる二枚目のドアが開いた。約束した時間より一時間も遅れてしまった。非はこちらにあるのだから不機嫌になられても仕方ないし、なにを言われても平謝りに謝るしかないと彼女は覚悟を決めた。

エレベーター内の壁には、地震等自然災害時における指定避難場所一覧の貼り紙があった。その横に並べて、集まった義援金の額と募金への協力に感謝の旨をしたためた町内会のお知らせが貼ってあった。今夜のことでだれにどう責められてもなにも言い返す資格はない、と俯《うつむ》きがちに七階に上ってみると、慎改美弥子はふだんどおりの笑顔をふりまいて彼女をむかえた。ちょうどよかった、あたしもいま帰ってきたところだったのよ、茜ちゃんは敏之輔といっしょに寝てるし、ベビーシッター帰したら夜食におうどん作るから、あがって食べていかない？　夜食の誘いはていねいに辞退して、夕方娘に持たせていた着替え入りの小さな鞄と、自分のハンドバッグと両方腕にかけたまま娘を抱っこして、県立大の二年生だというベビーシッターと世間話をしながら下へ降りた。十時までのバイトのはずじゃなかったの？　と別れぎわに記憶を確認してみると、ええ、そうなんですけど、十時に帰ってきたためしがないから、と大学生は雇い主への不満を述べた。

腕のなかの娘は目ざめもぐずりもしなかった。自宅に着いてベッドに寝かせ、二の腕のこわりを摩《さす》りながら、台所のすわり慣れた椅子にすわるといつもとおなじでほかにすることはなかった。もう真夜中のような気が自分ではしていたのだが、現実の時刻はまだ十一時ちょっと過ぎだった。夫が帰宅するまで四時間以上あった。ワインを飲んで山登りしてキスをされてホテルに閉じこもっているあいだになにか取り返しのつかないことが起きて、今日夕方までとは外の世界が一変しているような恐れも抱いていたのだが、そんなことはなかった。世界は見慣れた風景のままここにある。それは欠端とはじめてそうなったときとおなじだった。娘の隣で眠るまえにお風呂に入ろう、と彼女は思った。

バスタブをシャワーでざっと洗い、それから温水器の自動ボタンを押して、ほとばしる湯の音を聞きながら下着姿になった。脱いだブラウスもスカートも、娘を迎えにいくまでほとんど羽織らなかったカーディガンもクリーニングに出す袋に詰めて、ブラジャーまで外して洗面台の鏡のまえに立った。異状は見あたらなかった。首をねじって角度を変えて点検したがキスマークはどこにもなかった。腿の内側を除けばなんの跡もついていなかった。鏡のまえでこんな心配をする自分をいままで想像できなかったのは、夫と娘と家族三人の生活に満ち足りていたからではない。恩のある夫に気がねして、夫以外の男性を意識して避けていたからでもない。ただ、こういう心配をさせる悪い男がいままで身近に現れなかっただけだ、理由はそれだけなんだ、と彼女は考えた。今夜考えたなかでいちばん正しい考えのような気がして、鏡のなかの顔にむかって、ひとこと言わずにいられなかった。**この売女《ばいた》め！**

ばいた？　とあなたは思うかもしれない。僕も思う。時代がかった台詞だ。でもこれは欠端がかつて彼女のためにそう書いたのである。脱衣場で演技に入りこんで二度三度発声の強弱を工夫していると、夫へのうしろめたさを押さえつけることができた。生まれながらのワル。これからお風呂に入って、娘の隣で寝たふりをして、夫の帰りを待つ。いつもとなんら変わらない。何事もなかったかのように明日は朝食を作る。相手の男の心配もしない。どうしても？だの、いいよね？だのやわな質問をする男だから要はこのあたし次第だ。今夜一回きりにしても、次があるにしても、それはあたしが決める。湯音がやんだ。静けさのちブザーが鳴り、湯張りが終わりましたと合成音声が伝えた。今後のことはあたしが決める、ともういちど彼女は思い、石鹸《せっけん》で洗うつもりでショーツは脱がずに風呂場の湯気のなかに入った。**青年をどのように扱うか、彼女はすでに心を決めていた。**

さて。

一段落ついたところで小休止に入る。

芝居でいえば幕間《まくあい》だが、手まぜをしないで聞いてほしい。あなたに報告しておくことがひとつある。

青年をどのように扱うか、彼女はすでに心を決めていた。

とさきほど段落の末尾に書いてみて、改行キーをひと叩きして、煙草を一服しながら読み返すうち、これがどうも取って付けたような一文に思えてきた。

この文と、直前の文との行間が、文脈的にという意味だが、空きすぎているような気がする。つまりあえてここに書く必要などないのに、頭に浮かんだことばをテンポ良くすらすら書いてとりあえず繋げておいたような印象がある。その印象が書いたあとの指のさきにまで残っている。あと、そんなことよりなにより、すらすら書けたこの一文にはどこかで見覚えがある。

じつは「この売女め！」のあたりから気にはなりだしていたのだが、ここらではっきりさせようと、たったいまエコバッグの底から一冊の古本、去年ピーターパンが行方不明のとき代わりに読んでいた文庫本をひっぱりだして、ちょっと時間をかけて気になるあたりを再読してみた。新潮文庫、龍口直太郎訳。前にもいちど触れたと思うが、サマセット・モームの『劇場』という小説である。

一七六頁《ページ》にこんな一行がある。


彼をどのように扱うか、彼女はすでに心をきめていた。


あれこれ言うまでもない。

青年をどのように扱うか、彼女はすでに心を決めていた、と自分で書いて、取って付けたような印象がキーボードから離した指に残るのはあたりまえだ。まさにあっちから一行切り取ってこっちに貼り付けているわけだ。これをひらたく言えばパクリだ。なお一四一頁には、主人公の女優が鏡を見て台詞を吐く場面がある。こう書かれている。

「このばいためが！」彼女はそうひとりごとを言った。

さらに一五二頁には、年下の青年にいきなり唇に接吻されて、年増の女優は不意を打たれ、

驚きのあまり、彼女はどう振舞ってよいのかさえ考えつかなかった。

とある。

もしかしたらほかにも、知らず知らずとはいえ、破廉恥《はれんち》なパクリの文章や台詞が二三まぎれこんでいるかもしれない。あるいは今後も、知らず知らずのことだから、晴山青年と幸地奈々美の馴《な》れ初《そ》めから逃避行前夜までを予定している本章において、おなじような鉄面皮なまねをやらかしてしまうかもしれない。その点あらかじめ断って

おく。もしあなたが小説の盗作に関して厳格な態度でのぞむひとなら、試しにいちどモームの『劇場』を読んで、僕の書いたものと比べてつぶさに点検してみられるのもいいかもしれない。『劇場』のほうは年増女優と若い計理士との恋、恋のかけひきを描いた読みごたえのある長編小説である。でもまあ、そういうひとは、そもそも飲酒運転とか人妻の不倫とかにも厳格だろうから、すでにこっちを読むのをやめているかもしれない。

なんにしても、僕はべつにここでパクリの告白や謝罪をしたいわけではない。そんなことは、本音を言えば、どうだっていい。年下の男性からいきなり唇にキスされて、驚きのあまりどうふるまってよいのかわからなくなるのは女性として、古今東西あまねく自然な反応だろうし、はからずも不倫の関係におちいった相手の青年を今後どう扱うべきか、焦って決めたり決めかねたりするのも年長の女性として不自然な態度ではないだろう。だから謝罪はしない。モームが書いたように、ここはどんな小説家が書いてもそれっぽくなるのは避けられないのだ、と言っておきたい。さっき僕がここらではっきりさせようと思ったのは、そんなことよりむしろ、いま進行中のストーリーにおける、消息不明の欠端なる人物の書いた芝居のことだ。この芝居がどうやら怪しい、モームの『劇場』から台詞をパクっているようだ、という発見のほうである。

自分の手で書き出しておきながら、ある分量、ある場面まで書き進めないと見えてこない事実というものはある。さっきの段落をあの一文で締めくくったところで、ようやく僕も納得がいった。欠端はモームの『劇場』を読み、これを種本にして『生まれながらのワル』を書いている。そして作中に「この売女め！」という台詞を導入している。これは正真正銘のパクリであり、どちらかと言えば許される行為ではない。なぜなら、現代の日本で鏡にむかって自虐的にそのようなひとりごとを言う女性はきっといないからだ。だれも口にしない台詞を欠端に思いつけるわけがなく、『劇場』から強引にひっぱってきたことは明白だからだ。欠端という男、生まれながらの女の敵、舌先三寸、品性下劣、厚顔無恥のパクリ屋。ここまで書いてその本性が見えてきた。

そういうことでストーリーに戻る。

青年をどのように扱うか、彼女は心を決めかねていた。いったんはこうしようと決めたものの、連絡のないまま一週間も過ぎると気持ちは揺らいだ。こうしようと決めたはずの内容もいまとなっては覚束なかった。あの晩、風呂場の湯気のなかに立ちショーツを脱ぎながら、もう二度と会うまいと心に誓ったのか、誘われて気が向けば会いつづけるつもりでいたのか、次に会ったらもっと愛想よくしようと思ったのか、道ですれ違ってもよそよそしくしようと思ったのか、そのどれもが自分の欲したことのようでありまた逆のようであり、結局、どうするにしてもこのあたし次第なのだ、というもともとの出発点に戻るしかなかった。でもそれも晴山くんから連絡が来ないことには始まらない。むこうがまた会いたいとでも言ってくれれば、それに対してこちらの取るべき態度を明らかにできる。できる理屈だったが、晴山くんからは梨のつぶてだった。まる一週間過ぎても、それからさらに数日して九月が終わっても、彼女の電話は静まり返っていた。

待ちかねた着信は十月、最初の土曜の夜にあった。

そのとき携帯は台所のテーブルにミルキーの赤い箱と並べて置いてあり、バイブ設定だから着信音は鳴らないが、それでも不二家のペコちゃんの顔を押しのけそうな勢いでぶんぶん音をたてて震えた。しばらく紙箱の動きを見守ったのち彼女は電話に出た。いま、だいじょうぶ？　と晴山くんが気をつかい、その控えめな声を聞きながら寝室の戸の方向へ視線を投げてみたけれど、娘が起きた気配はなかった。話せる？と低姿勢の晴山くんがさらに訊ね、すこしなら、と彼女は答えた。急に寒くなってきたね、と晴山くんが話しはじめた。昼間はまだ半袖でいいくらいなのに、夕方から気温が下がるね、昼夜の寒暖の差が大きいよね、それでまわりは風邪ひきかけのやつが多いし、僕はもうホットカーペット出してきて温《ぬく》もってるけど、奈々美さんはどう？　風邪ひいてない？　彼女はそこまで黙って聞いていた。そのあとミルキーを箱から取り出して包み紙をひらいて口に入れ、携帯を耳にあてなおすと、奈々美さん？　と晴山青年が呼びかけた。そこにいる？

「今日は娘の運動会だったのよ」と彼女は言った。

「ああ、そうなんだ？」青年が応えた。「昼間は天気がよかったからね。運動会日和《びより》だよね。たしか実家の姉の子供の小学校も先週」

「疲れてるの、運動会で」

ト書きに「突《つ》っ慳貪《けんどん》な声で」と書かれているような言い方を彼女はした。

「用があるならさっさと言って」

「ああいや」青年は口ごもった。

「ないの？」

「いやないわけじゃないけど。ただ、こないだの晩のことが」

「なに」

「こないだの晩、あのあとメールの返事がなかったから、ずっと気になってて、もしかしたら、帰ったあとそっちでなにかまずいことでも起きたんじゃないか、もし起きてるんなら、僕から電話なんかしないほうがいいだろうと思って、いままで我慢してたんだけど。でも考え過ぎかな。よかったんだよね？　電話かけても」

こないだの晩とはホテル赤坂に連れ込まれた晩のことで、メールの返事うんぬんとは、帰宅後に晴山青年が送ってきたメールに彼女が返信をためらったというだけのことである。あの晩、風呂からあがって寝る支度をしているとき着信メールに気づいた。気づくのは気づいたし読むには読んだ。一読後、ただちに削除したからうろ覚えだが、本文「無事到着」に自動車の絵文字、「今夜は楽しかったです」にハートマーク、最後に一言「おやすみなさい」キスマーク付きみたいな、つけあがった文面で、とくに返事の書き様もない代物だった。

そんなことより、と彼女はいまの晴山くんの言い草を聞いて思った。もしかしてそっちでなにかまずいことが起きたんじゃないかって、その心配はなに。まずいこと？　こないだの晩の出来事を夫に知られてしまうような？　そんなこと本気で心配してるの、それとも口から出まかせなの。まずいことって簡単に言ってくれるけど、もしそうなったら、もしほんとうにまずいことが起きてしまったのなら晴山くん、あなたいまごろ生きてはいないよ。彼女は口のなかで溶けかけたミルキーを上顎に貼りつけて伸ばしながら、脅迫の台詞を練った。あなたみたいな野良犬一匹、姿が見えなくなったところでだれも騒ぎ立てはしないのよ。

「奈々美さん？」

「考え過ぎよ」と彼女は言った。

「そうだよね。いいんだよね？」

「いってなにが」彼女の突っ慳貪は止まらなくなった。「この電話の用はなに」

「なんか実家の姉ちゃんと喋ってるみたいだ」青年が独り言を聞かせた。

「はあ？」彼女は眉をひそめた。

「なにか怒ってるの？　僕に」

「あたしが？　なぜ晴山くんに怒るのよ。用があると言うから質問してるだけじゃない」

「電話で奈々美さんの声が聞きたくて」

「バカ言いなさい」

「じゃあ奈々美さん」

「はい」

「いっしょに回転寿司食べませんか。よかったら来週」

これがあたしの待っていた台詞だ、と彼女は思った。

回転寿司で来るのは予想外だったものの、こうやってむこうから誘ってきた以上、いまこそ態度を決めるべきときだった。回転寿司といってもそこらへんの回転寿司を想像しちゃだめ、と青年がさきに喋った。

「知るひとぞ知る回転寿司の名店。ほら中央駅から車で二三十分行ったところに無人駅があるでしょう、知らない？　あるんだけど、そのすぐ近くの回転寿司。個人経営、夫婦でやってる、主人は元本物の鮨屋、美味いのにいつも不思議と混んでない、回転寿司の隠れた名店。来週なら、何曜日でもこっちは時間作れるから、奈々美さんの都合のつく日にどうかなと思って」

「来週ならね」

しばらく考えて彼女は揚げ足を取った。

「先週と今週はきっと妹のために取っておいたんでしょう。再来週はまた妹で予定が詰まってるんでしょうね」

「なにそれ」

「なにそれじゃない。妹だか、妹みたいな女の子だか、なんだか知らないけど、あたしはまだ騙されたわけじゃないから」

「ああその話」

青年が低い笑い声を洩らした。笑い声には吐息か鼻息かが混じっていて、耳にした瞬間、たとえ彼がどんな言い訳をするつもりでも全部でたらめだということが彼女にはわかった。

「その話なら」

「いいえその話はいい。しなくていい。聞く必要ない」

仮に晴山くんがその女と一緒に住んでいるとしても驚かない用意はできている。一緒に住んでいないとしても入り浸っているだろうし、なんならいま、電話で話しているいま、じつは隣の部屋でテレビを見てるんだと衝撃の事実を知らされても動揺などしない。あの欠端のときみたいには。

「でも」と青年が言いかけた。「話して疑いが晴れるのなら、ざっと話そうか？」

「晴山くん」彼女は遮った。「あなたのマンションどこ」

「ここの住所？　なんで？」

「あたしには教えられない？」

「そんなことないよ。奈々美さんがうちに来てくれるんなら喜んで教えるけど」

「いまから行く」

「えっ？」と青年は素で驚いた。ホットカーペットからいま尻を浮かした様子が目に見えるようだった。彼女は台所の椅子を立ち、リビングへ歩いて掛時計の針を見た。

「まだ十時半じゃない。来週まで待てないから、あたしいますぐ晴山くんに会いに行くわ。そんなに声が聞きたいのなら、そばへ行って耳もとで聞かせてあげる」

「いやでも今夜は、娘さんの運動会で疲れてるんじゃなかった？」

「だからなによ」

「えっ？」

「聞いて。あたしはね、こうと決めたらとことんやる女。ゲートがあいて走り出したら脚の骨が折れるまで走る、遮眼帯つけたレース馬みたいに。覚悟してよ晴山くん、開かずの門が開いたのよ、あなたがその邪悪な手で鍵をこじあけてしまったのよ」

彼女は台詞を言いきった。電話のむこうに沈黙があった。

「どう？」

「どうって」青年が口をひらいた。「いまのはなに」

「困るでしょう？　晴山くん迷惑でしょう。あたしが遮眼帯つけて突進してきたら受け止めきれないでしょう。でもあたしは気持ちひとつでどんな女にだってなれるのよ。その意味がわかる？　あたしみたいな重たい荷物、あなたに受け取る勇気がある？」

「奈々美さん」

「なに」

「ほんとに来る気があるの、ないの？」

「行くわよ」

「じゃあ待ってるから」

「ほんとに行くよ」

「うん、いますぐ来て。ホットカーペットの上でやろう」

彼女は思わず掛時計を見あげた。

もう一回見てもまだ十時半だった。夫の帰宅は早いときでも午前三時。娘は寝室で朝まで眠りつづけるだろう。実際のところ、いまからそっと部屋を抜け出して四時間以内に戻って来ることは可能に思えた。きっとできる。『生まれながらのワル』の女優が、お茶に招かれて青年の部屋を訪ね、お茶だけではすまずにへとへとになりながらもその晩の舞台を無事つとめたように。そしてその秘密にぼんやりの夫はまったく気づくことなくむしろ妻の演技を褒めたたえたように。あたしの気持ちひとつで、それはできる。ホットカーペットの上でだってやれる。やって帰って来れる。今日の今日まですることもなく無為に過ごしてきた夜の時間を、自分はどんなことにだって好きに使えるのだ、籠の鳥にはない自由が四時間もあるのだと思いついて、彼女は昂奮をおぼえた。昂奮のあまりそれがあたりまえのことだとは思いつかなかった。

とはいえ、この夜はそこまでだった。寝室のベッドに幼い娘をほったらかして、晴山くんのもとへ突進するといった場面は現実にはあり得なかった。晴山くんも無理強《じ》いはしない。書いていて僕も思ったのだが、そんな無茶な場面は成立しない。ひとには理性があり、自分で口にしたことばにのぼせたとしても、我に返る瞬間がある。気持ちひとつで可能な行為を思いつくのと、思いついた無茶に生身を投じることは別だ。別でないとすれば、それは欠端の書いた盗作芝居のなかの女優がやるべきことだ。火遊びの相手と会うため娘をひとりぼっちにして出かけるような無責任な行動は、おそらくこの夜だけでなく最後の最後まで、つまり翌年二月二十八日の雪の夜まで、ただのいちども彼女は取らなかった。

ホットカーペットの上でやったのは週明け月曜のことである。

隠れた名店だかなんだか知らないが回転寿司に連れて行かれてごまかされるまえに、要はしらふのうちに、晴山くんを説いて自宅マンションまで案内させ、ひとり住まいか同居人ありか自分の目で検分するつもりが、思わぬ長居になった。晴山くんの2DKの部屋は二間とも畳敷きで、そのうちテレビの置いてある六畳の居間に淡い色合いの無地のカーペットが出してあった。ヤマダ電機で買った新品かもしれない。もしくは掃除機をかけたばかりなのか、とにかく毛脚の乱れのない柔らかそうな敷物を見たとたん、晴山くんの電話での発言を思い出した。でも思い出していたのは相手が先で、ふだんは中央に置いて使っている正方形の座卓を手際よく壁際に寄せ、天井の灯りを柿の実色の保安球のみにして、その真下で青年はまた好き放題をやった。たとえば前回のキスマークが消えているのを見てこんどは反対側の太腿の内側に吸い付くとか、くすぐったいからやめてと頼んでも愛の烙印《らくいん》だとか言ってやめないとか、そういった子供じみたまねのことだ。結局、回転寿司はその日は中止になった。そのかわり青年の実家の畑で穫れたという里芋の入った豚汁を食べた。夕方五時半に夫を見送って、軽くすませてから来たので食欲はなかったのだが、好き放題のあと素っ裸の青年が、脱ぎ散らかしていた服を集めながら急に掘りたての里芋の話をはじめ、どこからか紙袋ごとわざわざ持ち出してきて、これを豚汁にすると美味いんだよ、などと自慢する。紙袋には確かに髭のはえた泥んこの里芋がごろごろしていて、掘りたてに嘘はなさそうだった。でもなんで豚汁なのか、あたしに豚汁を作ってくれと甘えてるのか？　とブラジャーのホックを留め直しながら疑ってみたがそうではなくて、土曜に実家に戻ったとき母親に持たされたのを日曜に自分で料理したのが鍋に余っている、味見してみない？　という提案だった。しつこく勧められたのでDKのテーブルに向かい合ってお椀に半分だけつき合ってみると、食欲はないはずなのにするする腹に入った。ゆうべの余りにしては上出来である。里芋の歯ざわりはとくに文句のつけようがなかった。大根や人参やの野菜が銀杏《いちょう》切りにして形を揃えてあるのも感心して見逃さなかった。晴山くんがまめで器用な男であることがそれでわかった。

次に会ったのは四日後の金曜の夜で、まっすぐ部屋を訪ねてみると、晴山くんは残った里芋を煮っころがしにしてついでにイカも煮付けて鍋に用意していた。そのくらいやるだろうと予測していたので彼女は驚かなかった。この日も回転寿司は取りやめになり、冷凍庫に一膳分ずつラップして保存してあったご飯と、あとは甘みの勝った白いタクアンで夕食をとった。晩酌のビールはひとり一缶で、これは欠端なら考えられないような質素で好ましい献立だった。好ましいのは、晴山くんが前もってスーパーで彼女の好みの白タクアンを見つけておいたからこそだ。ぬかりのない晴山くん。おまけに彼は、禁煙実行をアピールするため食事のあと煙草を一本も吸わなかった。努力に報いてせめて後片づけくらいはと思い、彼女は流しに立った。背中に視線を感じながら煮物用の鍋を金タワシで擦っている最中、ねえ、と曖昧な声が迫ったので、キスくらいなら許すつもりで振り返ると、奈々美さんお風呂どうする？　沸かす？と晴山くんがなんだか所帯じみた相談をした。もちろん出がけにシャワーを浴びてきたのでこっちで狭い風呂に入るつもりはなかった。沸かすなんて論外だった。で、洗い物が片づくやいなや、保安球だけ灯した居間に呼び込まれてまたホットカーペットの上でやった。

ひとしきり好き放題がつづき、青年が箱のティッシュをごそごそやりだしても時刻は九時前で、ほの暗いのをいいことにスカートも穿かず、タートルネックのセーターだけかぶり直してだらしなく寝そべったまま、テレビを見るともなしに見てうとうとしていると、青年の足音が遠ざかり、長いこと途絶え、次に意識が戻ったときは間近に忍び足が一歩、二歩聞き取れた。なにやら良からぬ気配を感じて目をあけると、蛍光灯がちかちか灯って、顔のすぐまえに晴山くんの膝を割った下半身があった。囁き声で宥《なだ》めるように指示を出されて、唇をすぼめたりひらいたり、その後はああしろこうしろと言われるがまま目をつぶって従ううち、欠端に仕込まれたコツを思い出してむしろ能動的になった。単調な指示とは別に、感に堪えない声で晴山くんがなにごとか喋るので、片目で見上げると、奈々美さんの横顔ってきれいだね、すごく整ってるね、みたいな褒め言葉を上からしきりに繰り返した。舞台を盛り上げるための一種の掛け声、晴山くんなりの演出だと思いなして真に受けなかった。やがて晴山くんがストップをかけ、彼女を仰向けにしてのしかかってきた。二回目だ。でも体重をかけられると尾てい骨のへんが熱くてたまらないし、ホットカーペットに染みがついたりするのも嫌だからと彼女から言い出して、二回目は晴山くんにバスタオルを取りにやらせてそれを広げてやった。

一週間おいてまた金曜に青年の部屋を訪ねた。

午後六時、駅ビル隣の三階建て駐車場にベンツを置き、スーパーで料理の材料を見つくろって行くべきか、出来合いの総菜にするべきか心の定まらないまま、タクアンに豆腐に麦味噌にだしの素に豚肉にと籠に入れて歩くうち、いったいどれだけ大きな袋をさげて行くつもりなんだ、あたしは彼の母親か？　お姉ちゃんか？　と白けた気持ちがまさって来て、品物はいちいち棚に戻し、手っ取り早くＫＦＣで買物をすませるとタクシーに乗った。ここはケンタッキーフライドチキンのことをＫＦＣと彼女が呼んでいたわけではなくて、僕がなんとなくそう書きたい気分なので書いてみる。迎えた晴山くんは、しかしＫＦＣの土産には目もくれなかった。かといって回転寿司の提案もしなかった。一週間も日にちが空いたので、青年の頭はひとつのことでいっぱいだった。挨拶もそこそこに、彼女は肩を抱かれてホットカーペットの間に連れて行かれた。テレビは結構な音量で天気予報をやっていたが、晴山くんは気にしなかった。蛍光灯から垂れた紐を二回引っぱっておなじみの暗さにしただけでテレビのリモコンはいじらなかった。欠端の表現を借りるなら、欠端がモームから借りた表現のまた借りかもしれないが、きっと遮眼帯をつけたレース馬みたいに入れ込んでいたのだろう。柿の実色の豆球のもと、相手の入れ込み具合に彼女もあおられて、お天気キャスターの喋り声は聞こえなかった。だいいちふたりとも明日の全国の天気などどうでもよかった。ＫＦＣのロゴ入りのビニール袋とハンドバッグを座卓の上に置いて、座卓ごと晴山くんと共同作業で持ち上げて壁ぎわに移した。そのあと自分でジャケットを脱ごうとしていると、晴山くんが手伝いたいのか邪魔したいのか密着してきて、唇をぶつけた。ぶつけたあと舌も入れてきた。気がつくとホットカーペットに仰向けに倒され、片腕はジャケットの袖に通したまま、先週とは色違いのタートルネックのセーターを胸までたくしあげられていた。バスタオルは？　と気を逸らすひまもなかった。一回目が終わって晴山くんが離れたとき、まだ午後七時だった。

最初のホテルのときからそうだったのだが、晴山くんは必ずコンドームを使った。後始末のときになって毎回そのことがわかった。どこから持ち出して来るのか、ホットカーペット周りのどこに準備して置いてあったのか、もっと言えばいつ装着しているのか彼女は知らなかった。たぶん終わりがけのある時点、と見当をつけるくらいで、現場を目にしたこともなければ気配をとらえたことすら一度もなかった。つまり、あたしが集中して忘我の境にいるときに、むこうはそのあたしの顔を見ながら避妊に頭を向けているわけだ、と彼女は考えざるを得なかった。ぬけめのない晴山くん。この晩、午後七時に彼が浴室に姿を消し、ホットカーペットに裸のまま取り残されて、正確には下半身のみ丸裸で取り残されて、そんな考え事をするうち、脳裏にあらぬというかありがちのというか疑いが芽生えた。ひょっとしてあたしはいいように弄ばれていないか？　晴山くんがテレビのバラエティ番組にいっとき見入って、ひと声笑ってからシャワーを浴びに行ったのも気になっていた。だいたいなぜ、晴山くんは毎回毎回ホットカーペットの上でやりたがるんだ。隣の六畳間に置いてあるベッドはなんのためにあるのだ。温もったホットカーペットまで連れて行きさえすれば、条件反射的に、欲情してあたしの目がとろんとなるように、実際さっき足の裏に生温かい毛脚を感じたとたん、そうなったような心地がしたのだが、晴山くんはあたしを仕込んでいるんじゃないのか。ホットカーペットは火遊びの奥さんに、寝室のベッドは本命のガールフレンドにと使い分ける気でいるんじゃないのか。悪賢い晴山くん。あたしにはガールフレンドを妹だと言い、ガールフレンドにはあたしを姉と言う。

そこまで考えて、考えたことがすべて妄想だとわかりながら、彼女は隣の部屋に立っていった。下半身丸裸のまま、無人のベッドに歩み寄り掛布団をめくって枕とシーツに鼻先をくっつけてみた。結果、妄想だった。香水の残り香などは感じ取れず、嗅いだのは青年の汗の匂いだけだった。そっちの部屋にはシングルベッドと洋服箪笥と移動式の台座のついた横長のハンガーラックが置かれ、郵便局の制服をふくめ男物の上着が隙間なくぶらさがっていた。こっちの六畳間にもあっちの六畳間にも、玄関にも、DKにも、洗面台の歯ブラシにもほかのどこにも、来るたび気をつけて観察しているのだが、女の子が通ってきている痕跡は見つからなかった。最初に来たとき微かに嗅ぎ取れた煙草の匂いもいまは消えていた。ひとりのときも禁煙の誓いを守っている証拠だ。彼女はホットカーペットの部屋に戻り、蛍光灯をつけて下着を探して身につけた。スカートを穿き直しながら、あるかもしれないコンドームの箱なりシートになった袋なりを見つけるつもりで座卓を見渡すうち、さっき置いたKFCの土産のそばに『ワンピース』の単行本が数冊、その横に腕時計とコードの絡まった携帯充電器、またその横に携帯電話が二台、目に入った。迷わず一台を手に取って、見るだけ見てみると、驚いたことに、ディスプレイを飾っているのは夏の終わりに彼がメールで送ってきた写真だった。神社の石段で汗をかいている白くまの写真だった。

急いでもとの場所に戻し、もう一台をつかんでみるとそっちは折り畳み式の携帯電話ではなかった。小型のビデオカメラだ。言わずと知れたソニーのハンディカムである。ここで出てくる。彼女は液晶パネルを立てて、撮影のポーズをとって晴山くんが戻るのを待っていた。トランクス一枚の晴山くんは、DKと六畳間の境目あたりで自分に向けられたレンズに気づき、ちょっとだけ戸惑った表情を浮かべた。が、すぐに調子を合わせて、両腕を持ちあげ力瘤《ちからこぶ》を作ってみせた。残念、せっかくの肉体美が撮影できない、と彼女は言った。なぜバッテリーが切れたままほっとくの？　充電用のアダプターがどっかいっちゃって、と晴山くんはいい加減に答えた。でもどうせ撮るなら、奈々美さんのきれいな横顔がいい、自分で見たことないんじゃない、こんど撮ってあげるよ、ね？　奈々美さんの右の横顔、僕がちゃんと撮影してあげる。そう言ってるうちに晴山くんは早くも身体を寄せてきた。そんなの見たくない、ちゃんと髪を乾かしてきてよ、それとあとフライドチキンを移す皿を、と言いつけて晴山くんの胸を押し返したが、でもこのときはまんざらでもなかった。女優時代から右側の横顔には自信がないわけでもなかったので、晴山くんがああまで言うのはいくらか本音が混じっているのだろうと思い直した。

　その晩、八時を過ぎて、二回目の真っ最中に彼女は青年にこう話しかけた。ねえ晴山くん、あたしのこと愛してる？　愛してるよ、と晴山くんは即答した。真っ最中だから、訊ねるほうも答えるほうも、なんでもありといえばありの状況だった。いわばことばの無法地帯だった。でも彼女には、できるだけ正気の状態をたもち、晴山くんの手品の種を見抜きたいとの好奇心もあった。その間際になって、隠しているコンドームをどこから引っぱり出してくるのか。ねえ晴山くん、と彼女はなお話しかけた。ラスクの評判のお店、どこか知らない？

「ラスク？」晴山くんが静止した。「なんのこと、急に」

「やめないで」彼女は言った。「ラスクパンのラスクよ。不動産屋の奥さんがね」

「茜ちゃん預かってもらってる家の？」

「うん。そう、その奥さん。ほら」彼女が催促すると、晴山くんはまた動き出した。

「ラスク好きで。だから御礼に。ラスク買っていこう、かなと思って。いま思ったんだけど。これからもね、ベビーシッター、頼むことに、なるだろうし。知らない？」

　晴山くんは知っていた。駅ビルのパン屋の名前をあげた。その店名を彼女はどうにか頭に入れた。こういう話題は晴山くんの得意分野なのか、それとも駅ビルのパン屋によほど詳しいのかと思い、薄目をあけたが、晴山くんの顔は探しあてられなかった。

ねえ晴山くん、と彼女は三たび言った。どのくらい？

「なんだよ」わずらわしげな声が聞き返した。「なにが？」

「どのくらい愛してる？」

「深く」

「深く？ そうなんだ？」

「そうだよ。ほら」と晴山くんが言った。「このくらい」

そのあたりがもはや限界だった。彼女は目をつぶった。じつを言えば「ひとを深く愛するって、どんな気持ちなのかしら？」という台詞の持ち合わせが彼女にはあった。それに対して劇中では間男の青年が「カマトトだな」と応じ、年増女優が「カマトトって？」とカマトトぶった次の瞬間、青年のてのひらで口をふさがれ手ごめにされるのだった。欠端と共演したそんな場面を切れ切れに頭によみがえらせながらも、彼女はまたしても正気の維持に失敗してしまった。どのくらい時間が過ぎたのか、頭を持ちあげて横を見ると、手品は終了し、今回も青年が使用済みの種を几帳面にティッシュにくるんでいる様子が目にとまった。おまけにあとになって気づいたのだが、二の腕の裏側に真新しい愛の烙印まで押されていた。

次の約束は月末の金曜で、その前日に生理がきた。

夜、娘を寝かせつけてから、どのくらい無理を言われるかと思いつつ明日の断りの電話を入れてみると、意外にも青年は聞き分けがよかった。逆に体調を気遣ってくれたくらいで、どんな無理も口にはしなかった。青年にしてみれば、これはあたりまえの受け答えをしただけかもしれない。生理がこないという報告なら別だが、来るものが来たという話だから、毎月ご苦労さまです、とねぎらう以外なかったのかもしれない。なにしろそのために毎回器用な手品を欠かさないわけだし。でも彼女にとっては、晴山くんの態度は物足りなかった。勘ぐれば、じゃあ今週は奈々美さんはゆっくり休んで、かわりにほかをあたってみるから、みたいな裏心を勘ぐれるほどさっぱりしすぎだった。晴山くんはきっとほかをあたるだろう。来週の約束をかわしておやすみを言い合ったあと、彼女はすぐに勘ぐり始めた。二枚舌の晴山くん。いまごろもうだれかに電話をかけて、あしたの予定があいちゃってさ、急だけど会える？　などと喋っている。候補としては駅ビルのパン屋が有力だった。晴山くんに教えられた翌日、慎改美弥子のためにその店でメロンパンのラスクを買物していたので、緑の頭巾に緑のエプロン掛けのバイト風の従業員が三人も四人もいて、全員が二十歳前後の女の子であることを彼女はもう知っていた。妹みたいな女の子たちだ。なかでもレジ打ちの子が小柄で愛嬌があって最も怪しかった。晴山くんは明日の晩あのレジ係とやるだろう。隠れた名店の回転寿司を何皿でもおごって、熱燗《あつかん》で酔わせて自宅のホットカーペットの部屋に誘い込んで、あたしにやったように愛の烙印を押すだろう。女の子が途中で熱がらないように、あたしのお尻にあてたバスタオルを女の子のお尻にもあてるだろう。

金曜の午後六時、抜き打ちでドアチャイムを鳴らした。

晴山くんは部屋にいて、風呂あがりの濡れた髪をしてドアを開けた。どこかに出かける予定があるのは一目瞭然だったが、晴山くんに言わせれば、いま仕事から帰ったばかりでビールを飲んでいて、ひとりで晩飯をどうしようか迷っていたところ、だそうだった。奈々美さんはどうしたの、と青年は言い訳のあと反撃に移った。来週まで会えないんじゃなかった？ 外を出歩いていいの？ ひとをまるで病人扱いだった。で、彼女は言い返した。

「今日あたしが来たら困る？」

「いや嬉しいけど」

「生理の女に用はないものね」

「そんなことないよ。奈々美さんがもしかまわないのなら、僕はかまわないんだよ」

ふたりは玄関口で話していた。晴山くんが背後をちらっと見て、たぶんホットカーペットの温度にでも気をやったのだろう、しかつめらしい顔になって、どうする？ チャレンジする？ と彼女に判断をゆだねた。どうするもなにも生理のときにやるのは断固として嫌だった。やった経験は、夫もふくめてほかのだれともなかった。唯一の例外が欠端の場合で、呼ばれた晩に折悪《おりあ》しくそうなってとにかくやらせなければ帰して貰えなかったのだが、当然ながら最悪の思い出だった。チャレンジに値する行為ではなかった。晴山くん、ほかに考えることはないの？　と彼女は靴も脱がずに答えた。おなかすいてるんでしょう？　はやく着替えてきなさいよ。

無人駅そばの隠れた名店まで三菱パジェロミニで往復して、途中ＴＳＵＴＡＹＡでＤＶＤを借りて八時半には戻って来て、ホットカーペットの六畳間に腰をおちつけると、やはりほかに考えることはなかった。晴山くんは帰り着くなり再生をはじめた『アバター』の導入部はろくに見もしないで、ビールを取りに立ったり、スナック菓子を勧めたりと世話を焼き、合間に部屋着に着替えていたかと思うと、

「奈々美さんの旦那さんて、どんなひと」

と珍しく立ち入った質問をした。そのとき彼女は晴山くんとおなじで映画に身が入らず、座卓にむかい携帯を手にして、あるはずもない着信を確かめるため視線を落としていた。どんなひとかと大まかに訊かれても答えようがなかった。答えてもどうなるものでもないだろう。晴山くんがほんとうに知りたいのは、夫の人間性ではなく、おそらく夫とあたしの性生活なのだろうと彼女は質問の深読み、ないし先読みをした。それはいつか訊かれると思っていたし、ここまで書いて僕もその点は気になっている

のだが、いつか訊かれると思いつつも、彼女は明快な回答を用意できていなかった。明快には答えられない夫婦間のデリケートな問題なのだ。彼女は顔をあげて晴山くんの無邪気な顔を見て、追及するなら相手が油断しているいまだろうと判断し、直球の質問を投げ返した。懸案の、妹みたいな女の子の問題をここで蒸し返した。

するとこの晩の晴山くんはすらすら告白した。そっちは練った答えが用意してあった。しかも変化球だった。ヤマダ電機で連れていたのはデリヘルの女の子だというのである。何回かホテルで会ううち意気投合して、男女の垣根をこえた友達になり、あの日はたまたまふたりの休みが重なったので買物につきあってもらったのだ。妹みたいな子だから部屋に遊びに来たことも一回か二回ある。風呂場やトイレの掃除をやってくれたこともある。でも奈々美さんと知り合ってからは、女性は部屋にあげないと誓いを立てているし、女の子にもそれは正直に言って聞かせた。だから夏以来いちども来ていない。むこうもこっちの気持ちを尊重してくれて、外で会う回数もだんだん減った。もちろんもう金を払ってホテルに呼んだりはしていない。最近はぜんぜん会ってもいない。むこうからたまに、悩み事の相談の電話がかかってきたりするくらいで。

彼女はこの話を八割がた信じた。二割はまだパン屋のレジ係への疑いを捨て切れなかった。でもまあデリヘルのことまで隠さず打ち明けているわけだし、なにより夏以来、女の子を部屋にあげていないという発言には信が置けた。喋ったことがまるまる嘘ではない証拠になりそうだった。ひとつ男女の垣根をこえた友達という意味が、男友達を持ったことのない身には理解できなかったが、理解できないことなら世間にいくらでもある。

告白のあいだに晴山くんはにじり寄って、彼女の右手をつかんでいた。左の手はまだ携帯でふさがっていたので、つかまれたのは右手だけだった。信じてよ、ぜんぶほんとのことだから、と晴山くんは尻尾を振る犬のようだった。奈々美さんに嘘はつかないから。ほら白くま事件のときだって、奈々美さんは疑ったけど、ほんとに二個買ってたよね？　彼女は盗み見した携帯の待受画面の写真を思い出し、ただ仏像を思わせる微笑を浮かべてうなずいてみせた。すると晴山くんは調子づいて、距離を詰めてきて唇をもとめた。いつもとおなじ攻めの手順だった。次は舌を入れて来る。これをきっぱり拒否して、かわりに夫の人柄や容姿から性欲の話までさせられるよりはましだろう、そう思って彼女は嫌がらなかった。左手の力をゆるめて携帯も離した。奈々美さん、こないだみたいにしてくれる？　服着たままでいいから、と晴山くんが図に乗ってきても、いちど「いや」と首を振って焦らしただけでとことんは嫌がらなかった。ＴＳＵＴＡＹＡに寄った帰り道、彼女の横顔を絶賛する文句をこの晩も聞かされていたので、なにをして欲しがっているかはとうに察しがついていた。ただし、晴山くんの気が変わってまたチャレンジなどということばを持ち出しても、そこまでは応じないつもりだった。ホットカーペットに寝かされて仮に目がとろんとしても、スカートまで脱ぐ気はなかった。バスタオルを何枚敷いていても御免だった。

彼女の左手から落ちた携帯は、座卓の端に載っていた。そのすぐそばに、こないだから置きっぱなしの携帯充電器とは一目で別とわかる、もっと太いコードのACアダプターが出してあったのだが、そのときは気づかなかった。テレビ画面ではアバターの巨人が岩山を走り回っていたがそっちはふたりとも目に入らなかった。晴山くんは無精して力まかせに座卓を押しやり、ホットカーペット上にスペースを確保した。彼女は自分からそこに横向きに寝そべり、晴山くんの準備が整うのを、寝室から枕を取ってきて彼女の頭にあてがうところから、ズボンを降ろし、トランクスの打ち合わせのボタンをはずし、膝立ちになり、彼女の顔の前に位置を定めるまでを見ていた。それから言われるまま手を添えて、薄く目をつむり、お望みの横顔を見せてやった。

ああしろこうしろの指示がときおり上から降りてきた。声の主が膝の突きどころを少しずつ移動させて、彼女の顎の角度を、せりあがり過ぎないようリードしているのもわかった。枕にあずけた左側頭部の位置が大幅にずれて、背中のすぐうしろに座卓の脚が来ているのも感じていた。十分ほどかそれ以上か、とにかくもう幕切れはそこだろうと思えるくらい奉仕して、何度目かの息継ぎに、右目をひらいて窺うと、真上から覗きこんでいるのは晴山くんの顔だけではなかった。最初それが自分を狙っているビデオカメラのレンズだと気づいたとき、彼女は晴山くんの茶目っ気かと思った。先週あたしがバッテリー切れのビデオカメラで撮影のまねをしてみせたのとおなじ仕草をしているのかと。でもそうではなかった。こっちを見ないで、もうすぐだから、と晴山くんの切迫した声にたきつけられ、横顔の女優に徹して最後までやり遂げたあと、そうではなかったことがはっきりした。洗面台で口を漱《すす》いでから戻ると、待ち構えた晴山くんがいま撮影したばかりの映像を見せてくれた。液晶モニターを彼女のほうへ差し向ける態度はすこしも悪びれていなかった。

「消して」彼女は隣に坐って言った。「見たくない」

「こんなにきれいに撮れてるのに。自分の横顔、じっくり見たことないんじゃない？　ほら」

「いやよ」

「そんなこと言わずにちょっとだけ。気に入らないならすぐ消去できるから」

　晴山くんに追いすがられて、数秒だけモニターに目を凝らした。

「口が大きい」と自分の顔に一番にケチをつけた。

「そこがいいんだよ」

「よくない。唇がだらしなく見えるのも気に入らない。ただでさえ大きな口なのに」

「撮影に気をつけるよ」

「下唇の力を抜けって言うから抜いたのよ」

「ほら見て。頬《ほ》っぺたがもりもり動いてるよ、美味しいもの食べてるみたいに」

そこで彼女がそっぽを向いたのに気づき、青年は再生を止めた。

「ねえ奈々美さん？」

「食べるようにしろって自分が注文つけたんじゃない。もうぜんぶ消して」

「もしかして口が大きいのを気にしてるの」

「そうよ。怒り肩も気にしてる。O脚だって気にしてる」

「だれかにそう言われたの。旦那さん？」

夫がそんなちまちました悪口を言うわけがない。あのひとはあたしの顔に一目惚れだったんだから、などと言い返したいところを我慢した。自分から夫のことを言い出して、もし話題が夫婦のデリケートな部分に飛び火したら面倒なことになるので、そこはまともに、ううんもっと昔、劇団のひとに、とだけ答えておいた。

そのあとすぐ、じゃあその劇団のひととはだれなのかという流れをすっぱり断ち切るため、いまこの場で、気に入らない映像をぜんぶ消去してしまうよう晴山くんに命じた。もったいない、という表現を使って若干抵抗があったが、そうしないと二度と横顔は見せてあげないからね、と本気の顔を作って脅したので、晴山くんも否とは言わなかった。

十一月、十二月と、週一の頻度でふたりは会いつづけた。

夜はもう脱ぐものを脱いでしまうとエアコンの暖房が欠かせないほど冷えたが、晴山くんの部屋のエアコンは居間の壁に一台取り付けられてあるのみだった。ほかに灯油やガスを用いる暖房器具はない。だから寒々とした寝室のシングルベッドはふたりして敬遠し、週一で会うたび概ね二回ずつホットカーペットの上でやることになった。気分転換に三菱パジェロミニで外出しても、戻って来るといの一番にホットカーペットのスイッチを入れるのが彼女の役割で、エアコンの暖気と相俟《あいま》ってぽかぽかしてくると、こんどは晴山くんが彼女の髪だの耳たぶだのをいじり出す。その晴山くんがあっけらかんと言うには、ひとりのとき自分はここでしょっちゅう奈々美さんのことを考えている、考えているうちむらむらしてひとりでやってしまうこともある、あともちろん朝晩の食事のときも、漫画を読むにもメールを打つにもこっちの部屋にいるし、たまにずぼらして、毛布を被ってそのまま朝まで眠ってしまうこともあるらしかった。ふたりでいても怠惰な状況はおなじだった。ホットカーペットを中心とした冬の巣ごもりみたいな時間のやり過ごし方が、当初からその傾向はあるにはあったにしろ、この時期、ふたりの週一の夜として定着していった。

定着といえば、ソニーのハンディカムによる撮影も前戯として定着してしまった。横顔がきれいだとか、横顔が見たいとかの晴山くんのお世辞が、もはやふたりのあいだで前戯開始の合い言葉になって久しかった。

「ねえ奈々美さん」

「うん?」

「横顔」

これだけでホットカーペットに横向きに寝る習慣がついた。枕とバスタオルは常に用意されていたし、ソニーのハンディカムの充電も晴山くんは怠らなかった。気のすむまで右側の横顔を堪能したあと、次はお返しとばかり、晴山くんは彼女の両脚のあいだに割り込んできて徹底的に好き放題をやった。途中、かならずどこか一箇所、愛の烙印を残した。でも最後の最後、ぬかりのない手品は忘れない。撮影に必要な明るさを確保するため、窓の濃紺のカーテンだけ閉め切って蛍光灯はいつも点けっぱなしだったが、彼女の見ている前で晴山くんはティッシュの箱を引きよせて几帳面に後始末にかかる。その後、ふたり並んでホットカーペットに仰向きに寝転がって、晴山くんが片手で顔の前にかざした液晶パネルを見上げ、自分たちの前戯の模様を鑑賞した。目を瞑《つむ》ったままよりときどきあけたほうが見ていてぞくぞくするとか、下唇の力の抜けかたがまだ十分じゃないねとか、それより晴山くんのぼそぼそ喋る声の指示が邪魔だとか、逆に奈々美さんはもっと声を聞かせてくれたほうがたがいの気持ちが盛りあがるとか、口いっぱい頬張って喉まで閊《つか》えているのに声なんか出せるわけないじゃないの、自分でやってごらんよとか、肩で突つき合いながらぶつぶつ意見を交換した。それがすむと最初の撮影のときと同様に、撮りたての映像をその場で消去するよう肩でもうひと突きして、うながされた晴山くんが、もったいないとごねつつも渋々タッチパネルで操作して、彼女の意に従うのが決まりだった。

この時点で彼女には油断があったと思う。

のちに起きたことを考え合わせればという意味だが、油断はおそらく二つあった。ひとつは、晴山くんが撮影映像を消去したと素直に信じたこと。

知り合った当時、あの欠端とおなじ悪の一党だと見抜いていたはずの青年に、あまりに心を許しすぎて、ビデオ鑑賞後に隣で繰り返しおこなわれていた不正、彼の指先のトリックを見抜けなかったことだ。もともと彼女に言わせれば欠端も晴山青年も似かよった一匹の野良犬であり、人懐こいのは事実でも、なにからなにまで女主人の言いなりになる飼犬より少しばかり悪知恵がまわる。晴山くんが裏で舌を出しながら、タッチパネルに器用に指を走らせ、もったいないない映像をせっせとメモリーカードに溜め込んでいた事実は、いまとなっては動かしようがない。なにしろ物証を僕が握っているのだから、ここは自信を持って書いておく。論より証拠。メモリーカードに残された十月二十八日の日付のある最も古い動画には、下唇でしゃくったり舌を丹念に這わせたりの行為の途中で彼女が目をひらき、不思議そうにレンズのほうを見上げる表情がとらえられているし、こっちを見ないでつづけるよう懇願する青年の小声も録音されている。すなわちこれがソニーのハンディカムによる第一回の撮影で、必ずしも両者合意のうえで始まったのではないことを如実に物語っている。

そしてもうひとつ、彼女の油断は、皮肉なことに晴山青年のその生来器用な指への信頼から生じていた。もしくは毎度毎度彼が使用するゴム製品への過度の信頼。週一の頻度で、概ね二回ずつホットカーペットの上でやることをやりながら、この時期、というより当初から、不倫する立場の女性として留意すべき事柄を彼女はなおざりにしていた。避妊の対策を相手まかせにして、ただただ忘我の境をむさぼっていた。

僕が思うに、おなじ油断でもメモリーカードの映像のほうは、晴山くんがひとりのとき愛玩《あいがん》するだけで、後々までほっといても実害はなかったかもしれない。なんならこれとは別に「晴山くんの孤独な秘密」くらいの題名で、派生的な短いストーリーでも書けたかもしれない。だがもうひとつの油断はそうはいかない。あなたが不倫の経験者なら賛成してくれるだろうが、そっちはまかりまちがえば命取りになる。

年が明けて一月七日、土曜日。

彼女は晴山くんの部屋をおよそ二週間ぶりに訪れている。

年末年始を残業やら宿直やら年賀状の配達の準備やら、元日早朝の出陣式の予行演習やら本番の配達業務やら、休みが取れると実家に顔をだして姪っ子甥っ子にお年玉を配るやらで晴山くんは忙しく働いていたし、彼女のほうも慌ただしいのはおなじで、だいいち慎改家のベビーシッターが冬休みをとって漁師町に帰郷していては動きが取れず、いつもの倍も間隔が空いたのだった。

ただし空白期間にも密かなメールがたびたび交換され、晴山くんから届いた何通かには、読後に削除するにしても、あまりにあけすけで顔が赤くなるので娘の前でも開封の憚《はばか》られる文面のものがまじっていて、それを読まされたほうはもちろん書いたほうも、ことばの刺激にのぼせて会いたさを一段と募らせていた。その証拠が、最も新しい日付、昨年一月七日夜八時過ぎの映像としてメモリーカードに保存されている。つまり、こういうことだ。ふたりがこののち、同年二月二十八日に出奔するまで、どのくらいの頻度で密会をつづけていたかは別として、ソニーのハンディカムによる撮影はこの日が最後になった。

すでに十二月に入った頃から、撮影は前戯だけではすまなくなり、中盤戦にも後半戦においても晴山くんはハンディカムを活用していたのだが、なかでも一月七日夜の回は特別だった。髪を後ろへ引っ詰めて結ってあるせいで、新年にふさわしくきりっとしまって見える彼女の横顔を、じっくり賞味する余裕すらなくタートルネックからなにから着ているものを一枚残らず剝ぎ取ってのしかかったかと思うと、もう晴山くんは狙いを一箇所にさだめて力をこめていた。撮影にあたり、彼はたぶん上体を垂直に起こしていて、片腕で相手の太腿を抱え、もう一方の手にはハンディカムをベルトで固定させていたと思われる。カメラレンズは彼女の真っ白な腹から乳房と怒り肩と筋の浮き出た細い頸《くび》を舐めて、最終的に、ホットカーペットに仰向けに寝た彼女の顔を俯瞰《ふかん》でとらえた。眉根の寄った顔は陶然を通り越して痛い手術に耐えるかのようだった。薄くひらきっぱなしの上下の唇のあいだから意味のとれない声が連続して洩れ、晴山くんが小声で叱りつけるように言い聞かせた。

「だまっていっちゃだめだよ」

「@@@@」

「だめだよ奈々美さん、こっそりいっちゃ、僕に訊いて、僕がいいっていうまでだめだ」

「いってもいい？」

晴山くんは質問をしかとして、一と息入れ、右回転に彼女のからだを裏返しにすると、下腹に片手を滑りこませて持ち上げるようにした。カメラはこんどは彼女の上半身を背中からとらえた。晴山くんが左手のみを使い、曲がった背筋を矯正する整体師ふうに盆の窪や、尖った肩や、腰骨や左右の尻を押さえたり叩いたり手前に引っぱったりする。それでカーペットに両腕をついた彼女の伏せの姿勢が決まると、ウエストのくびれと尻の横幅の対照が強調されて全体がアルコールランプの形状に見えなくもなかった。満足して見惚れたのか、晴山くんはしばし動きを止め、下から首を捩ってせかされたのち、ふたたび気合いを入れて彼女に声をあげさせた。声だけでなく、肉と肉のぶつかる雨だれみたいな音も聞こえる。やがて彼女の口から二度目の許可願いが出た。

「いってもいい？」

「そんなにいきたいの」

「うんいく。いっていい？」

「じゃあいいよ、いっても、そのかわり、奈々美さんが上になっていく顔も、あとで」

「ああもういく」

そこでいったにしろいかないにしろ、撮影は一回中断しなければならなかった。晴山くんのほうもそろそろ彼女に追いつきそうだったし、完全に追いつくためにはさっき脱いだシャツかズボンかのポケットから手品の種をつまみ出して装着する必要があり、それはちょっと、いくら器用な指とはいえハンディカム片手には至難の業だったからである。

以前とは順番が逆で、終わったあと部屋の灯りを保安球に落として、ふたりで肩をならべて撮りたてのビデオに見入った。見終わっても、すっかりものぐさの身についた晴山くんは浴室には立たなかった。彼女に肩を突つかれ催促されても、映像の削除はあとで二回ぶんまとめてやるからと言い訳して、つけっぱなしのテレビで、登場人物がワインを飲みながらぺらぺら喋るだけの動きのとぼしいドラマを眺めていたかと思うと、ふいに、正月に実家から貰ってきた餅が余っていて、だしは鍋に取ってあるし白菜もあるから雑煮にして食べない？　と提案してきて、食欲はあんまりないけど作って出してくれるなら相伴してもいいくらいに彼女が思っていると、そうではなくて、奈々美さんの味付けで食べたいと甘えているのだった。べつに嫌ではなかったけれど、雑煮を作っている余裕は彼女にはなかった。そんな話をしている最中に、便意をもよおしてきた気がして、黙ってそそくさと着るものを着るとトイレに立ってゆき、晴山くんが心配してドアの前でいちど声をかけるほどの長い時間、そこにこもらなければならなかったからだ。

浮かない顔で戻って来た彼女を見て、どうしたの？　と晴山くんはあたりまえの質問をした。

彼女は首を振って答えない。

「雑煮やっぱり僕が作ろうか」

「ううん、食べたくないからいい」

「もしかして生理？」

二回目がふいになるのを危惧《きぐ》して晴山くんが訊ねると、彼女はまた首を振った。昨年中に来てもおかしくない生理が遅れているのは事実だったが、いま気にしているのはそっちではなかった。

「じゃあなに」と晴山くんがくいさがった。

彼女はひとことで答えた。その頃にはもう、どんな直截的《ちょくせつてき》なことばを口にするにしても、ふたりのあいだに遠慮はなかったと思う。

「べんぴ？」と晴山くんが驚いた。

「うん」

「そうなんだ。うんこでたの？」

「でないの、でるかとおもったけど」

「そうか。がんばったのにね。でないのいつから？」

「もうだいぶでてない」

「つらいだろうなあ、うんこでないのは」

「つらいよ、でそうでないのは」

「痔になるよね、あんまりがんばりすぎると」

「うんなる。便座でいきんでると涙もでる」

「うみがめの産卵みたいだね」

「うん。言うと思った」

そんな会話がいっときつづいて、ホットカーペットの六畳間に余韻がただよい、空腹の晴山くんもひとりでさっさと雑煮を作って食べるわけにはいかなくなった。かといって、にじり寄って彼女のスカートをあらためて脱がせるきっかけも見出せなかった。新年早々ことばも途切れがちになり、結局、晴山くんのほうで希望していた彼女を上に乗せての二回目の撮影は次回へ持ち越しが決まり、その夜は十時前に娘を迎えに行くことができた。

気になりだしたのは翌週になってからだ。

娘を幼稚園にやり、夫が倉田がらみの新年会の用事で午後から出かけたあと、ひとり自宅のトイレにこもり、いきんで目に涙を溜めているとき、遅れている生理のことに頭が向いた。はじめて本気を出して前回の生理日の記憶をたどり、体調のいいときの二十八日周期と合わせて計算してみると、ざっと二週間以上遅れていることになる。

すると、昨年中に来てもおかしくない、ではなくて、早ければクリスマス前に来ていてもおかしくなかった、と見なすのが計算上はほんとうのようだった。それが年が明けて十日も経つのにまだ来ない。われながらちょっとのんびりしすぎではないか。実際、昨年のクリスマス前、二十三日夜に晴山くんと会ったとき、その場でタイミング悪く生理が始まらなくて安心した憶えが彼女にはあった。だからあの晩までは自分でも気にかけていたのだ。あのあともう年内に晴山くんと会う機会は持てないからいつ始まってもいいと気がゆるんだのか。気をゆるめたまま、二日に一回は晴山くんから送られてくる露骨な、猥褻《わいせつ》なことばをわざと書き連ねたメールを見ては顔を赤らめる日々を送っていたのか。便座に腰をおろしたまま、彼女は年末年始の二週間をうかつに過ごしていた自分を情けなく思った。反省もした。それからむなしく水を流してトイレを出て、両目に溜まった涙はティッシュに吸わせ、リビングの壁のカレンダーを見て便秘の日数を指折り数えるうち、いきなり既視感にとらえられた。いまより五歳若かった時代のまぼろしを見たとたん、腋の下に嫌な汗がわきだしてきた。

その日の深夜、彼女は台所の食卓から晴山くんに電話をかけた。

昼間からひとりで考えたあげくのことだったが、考えた内容を一から十まで晴山くんに聞かせるのが目的ではなかった。

彼女の心配事は、まだ仮説の段階だった。晴山くんを巻き込むのは早すぎる。そうは思っても、ひとりで抱えるには重すぎる仮説であるのもまた事実だった。だから電話をかけた目的は、夜の心細さを少しでも解消させることに重きがあったけれど、なりゆき次第、相手の受け答え次第では、会話がどう転んでいくか彼女にもわからなかった。

晴山くんは口に唾をためたような不明瞭な声で電話をとった。

「ああいま、奈々美さんの夢見てた」

「あたしの？　どんな夢」

「でない、でない、って悶えてた」

ホットカーペットでうたた寝していたらしく、テレビの音声が微かに伝わってくる。風邪ひくよ、と彼女は言った。寝るならちゃんと歯みがいて寝なさいよ。

「でた？」と便秘の話題に晴山くんはこだわった。

「ほんのちょっぴり」

「そうか。でないよりましだね」

「うん」

「金曜までにいっぱいでるといいね」

「いっぱいは無理かも」

「まあちょっとずつでもさ」

「晴山くん」

「なに？　奈々美さんビオフェルミンとか呑んでみた？　テレビのＣＭでやってるよ、下痢と便秘と両方効くんだって」

「あたしどうしよう、なんだか自分のからだが怖くて」

「だいじょうぶだよ。もともと便秘体質なんでしょ？」

「うんでもね、こんなにひどいのはめったにない。おまけに生理まで遅れてるし、お正月から体調最悪だわ」

　これを聞いて晴山くんが「ああそう」と起き上がり、ＤＫの板の間に場所を移動する気配が伝わってきた。

「じゃあ週末はちょうど生理とぶつかりそうだね」

「そうねたぶん」

「金曜の予定どうする？」

「ね」

「うん？」

「もしこのままなかったらどうしよう」

「うんこ？」

「生理よ」

「ああ。生理はあるでしょそのうち。うんこは心配だけど」

「うんこうんこ言わないで。いま喋りながらなにやってるの」

「おしっこ」

晴山くんはトイレに入り便座をおろして腰かけて小用を足している模様だった。彼女はミルキーを口にふくんでしばらく待った。やがてタンクからの放水を便器が呑み込む音がして、開けっ放しだったトイレの扉が閉まった。

「うんこもだけどね」と彼女は自分を励ましながら言った。「生理のほうもこんなに遅れるのは考えてみたら珍しいの。よくあることじゃないのよ、あたしの場合」

「そうなんだ？」晴山くんはこんどは冷蔵庫の扉を開けてペットボトルの飲み物を口にした。「そいで？　まさか妊娠の心配してるの」

「だからもしもよ。もしもの場合どうしよう」

「どうしようって僕に相談されてもさ」

「そうだよね。責任押しつけられても困るよね」

「責任？　なに言ってるの、いまのはもしもの話でしょ？　仮定法の妊娠でしょ？　ありもしないことの責任なんて、意味ないよ。きっと体調のせい、ホルモンバランスが崩れてるとかそういうんじゃない？　奈々美さんの思い過ごしに決まってる」

「そう？」

「そうだよ。だって」

「そうね」

だって自分は決して避妊の対策を忘れたことはないと彼が言いたいのはわかっている。

もちろん彼女じしんもその手際の良い対策には信頼を置いている。だから思い過ごしだと言われれば、そのとおりかもしれないと自分でも思えてくるし、一方で、五年前にもひどい便秘に悩まされた経験があって、それがあとから振り返れば妊娠の初期、欠端の子を身ごもって生理の遅れていた時期とかさなっていたという記憶を楯に、思い過ごしじゃないとここで言い張れば、晴山くんもちょっとは真剣になって聞き、でも真剣になったぶんこんどは、こちらが話したくない詳細まで根掘り葉掘り聞きたがるだろう。たとえば欠端との過去は伏せることができても、夫との性生活に関してなんらかの回答を用意しないわけにいかないだろう。そう考えると、この仮定法の話題は彼女みずからいったん引っ込めるしかなかった。

金曜の予定を飛ばして、翌週の月曜に晴山くんと会うことにしたのは、とにかくもう一週間だけ、からだの具合を見てそれから行動しようと自制心を働かせたからである。一週間が彼女にはぎりぎりの引き延ばしだった。

月曜の夕方五時半に夫が仕事に出ると、娘を着替えさせ、前日から話を通してあった慎改家のベビーシッターのもとへ連れていった。おめかしして敏之輔くんとちゃーちゃんに会えると聞けば娘はすっかり騙され喜んだので、面倒はかからなかった。その足で往来でタクシーを拾い、五時五十五分には晴山くんのマンションに着いた。

晴山くんは訪問者の顔をひとめ見て、約束の時刻よりずいぶん早かったこともあり、彼女があえてすっぴんを選択してドアの前に立っていたこともあり、表情をくもらせた。なにかしらまずいことが起きていると感じ取ったに違いなかった。あるいは今夜はハンディカムの撮影はできないとまず思ったかもしれない。彼女はかまわず靴を脱ぎ、ひとり先にホットカーペットの間へ入っていった。

座卓を前に正座したところへ、DKの板の間に立ったままの晴山くんから、

「お茶でもいれようか」

と様子見の声がかかった。ホットカーペットはすでに温もっている。喉は渇いていない。ただテレビのニュース番組で、どれほど意外な事件を伝えているのか知らないが、男性ナレーターの「ところが」とか、「なんと」とか、朗読する声がうるさかったので座卓のリモコンをつかんで黙らせた。

「いまなんて言ったの？」

「お茶でもいれようか」

「そのあと」

「白タクアンもあるけど、お茶請けに」

「そうね、いただこうかしら」彼女は苛立ちをおさえた。「でもそのまえに一回こっちに来て」

晴山くんが神妙な顔でそばへ来て、座卓の角をひとつ挟んで横に腰をおろした。

「じつはね」と彼女は声を低めた。「まだなのよ。もう三週間もない。このままではさすがにまずいと思うの」

「そう」晴山くんが軽くうなずいてみせた。「それは心配だね」

「うんこじゃないのよ」

「わかってるよ」

「じゃあ他人事みたいに言わないでよ」

「奈々美さん、自分でまずいと思うなら、やっぱりいちど病院で診てもらったほうがよくない？」

この言い草がどうも、ここで相談するより婦人科の外来でホルモンバランスの不調の原因を突きとめてもらったら？　みたいな厄介払いのニュアンスに聞き取れたので、彼女は感情を害した。

「なに言ってるの。原因はもう見当がついてるのよ。自分のからだのことだもの」

「どう？」

「どうってなによ。いまさらカマトト？　こないだからさんざん心配してるじゃない」

「いや、だけど」晴山くんが反駁《はんばく》しかけた。「そのことなら」

反駁すると思っていたので台詞は用意してあった。

「うんわかるよ」彼女は先回りした。「なに考えてるかはわかる」

晴山くんは座卓の角から目をあげて彼女を見た。

「どうわかるの」

「コンドームのこと言いたいんでしょう晴山くん」

「え？」

「えじゃない。言いたいのはわかってるのよ。でもね、コンドームの避妊は最初から百パーセント安全じゃないんだよ。そのくらいは常識だよね？　晴山くんも知ってるよね？　それなのにあなた、いつもおしまいのほうでこそこそつけてるでしょう。途中は横着して、最後の最後のほうでつけるとすぐいっちゃうでしょう。それだと危険率はかなり高まると思うよ。あたしはそのこと前々から気にかかってたの、言わなかったけど。ね、晴山くんだって一回や二回苦い経験があるんじゃないかしら。これまでつきあってきた女の子と、そうなってから失敗したと思ったこと、あるんじゃない。

ないの？」

「いやいや、でもさ」晴山くんの視線が泳いだ。

「なに？」

「こういう話はさ、自分たちだけであわてて決めつけるのはよくないよ。早合点てこともあるから、やっぱりちゃんと検査してからでないと」

「それは検査はするけど」

「うんそうして。そのほうがいい」

「早いうちにね、産婦人科にはかからなきゃと思うけど、どっちにしても」と彼女はふくみを持たせた。「ただ自分のからだのことは自分でわかるのよ。茜のときと症状がそっくりだし、あたしは経験者だから」

「症状って」

「こないだから言ってるよね、便秘のこと」

「うそ。うんこでないのが妊娠のせい？　そんなの聞いたことないよ」

「あなたが聞いたことなくたって、そうなのよ。あたしはお産の経験があるのよ、あなたと違って」

「でもなあ」晴山くんは俯いて考えこんだ。

なにか割り切れないことがあるのだと彼女には察しがついた。

「なんなの晴山くん。だけどとか、でもとか、言いたいことあるならおなかに溜めこまないで言っていいのよ」

「いいの？」

「いいよ。このさいだもの言ってみて」

「気を悪くしない？」

「しないよ」

「じゃあ、ひとまず仮定法で」

「うん」

「万が一の話だよ。奈々美さんの生理が遅れている原因がそれだとしてね、その場合、ひゃっぱー僕が父親だと言い切れるの？」

彼女は上手に息を呑むことができた。それからみるみる顔色を変えた。

「なんてことというの晴山くん」

「ほら。怒らないでって言ったのに」

「あなたのほかにだれがいるのよ！」

「だって」彼女の剣幕に晴山くんは少し後ずさった。「奈々美さんには、旦那さんだっているし」

この疑いが口にされたら彼女はとりあえず泣くつもりだった。

その心づもりで来たのだが、ここで泣きの演技は必要なかった。ひゃっぱー僕が父親だと言い切れるのかだなんて、あの欠端でもここまで軽薄で非道な台詞は吐かなかったと思ったとたん、悔しさがこみあげ、涙は自然と出てきた。それをいいことに、彼女はホットカーペットに正座の姿勢で思いっきり泣いた。膝に置いたハンドバッグに涙の雫《しずく》がぽたぽた落ちた。あらかじめ握っていたガーゼのハンカチで、目もとよりもバッグの革の表面を拭っているといつまでもらちがあかず、取り乱した演技に興が乗ってきた自分の、実際取り乱した動作にさらに唆《そその》かされるようにして、相手に訴える台詞もつぎつぎ浮かんできた。

「去年、あなた、あたしになんと言った？　あたしを愛していると言ったよね？　あたしはそのことばを信じたのに。あれは嘘だったの？　年が明けて生理が来ないとなったら、とたんにてのひら返すわけ？　あたしだって、いい年して生理が遅れてるとか、こんな話ほんとはだれにもしたくないよ。ひとりで胸の内におさめて、できればぜんぶ自分で解決したかった。でも、この一週間とても心細くて、怖くて、ひとりじゃもう不安を抱えきれなくて、夫には口が裂けても言えないし、あなたなら、この不安を分かち合ってくれると思ってここに来てるのに。あなたしかいないのに。ほかに行くところなんかないのに。それなのにこのひとは、言うにことかいて、ひゃっぱー僕が父親だと言い切れるの？　だなんて。なによその質問のしかた、ひゃっぱーだなんて、ことばを省略してひとを疑って、あたしのこと、まるで淫乱女《いんらんおんな》みたいに」

「わかったもうわかった」晴山くんは戦意を失っていた。「奈々美さんごめん」

「旦那さんだっているし、なんて言うくせに、あなた人妻のからだにキスマークつけたよね。あっちにもこっちにも、愛の烙印だとか言って好きなだけつけたよね？　家に帰ってから、隠すのにどれだけあたしが苦労したのかわかってるの？」

「わかったから、もう泣かないで。お願いだから。愛してるのは嘘じゃないから」

「ティッシュちょうだい」

渡されたクリネックスを箱ごと抱えて、涙と鼻水をていねいに拭き取るうち彼女は落ち着いてきた。

晴山くんもいくらか理性を取り戻した。

「この話もうやめよう」と彼は言い、またも出発点に立ち返ろうとした。「仮定の話をいつまでつづけても仕方ないよ。奈々美さんの不安はわかるけど、やっぱりちゃんと検査して、結果を見たうえで、それからにしよう。ね？　安心して、結果がどうでも、奈々美さんをひとりぼっちにはしないから。約束するよ。だからなるべく早めに産婦人科に行ってさ、医者に診てもらおうよ」

「じゃあ、いまここでいい？」

「え？」

「いまからテストしてみてもいい？」

「なにをテストするの」座卓の縁《へり》に手をついて、お茶でもいれようと腰を浮かしたところで晴山くんは戸惑い、中腰のまま、彼女がバッグの中からカラフルな長方形の箱をつかみ出すのを見た。

そのあと目の前に置かれたので、いまここで彼女がなにを試すつもりなのか合点がいった。表に印刷された惹句《じゃっく》によると一分で結果が判明するらしかった。

「買ってきたの？」

「買ってあったけど、怖くて試せなかったの」

トイレを借りて妊娠検査薬によるテストに臨みながら、晴山くんへの罪の意識のせいで、彼女の胸が痛まないわけでもなかった。

だいいちその妊娠検査薬は、買ってあったのは事実でも、去年晴山くんと知り合う以前に買ってあり、春頃にいちど、やはり二週間ほど生理の予定が遅れたとき、もしやと期待して買ってきたのがその帰りしなに始まって、無駄になったのをいままで取っておいたのだった。ということはつまり、もしやと期待させられる程度には、夫との性交渉が現にあったわけである。

ここまで書いてやっと事実が見えてきたが、もちろんそれはあった。そうしょっちゅうではないにしても、ぽつりぽつりと一年を通してあった。結婚して五年目のいまもある。夫の仕事の時間帯が時間帯だから、昔からおもに昼間、寝室の窓のカーテンを閉めきって夫婦の営みはおこなわれた。そのさい夫は避妊の対策をとらなかったし、彼女のほうもそれでちっともかまわなかった。二人目の子供を望んでいたからである。夫だって自分と血のつながりのある子を望まないはずがない。ふたりで話し合ったわけではないが、彼女はとうぜんそう思っていたし、娘を幼稚園にやるようになってからは、カレンダーで望みが叶いそうな日を選り抜いて、昼間というより午前中、自分から夫の布団に入ってみたこともあった。日頃は慎みぶかい妻の積極性に刺激されたのか、迎えた夫の反応も三割増しだったので、もう目的に関係なく、週をまたいで朝の営みに定期的にふけったこともあった。でも妊娠の兆しはまったくなかった。

そういった夫婦間のデリケートな内情を隠したまま、少なくとも近頃夫とはまるで一度もなかったようなふりをして、晴山くんを巻き込んでしまうのは卑怯だとも思うけれど、一方で、彼女にも言い分はあった。いちばん近いところで夫の求めに応じたのは、スピンが休みの元日の夜、ということは今回の生理予定日を一週間以上も過ぎたあとだったし、その前は、ちょっと曖昧な記憶だが、前回の生理が始まる直前か終わってまもなくだった。二回とも排卵日を遠くはずしている。たとえそうでなくても、以前あれだけその気で頑張っても果たせなかったのがたった二回で的中するとは思えなかった。しかも二回とも、いったのは夫のみでこちらはいったというよりいった演技に没頭した二回にすぎない。去年の秋以来、夫とはいつもそうなのでその記憶は曖昧ではなかった。そのうえさらに、生理日計算やいったいかないをもとに答えを割り出す以前から、彼女にはひとつの確信があった。自分のからだが事実妊娠しているとすれば、今回の結果をもたらしたのは夫ではない。コンドームのつけかたを横着した晴山くんだ。あのときのあれと特定はできないにしても、なにしろホットカーペットであれほどやってしまったのだから、晴山くん以外にいない。彼女はそう思っているし、書いた僕も思う。今回もまたおなかの子の父親は夫ではない。身も蓋もなくいえば、これはただの直感だが、彼女は理性よりすでにそっちを信じていた。

でも晴山くんにはどう話しても信じて貰えないだろう。女の直感を信じろというほうが無理だろう。夫とのあいだに二回あった事実を知ればなおさら。だから卑怯でもなんでも伏せるべき点は伏せたまま、晴山くんを巻き込むしかない。いま自分たちはのっぴきならない状況に置かれているのだと、真剣に、できればあたしとおなじくらい真剣に、からだの異変に目を向けさせるにはそうするしかない。

自宅の半分ほどの狭いトイレで、姿勢を工夫して妊娠検査薬のスティックの先に尿をかけながら、彼女は晴山くんのことをこう考える。あたしのからだに、たとえ冗談にしても愛の烙印と呼ぶキスマークを残したがる子供っぽい青年。ただ外から見えない部分を選んで烙印を押すのはバカではない証拠だろうし、もともと真実味の足りない男だから、他人の家庭を壊してまで深入りする情熱なんて持っていない。結果がどうでも、奈々美さんをひとりぼっちにはしないといまは言えても、望まぬ結果が出れば、理性を優先し冷酷にあたしを突き放すだろう。おなかの子は始末してほしいと迫るだろう。きっと堕胎の費用だけ自分で工面して、あとは全部あたし任せにする。晴山くんは言う。気持ちはわかるけど、現実的になって、産めるかどうかよく考えてよ。僕たちふたりだけじゃない、奈々美さんの家族の問題として、旦那さんの立場も、茜ちゃんの将来のことも考えてみてよ。彼女は考えてみた。この一週間、幾度となく、晴山くんとの対面シーンを目に浮かべては、考えをかさねていた。そして迷路を行きつ戻りつしたあげく毎回おなじ出口にたどり着いていた。産めるわけがない。

ところがこの日、晴山くんの家のトイレで妊娠検査薬のスティックを手にして判定を待つ一分のあいだに、未練がぶりかえした。確かに未練には違いないが、それは眼前の現実から一歩退くような感覚だった。ほかのことばで言えば、彼女は迷路の別の出口を探りあてようとしていた。ついさっき晴山くんと一緒に熟読した取扱説明書が教える色へ、要はふたりとも望まない色へと判定窓の色が変化するのを、はらはらもしないで見守れる自分、もっと言えば、心とは裏腹に期待して待っている自分がそこにいた。いまちょうど迷路の分かれ道に彼女は立っていた。晴山くんの意見に従えば、すべてが無になる悲しい運命が待ちうけている。晴山くんはまだなにも言っていないのに彼女はそう考えた。けれど、出口に通じる道は晴山くん一本ではない。あたしのおなかに宿った子は、夫の子としてなら産めるかもしれない。夫の子としてなら、と頭に浮かんだことばの意味を、深く突きつめるよりはやく一分が過ぎていた。言うまでもなくテストの結果は陽性だった。

つい一週間前、生理の遅れを気にしたときには妊娠を怖れていたはずなのに、こんどは、自分の体内に宿った命が無になることへの恐怖と戦わなければならなかった。

一日置いてかかりつけの産婦人科で受診し、茜を取り上げた医者から、七週目などと具体的な数字まで教えられるとなおのこと、胎児の生命は実感できた。診察を終えた頃には恐怖は遠くのほうへ去り、なんとしても、あたしの手でこの天からの授かりものを守りぬかなければとの決意が勝っていた。

だがそこには難題がひかえている。

晴山くんの子に違いない赤ん坊を夫の子として産むことはいったい可能なのか？

一月十八日のその日、午後二時過ぎ、産婦人科を訪れた帰り道、彼女は神社のそばにベンツを停めて時間をつぶした。

まっすぐ帰宅しても夫は倉田に呼び出されて留守だし、あと十分もすれば茜を幼稚園に迎えにいくのにちょうどいい時刻だ。

外は風が強かった。竿《さお》にくくられた十日恵比寿の幟《のぼり》がばたばた震えているのが運転席から見えた。神社のまわりに人影はなく、郵便配達のバイクも通らない。掲示板のわきの桜は、すっかり葉を落としつくし裸の枝を車の屋根に差しかけている。日が照っていれば遮るものはないから車ごといくらか暖まったかもしれないが、あいにく空は樹木の枝の灰色と見分けのつかない曇天である。ヒーターを効かせた車内で、彼女はシートベルトを締めたまますわっていた。

茜はきっと喜ぶだろう、と彼女はまず考えた。今日幼稚園からの帰りに、秋には妹か弟ができると言ってやれば、目を輝かせて喜ぶだろう。もし言ってやることができれば。

茜のためにも子供はもうひとり産んだほうがいい。病院の年配の看護師さんも同意見で妊娠を祝ってくれたけれど、それはひとりっ子よりは兄弟姉妹のなかでにぎやかに育つほうがいいに決まってる。ひとりよりはふたり。三人は無理でもせめてふたり。情操教育のためにもいい。前々から自分でもそう思っていたのだ。

でも今日のところは言えない。

茜にも、もちろん夫にもまだ言えない。

風にはためく幟を見ながら彼女はこう考える。

大事なのは、時機を見ることだ。妊娠を夫に打ち明ける時機。不自然さを感じさせないで夫を納得させるには、もうすこし時間が経つまで、何事もないようなふりをして待つことだ。

ごく最近の夫との二回、そのうち一回は十一月下旬、最後にあった生理の直前だったと思う。記憶は曖昧だが、そろそろ生理が近いみたいな情報をそのとき自分で口にしたかもしれない。昼間、カーテンを引いた寝室でセーターを脱ぎながら、途中でそうなるかもしれない心配までしたような気もするし、夫はあたしがなにげに呟いた台詞を憶えているかもしれない、そして翌日実際に生理になった様子をそばで観察して知っているかもしれない。考え過ぎかもしれないけれど、用心に越したことはない。するとと結論はこうなる。十一月下旬の昼間のぶんは捨てて、直近のもう一回のほう、元日夜の夫婦の営みを、妊娠の原因に仕立てるのがより自然だろう。あたしはあのとき夫の子を身ごもったのだ。

そういうことにすれば、夫の側にあたしを疑う理由はない。迫真の演技、そもそもどこまで嘘かほんとか自分でも混乱するくらいの演技であたしがいってみせたことは知らないわけだし、だいいちいったいかないの夫婦のゆきちがいが、妻の妊娠を疑う材料になるわけもない。だったらこれでいい。一月一日の夜、茜が寝たあとあたしたちは夫の布団で愛を確かめ合った。晴山くんと違い夫はコンドームはつけなかった。

これは事実。そのおかげであたしはめでたく妊娠する。これは事実から導かれるとうぜんの結果。ここまでぬかりはない。

あと必要なのは、やはり待つこと。あのときのあれがもとで妊娠したのだと、夫が自然に納得できる日が来るまで時間をずらして報告することだ。一月末に来る予定の生理が来ないとあたしは気にしはじめる。二月に入って妊娠検査薬でテストし、仕上げに産婦人科でも診てもらう。そのうえで、いよいよ夫に事実を打ち明ける。たぶん来月のいまぐらいに。

夫はきっと喜ぶだろう。

自分の血をわけた赤ん坊が生まれると聞いて喜ばないはずはないだろう。ただし、と彼女は手首を返して腕時計に目をやる。幼稚園へベンツを走らせるのはまだ少し早いと判断し、考えを進める。ただしそのとき、喜ぶ夫の顔をあたしは正視できないだろう。だからといって目を逸らしたり、ほんのちょっぴりでも表情に暗い影を浮かべたりすれば気取《けど》られてしまう。そのとたん疑惑の芽を植えつけることになる。できれば、まともに夫の顔を見なくてすむような状況で打ち明けるのが賢明だ。

たとえば当日の朝、妻はベッドから起きてこない。風邪気味でからだがだるそうだ。でもほんとうは風邪なんかではない。枕もとで気遣う夫にむかって、じつはね、と妻が切り出す。いつ言おうかと迷っていたんだけれど。寝室の薄暗さを利用して、なんなら掛け布団にはんぶん顔を埋めるようにして。おまえ、いまなんと言った？　と夫が聞き返すほどの、くぐもった声で。あの芝居『生まれながらのワル』のト書きに指示されていたとおりに。

結局のところ、誰が父親かもわからない赤ん坊が誕生して、妻の男出入りの乱脈に最後まで気づかぬ夫は望んでいた第一子を抱いて随喜の涙を流す。そんな無責任な幕の閉じかたをするあの芝居の後半で、窮地に追いこまれた妻は、女優でもある妻は一か八かの賭けに出る。妊娠に気づいたあとになって、辻褄合わせのため、いわば泥縄式に、夫と一回だけ寝るのだ。つまり一ヶ月程度の時間のずれには目をつむり、その一回を根拠に、生まれてくる赤ん坊の父親は自分だと夫に信じこませる。とにかく一回寝て、既成事実を作る。証拠をねつ造する。あとで妊娠から出産までの期間がやけに短いと疑うなら、言い訳として早産でもなんでも持ち出せばいい。

それが欠端の書いた台本で、痛い思いをして産むのは女だし、女のからだのことは男にはわからないとはいくら言っても、そこまで大雑把《おおざっぱ》な手口が通用するものだろうか？　と当時、妻の役を演じながら彼女は自信が持てなかったのだが、でもいまになって、現実に一ヶ月の時間のずれに目をつむり、欠端の台本からパクった作戦を練っている身になって考え直すと、あの芝居で妻が敢行した辻褄合わせ、あの泥縄までもが有効な手段のような気がする。

元日の一夜のみでは足りないかもしれない。いっそもう一回、早いうちに夫と寝ておいたほうがいいのかもしれない。一回じゃなくて二回でも三回でも集中して数をこなして、何回だっけ？ 回数は忘れたけど、先月はあんなに頑張ったんだから妻の懐妊というご褒美がついてきても不思議じゃない、くらいに記憶を曖昧にさせる作戦もありかもしれない。だったら今夜だ、夫が仕事から戻るのを待ち構えて、元日の夜の喜びが忘れられない妻の設定で夫の布団に潜りこもう。それがいい。善は急げ。うんと淫《みだ》らな声をあげて夫をどぎまぎさせよう。さっそく今夜からだ、と彼女は考えた。

では晴山くんの立場はどうなる。

彼にはこの件をどう伝えればいいのか？ とそのあと考えを切り替えたのは、ちょうどそこへ郵便配達のバイクがやってきて、ベンツの鼻先から数メートル離れた場所に停まるのを見たからである。バイクを降りた男はヘルメットを取らず、ベンツには一歩も近寄らず、雑貨屋のほうへ道を渡ると自販機の前に立った。はっきり顔は見えなくとも、背格好や身のこなしが晴山青年のものだった。

いまあたしが温めているプランを知れば、と彼女は思う。晴山くんはきっと言うだろう。

「本気なの、奈々美さん」

「本気よ」平然とあたしは答えるだろう。「おなかの子を産むためならなんだってやるよ」

「だけどそんなの無茶だよ。いまから旦那さんとセックスして、それで子供の父親をごまかそうなんて、そんな泥縄の計画、絶対無理だよ。だいいち」

泥縄の計画。きっとそう見えるに違いないが、見えるのは晴山くんが元日の夜の一回をまだ知らないからだ。あたしがその切り札を伏せているからだ。まだ知らないというより晴山くんが知る機会は金輪際ない。切り札のことは彼には絶対言えない。

「だいいち、なに？」

「血液型の問題は？」と晴山くんはこだわるだろう。「生まれてくる子供の血液型と、旦那さんの血液型をつきあわせれば、嘘はすぐにばれるよ」

「晴山くんはAだよね」あたしは答える。「夫もA、あたしはAB、問題なんかない」

「いやでもさ」晴山くんは気にするかもしれない。「そんな簡単な方法じゃなくて、DNA鑑定とかしたらいっぺんにわかっちゃうよ」

「そんなものだれがするのよ。晴山くんね、世の中の男が全員自分とおなじだと思ったら大間違いよ。細かいこといちいち気にしてたら赤ん坊なんて産めやしない」

「いやいや、だけど。そうだ顔は？　だいいち生まれてくる子供の顔は？」

「顔は晴山くん似よ。決まってるでしょう」あたしは微笑んでみせる。「とくに女の子だったら晴山くんに似る。きっと可愛い赤ちゃんが生まれるよ、色白の」

「なにが可笑しいの奈々美さん。いくら旦那さんでも自分の娘の顔は気にするんじゃないの」

「そうかな」

「しないの？」

「娘が生まれた喜びでいっぱいで、あとはどうでもよくなるんじゃない？」

「そういうもの？」

「うん。経験あるし」

「そうか。いや違うな。違う違う、そういうものなわけない」

晴山くんはなおもくよくよ考えこむだろう。

あたしは少しだけ猶予をあげる。

ところで、あたしたちはどこにいるのか。この会話をどこでしているのか。あの自販機の前だ。晴山くんがいま立っている場所。さびれた雑貨屋の横の自販機で、目も合わせず、いちどもたがいの顔を見ずにあたしたちはホットコーヒーを買う。行きずりのふたりを装って。ここまで喋るあいだに、彼は缶の口を開けて飲みはじめている。遅れてあたしも飲む。ふたりしてあさっての方向を見て立ったまま。飲みほすまであたしは彼に時間をあげる。やがて晴山くんが最終結論にたどり着く。

「やっぱり無理だ」彼は言うだろう。「僕の子供を、旦那さんの子供として産んで育てるなんて、そんな計画の共犯になんかなれない。いくらおなかの赤ちゃんが大切だからって、そんな犯罪まがいのことが許されるわけがない」

「許されない？　だれがそれを決めるの」

晴山くんは答えを知らない。

「じゃあ訊くけど」あたしは言う。「あなたがこの子の」と片手をおなかに触れて、「父親になれる？」

晴山くんがこちらを振り向く。あたしは目を合わせない。

「あなたがひとりで主人に話をつけて、そのさきに待ってるごたごたを全部引き受けて、あたしと、この子と、茜の三人の面倒を見てくれる？　そこまでする覚悟がある？」

晴山くんは口ごもる。はっきりした意味のことばは、待ってもひとつも出てこない。これまでだとあたしは見なす。

「だったらだまって身を引きなさい」

あたしは空缶をゴミ箱に投げ入れる。両手ともコートのポケットに差し込み、背中を向けて歩き出しながら、

「あなたとはもう他人だから」

と最後に宣言する。

晴山くんは呼び止めない。ことばを失ったまま、遠ざかるあたしの背中を見守ることしかできない。

あたしの後姿が思い出になる。おそらく彼はのちのちまで忘れないだろう。風上へむかって歩いてゆく恋人の背中を。あの『生まれながらのワル』の台本の表紙に添えられていた、欠端自筆のモノクロのデッサン画、まるで撃ち合いの決闘にのぞむかのごとく脚をひらいて直立している、年齢不詳の女の、凜々《りり》しい後姿をあたしがいまだに憶えているように。

風上にむかって立つ女のデッサン。両手はコートのポケットの中。肩のうしろへ裾ひろがりに流れる黒髪。肩よりもっと下、肩甲骨のあたりまで達しているストレートの黒髪。風にあおられたマフラーの先っぽが、右肩とほぼ水平まで、筆文字の撥ねのように舞い上がり、黒髪の乱れは頭頂部からやはり右方向へ、切れたギターの弦のように数本のもつれた線で描き込んである。

表紙の女はミニスカートで、腰の位置にベルトの付いた短い丈のトレンチを着ていた、と彼女は細部の記憶を確認し、助手席に脱いで置いてある自分のコートに目をやった。マフラーは今日はしていない。フード付きのダウンコートの下に隠れたバッグからそのとき着信音が聞こえ、少し迷って携帯を取り出してみると、夫からではなく、いまそこにいる晴山くんからのメールだった。電話で話せない？　とだけ書かれていた。

運転席の窓をこつこつ叩くどころか、ベンツに一歩も近寄りもしないで、こんなメールを送ってくる。あの夏のあいだにここで一緒に白くまを食べたようにはもういかない。人目があるから、近所ですれ違っても知らないふりをするよう重々言いつけてあるのを守っているわけだし、妊娠検査薬の判定を目の前に突きつけられたいまとなっては、観念して、あとはこちらの出方をうかがって、千々《ちぢ》に心を乱しながらも、ひとまずは以前よりいっそう注意深い行動につとめるしかない。柔順な晴山くん。いまあたしが彼の運命を握っている。もしここで挫《くじ》けてしまえば、もしあたしが弱気になって泣いて一部始終を夫に告白すれば、晴山くんは欠端とおなじ運命をたどる。きっとそうなる。夫は、泣くんじゃないと繰り返しあたしを叱りつけるだろう。そのうえで仮にあたしを許したとしてもこの青年は許さない。倉田も親友の妻を孕《はら》ませた青年を見逃しはしない。たかが野良犬一匹、容赦などしない。このひとはいずれ人前から姿を消す。死骸はゴミ袋に詰められてクリーンセンター行きになる。メール画面に目を落として彼女はそう思い、妄想をふりはらい、自分から電話をかけた。

晴山くんは郵便配達のバイクのそばまで歩いて来て鳴る電話に気づいた。左手の携帯から目をあげてベンツのフロントガラスのほうへ視線を走らせ、手袋をはめた右手で急いで飲み残しの缶コーヒーを足もとの地面に置き、いちど倒してから立て直し、ヘルメットをはずしてバイクのハンドルにかけると携帯を耳にあてた。そこまで一連の動作を彼女はベンツの運転席から見ていた。

「どうだった？」と晴山くんが訊ねた。「病院で診てもらった？」

「うん」彼女は後ろ向きの晴山くんに返事をした。「いま帰り」

「どうだったの」

「まちがいないって」

「そう」と呟いて一拍置き、晴山くんはバイクに跨がって背中で答えた。「やっぱりそう」

「うん。便秘のこともね、先生がやっぱりそうだって」

「そうなんだ？」晴山くんはしばし黙った。「じゃあ、話し合わないといけないね。今後のこととか。今夜電話してもいい？」

「あたしからかける」

「何時頃？」

「なんか晴山くんの声、暗いね」

「そんなことないでしょ」

「その声が暗い」

晴山くんの口から三回目のため息が洩れた。バイクに跨がるまえの一回目と、「そうなんだ？」のあとの二回目は本人はごまかしたつもりかもしれないけれど、彼女の耳は聞き逃していなかった。

「心配しないで晴山くん」と彼女は励ました。「これからつわりに苦しむのも、痛い思いして産むのもあたしだから」

晴山くんはすぐには返事をしなかった。彼の背中はぴくりとも動かなかった。紫がかった紺に黄色の横線が二本入ったウインドブレーカーの背面を、いったいどこのだれがなにをヒントにデザインしたのだろう？　みたいな冷静さで彼女は眺めていた。

「奈々美さん」と晴山くんが声を絞り出した。

「うん？」

「ほんとに産むつもり？」

「うん」

「うんて。それだけ？」

「なにが」

「その返事」

「返事がなによ」

「軽すぎない？」

「じゃあどう言うの。重々しい声でうんて言えば晴山くんの気が晴れる?」

「いや僕がどう思うかじゃなくて」

と晴山くんは声をひそめた。

「こないだも言ったよね、旦那さんのほうは、旦那さんにはどう説明するの。ほんとに産むつもりか? うん、じゃすまないでしょ。どう言い訳しても許して貰えないでしょ」

「それも心配しないで。夫に話すのはあたしだから」

「だからどう」

「どうもこうもないよ。妊娠したって正直に言う、夫の子を。安心して、晴山くんの名前は出さないから。いままであったことは全部なかったことにして話す」

バイクに跨がった青年は片足を踏ん張った。右手でハンドルをつかみ左手の携帯を耳にあてたまま振り向いたが、彼女と目を合わせるには上体のひねりが不十分だった。

晴山くんは諦めてもとの姿勢に戻り、いま聞いたばかりの台詞を鸚鵡返しに口にした。

「妊娠したって正直に言う、夫の子を?」

「そうよ」相手がいらぬ疑いを膨らませないうちに彼女は先手を打とうとした。「聞いて晴山くん」

「どういう意味? どうしてそんなこと旦那さんに言えるの」

「あたしに考えがあるのよ」

「もしかして」晴山くんが遮った。「旦那さんともやってたの？」

「ううん違う。そうじゃない」

「じゃあどうして」

「いままではやってなかったけど」

じつは今夜やるつもりでいる、と嘘をつくつもりが土壇場で、晴山くんを説き伏せるにはという意味だが、それではもう間に合わない気がして、予定を一気に前倒しにして彼女は嘘をついた。つまり嘘を嘘で塗り固めて補強した。

「いままではやってなかったけど、最近一回やったの」

「え？」

「おととい。妊娠検査薬の結果が出たあと。もちろん、いやいやだけど。おなかの赤ちゃんのために、晴山くんのためにも、そのほうがいい、そうするしかない、夫の子として産むにはやるしかないと思ったから。あたしの独断で、一回だけやらせてもらった。ごめんなさい」

「そんな」と言ったきり晴山くんはまた黙りこんだ。

心のなかを整理する時間をしばらく与えてから、また自分のためにも時間を取ってから、彼女は青年を説き伏せにかかった。じつはこのさきは夜、自宅の台所から電話をかけてじっくり説明するつもりでいたのだ。夫が帰宅するのを待って今夜決行する、一回やって既成事実を作る、というプランもそのとき伝えるつもりだった。プランはたったいま過去形に書き換えられ、伝える意味を失ったが、彼女の決心は揺るがなかった。今夜やる。

「わかるよ」と彼女は青年の背中に話しかけた。「泥縄だと言いたいんでしょう」

「ドロナワ?」

「泥縄ってことば知らない?」

「知ってるけどさ」晴山くんは言い返した。「奈々美さんの言おうとしてることは理解できるけど。でも、泥縄ってことば、どうなのかな。こういうとき使う? 妊娠したあとであわてて旦那さんとセックスした、そういう意味で言ってるんだよね?」

「やりたくてやったんじゃないよ」

「そうかもしれないけど。でも奈々美さん、自分から旦那さんにおねだりしたわけでしょ。一回だけやらせてもらったって僕に言うのは、なんか自分だけいいことしたみたいに聞こえる。いったの?」

「なにそれ」

「いやべつに、それはあれだけど」

「ひとが真剣な話をしてるときに、このひとは」

「だけど」

「またあたしを泣かせたいの？」

「違うよ」

「ほかに方法がある？　あるなら教えて。あたしだって好きでやったんじゃない。言ったでしょう、そんなことでもしないと赤ちゃん産めないから、泣く泣くやったの。そこまでして産みたいという女の気持ち、伝わらない？　晴山くんには女ごころの切なさ、わからないの？」

「わかるけど」

「あたしは、おなかの赤ちゃんと晴山くんのために、この身を犠牲にしたんだよ」

「だからわかるよそれは」

「じゃあ過ぎたことを責めないで」

　晴山くんは四回目のため息をついた。

「だけどさ奈々美さん。奈々美さんの旦那さんは、どうなの。それでコロっと騙されるようなひと？　一回だけやって、生まれてくる子の父親が自分だと納得してくれるの」

「してくれるに決まってる。ほかに父親候補がどこにいるのよ。あたしたちは夫婦なのよ。夫は晴山くんの存在すら知らないんだよ。晴山くんもいちど夫の立場になって想像してみたらどう？　おととい奥さんとセックスしたよね、久しぶりだから記憶に残るよね、来月妊娠を告げられるよね、その場で『ひゃっぱー僕が父親だと言い切れる？』なんて疑えると思う？　夫婦のあいだではあり得ないよ、そんなとぼけた台詞」

「それはまあ」

とぼけた台詞を現に口にした弱味があるので、晴山くんはあやうく、自分がコロっと騙されているとも知らず、譲歩しかけた。

「そう言われてみればそうだけど」

「ほら」

「でも。やっぱり奈々美さん。もっとよく考えてみないと」

「血液型のことね」と彼女は言った。「生まれてくる子の」

「ああそうだ。血液型の問題だってある」

「その心配もないの。有り難いことに、夫とあなたはおなじ血液型だから。天の恵みね」

「天の恵みって、言うのかなこんなとき」

ことば遣いにこだわる晴山くんをほっといて彼女は腕時計を見た。幼稚園のお迎えの時刻をとっくに過ぎている。

「天の恵みよ。そういう日本語があるんだから使わなきゃ損よ。きっとうまくいく。

あたしに任せて」

晴山くんは煮え切らない返事をよこした。

この場で煮え切れというほうが無理なのかもしれなかった。晴山くんの立場になって考えれば、避妊にしくじるわ、中絶を言い出すタイミングは失うわ、かといって自分が父親として責任を取らされるわけでもなく、勝手に出産プランを立てて進められてしまうわ、彼女の夫とのセックスに焼きもちは焼くわ、いったかいかないか気になるわ、そんなこと考えている場合ではないが、ハンディカムの撮影にまだ心残りはあるわ、横顔のきれいな奥さんを手放したくないわ、いっそ彼女のプランに乗っかりたい誘惑もあり、でもよその夫婦の子として誕生する自分の子の未来は想像もつかないわで、際限なく混乱するのは当然かもしれなかった。八方塞《はっぽうふさ》がりの晴山くん。晴山くんでなくても、いまこんな話を聞かされて、いいよ、それでいこう、と即断できる男がいるとは思えない。いたとしたら、むしろそういう男こそ信用できないだろう。

「ただね」と彼女は仕上げにかかった。「ひとつだけ訊いておきたいことがある。晴山くんに」

晴山くんはそのときバイクから降り、地面に立ててあった缶コーヒーの残りで、からからの喉をうるおしている最中だった。

「聞いてる？」

「ああ」晴山くんは生返事をした。「言ってみて」

「真剣に聞いてね。万が一、緊急の場合よ。あたしのほうでまずいことが起きてしまったとき、あなたどうする。あたしに味方する気がある？」

晴山くんは返事を渋った。彼女は声に真剣味をこめた。

「あたしと一緒に赤ちゃんを守る気がある？」

飲みほした缶を手に彼はとぼとぼ道を渡り、自販機の横のゴミ箱に落とした。いちどもベンツを振り向かなかった。

「まずいことって」と晴山くんが聞き返した。

「あってはならないことだけど」と彼女はぼかした。

「旦那さんに嘘がばれたら？」

「その心配はないと思うけど。ただそのときは、晴山くんの名前、出さないわけにいかなくなるかも」

「そうだね」晴山くんは静かな声を出した。「そうなるよね」

「うんあなたも共犯になる」

「共犯ていうより、真犯人だ」

「どっちでも大変なことになる」

「そのときは腹をくくるよ」晴山くんは彼女の声にかぶせるようにして答えた。「もうしかたない。僕が旦那さんの前に出ていって土下座する。土下座して謝るしかない」

むろん土下座して謝ってすむことではない。それは彼女にはわかっていた。だが晴山くんの声は真剣味をおびていて、彼女の耳に快く伝わってきた。

「それでも許して貰えなかったら？」

「わからない。でも、奈々美さんのおなかの子の父親はこの僕なんだし、たとえ旦那さんが許してくれなくても、最後まで、奈々美さんと赤ん坊は守るよ。生まれたあとのことは、僕たちふたりで力を合わせて、考えてやっていくしかない。違う？」

「そうね」

彼女は自販機そばの晴山くんにうなずいてみせた。目と目を合わせたわけではないがかまわなかった。

「ありがとう。それが聞きたかったの」

おそらく夫は晴山くんを許さない。夫の背後に控えている倉田も彼を許さない。倉田は、土下座して許しを請う人間など見飽きているだろう。晴山くんの土下座を物憂げな目で一瞥し、手下に顎をしゃくるだろう。無言でクリーンセンター行きを命じるだろう。その場面はまざまざ想像できた。だからもし、プランに綻《ほころ》びが出て、まずいことが起きてしまったとき、晴山くんの身を無慈悲な男たちから守ってやるべきなのは彼女のほうかもしれなかった。

とはいえ晴山くんがおなかの子の父親であるのは事実だ。本意でない嘘も彼にはついてしまったけれど、その一点は真実だから、当人の口からできれば言質を取っておきたかった。覚悟の台詞を引き出して、あの無責任な欠端とそこは違うと正体を見定めておきたかった。万に一つの仮定の話だから、晴山くんがどんな覚悟を語ろうとことばの上っ面に過ぎないとわかっていても、実際耳にしてみると、共犯者のことばは心強くもあった。

「正直な気持ちが聞けてよかった」

と彼女は話をしめくくり、もう左手でパーキングブレーキを解除していた。

「じゃああとは、あたしに任せて。時間をちょうだい。そのときが来たら、あたしが夫に話す」

「待って奈々美さん」

「いまから急いで茜を迎えにいかないと」

「僕はなにをすればいいの」

「なにも。そのときを待つだけよあなたは。あわててなにかする必要はない」

「そのときっていつ」

「ひと月待って」

と言い残して電話を切った。

ギアをドライブに入れ、車を切り返しながら彼女は目のはしに晴山くんの姿をとらえていた。

自販機のゴミ箱のわき。深く差し込んだ両手でウインドブレーカーのポケットを膨らませ、両肘とも脇腹にくっつけて、寒さをしのいで立ちつくす青年。方向を換え走り去るベンツのワゴン車をよるべなげに見送っている。風が、たぶん髪の分け目をくしゃくしゃに乱し、ただでさえ顔色の冴《さ》えない青年をみすぼらしく惨めに見せている。彼女はその一場面を目に焼き付ける。不憫《ふびん》な晴山くん。きっと焼き付けたに違いない。のちのちまで憶えていて、まさに緊急の場に直面したとき、なによりもまず、この風の強い日、置いてけぼりにした晴山くんの立ち姿を思い浮かべ、そして彼の身を案じたはずだ。


あるいは、一月十八日のその夜、ふたりはもういちど電話で話し合ったかもしれない。

どうせ旦那さんの前で土下座するのならいまからでもいい、僕はもう腹をくっている、下手な嘘をついて罪を重ねるよりはそのほうが男らしくて潔い、みたいな意見を晴山くんは、ホットカーペットに尻を据えて、堂々と主張したかもしれない。

一方、幸地奈々美は台所のテーブルでミルキーの包み紙をいじりながら、それはそのほうが男らしいのかもしれないけれど、この場合の男らしさは浅はかさとまったく同義語で、傍迷惑なだけだ、と冷静沈着に思い、思いはしても口にはできず、気持ちのたかぶった青年をどうにかなだめようと苦心したかもしれない。苦心のあげくに、夫の帰宅時間、すなわち泥縄のセックス実行のときが迫り、どうにもこうにも収拾がつかなくなって、あるいは、これまで胸に溜めこんでいた恐ろしい事件を語って聞かせるところまで追い込まれたかもしれない。夫のほかに欠端と、倉田と、キーになる人物二名の名前をあげ、ひとりが茜の実の父親であること、別れていまの夫と結婚したのち消息を絶ってしまったこと、陰で夫と、もうひとりがその行方不明の事件に関わっていること、思い過ごしなんかではなく絶対にそうに違いないと信じる根拠を、晴山くんにすべてぶちまけたかもしれない。ぶちまけたとしたら、聞かされたほうの晴山くんは生唾を呑み、あとは沈黙するのみだったろう。土下座になんの意味もないことを知っただろうし、男らしさの同義語を自分で見つけて背筋に冷たいものも感じただろう。この場合の同義語は命知らずだ。

だがどっちにしても、話し合いの結論はおなじだったと思う。

彼女はプラン実行にむけてすでに遮眼帯をつけて走り出していたし、晴山くん側には、無益な男らしさをアピールする以外に、彼女を押しとどめるどんな手だてもなかったはずだ。

電話を切ると彼女は風呂に入ったかもしれない。ボディシャンプーで身体の隅まで洗い、風呂上がりには夫の好みのオーデコロンを胸もとに擦りつけたかもしれない。午前三時をまわり、夫が帰宅し、いつもどおり自分で床を延べる。壁ひとつ隔てた隣の寝室で、彼女は夫がたてる物音を聴いている。洗面所で歯磨きを終えた夫が廊下の灯りを消し、畳の間の引き戸を閉め、布団に横たわる気配がある。彼女は娘を起こさぬようそっとベッドを降りて、寝室をあとにする。暗闇に慣れた目でリビングを通り抜け、いちど廊下に出て、夫が閉めたばかりの和室の引き戸に手をかける。

なかは保安球が灯っていて、夫が枕から頭をもたげてこちらをうかがう様子が見てとれた。戸をふたたび閉めてから、枕もとへ歩み寄って、照明のリモコンをつかんで部屋を暗闇にすると、夫が掛け布団と毛布を持ちあげて誘い入れた。彼女はろくに喋らなかった。夫も無言だった。ただ元日の夜と違ったのは、裸の足と足が触れたとき妻が「冷たい」と不満の声を洩らし、夫が息のまじった笑い声で応えたことくらいで、あとは格別変わったところはなかった。いつもどおり言葉少なに、阿吽《あうん》の呼吸ではじまる夫婦の営みの一例に過ぎなかった。夫は温もった妻の身体を抱き取り、鼻腔《びこう》いっぱいにオーデコロンの香りを嗅いだ。仕事終わりで疲れてはいても、控えめな妻にねだられるのはめったにないことであり、事実をいえば昨年の春以来なのだが、そのことがオーデコロンの媚薬《びやく》よりもよほど刺激的だった。自分から身をすり寄せて来て、ときにはこちらの手まで導き、さきへさきへと欲張る妻の積極性は好ましかった。唇と舌をもちいた奉仕も喜んで受け入れ、入れ替わってお返しもした。元日の夜に輪をかけて妻は淫らにふるまい、身悶えして声をあげた。ふたり歩を合わせて快楽をむさぼり、最後の最後、切迫した声で、いってもいい？と思わず妻が洩らした新語を耳にしても夫はなにも疑わなかった。いったいなにを疑うというのか。

それから一ヶ月後。

正確に数えて四十日後の二月二十八日、午後二時過ぎ、夫に妊娠を告げるそのとき、、が来る。

彼女のプランがとどこおりなく遂行されたとき、夫の対応がいかなるものであったかは、この本の第1章に書いてある。忘れたなら忘れたでかまわないが、物語はそこから始まっている。

僕が思うに、彼女のプラン、欠端の芝居を地で行くために彼女の採った手段、それじたいに不備は見あたらない。たぶんひゃっぱー誤りだとは言い切れない。夫婦が夫婦の営みをする。結果として妻が懐妊する。夫婦のあいだに子供が生まれ家族がひとり増える。道理にかなっている。世界中の夫婦がおなじことをやっているし、妻と呼ばれる女性はたいがい彼女とおなじ筋書きを頭に置いて夫とセックスする。するだろう。

　だが夫の側には夫の側の筋書きがある。

　不備は、そっちの筋書きを彼女が見過ごしたことだ。

　彼女は「夫」という一般名称にあまりにとらわれすぎて、一個人としての夫、幸地秀吉の実像を看過した。むろんこれは、もとはといえば欠端に責任の一端がある。妻の妊娠を無邪気に喜ぶ夫、夫一般の虚像を芝居に書いてみせて、彼女に暗示をかけたのは欠端だから。まぎらわしい言い方に聞こえるかもしれない。要はこうだ。芝居を書くまえに、欠端はいちどこう考えてみる必要があったのではないか。妻に隠し事があるのなら、夫にだって隠し事はあるし、ひとは大なり小なり隠し事の箱を抱えて生きていると。ここで箱といえば、あれのことだな、とあなたも思い出すはずだ。それも忘れたのなら話にならないが、そうだ、ピーターパンの作者が心の「一ばん内がわの箱」と書いている、あれのことだ。

　彼女の計算は幸地秀吉が抱えている箱によって狂った。

　箱の中身がなんであったのか、いまはまだ詳《つまび》らかではない。ただ二月二十八日の夕刻をむかえ、自宅台所で幸地秀吉から厳しい質問を浴びせられたとき、彼女はそこに待ち受けていた大きな落とし穴を見ただろう。穴の底は覗けぬまでも、なにか根本的な、致命的な考え違いのあったことに気づいていただろう。白タクアンを嚙みしめ不覚の涙を流しながら『生まれながらのワル』の作者の手抜かりを恨んでいたかもしれない。

そして二月二十八日夜。

夜十一時半。

幸地奈々美と晴山青年の居場所をあなたは知っている。

雪にふりこめられた無人駅での待ち合わせ。

運転席の窓が閉じる寸前、後方を見返った幸地奈々美の顔。一瞬だけ笑うように細められた彼女の目。直後、ベンツのワゴン車の発進場面までを目撃している。

で、そのことから僕に言えるのは以下のとおり。

当夜晴山青年を乗せた車がどこへむけ走り去ったのか、車内には娘の茜をあらかじめ同乗させていたのかいなかったのか、それらの謎はなお残る。また同日もしくは翌日、夫の幸地秀吉までもが、いったいなんの理由で人々の前から姿を消してしまったのか、その謎も謎のまま残る。ただし、昨年から噂に高い一家三人神隠し事件、および社長言うところの、おおやけには家出として処理された郵便局員失踪事件、その両件に、ほかならぬこの僕が一役買っていたのはいまや明らかである。